Ein Fall für Kate Brannon

DIE TOTE IM MARSCHLAND

Andrea Bramhall

Danksagung

Obwohl alle Figuren und die meisten Handlungsorte in dieser Geschichte meiner Fantasie entsprungen sind, habe ich mit meiner Partnerin lange nahe der Küste von North Norfolk gelebt; wir hatten dort einen Campingplatz. Ich wurde eindringlich gebeten, hier zu bestätigen, dass sie niemals in Erwägung gezogen hat, mich zu ermorden und meine Leiche in der Marsch zu verstecken. Und dass die gesamte Geschichte ein Produkt meiner Vorstellungskraft ist. (Liebling, würdest du jetzt bitte meinen Arm loslassen? Er ist nicht dafür gemacht, so weit auf meinen Rücken gedreht zu werden!)

Ich möchte auch dem Landstrich Norfolk danken, für all die Inspiration, für die wundervollen Jahre, in denen wir dort gelebt und gearbeitet haben. Meinen herzlichen Dank an die Menschen, die uns dort begegnet sind.

Widmung

Louise, du hast einmal gesagt, ohne Deepdale wären wir nicht dort, wo wir heute sind. Ich glaube, wir hätten den Weg zueinander trotzdem gefunden, egal wie. Manche Dinge sollen einfach sein.

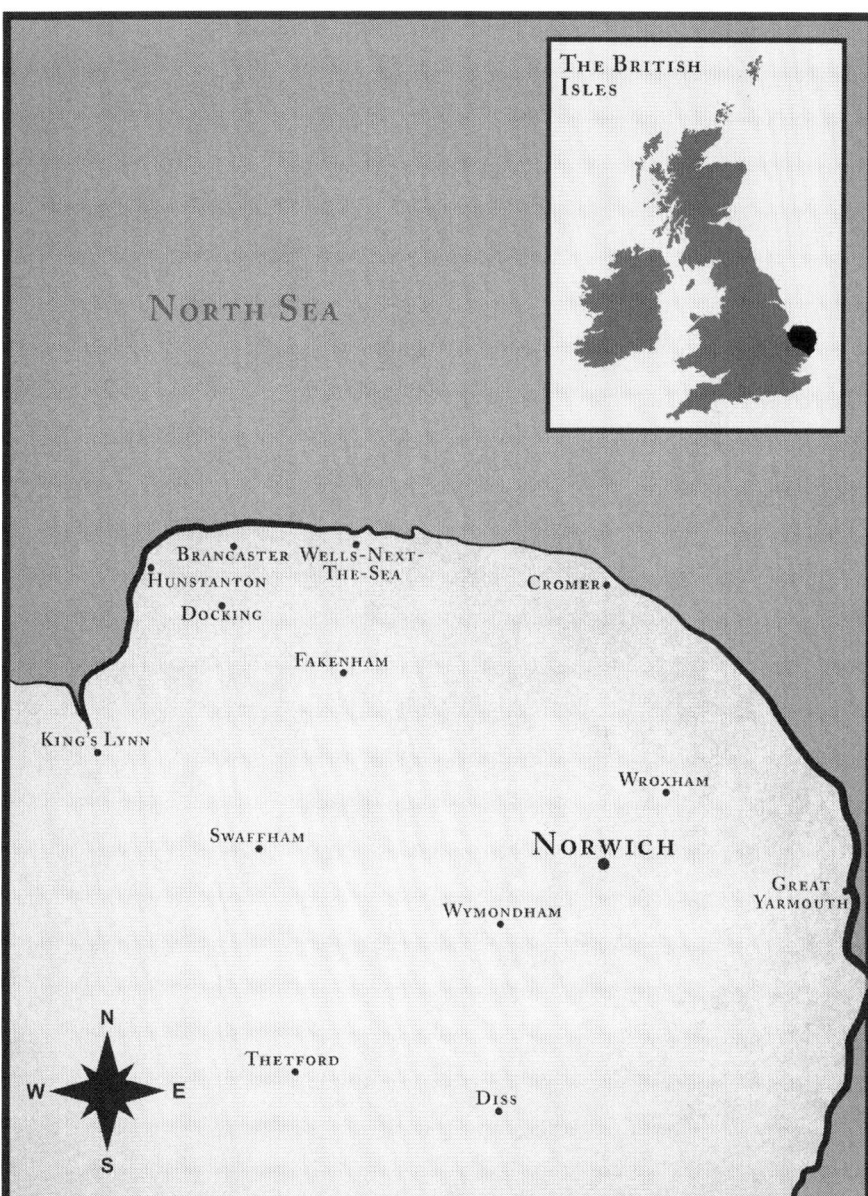

Prolog

Eine frische Brise strich über die vertrocknet wirkende Marsch. Connie schlug ihren Kragen bis zu den Ohren hoch und zog den Reißverschluss ganz zu. Sie blies zwischen ihre Hände, versuchte sie zu wärmen und schob sie sich dann unter die Achseln. Dabei stampfte sie mit den Füßen auf der Stelle, um das Blut in Bewegung zu halten. Das kalte Oktoberwetter kündigte einen harten Winter an, mit Schnee, lodernden Feuern und Glühwein. Connie hoffte, dass Mutter Natur sich an ihre Versprechen halten würde.

Mit den Augen suchte sie den Horizont ab und lächelte, als sich vor dem klarblauen Himmel erste Spuren von Pink abzeichneten. Das helle »Pling« der stählernen Seile, die gegen Masten schlugen, drang an ihr Ohr. Der Hafen lag kaum anderthalb Kilometer von ihrem Standort entfernt. Dieses Geräusch war so zart, dass es tagsüber im geschäftigen Treiben des kleinen Fischerhafens mit seinen Touristen, Seglern und Spaziergängern regelmäßig unterging, genauso wie all die anderen leisen Nachtgeräusche. Grüne und rote Lichter flimmerten auf dem Hafengelände. Fischerboote schaukelten mit ihrem Fang sacht in der Strömung der Nordsee, während der Wind sich legte und die Sterne verblassten. Der ewige Kampf zwischen Tag und Nacht war ein weiteres Mal entschieden. Das stimmungsvolle Glitzern auf dem Wasser löste sich auf, als die Fluten in die umliegenden Priele strudelten und von dort ihre Reise gen Inland fortsetzten.

Im Anschwellen überspülte das Wasser die Sandbänke in den flachen Buchten, verschlang riesige Flächen mit Queller und Heidekraut. Die Ebene namens *The Saltings* war bereits überflutet, und die bisher stärkste Springflut des Jahres stieg immer weiter. Connie war froh, dass Windstille herrschte. Bei der letzten Flut dieser Art war heftiger Wind dazugekommen, was zur Überschwemmung des halben Dorfes geführt hatte.

Ein sanftes Stupsen an ihrem Stiefel erinnerte sie an ihren Begleiter. Sie sah hinunter zu dem schmutzigen Stock, der ihr vor die Füße gelegt worden war. Der hoffnungsvolle Gesichtsausdruck ihrer geliebten Hündin ließ sie lächelnd nach Merlins Objekt der Begierde greifen. Deren blauen Augen waren wachsam, ihr grau gescheckter Körper angespannt und bereit, loszujagen, um den Stock zu fangen, wohin auch immer Connie ihn warf.

»Alles klar, mein Mädchen? Bist du so weit?« Sie holte aus, warf den Stock wie einen Bumerang und lachte, als Merlin ihm hinterherflitzte, so schnell die Pfoten sie trugen. Schon bald war ihr Hund zwischen dem langen Gras und den Brombeerbüschen, die den Küstenweg säumten, verschwunden. Connie lächelte.

Seufzend stieß sie einen langen Atemzug aus, der als Wölkchen sichtbar wurde, sobald er über ihre Lippen kam, und wandte sich dann wieder dem Meer zu. Langsam wich die Dunkelheit dem Morgen. Sie hob die Kamera, prüfte schnell Blende und Belichtungszeit und machte einige Aufnahmen. Während sie die Bilder auf dem Kameradisplay betrachtete, brachte Merlin den Stock zurück und legte ihn erneut neben ihren Stiefel.

Geistig abwesend warf sie ihn von sich und zoomte so weit, wie das Objektiv ihrer Nikon D5300 es zuließ. Mit einer Brennweite von 18 bis 300 Millimetern war es perfekt für ihre beiden größten Leidenschaften beim Fotografieren geeignet: Landschaften und Wildtiere. Heute allerdings war sie weder auf der Suche nach dem einen noch dem anderen. Heute wollte sie versuchen, etwas ganz anderes vor die Linse zu bekommen: ein Lebewesen, das in der Salzmarsch von North Norfolk zur Plage geworden war. Sie knirschte mit den Zähnen und richtete die Kamera genau auf die Hummerkörbe, die aus dem Wasser gezogen wurden. Ein Klicken des Auslösers, dann prüfte sie das Bild. Zu dunkel. Erneut prüfte sie die Einstellungen. Die Blende war weit genug geöffnet, sie musste nur noch auf ein klein wenig mehr Sonnenlicht warten.

Connie umrundete die steilen Stufen, die am Deich abwärts zum Überlauf führten und schaute über etliche Hektar Ackerfläche, auf denen dicht an dicht pinkfüßige Gänse zwischen den frisch gepflügten Soden fraßen. Ein lauter Knall ließ Connie zusammenfahren. Suchend schaute sie sich nach Merlin um, als sich gut hundert Gänse auf einen Schlag in die Luft erhoben. Merlin kauerte zu ihren Füßen und beobachtete argwöhnisch die empört krächzenden, flatternden Vögel.

Vogelschrecker. Sie waren auf jedem Feld in der Nachbarschaft zu finden. Laute Maschinen, die wie ein Gewehrschuss klangen und deutlich zuverlässiger wirkten als die althergebrachten Vogelscheuchen. Irgendwann nahm man sie gar nicht mehr wahr. Vor dem Hintergrund aus Vogelgezwitscher, raschelndem Laub, Autos und Menschen waren sie fast nicht zu hören.

Connie bückte sich nach dem Stock. Sie warf ihn weit von sich in der Hoffnung, er möge ihre Hündin von den Vögeln ablenken. Dann ging sie den

Weg ein Stück weiter hinunter, während Merlin ihrer Beute nachrannte. Connie passierte die langen Schatten des Hausbootes, das im Vordergrund so vieler ihrer Bilder erschien. Merlin rannte an ihr vorbei, den Ast fest zwischen den Zähnen. Ganz kurz hielt sie inne und sah zurück, um sich zu vergewissern, dass Connie hinterherkam und nicht etwa schon wieder stehen geblieben war.

»Ich komme ja, Merlin. Braves Mädchen.«

Ein Silberreiher flog über das Marschland auf dem Weg nach Scolt Head Island, unter ihm nur die entlegenen Ufer der Buchten und die aufgetürmten Küstenschutzwälle, auf denen Connie gerade lief. Normalerweise hätte sie dieses Bild liebend gern festgehalten: der langbeinige, weiß gefiederte Vogel, den sie während ihrer Anfänge als Fotografin stets fälschlicherweise für einen Graureiher gehalten hatte. Sie schmunzelte über sich. Zwar war sie kein Vogelkundler, aber in den vergangenen sechs Jahren hatte sie eine Menge gelernt: vieles über wilde Tiere, die landschaftlichen Gegebenheiten, über die Politik kleiner Dörfer und mehr und mehr über die Einwohner selbst.

»Mehr, als ich je wissen wollte.« Sie hob die Kamera vors Gesicht und stellte den Fokus neu ein. Inzwischen war das Licht sehr viel besser und offenbarte das Detail, das sie präsentieren wollte. »Wer glaubt denn da, mich für dumm verkaufen zu können?« Sie korrigierte den Zoom ein wenig. »Tja. Wir werden schon sehen, wer hier wen austrickst, nicht wahr?«

Merlin ließ schon wieder den Stock vor ihre Füße fallen. Connies Blick verließ für einen Moment den Sucher, sie kickte den Ast ins Gebüsch. Lediglich das Rascheln war zu hören, kein Windhauch kräuselte die stetig ansteigende Wasserfläche. Jedes Boot, jede Wolke spiegelte sich perfekt in der völlig ruhigen See. Sie traf ihre Vorbereitungen für ein weiteres Foto – da explodierte die Kamera in ihrer Hand.

Kapitel 1

Kate Brannon zog den Reißverschluss ihrer schwarzen Lederjacke hoch, stieg aus dem Auto und folgte dem matschigen Pfad. Regen plätscherte auf das Blätterdach. Er fiel schwer auf sie herab, als sie den Schutz der Bäume verließ und ihren Blick über den grauen Himmel und das schlammig wirkende Marschland schweifen ließ. Sie zeigte dem jungen Polizeibeamten, der am Rand des abgesperrten Areals stand, ihren Dienstausweis. Der hob das Flatterband an, um sie hindurchschlüpfen zu lassen, während er mit der anderen Hand einen unübersehbar verstörten Hund an der Leine hielt.

»Der Diensthabende und der Detective Inspector sind schon vor Ort.« Er deutete den aufgeweichten Weg hinab.

Sie zeigte auf den Hund. »Was ist damit?«

»Der Hund war beim Opfer. Die Kollegen von der Spurensicherung meinten, dass sie ihn zu Beweiszwecken untersuchen müssten, weil er bei der Leiche war, als sie dort ankamen.«

Sie betrachtete das bedauernswerte Tier. Es winselte, kläffte und versuchte verzweifelt, sich zu befreien. Offensichtlich war es fest entschlossen, zum Tatort zurückzukehren. Kate wollte sich bücken und den Hund streicheln, um ihn ein wenig zu beruhigen. Das war allerdings keine gute Idee, fiel ihr gerade noch rechtzeitig ein, zumindest nicht, bevor die Beweismittel aus dem Fell sichergestellt waren. »Wer hat es gemeldet?«

»Ein paar Spaziergänger. Sie sind nicht näher herangegangen, weil der Hund das angeblich nicht zuließ.«

»War er bissig?« Stirnrunzelnd betrachtete sie den Hund. Dessen bettelnde blaue Augen huschten schnell zwischen ihrem Gesicht, der Hand am anderen Ende der Leine und dem dazugehörigen Polizisten hin und her.

»Nein, eigentlich nicht. Er wollte nur niemanden in die Nähe des Opfers lassen.«

»Haben wir einen Namen?«

»Kann ich nicht sagen, ich war nicht am Tatort.«

»Ich meinte den Hund.«

»Oh, richtig. Entschuldigung. Auf dem Halsband steht *Merlin*, aber es ist eine Hündin.«

Kate schmunzelte. »Alles klar. Wir sollten versuchen, einen Tierarzt zu erreichen und herzubeordern. Sie wird sich ganz bestimmt nicht untersuchen lassen, solange sie wach ist. Das arme Ding.«

»Wird gemacht.«

Sie klopfte ihm auf die Schulter, dann sah sie zu dem weißen Zelt weiter hinten am Weg, das gerade eilig errichtet wurde. Eine Sorge weniger: So gingen wenigstens nicht noch mehr Spuren mit dem Regenwasser verloren. Sie nickte dem Polizisten zu und bahnte sich ihren Weg durch den Matsch. Mit gekräuselter Nase sog sie den salzigen Duft von Tang und einer Spur Eisen aus dem Wind.

Der Uniformierte, der offenbar das Kommando hatte, erteilte mit ausholender Armbewegung Anweisungen, als sie bei ihm ankam. Um ihn herum beeilten sich Leute, ihnen Folge zu leisten.

»Entschuldigung«, machte sie sich bemerkbar. »Detective Sergeant Brannon.«

»Inspector Savage.« Er ergriff energisch ihre Hand und schüttelte sie. »Danke, dass Sie so schnell gekommen sind. Ganz allein?«

»Ich war zu Hause, als mein Chef mich anrief. Ich wohne in Docking«, antwortete sie. Ihr Zuhause befand sich kaum zehn Kilometer Richtung Inland von ihrem aktuellen Aufenthaltsort entfernt. »Mein Kollege kommt nach.«

»Wunderbar. Sie sind neu hier?«

»Vor drei Wochen von Norwich nach King's Lynn versetzt.«

»Und zeitgleich befördert worden?«

Sie nickte. »Jawohl, Sir.«

Vom Deich her ertönte eine laute Stimme. Sie drehten sich um und sahen, wie ein junger Polizist mit gesenktem Blick vor einen rotgesichtigen Mann strammstand, der ihn lautstark belehrte. So laut, dass jeder es hören konnte. »Das hier ist ein Tatort, du verdammter Schwachkopf. Du wirst keinesfalls, ich wiederhole, keinesfalls darauf herumspazieren und dich umschauen, ohne entsprechende Vorkehrungen zu treffen. Verstehst du mich, Bürschchen?«

»Jawohl, Sir.«

»Und warum wirst du hier nicht ohne geeignete Vorkehrungen herumspazieren und dir alles ansehen?«

»Damit ich den Tatort nicht verunreinige.«

»Oder Beweismittel zerstöre.«

»Oder Beweismittel zerstöre, Sir.«

Speichel spritzte aus den Mundwinkeln des älteren Polizeibeamten, während er den jungen Mann zur Schnecke machte.

»Die fünf Grundbausteine einer jeden Ermittlung, Freundchen! Ich warte.«

»Sir?«

»Die fünf Grundbausteine. Na los. Du hast doch deine Ausbildung absolviert. Fang an.«

»Sir, ich bin mir nicht sicher ...«

»Ich werde dir einen Tipp geben. Nummer eins: Leben retten.« Er zeigte auf das inzwischen beinahe komplett aufgestellte Zelt. »Können wir noch irgendetwas für sie tun?«

»Nein, Sir.«

»Richtig. Wie geht es weiter?«

»Den Tatort absperren, Sir?« Seine Stimme klang zaghaft. Er fragte eher, als dass er eine Antwort gab.

»Verdammt noch mal! Und dann machen wir was?«

»Die Beweismittel sichern.« Der junge Mann antwortete nun schon etwas überzeugter. »Das Opfer identifizieren und dann die Verdächtigen erfassen.«

»Du bist das Hirn der Insel, mein Freund. Das Superhirn der Insel.« Er tätschelte dem Polizisten die Wange. »Also, wo in dieser kleinen Liste wird erwähnt, ohne Überschuhe und ohne Schutzoverall über meinen Tatort zu trampeln und zu allem Überfluss alles anzufassen, was einem in die Finger kommt?«

»Nirgends, Sir.«

»Ganz genau.« Er lehnte sich zurück. »Und jetzt geh mir verdammt noch mal aus den Augen, verschwinde von meinem Tatort und bete, dass ich deinem Vorgesetzten nichts hiervon erzähle. Denn dann könnte ich dir für den Rest deines Lebens beim Knöllchen-Verteilen zuschauen. Ist das klar so weit?«

»Ja, Sir.« Der junge Mann kletterte die steile Böschung hinauf und machte sich eilig aus dem Staub.

Es sah aus, als würde er zum Wasser laufen, aber Kate wusste, was ebenfalls in dieser Richtung lag. Man erreichte dort den Weg, auf dem sie in den letzten drei Wochen oft spazieren gegangen war. Es gab eine Abzweigung zu einem kleinen Dorf, ungefähr einen Kilometer entfernt. Sie vermutete, dass man ihn angewiesen hatte, Wanderer davon abzuhalten, sich dem Tatort zu nähern. Der rotgesichtige Mann sah ihm nach, schüttelte den Kopf und murmelte vor sich hin.

»Ihr Chef? Detective Inspector Timmons, oder?«, fragte Savage und wandte sich dabei Kate zu.

»Stimmt.« Kate fragte sich, ob er sich kritisch dazu äußern würde, wie Timmons mit dem Polizisten umgesprungen war. Er musste ihre Miene wohl richtig gedeutet haben, denn er zuckte mit den Schultern.

»Hat mir erspart, ihm die Leviten zu lesen und ihn lebenslänglich zum Knöllchen-Schreiben zu verdonnern.« Er lächelte und zwinkerte ihr zu. »Wird er in diesem Fall die Untersuchungen leiten?«

»Wird er. Haben Sie noch nicht mit ihm gesprochen?« Kate fand es ungewöhnlich, dass der leitende Ermittler sich bisher nicht seinem uniformierten Kollegen vorgestellt hatte.

»Nein. Hier herrschte bis jetzt ein ziemliches Durcheinander, wie Sie sich bestimmt vorstellen können. Ehrlich gesagt weiß ich nicht einmal, wann er angekommen ist.«

»Können wir uns für die Dauer des Falls zusammentun?« Sie schenkte ihm ein gewinnendes Lächeln, und wenn sie dem weichen Ausdruck in seinen Augen glauben konnte, wirkte es auch. »Wir könnten so vor Ort an der Aufklärung arbeiten, ohne dieses ständige Hin und Her mit King's Lynn. Es ist zu erwarten, dass die Verdächtigen aus der Gegend hier stammen. Da scheint es wenig sinnvoll, fünfzig Kilometer entfernt den Fall lösen zu wollen.«

»Gutes Argument.« Er nickte. »Wie viele Leute sind es von Ihrer Truppe?«

»Sagen wir fünf, wenn Sie uns bei der Zeugenbefragung unter die Arme greifen können. Timmons, ich, noch ein Kollege von der Kripo und zwei Polizisten dazu.«

»Natürlich.« Er schnaufte und lachte süffisant. »Ist ja nicht so, als hätten wir nichts Besseres zu tun.« Dann seufzte er und zeigte zu den Bäumen, aus deren Richtung sie gekommen war. »Tja. Ich habe den Küstenweg über 500 Meter in beide Richtungen gesperrt. An jedem Zugang steht ein Polizist, damit keiner hier herunterkommt, solange wir hier zu tun haben. Zumindest, wenn es den Kollegen gelingt, an Ort und Stelle zu bleiben.« Er deutete auf das Zelt, wo Timmons gerade die Böschung betrachtete und sie entdeckte. Er winkte sie zu sich.

Mit einer Handbewegung signalisierte Kate, dass sie auf dem Weg war, und nickte dem Inspektor hinter sich zu. »Kommen Sie mit hinunter?«

Er schüttelte den Kopf. »Ich habe es mir schon angesehen. Wir haben eine nicht identifizierte Frau mit einer Schusswunde im Gesicht.«

»Sie hatte keinen Ausweis bei sich?«

»Nein. Nichts, abgesehen von ihrem Telefon und einem Schlüsselbund. Auf der Hundemarke steht: ›*Falls mich jemand findet, bitte meine Besitzerin Connie anrufen.*‹«

»Na, das ist immerhin ein Anfang.«

»Ja. Die Jungs von der Spurensicherung suchen gerade nach jeder Kleinigkeit, aber wir mussten feststellen, dass der Hund ziemlich viel verwüstet hat, und mindestens genauso viel hat der Regen zerstört.«

Kate sah auf und nickte. Sie hatte gesehen, wie blutverschmiert der Hund gewesen war. Ihr kamen Zweifel, ob es dem Team der Spurensicherung überhaupt gelingen würde, irgendetwas Verwertbares sicherzustellen. Sie waren mitten im Niemandsland, weit und breit keine Videoüberwachung in Sicht. *Herzlich willkommen auf dem Dorf, Brannon.* »Was dagegen, wenn ich einen Blick darauf werfe?«

»Nö. Ich organisiere inzwischen ein paar Leute, die dem Gerichtsmediziner helfen, die Leiche später nach oben zu bringen. Sagen Sie Timmons, dass ich den Kaffee fertig habe, wenn er nachher auf die Wache kommt. Hoffentlich haben Sie noch nichts gegessen.«

Sie antwortete ihm nicht. Darauf gab es nichts zu erwidern. Stattdessen begann sie, den Damm hinabzusteigen. Unterwegs zog sie ein paar weiße Überschuhe aus der Tasche und schlüpfte hinein. Der Küstenweg verlief oben auf dem Hochwasserdamm. Auf der Wasserseite ragte er fast anderthalb Meter in die Höhe, auf der Rückseite waren es gut zwei Meter. Wassergräben begrenzten die Felder in einem verwirrenden System, das schon seit Hunderten von Jahren genutzt wurde. An den steilen Abschnitten hatte sich Brombeergestrüpp ausgebreitet, der Weg zum Zelt hatte seine Tücken.

Sie strich sich das Haar aus dem Gesicht, stellte fest, dass es dringend geschnitten werden musste, und atmete tief durch. Kate hoffte inständig, dass sie während ihres Abstiegs nicht auf dem Hintern landen und sich zum Gespött der Kollegen machen würde. Oder dabei sogar noch brauchbare Beweismittel zerstörte, was entschieden schlimmer wäre.

Timmons wartete schon auf sie. »Herrlicher Tag für so etwas.«

Der Nieselregen wurde stärker, oder es fühlte sich nur so an, weil sie inzwischen durchgeweicht war. So oder so war das Wetter verdammt mies. »Ach, meinen Sie, Sir?«

Er gluckste. »Hat er Sie über das Wichtigste schon informiert?«

Sie folgte seinem Blick zu Inspector Savage, der gerade mit einem Beamten sprach, den sie nicht kannte. »Ja. Noch nicht identifizierte Frau, tot, Schusswunde. Suspekte Umstände.«

Timmons schnaubte. »Nun, das wären wohl die relevanten Fakten.« Er zeigte kurz hinüber zum Zelt. »Wollen wir?«

Sie nickte und ging auf den überdachten Tatort zu. Die Plastikplane flatterte im Wind und schlug Falten.

»Ma'am«, sagte ein junger Mann im weißen Overall, der eine Maske samt Sicherheitsbrille trug. Kate watete durch Binsen und langes Gras, während der junge Mann ihr das Segeltuch am Eingang aufhielt.

»Ist es in Ordnung, hineinzugehen?«, fragte Kate.

»Ja, Ma'am. Dr. Anderson untersucht gerade den Leichnam.«

Nickend duckte sie sich und trat ein, Timmons direkt hinter sich.

»Was haben wir hier?« Kate hockte sich neben eine weitere, weiß umhüllte Person.

»Und Sie sind?«

»Detective Sergeant Kate Brannon.« Kate hielt ihren Dienstausweis so, dass die Betrachterin ihr Bild darauf gut erkennen konnte.

»Ah. Willkommen in North Norfolk. Ich bin Dr. Anderson. Schön, Sie kennenzulernen.«

»Danke, Doktor«, antwortete sie. »Und das ist ...«

»Detective Inspector Timmons«, ergänzte Dr. Anderson. »Wir haben bereits zusammengearbeitet.«

»Genau, Ruth«, gab Timmons zurück und zeigte auf die Tote. »Und?«

»Weiblich, europäischer Abstammung, schätzungsweise zwischen dreißig und vierzig Jahre. Tödlicher Schuss ins Gesicht.«

»Savage sagte, es wurde kein Ausweis gefunden«, stellte Kate fest.

»Das stimmt. Und ich habe auch sonst kein Bild, das Sie herumzeigen könnten, um herauszufinden, ob sie jemand kennt. Ohne Gesichtsrekonstruktion sowieso nicht.«

»Das ist nicht schlimm. Mir ist schon etwas eingefallen. Sie werden einen Tierarzt brauchen, um den Hund ruhigzustellen, damit Sie das Beweismaterial aus dem Fell entfernen können. Ich werde ihn darum bitten, den Chip zu prüfen. Vielleicht bekommen wir so ihren Namen und ihre Adresse heraus.«

Anderson lächelte. »Mir gefällt, wie Sie denken, Detective.«

»Danke.« Kate warf einen Blick über ihre Schulter, um sich ein eigenes Bild zu machen.

Vom Gesicht der Frau war nicht mehr allzu viel übrig, um sie identifizieren zu können. Langes, dunkles Haar lag wirr um ihren Kopf, verklebt von Hirnmasse und geronnenem Blut. An der rechten Seite des Halses war ein kleines Muttermal zu sehen. Jeans, derbe Wanderschuhe und ein violetter Mantel aus dickem Stoff umhüllten den Körper. Ihr rechter Arm lag weit ausgestreckt flach auf dem Boden. Das Zelt überspannte sie am Rand des schmalen Grabens gerade so, dass niemand ins Wasser musste.

»Welche Waffe könnte so viel Schaden anrichten? Ein Jagdgewehr?«

Anderson zuckte die Achseln. »Möglicherweise. Aber ich würde nicht darauf wetten. Da ist etwas in der Wunde, das nicht so aussieht, als gehörte es dort hin.«

Kate beugte sich tiefer über die Leiche.

»Die Lichtverhältnisse hier drin sind allerdings erbärmlich. Bevor ich sie nicht in meinem Labor und bessere Sicht habe, kann ich nicht sagen, worum es sich handelt.«

»Okay.«

»Haben Sie die Absicht, bei der Autopsie dabei zu sein, Detective?«

»Ich möchte sie keinesfalls versäumen, Doktor.« Kate verzog die Lippen. Ehrlich gesagt würde sie liebend gern darauf verzichten. Nichts war entmenschlichender und klinischer, als dabei zuzusehen, wie Opfer auf die Summe ihrer Körperteile reduziert wurden, um den Tathergang zu rekonstruieren. Es war nicht nur so, dass sie es gern vermied; bislang hatte sie es auch noch nicht oft erleben müssen. Auf dem Dorf standen verdächtige Todesfälle eben nicht auf der Tagesordnung.

»Haben Sie schon einen ungefähren Todeszeitpunkt, an dem wir uns orientieren können?«

»Unter Berücksichtigung der aktuellen Witterung, ihrer Kerntemperatur und der fehlenden Insekten würde ich schätzen, dass sie seit rund vier Stunden tot ist. Ich werde es genauer wissen, wenn ich ihren Mageninhalt untersucht habe, sie identifiziert wurde und bekannt ist, wann sie zuletzt etwas gegessen hat. Aber vier Stunden erscheinen mir im Moment realistisch.«

Kate sah auf die Uhr. Es war elf. »Also gegen sieben?«

»In etwa.«

»Sonnenaufgang. Na ja, beinahe.«

»Und Flut«, ergänzte Timmons.

Kate nickte. »Schöne Zeit für einen Spaziergang mit dem Hund.«

»Hmm. Leider Gottes hat dieser Fellknäuel meinen Tatort ziemlich gründlich umgepflügt.« Anderson winkte ihren Assistenten zu sich. Gemeinsam packten sie die Tote in einen Leichensack. »Die Wunde wurde abgeleckt, und das Vieh hat Gewebe, Knochensplitter und Hirnmasse auf sich verteilt. Anhand der Umgebung konnte ich nicht feststellen, ob noch jemand bei ihr war oder nicht. Überall im Gras sind nichts als Pfotenabdrücke zu sehen.« Sie klopfte sich die Hände ab und zog ihre Gesichtsmaske herunter. »Dazu noch der Regen.«

Kate sah sich nochmals um und prägte sich die Umgebung ein. »Sie möchten mir also gerade vermitteln, ich solle nicht zu viel erwarten.«

Anderson lachte. »Das trifft es ziemlich gut, ja.«

»Ach was, es könnte noch viel schlimmer sein«, sagte Timmons glucksend.

»Wie kommen Sie denn darauf?«

»Noch einen Schritt weiter und sie wäre ins Wasser gefallen«, meinte er. »Ich weiß nicht, wie Sie das sehen, aber ich finde es Ende Oktober ziemlich frisch, um hier schwimmen zu gehen.«

»Gutes Argument, treffend bemerkt, Inspector.« Anderson ließ ein flüchtiges Grinsen sehen.

»Ich werde mich mal umhören, vielleicht bringt uns das bei der Identifizierung weiter. Gibt es eine Telefonnummer, unter der ich Sie erreiche, falls ich etwas herausfinde?«, fragte Kate.

»Selbstverständlich.« Anderson diktierte prompt ihre Nummer, die Kate in ihr Handy tippte. Dann steckte sie es zurück in ihre Tasche. »Danke. Ich halte Sie auf dem Laufenden, Doktor. Wir sehen uns dann in der Gerichtsmedizin.«

»Danke.«

»Kein Problem.« Kate neigte den Kopf, als sie das Zelt wieder verließ, und nahm sich dann ein paar Minuten Zeit, um sich umzusehen. Sie prägte sich so viele Details wie möglich ein, während Timmons telefonierte. An jeden Duft, jedes Geräusch, an alles, was sie sehen und fühlen konnte, wollte sie sich später erinnern können. Was wollte das Opfer hier draußen? Den Hund ausführen? Wer war sie? Eine von hier? Kate hielt das für wahrscheinlich. Die meisten Fahrzeuge in der Nähe des Weges waren Streifenwagen, dazu ein Rettungsfahrzeug und ihr eigenes Auto. Nirgends stand ein Auto, das von einem Besucher stammen könnte, also musste das Opfer in fußläufiger Umgebung gelebt oder sich zumindest aufgehalten haben. Wie viele Connies mochte es in diesem Dorf wohl geben, die einen Hund besaßen, der so aussah wie der bei der Leiche?

Die Ärztin schloss die Heckklappe des Vans und winkte, bevor sie sich hinters Lenkrad setzte. Kate sah hinüber zur Tankstelle, wo grelles Licht brannte und ein gewisser Betrieb herrschte. Sie griff nach ihrem Telefon und machte schnell ein Foto von dem Hund, bevor sie den Polizisten mit dem Tier fortschickte. Es konnte sicher nicht schaden, ein bisschen herumzuforschen, während sie auf die Informationen vom Tierarzt wartete.

Auf der anderen Straßenseite gab es ein paar Läden, ein Café und die Tankstelle samt Gemischtwarenladen. Vor ein paar Tagen hatte sie in dem Café gefrühstückt. Frischer Schinken, Eier von frei laufenden Hühnern und starker Kaffee. Ein Wiederholungsbesuch in der nächsten Zeit würde sich lohnen.

Kate warf einen Blick zu Timmons, der nach wie vor telefonierte und dabei wild gestikulierte. Sie winkte in seine Richtung, und als er zu ihr sah, bedeutete sie ihm, dass sie zu den Geschäften gehen und in zehn Minuten zurück sein würde. Er nickte.

Kate überquerte die Straße, betrat die Tankstelle und ging schnurstracks auf die Kassiererin zu. »Hallo, können Sie mir vielleicht helfen?«

Die junge Frau hinter dem Tresen ließ eine große Kaugummiblase platzen und nickte. »Klar.«

Kate zeigte ihr das Hundefoto. »Kennen Sie diesen ...«

»Woher haben Sie ein Bild von Merlin?«

Bingo. »Sie wurde unten in der Marsch gefunden. Wissen Sie, wem sie gehört?«

»Ja, logisch. Das ist Connies Hündin. Steht das nicht auf dem Halsband?«

»Connie, und wie weiter?«

»Connie Wells.« Das Mädchen zeigte zum hinteren Ende des Ladens. »Ihr gehört der Campingplatz, der hinter der Ladenzeile liegt. Sie wird außer sich sein. Der Hund ist der Mittelpunkt ihres Lebens.« Sie wischte sich mit ihrer Hand, die in einem Wollhandschuh steckte, unter der Nase entlang und zog sie im nächsten Augenblick kurz hoch.

»Kannten Sie sie näher?«

»Hab mal für sie gearbeitet.« Sie schniefte. »Für genau drei Tage. Die blöde Kuh meinte, ich wäre nicht geeignet, um mit ihrer Bonzenkundschaft zu arbeiten, und würde daher niemals ihre Sekretärin werden.«

»War das erst kürzlich?«

»Nein. Ist bestimmt schon sechs Jahre her. Da hatten sie den Campingplatz gerade erst übernommen. Ich habe für die Leute gearbeitet, die ihn verkauft haben.«

»Sie?«

»Sie und ihre Freundin.«

»Aha. Und der Campingplatz gehört ihnen beiden?«

»Hm. Zumindest bis jetzt.«

»Verzeihung?«

»Ähem.«

Kate wandte sich nach dem zarten Räuspern in ihrem Rücken um. Eine ältere Dame mit einem schweren Einkaufskorb wartete darauf, an der Reihe zu sein.

»Oh. Entschuldigung, tut mir leid.« Kate griff nach dem Korb. »Lassen Sie mich Ihnen damit helfen.« Sie hob ihn auf den Verkaufstresen. »Vielen Dank«, sagte sie zur Kassiererin. »Sie haben mir sehr geholfen.«

Als sie wieder nach draußen in die kalte Luft trat, stopfte sie ihre Hände in die Taschen und lenkte ihre Schritte in Richtung Campingplatz. Über der Eingangstür hing das weiße I-Zeichen für »Information«, kursiv auf himmelblauem Grund, darunter blinkten kunterbunte Lichterketten. Sie drückte die Tür auf und trat ein. Das Poster hinter dem Rezeptionstresen ließ sie erkennen, dass sie hier richtig war. Die grau-weiße Hündin darauf sah mit blauen Augen in die Kamera, während sie sich seitlich an eine Frau mit langen, dunklen Haaren, grünen Augen, herzlichem Lächeln und einem Muttermal rechts am Hals lehnte. Und wenn man davon absah, dass sie hier ein Gesicht hatte, ähnelte sie verblüffend der Toten, die sie vor Kurzem noch in einem Leichensack hatte verschwinden sehen.

»Hey, was kann ich für Sie tun?« Die Blondine auf der anderen Seite des Tresens lächelte sie an.

Kate zückte ihre Dienstmarke. »Detective Sergeant Brannon. Kommt Ihnen dieses Tier bekannt vor?« Sie zeigte der Frau das Foto auf ihrem Handy.

»Sicher. Das ist Merlin.« Sie zeigte auf das Bild an der Wand. »Sie gehört Connie und ist das Maskottchen des Campingplatzes. Sie hat einen eigenen Blog und so.« Die Frau kicherte.

Ohne wirklich auf eine positive Antwort zu hoffen, stellte Kate die nächste, logischerweise fällige Frage. »Ist Connie gerade in der Nähe?«

»Nein. Sie war noch gar nicht hier.«

»Ist das üblich?«

Die Frau schüttelte den Kopf. »Nein, eigentlich nicht. Genau genommen wohnt sie hier.«

»Wo genau wohnt sie denn?«

»In einer der Hütten gegenüber des Bauernhauses. Warum?«

»Wie gut kennen Sie Connie?«

»Ziemlich gut. Ich arbeite mittlerweile seit zwei Jahren für sie.«

»Während der Saison?«

»Nein, in Vollzeit.«

»Und Sie heißen?«

»Sarah. Sarah Willis.«

»Sind Sie die Chefin hier?«

»Nein. Das ist Gina. Ich bin Reisekauffrau und ihre Assistentin.«

»Verstehe. Ist sie hier?«

»Sie ist im Büro.«

»Ich muss mit ihr sprechen.«

»Ist etwas passiert?«

»Ich fürchte ja. Könnten Sie bitte Gina herholen, damit ich mit ihr reden kann?«

»Natürlich.« Sarah nahm ein kleines Handfunkgerät und drückte auf einen Knopf. »Hallo, Gina, kannst du bitte zur Rezeption kommen?«

Ein kurzes, statisches Knistern war zu hören, bevor eine weiche Stimme antwortete: »Schon auf dem Weg.«

»Danke dir.«

»Was ist denn nun passiert?«

»Ich fürchte, dass ich in einem unklaren Todesfall ermitteln muss. Dieser Hund wurde beim Opfer gefunden.«

»Oh Gott. Wie kann das sein? Was für ein Opfer? Connie etwa?«

»Das versuche ich gerade herauszufinden.«

Sie runzelte die Stirn. »Das verstehe ich nicht.« Sie zeigte auf das Foto. »Das ist Connie. War sie es oder war sie es nicht?«

»Wissen Sie vielleicht von irgendwelchen besonderen Merkmalen, die Connie hatte?«

»Zum Beispiel?«

»Eine Tätowierung, eventuell. Oder eine Narbe. Etwas in der Art.«

»Sie wurde im letzten Jahr operiert«, antwortete jemand anderes.

Kate drehte sich zur Tür. Eine Frau stand in der Tür, eine Hand an der Klinke, die andere tief in der Tasche ihrer Daunenjacke vergraben. Schulterlanges, dunkles Haar lugte unter einer roten Mütze hervor, und große blaue Augen starrten Kate an.

»Wo?«

»Am Blinddarm.«

»Danke. Sind Sie Gina?«

»Ja. Georgina Temple. Und Sie sind?« Sie streckte ihr eine Hand entgegen.

»Detective Sergeant Kate Brannon.« Kate ergriff die angebotene Hand und schüttelte sie. Als sich ihre Finger behutsam um die warme Haut schmiegten, zog ein Kribbeln über ihren Arm, während sie in die Augen ihres Gegenübers schaute. Der Farbton erinnerte sie an das Meer, das sie während ihres letzten Urlaubs auf einer der griechischen Inseln gesehen hatte. Sie schüttelte den Kopf und stellte fest, dass sie die Hand noch immer nicht losgelassen hatte. »Danke, dass Sie hergekommen sind.«

»Kein Problem.«

»Würden Sie mich bitte für einen Moment entschuldigen? Ich muss eben diese Information weitergeben.« Kate hielt ihr Telefon hoch.

»Selbstverständlich.«

Kate trat ein paar Schritte zur Seite, tippte schnell auf die Tasten und fragte nach Dr. Anderson.

»Ich bin noch immer nicht weiter als vorhin, Detective. Wie kann ich helfen?«

»Möglicherweise weiß ich, um wen es sich bei der Toten handelt.«

»Das ging ja schnell.«

»Ich sage nur: unverwechselbares Hündchen.«

»Und besondere Merkmale, stimmts? Wonach muss ich suchen?«

»Blinddarmnarbe.«

»Bleiben Sie dran.«

Kate hörte, wie ein Reißverschluss heruntergezogen wurde.

»Jep, da ist eine. Ungefähr zwölf Monate alt, würde ich schätzen. Also, wer ist sie?«

»Ich denke, sie heißt Connie Wells.«

»Das halte ich dann mal so fest. Halten Sie mich auf dem Laufenden, falls Sie etwas Gegenteiliges herausfinden. Ich beginne übrigens gegen zwei mit der Autopsie. Es wäre gut, wenn Sie mir etwas zum DNA-Abgleich mitbringen könnten.«

»Geht klar.« Sie legte auf und wandte sich mit ein paar Schritten wieder Georgina zu. »Nochmals Entschuldigung.«

»Connie ist tot?« Kate fiel erst jetzt auf, dass Georginas Hände zitterten.

Keinesfalls bestätigen, solange nicht die nächsten Angehörigen verständigt sind und wir unzweifelhaft die Identität festgestellt haben, natürlich. »Ich bedaure, aber dazu kann ich momentan noch nichts sagen.« *Als ob sie sich mit diesem Scheißsatz abfinden könnte.*

»Das deute ich dann als Ja.«

Hab ich es nicht gesagt? Manchmal hasste Kate die Verfahrensweisen, die ihre Arbeit mit sich brachte. Aber es gab sie nicht ohne Grund. Nun, zumindest einige davon.

Georginas Gesicht wurde bleich, sie schien für einen Augenblick zu straucheln.

Kate fürchtete, dass sie zusammenbrechen würde. Sie sah einen Stuhl in der Computerecke stehen. »Bitte setzen Sie sich.« Sie drehte den Stuhl in die richtige Position und platzierte Georgina behutsam darauf. »Ms Temple, es tut mir wirklich leid, aber ich muss Ihnen einige Fragen stellen. Besteht die Möglichkeit, die Rezeption für eine Weile zu schließen, oder können wir uns woanders ungestört unterhalten?«

»Ich werde abschließen«, sagte Sarah und huschte um den Tresen. Dabei angelte sie einen Schlüssel aus ihrer Tasche.

Kate konzentrierte sich auf Georgina, die zitternd auf ihrem Stuhl saß. Tränen strömten über ihre Wangen. »Sie waren eng befreundet?«, fragte Kate.

Sarah kicherte.

Kate warf ihr einen Blick über die Schulter zu.

»Ja«, antwortete Georgina. »Wir haben miteinander gearbeitet, seit sie hergezogen ist. Mit den Jahren sind wir Freunde geworden.«

»Mein Beileid.«

»Danke.« Georginas Stimme klang leise und zittrig.

»Würde es Ihnen etwas ausmachen, mir einige Fragen zu beantworten?«

Sie schüttelte den Kopf. »Gar nicht. Was ist ihr zugestoßen?«

»Das möchte ich gern herausfinden. Hat Connie sich oft am frühen Morgen in der Marsch aufgehalten? So gegen Sonnenaufgang?«

»Ja. Heute kam die Flut früh. Um sieben, denke ich. Kurz darauf war Sonnenaufgang, also war sie heute vermutlich dort draußen. Merlin ausführen, vielleicht ein paar Fotos machen, falls es nach einem schönen Morgen aussah.«

»Eine Kamera haben wir nicht gefunden.«

Georgina zuckte mit den Schultern. »Vielleicht war das Licht nicht gut.« Sie zeigte auf die Bilder an den Wänden. »Die sind alle von ihr, und die Postkarten auch.«

Kate betrachtete die wunderschönen Landschaften, farbintensive Sonnenauf- und -untergänge über den Marschflächen, Boote auf dem Wasser, Vögel im Flug, ein Strand mit halb verrotteten Holzpfählen, die aus dem Sand ragten, steinige Ausläufer und eine Windmühle, die aus Nebelbänken herausragte. »Sie war sehr talentiert.«

»Ja.«

»Ging sie normalerweise allein spazieren?«

»Ja, nur mit Merlin.«

»Ich habe gehört, dass sie den Campingplatz mit ihrer Partnerin betreibt. Ist sie hier?«

Sarah schnaubte verächtlich. »Wohl kaum.«

Georgina warf ihr einen scharfen Blick zu. »Ich fürchte, dies ist vermutlich der Ort, an dem Leah am allerwenigsten anzutreffen ist.«

»Leah?«

»Leah Shaw. Connies Exfreundin.«

»Ah.«

»Ja.« Georginas Augen huschten zwischen Sarah und Kate hin und her. Es wirkte, als wolle sie vor der Angestellten nicht Connies schmutzige Wäsche ausbreiten. »Haben Sie einen Schlüssel zu Connies Haus?«

»Ja. Im Büro hängen die Zweitschlüssel«, antwortete Georgina. »Warum?«

»Ich brauche einen Gegenstand, auf dem ihre DNA zu finden ist. Ein Kamm oder die Zahnbürste. Könnten Sie mich zu ihrem Haus begleiten?«

»Natürlich. Ich gehe schnell, um die Schlüssel zu holen.«

»Vielen Dank.«

Kate sah Georgina nach.

Sarah räusperte sich. »Kann ich Ihnen etwas anbieten, Detective?«

»Nett von Ihnen, aber nein danke.« Kate lächelte. »War Ms Wells eine angenehme Chefin?«

Sarah hob die Achseln. »Ich hatte schon schlimmere, aber auch bessere. Sie verstehen?«

Kate nickte. Sie hatte mit der Zeit gelernt, dass es oft mehr brachte, zu schweigen und die Leute reden zu lassen, als sie mit Fragen zu bedrängen. Also wartete sie. Es dauerte nicht lange.

»Sie wollte eigentlich weggehen.« Sarah drehte ihren Finger in der Luft, als wolle sie das ganze Büro in die Geste einschließen. »Sie wollte alles verkaufen und dorthin zurückkehren, von wo sie gekommen war. Allerdings wollte sie damit nicht warten, bis der Verkauf abgeschlossen war. Nach den Schulferien im Herbst wollte sie alles dichtmachen. Also an diesem Wochenende.« Sie seufzte und setzte sich. »Sie hätte schon vor Monaten zugemacht und wäre gegangen, wenn wir nicht bereits Buchungen gehabt hätten.«

»Was wird aus Ihnen, wenn hier die Lichter ausgehen?«

»Arbeitslos. Pech gehabt, auf Wiedersehen.« Sie zuckte wieder mit den Schultern. »Es spielt keine große Rolle, aber einige von uns leben hier, wissen Sie?«

»Wie meinen Sie das?«

»Ich gehöre zum Dauerpersonal, immer vor Ort. Ich wohne hier im Hostel und ich arbeite hier.«

»Sie haben also keine andere Unterkunft?«

»Nein, es sei denn, ich ziehe wieder bei meinen Eltern ein.«

»Betrifft das nur Sie?«

Sarah runzelte die Stirn.

»Hier zu wohnen?«

»Oh, nein. Das gilt auch für William, Rick und Emma. Rick und Emma können wahrscheinlich zu Ricks Eltern. Die haben einen Wohnwagen oder so etwas im Garten, den dürfen sie nutzen. Aber William tut mir wirklich leid.«

»Wieso?«

»Er hat niemanden. Für ihn heißt es dann, tatsächlich auf der Straße zu leben, wenn sie schließt. Ich meine, falls sie das hier geschlossen hätte.«

»Wow. Er kann wirklich nirgends sonst unterkommen?«

»Er versucht es ja.« Sie legte den Kopf schief. »Er ist ein Pechvogel.«

»Klingt, als stünden ihm dann harte Zeiten bevor.«

»Stimmt.«

»Wie wird es hier jetzt weitergehen?«

Sarah seufzte. »Keine Ahnung. Ich schätze, alles steht und fällt mit Leah.« Sie verdrehte die Augen. »Vielleicht lässt sie einfach alles weiterlaufen und überträgt Gina die Leitung und die gesamte Verantwortung.«

»Wie kommen Sie darauf?«

Sie sah von einer Seite zur anderen und senkte die Stimme. »Sie wollte gar nicht verkaufen, aber Connie hält – hielt – die Fäden in der Hand. Leah konnte gar nichts dagegen tun. Dabei hat Leah am Anfang das Geld aufgebracht, damit sie die Anlage kaufen konnten.«

Kate runzelte die Stirn, als sich die Tür öffnete und Georgina hereinkam.

»Können wir?«

»Klar. Danke für Ihre Hilfe, Sarah.«

»Gern geschehen. Falls Sie noch Fragen haben, wissen Sie ja, wo Sie mich finden.«

Kate lächelte und folge Georgina nach draußen.

Kapitel 2

Gina sah die Straße hinauf und hinunter, bevor sie Kate über die Zufahrt führte.

»Was ist das für eine Geschichte mit Leah?«, fragte Kate.

Gina warf ihr einen kurzen Blick zu und schob dann ihre Hände tiefer in die Taschen. »Sie verschwenden keine Zeit.«

»Wir wissen beide, dass ich herausfinden möchte, wie und warum Ihre Freundin gestorben ist. Möchten Sie denn, dass ich Zeit verschwende?«

»Nein, eher nicht.« Gina kämpfte mehr mit den Tränen, die sich schon wieder in ihren Augen sammelten, als dass sie über die vertrackte Beziehung zwischen Leah und Connie nachdachte. »Tja. Sie haben sich nicht im Guten getrennt.«

»Geht so etwas denn überhaupt?«

Gina stieß ein kurzes Lachen aus. »Da ist was dran.«

»Was war denn so schlimm?«

»Connie hat mir nicht alles erzählt. Sie meinte nur, sie könne nicht mehr mit Leahs ganzem Mist umgehen. Und dass sie es satthabe, den Kopf für sie hinzuhalten.«

»Was hat sie damit gemeint?«

Gina schüttelte den Kopf. »Das weiß ich nicht.«

»Sie haben doch mit ihr genauso lange gearbeitet wie mit Connie, oder?«

»Ja.«

»Sagen Sie mir einfach, wie Sie das deuten.«

Sie seufzte und bog um die Ecke. »Na gut. Leah war von den beiden immer die … Voreiligere. Hitzköpfig, temperamentvoll. Verstehen Sie?«

Kate nickte.

»Sie wirkte nie zufrieden, brauchte immer noch mehr. Größer, besser, mehr als die anderen.«

»Klingt ja unheimlich sympathisch.«

»Sie war aber auch kreativ, großzügig, freundlich und sehr viel umgänglicher als Connie. Sie haben sich in vielerlei Hinsicht gut ergänzt. Und die Schwächen der anderen ausgeglichen.«

»Und was ist passiert?«

»Was meinen Sie?«

»Ich meine, dass Sie das bestimmt richtig sehen. Jeder hat seine Stärken und Schwächen. Aber wenn die zwei sich gut ergänzt haben, dann muss sich irgendetwas geändert haben, was dann zur Trennung führte.«

»Vermutlich, ja.« Gina wollte ihrem Verdacht, warum Connie Leah letztendlich hinausgeworfen hatte, nicht zu viel Gewicht geben. Es war genau das und kein bisschen mehr: nur ein Verdacht. Connie hatte ihr tatsächlich nie gesagt, was vorgefallen und am Ende der Auslöser gewesen war. Die Ermittlerin würde auch mit Leah sprechen und konnte sich dann ihre eigene Meinung bilden. Es war ja nicht so, dass Leah ihre Probleme noch verbergen konnte.

Gina führte Kate den Gartenweg hinauf und öffnete die Tür zu dem kleinen Reihenhaus. Wie so viele in der Gegend hier war es im letzten Jahrhundert für die Landarbeiter gebaut worden. Die Wände des geschichtsträchtigen Hauses waren aus Kalk- und Feuerstein; sie hatten sie stets an die Sandburgen erinnert, die sie als Kind gebaut und mit Muscheln und Kieseln dekoriert hatte. »Das ist ... war Connies Haus.«

»Vielen Dank, Ms Temple.«

»Gina. Nur die Lehrer meiner Tochter nennen mich *Miss* Temple, und ich bin sicher, sie tun das ausschließlich, um jeden daran zu erinnern, dass ich nicht verheiratet bin.«

Kate lächelte und Gina war verblüfft, wie sehr das ihr Gesicht veränderte. Die tiefe Falte, die erschien, wenn Kate die Stirn runzelte, glättete sich und ein Grübchen zeigte sich auf der rechten Wange. Kastanienbraune Haarsträhnen kringelten sich um ihre Wangen und ihre grünen Augen funkelten verschmitzt, während sie ihre Unterlippe zwischen die Zähne zog.

»Beißen Sie sich gerade auf die Lippe, Detective?«

»Besser als auf meine Zunge.«

»Tatsächlich? Und was genau möchten Sie nicht aussprechen?«

»Wenn ich es Ihnen sagen wollte, würde ich mir nicht auf die Lippe beißen. Erzählen Sie mir lieber von Connie.«

Gina hob eine Augenbraue und wartete. Kate tat es ihr gleich und legte mit einer leicht koketten Geste den Kopf schief.

Himmel, sie sieht verdammt sexy aus. Und das hat nicht einmal etwas mit der Lederjacke zu tun. »Na gut.« Gina gab auf. »Connie wirkte anspruchsvoll, ziemlich schüchtern und ruhig, bis man sie näher kannte. Sie machte es einem allerdings nicht leicht, sie näher kennenzulernen.« Sie nahm ein Bild vom Kaminsims und reichte es Kate. Als sich ihre Fingerspitzen dabei berührten, atmete sie hastig ein, als etwas, das sie an einen kleinen Stromschlag erinnerte, ihren ganzen Körper durchfuhr. Schon wieder. »Das ist sie.« Ihre Stimme klang atemlos in ihren eigenen Ohren und sie spürte ihren Herzschlag bis unter die Schädeldecke. *Gott, was ist denn mit mir los?*

»Sarah sagte, Connie wollte das Geschäft schließen und alles verkaufen?«

»Das hatte sie vor, ja.«

»Warum?«

»Im Winter blutet so ein Betrieb finanziell aus. Zwischen Stromrechnungen und Löhnen gehen Unsummen verloren. Wenn man schließt, kann man das zumindest ein wenig minimieren. Seit sie sich zum Verkauf entschlossen hatte, wollte sie diese Verluste nicht mehr weiter schultern müssen. Durch die Schließung wäre sie quasi von Lohnzahlungen und Rechnungen befreit gewesen, sie hätte lediglich für Raten und Kleinigkeiten aufkommen müssen. Die neuen Eigentümer hätten irgendwann nach Weihnachten übernommen und dann hätte sich das Geschäft wieder rentiert.«

»Aber es sinkt doch sicherlich im Wert, solange es geschlossen ist.«

»Das ist so eine Grauzone bei Saisonbetrieben. Aber es war ihr jeden eventuellen Verlust wert.«

»Wieso das?«

»Sie meinte, um ihren Verstand zu bewahren.«

»Wohin wollte sie denn gehen?«

»Sie wollte in die Gegend nahe des Lake Districts. Irgendwo in die Nähe von Keswick, sagte sie. Ein kleines Häuschen kaufen und ihre Bilder verkaufen, um über die Runden zu kommen.«

»Hat sie Angehörige dort?«

»Nein. Ihre Großmutter ist vor sechs oder sieben Monaten gestorben. Sie war das einzige Familienmitglied, von dem Connie je gesprochen hat. Ich glaube, ihr Tod hat Connie sehr mitgenommen. Sie war danach nicht mehr die Alte.«

»Woran hat man das gemerkt?«

Gina leckte sich über die Lippen, während sie daran dachte, wie sehr sich ihre Freundin über die letzten Monate verändert hatte. Connie war von Natur aus zurückhaltend, aber sie schien sich noch mehr in sich zurückzuziehen. Sich mit ihr zu unterhalten war mühsamer, als einen Stein zum Sprechen zu bringen. Sie konnte sich nicht daran erinnern, sie je weinen gesehen zu haben. Gina wusste, dass Connie seit Kindertagen von ihrer Großmutter aufgezogen worden war. Sie war eher eine Mutter als eine Oma für sie gewesen, aber Gina hatte Connie niemals offen trauern gesehen. Es war, als wäre sie innerlich abgestumpft. Vielleicht war der Schmerz für sie auch zu groß, um ihn verarbeiten zu können. »Sie hat einfach dichtgemacht. Ich glaube, zu dieser Zeit ging die Beziehung zu Leah in die Brüche. Mir kommt es so vor, als hätte sie sie aufgegeben.«

»Vielleicht Depressionen? Durch die Trauer?«

»Glaube schon. Aber sie ist nie zum Arzt gegangen, um sich helfen zu lassen. Und als sie endlich mit der Sprache herausrückte und anfing, sich mit ihren Problemen zu beschäftigen«, sagte Gina schulterzuckend, »da hatte sie Leah schon verloren.«

»Wie ist das gemeint?«

»Sie hat sich geweigert, darüber zu sprechen.« Sie hoffte inständig, dass Kate endlich das Thema wechseln würde. Leah und ihr neues Hobby waren nichts, worüber Gina auch nur im Geringsten reden wollte.

»Hätte die Schließung des Campingplatzes großen Einfluss auf das Dorf?«

»Während der Winterzeit? Wohl kaum. Bei einer dauerhaften Schließung sähe das definitiv anders aus. Das Dorf Brandale Staithe hat vierzig dauerhafte Einwohner.« Sie schüttelte den Kopf. »Nein, jetzt nur noch neununddreißig. Es gibt hier zwei Kneipen, zwei Klamottenläden, ein Café, einen Lebensmittelladen, eine Tankstelle, eine Post, Fischhändler, zwei Gemischtwarenläden und einen Souvenirkiosk. Neununddreißig Leute können diese Geschäfte beim besten Willen nicht am Leben halten. Während der Hauptsaison ist alles ausgebucht und die Einwohnerzahl wächst auf vierhundert an.«

Kate stieß einen Pfiff aus. »Das ist ein gehöriger Unterschied.«

»Schon, aber der Campingplatz bietet Übernachtungsmöglichkeiten für sechshundert Personen. Ohne die Umsätze, die durch die Touristen entstehen, käme keiner der Läden über den Winter. Wenn der Campingplatz nur über einen Sommer geschlossen wäre, würde das ganze Dorf das zu spüren bekommen.«

»Wie standen denn die Chancen, die Anlage über den Winter zu verkaufen?«

»Na ja, Connie stand schon mit einem Käufer in Verbindung. Aber Leah ist ihr in die Parade gefahren. Leah wollte ja nicht verkaufen, daher standen die Chancen wohl nicht so günstig.« Sie konnte die Gedanken in Kates Kopf förmlich rotieren sehen. Motiv, Motiv, Motiv.

»Sarah hat auch erwähnt, dass Connie die Finanzen verwaltet hat und Leah gar kein Mitspracherecht beim Verkauf hatte.«

Gina seufzte. »Das stimmt. Auf dem Papier gehörte alles Connie. Leah hatte in der Vergangenheit Geldsorgen. Sie hat nicht im Einzelnen darüber gesprochen, aber ich glaube, sie war eine Zeit lang in der Privatinsolvenz. Connie hatte Geld geerbt, als ihr Vater vor Jahren starb. Sie hat es dafür verwendet, die Campinganlage zu kaufen. Und wegen Leahs Vorgeschichte stand auf allen Dokumenten nur Connies Name. Leah hätte sie nicht vom Verkauf abhalten können, selbst wenn sie gewollt hätte.«

»Wie hat Leah den Verkauf dann platzen lassen?«

»Sie schrieb dem Kaufinteressenten, dass sie für ihre Hälfte des Unternehmens klagen würde und dass die Sache vor Gericht gehen würde, bis alles geklärt wäre. Es gelang ihr, den Eindruck zu erwecken, als hätte sie eine reelle Chance, zu gewinnen, was natürlich nicht zutraf; und dass es im Falle eines Verkaufes zu Komplikationen kommen würde.« Sie wiegte den Kopf. »Leah sorgte so dafür, dass das Angebot für die Käufer unattraktiv wurde und sie sich zurückzogen. Connie war rasend vor Wut.«

»Wie viele Leute wussten von Connies Verkaufsabsichten?«

Gina lachte. »Das wusste jeder. Leah hat es vor Wochen allen im Pub erzählt. Und ich wette, Sie wissen, wie es in kleinen Dörfern zugeht.«

»Allerdings. Sie hätte auch gleich eine Anzeige in die Lokalnachrichten setzen können.«

»Ganz genau.«

»Haben Sie schon neue Jobaussichten?«

Gina schüttelte den Kopf. »Nein. Connie hatte sich angewöhnt, die meisten Dinge an mich zu delegieren, wenn potenzielle Käufer zur Besichtigung kamen. Sie war dann damit beschäftigt, sie herumzufahren, ihnen alles zu zeigen und so weiter. Ich hatte gehofft, bei den neuen Betreibern angestellt zu bleiben.«

»Wohnen Sie hier in der Nähe?«

»Sozusagen nebenan.« Sie wies auf das angrenzende Haus.

»Praktisch für die Arbeit.«

»Jep. Und auch wegen Sammys Schule.«

»Ihre Tochter?«

»Ja. Sie ist neun und geht zur Grundschule hier in Brandale.«

Kate nickte und sah sich im Zimmer um. »Haben Sie etwas dagegen, wenn ich mich ein bisschen umschaue?«

»Nein, gar nicht.«

»Danke.« Kate ging aus dem Zimmer.

Gina hörte, wie sie in ihr Telefon sprach und Leute zur Absicherung und Untersuchung des Hauses anforderte. Sie ließ den Blick umherschweifen. Das Feuerholz war neben dem Kamin aufgestapelt und schien nur darauf zu warten, dass Connie später am Abend heimkam und es anzündete. Eine Angewohnheit, wegen der Gina sie oft aufgezogen hatte. Connie aber hatte ihr erklärt, wie sehr sie es mochte, sich vor dem Feuer einzukuscheln, mit Merlins Kopf in ihrem Schoß, während sie eins ihrer Bücher las. Das Knistern und Knacken der Zweige beruhigte sie nach einem Tag voll mit mürrischen Einheimischen oder Touristen, schlimmstenfalls mit beidem. Mit dem Finger strich Gina über den Rücken des Buches, das aufgeschlagen auf der Stuhllehne lag. Ein gepolsterter, cremefarbener Lederstreifen diente als Lesezeichen anstatt einer umgeknickten Ecke oder eines Papierstreifens, den Gina normalerweise benutzte. Es war das neue Buch, das erst gestern mit der Post gekommen war. Marian Keyes. Sie hatte Gina versprochen, es ihr auszuleihen, sobald sie es zu Ende gelesen hatte.

»Ach Connie.« Tränen schossen Gina in die Augen, hastig wischte sie sie fort. Sie setzte sich und starrte vor sich hin. Sie hatte aufgehört, die Nächte zu zählen, in denen sie hier auf dem Sofa gesessen hatte. Nur sie beide, wie sie die Welt mithilfe einer guten Flasche Shiraz wieder in Ordnung brachten; oder überhaupt irgendeiner Flasche, wenn es gerade nichts Gutes gab. Connie war die Erste gewesen, die Gina ins Vertrauen gezogen hatte, nachdem ihr klar geworden war, dass sie lesbisch war. Sie lächelte, als sie daran dachte, wie Connie ihr den Arm um die Schulter gelegt und Wein nachgegossen hatte, um ihr dann zu erklären, dass Frauen total verrückt wären und sie besser Single bliebe. Das würde das Leben einfacher machen, hatte sie gesagt. Damals hatte sie schon ein Kind und eine Katze, was sonst brauchte eine Lesbe auf dem Dorf denn noch?

Gina kicherte trotz ihrer Tränen.

»Ist irgendetwas lustig?«, fragte Kate, die gerade wieder ins Zimmer zurückkam.

»Ich habe mich nur an eine Unterhaltung mit Connie erinnert, die schon viele Jahre zurückliegt.« Sie lächelte traurig.

»Wollen Sie mir davon erzählen?«

»Sie lebte damals schon rund anderthalb Jahre hier. Wir waren befreundet, trotzdem hielt ich sie ein bisschen auf Abstand. Verdammt, ich hielt jeden auf Abstand. Ich schätze, das war schon immer so. Aber ich wusste, dass ich ihr vertrauen konnte. Und ich beschloss, ihr etwas zu sagen, was ich zuvor und seitdem niemandem sonst gesagt hatte.«

»Verzeihung. Ich wollte nicht in glücklichen Erinnerungen an gemeinsame Zeiten herumschnüffeln. Es ist nur so, dass ich im Augenblick noch überhaupt keine Vorstellung davon habe, was von Bedeutung sein könnte.«

Aus irgendeinem Grund fand Gina auch DS Brannon vertrauenswürdig. Sie wischte Kates Bedenken mit einer Handbewegung fort. »Schon okay. Ich habe nicht das Gefühl, dass Sie mit allen und jedem herumtratschen.«

»Nein, ich höre eher zu, als dass ich rede«, erwiderte Kate.

»Tja, ich habe in den sauren Apfel gebissen und mich ihr gegenüber geoutet.« Gina grinste. Es nach so vielen Jahren auszusprechen, fühlte sich merkwürdig an. Auf eine anstößige Art und Weise sexy. *Gina, das ergibt ja so ganz und gar keinen Sinn.* »Jedenfalls haben wir uns an jenem Abend betrunken. War eine verdammt gute Flasche Rioja, soweit ich mich erinnern kann. Und dann habe ich ihr gesagt, dass ich lesbisch bin. Sie erklärte mir daraufhin, dass Frauen alle völlig irre wären und dass es klüger wäre, allein zu bleiben.«

Kate schmunzelte. »Damit könnte sie richtig liegen.«

Gina lachte. »Na so was, na so was ... Und noch eine Lesbe im Dorf. Was wird wohl der Pfarrer dazu sagen?«

»Noch etwas Tee, vielleicht?« Kate lachte.

»Oh Gott. Ich weigere mich, in Zitate aus Monty-Python-Sketchen verwickelt zu werden.«

»Aber das sind Klassiker. Und nebenbei, woher wollen Sie wissen, ob der Pfarrer nicht auch einer von uns ist?«

»Weil ich seine Frau kenne. Wobei, vergessen Sie das. Sie wäre Grund genug, um jeden schwul werden zu lassen.« Sie schnappte nach Luft und schlug sich die Hand vor den Mund in dem Wunsch, die vernichtenden Worte zurücknehmen zu können.

Kate prustete los. »Nein, nur keine Zurückhaltung. Sagen Sie mir ruhig, was sie wirklich denken, Ms Temple.«

»Oh, das war nicht nett. Es tut mir leid.«

Kate wedelte mit der Hand. »Nicht nötig.« Sie tippte sich seitlich an den Kopf. »Notiz an mich selbst: mich mit Temple gut stellen.«

Gina kicherte nunmehr unkontrolliert los und schien unfähig, damit aufzuhören. Wann immer sie Kate ansah, blubberte neues Gelächter in ihr hoch und über ihre Lippen. Ihr war klar, dass das eine Reaktion auf den Schock war, eine gewisse Hysterie, aber so sehr sie es auch versuchte, sie konnte sich nicht bremsen. Sie legte die Hände über die Augen, stützte die Ellenbogen auf ihre

Knie und mühte sich, den lächerlichen Impuls zu bezwingen. »Entschuldigung. Das ist so unangebracht. Ich weiß gar nicht, was über mich gekommen ist.«

»Ms Temple, ich habe Menschen in so ziemlich jeder denkbaren Weise auf den Verlust einer nahestehenden Person reagieren sehen. Wut, Verleugnung, Hass, Weinkrämpfe, Weglaufen, Schreien, alles Mögliche. Und nun kann ich der Liste eben hysterisches Kichern hinzufügen. Ich muss zugeben, bis jetzt ist das einer meiner Favoriten.« Sie hielt zwei Plastiktütchen in die Höhe, in einer war ein Kamm, in der anderen eine Zahnbürste. »Das hier muss ich mitnehmen nach King's Lynn, und bevor ich gehe, muss ich das Haus sichern. Kann ich Sie nach Hause bringen?«

»Ich wohne doch nur nebenan.«

»Ich weiß. Deshalb habe ich es ja angeboten. Kein weiter Weg.«

»Besten Dank, aber ich komme zurecht.« Gina zog sich selbst auf die Füße und öffnete die Haustür.

»Wissen Sie zufällig, wo ich Leah Shaw antreffen könnte?«

»Sicher. Sie wohnt bei Ally, der Katze.«

»Pardon?«

»Oh, Entschuldigung. Ally Robbins. Wir nennen sie alle so, aus verschiedenen Gründen.«

»Und die wären?«

»Erstens ist sie eine Herumtreiberin, die mit jedem schläft, der nicht Nein sagt. Sie wissen schon. Wie ein alter, verwilderter Kater.«

»Verstehe. Und weiter?«

»Sie mag keine Katzen. Sie schießt mit einem Luftgewehr aus ihrem Schlafzimmerfenster auf alle Katzen in ihrem Garten, damit sie nicht die Vögel töten.«

»Das ist ein Scherz, oder?«

»Ich wünschte, es wäre so. Das halbe Dorf lässt deshalb die Katzen nicht mehr nach draußen.«

»Wo wohnt sie?«

»Am anderen Ende des Ortes, zwei Querstraßen vor der Zufahrt zum Hafen.«

»Okay. Ich danke Ihnen, Sie waren mir eine große Hilfe.«

»Gern geschehen, jederzeit wieder. Connie war schließlich meine beste Freundin.«

»Kann ich Ihre Nummer haben? Ich fürchte, mir werden noch mehr Fragen einfallen.«

»Ja, klar.« Gina diktierte die Zahlenfolge und Kate kritzelte sie auf ihren Notizblock. »Und um es noch einmal zu sagen, der Lachanfall vorhin tut mir leid. Ich denke, es kommt vom Schock, oder so.«

»Machen Sie sich darüber keine Gedanken.« Kate sah auf ihre Uhr. »Ich muss jetzt wirklich los. Wir sehen uns, Ms Temple.«

»Bis bald, Detective.« Gina hielt die Tür auf und sah Kate nach, die den Jackenkragen hochschlug und die Richtung einschlug, in der sie wohl ihr Auto geparkt hatte. Mit gesenktem Kopf und angespannten Schultern lief sie durch den Wind. Die schwarze Jeans schmiegte sich an ihren knackigen Hintern, der Saum verschwand in ein paar weichen Lederschuhen. Verdammt sexy.

Kapitel 3

Timmons schnallte sich gerade im Wagen an, als Kate wieder am Zugang zum Küstenpfad auftauchte.

»Anderson meinte, Sie hätten DNA-Material«, sagte er durchs Autofenster.

»Hier ist es.« Sie hielt die versiegelten Tüten in die Höhe.

»Gute Arbeit, Brannon.«

»Danke. Gibts ein Problem?«

»Ja. Ich habe einen weiteren Tatort.«

»Hat er mit diesem hier zu tun?«

Er schüttelte stirnrunzelnd den Kopf. »Unwahrscheinlich. Es geht um drei tote Mädchen, mitten in King's Lynn. Möglicherweise eine Drogengeschichte. Wenn ich dort bin, werde ich es genauer wissen.« Er reichte ihr einen Zettel, auf dem drei Namen und Telefonnummern standen. »Dies ist der Rest des Teams, das an diesem Fall mitarbeitet. Stella Goodwin ist eine erfahrene Polizistin. Ich übertrage ihr hierfür die Leitung, aber Sie werden mir beide direkt Meldung machen. Nach wie vor ist das mein Fall, aber ich kann eben nicht an zwei Orten gleichzeitig sein.«

Sie verstand. Drei Leichen gegen eine. Stadtzentrum gegen Niemandsland. Politik und Geld. Wenn er seine bisherige Gehaltsstufe bei der Kriminalpolizei von King's Lynn behalten wollte, war er gezwungen, sich an die politischen Regeln zu halten und sich bei den Oberen lieb Kind zu machen.

»Goodwin kann was.« Er blinzelte ihr zu. »Sie werden das hinkriegen.« Damit legte er den Gang ein und lenkte das Fahrzeug vom Bordstein weg.

»Na dann.« Kate starrte auf das Stück Papier in ihrer Hand. Es barg die große Chance, ihr Können unter Beweis zu stellen. Eine riesige Chance. *Versau es also lieber nicht.* Sie fuhr sich mit den Fingern durchs nasse Haar und stieg in ihr Auto. Dann verließ sie die Sackgasse in Richtung Westen auf dem Weg nach King's Lynn, zum Leichenschauhaus.

Das Queen-Elizabeth-Krankenhaus in King's Lynn war ein ausgedehnter Gebäudekomplex aus Zweigeschossern, der Ende der 70er-Jahre eilig errichtet und 1980 eröffnet wurde. Fertigteilwände mit pastellgelber Verkleidung umgaben sie, nachdem Kate den Haupteingang passiert hatte und sich ihren Weg zur Gerichtsmedizin durch die langen Flure bahnte. Der bloße Gedanke an ihr Ziel verursachte ihr noch mehr Kribbeln auf der Haut als das Geschehen, dem sie beiwohnen würde – wie immer. Der Umstand, dass sie höchstwahrscheinlich wusste, wer auf dem Tisch lag, verstärkte ihren Drang, den Tathergang aufklären zu wollen. Sie wollte Gina wenigstens in dieser Hinsicht etwas Seelenfrieden verschaffen.

Sie drückte auf den Knopf der Gegensprechanlage, um die Gerichtsmedizin betreten zu können, und atmete zum letzten Mal für eine ganze Weile tief durch. Dann schob sie die Tür auf.

»Detective, Sie kommen genau richtig. Kein Timmons?« Dr. Anderson stand an der stählernen Tischfläche. Darauf lag die Leiche, nackt und bereit für die postmortale Untersuchung.

»Nein. Er wurde zu einem anderen Tatort abberufen.«

»Die toten Mädchen in Lynn?«

Kate nickte.

»Wie die Linienbusse.«

Kate zog die Brauen zusammen. »Wie bitte?«

»Morde. Seit Jahren ist keiner passiert. Und plötzlich haben wir vier an einem Tag.« Sie nahm ihr Skalpell auf und hielt es leicht in der Hand. »Wie die Busse.« Dr. Anderson hatte sich offenbar entschieden, auf weiteres Geplänkel zu verzichten. Sie machte sich mit ihrer Klinge an die Arbeit. Sie ging effizient, methodisch und erfahren vor. Jede ihrer Handbewegungen bei dieser schrecklich klinischen Zerlegung war faszinierend. Jeder Schnitt verwandelte Connie Stück für Stück von einem menschlichen Wesen zu einer Ansammlung von Beweisen. Jedes entfernte Organ machte vor Kates Augen die Person mehr und mehr zum Kadaver. Dies verursachte Kate sehr viel mehr Unbehagen als der Anblick von Blut; die Entmenschlichung einer Frau, die noch vor ein paar Stunden gelebt, geatmet, geliebt und gelacht hatte.

Kate hasste diesen letzten, entweihenden Akt. Auf intellektueller Ebene war ihr bewusst, dass sie jeden noch so kleinen körperlichen Hinweis erfassen mussten. Ein Quäntchen mehr an Information konnte den Unterschied zwischen der Entschlüsselung des Falls und dem Scheitern daran ausmachen. Emotional jedoch traf sie diese Gewalt am Opfer tief in ihrer Seele. Dieser Fall war vielleicht tatsächlich ihre erste große Chance, sich zu beweisen. Aber es war nicht der erste verdächtige Todesfall, an dem sie arbeitete. Es war auch nicht die erste Autopsie, an der sie teilnahm. Vermutlich würde sie niemals anders dabei empfinden. Ein Teil von ihr fragte sich, ob sie das überhaupt wollte. Wäre das nicht noch besorgniserregender? Würden fehlendes Mitgefühl, Empathie und Verbindung zum Opfer, dem sie Gerechtigkeit verschaffen wollte, ihr noch mehr im Wege stehen?

Die Techniker der KTU untersuchten schon längst den Kamm und die Zahnbürste, um daran vergleichstaugliche DNA zu finden und eindeutig zu beweisen, dass es sich bei der Toten um Connie Wells handelte. Kate hatte keinen Zweifel. Sie konnte den kleinen Leberfleck am Hals des Opfers sehen, der ihr auch auf dem Foto auf Connies Kaminsims aufgefallen war. Genau wie die Kette, die um ihren Hals gehangen hatte und nun in einem Asservatentütchen auf dem Tisch an der Wand gegenüber lag. Der dreieckige Anhänger, am Rand mit Edelsteinen besetzt, die die Regenbogenflagge repräsentierten, war mit einem Lederband um ihren Nacken geschlungen gewesen. Vielleicht gab es eine Geschichte dazu, irgendeine Bedeutung für Connie, jenseits des symbolischen Regenbogens. War er ein Geschenk gewesen?

»Haben Sie eine Ahnung, was das dort in der Wunde sein könnte, Doktor?«, fragte Kate, nachdem die Vorbereitungen für die Autopsie abgeschlossen waren.

»Schauen wir es uns an.« Die Ärztin setzte sich eine Vergrößerungsbrille auf und nahm eine Pinzette zur Hand. Sie griff damit ins rohe Gewebe und schaffte es, ein paar feste Partikel herauszuziehen. Selbst Kate erkannte, dass es sich nicht um Knochenfragmente handelte. Das Licht spiegelte sich auf dem Teil der Oberfläche, der nicht blutverschmiert war. Es wurde gebrochen und warf ein winziges Prisma auf den weißen Boden.

»Glas?«

»Offensichtlich.« Anderson legte einige Splitter in einer Petrischale ab, versiegelte und beschriftete sie. Dann barg sie ein weiteres Stück und platzierte es auf einem Objektträger.

»Können Sie feststellen, woher das stammt? Ich erinnere mich nicht daran, zerbrochene Flaschen am Tatort gesehen zu haben.«

Anderson schob den Glasträger unters Mikroskop und stellte die Linsen scharf. »Da ist eine leichte Tönung im Glas, möglicherweise von einem UV-Filter.«

»Eine Sonnenbrille?«

»Mmm. Könnte sein, aber vielleicht auch nicht. Für mich sieht es dafür nicht dunkel genug aus, und so besonders sonnig war es an diesem Morgen auch nicht. Ich kann mir nicht vorstellen, warum jemand um sieben Uhr morgens eine Sonnenbrille tragen sollte, im Oktober, in England.«

»Gutes Argument«, stimmte Kate zu.

Anderson sah auf und nickte in Richtung der Petrischale. »Wir werden das untersuchen lassen und herausfinden, woher genau dieses Glas stammt.«

Kate nickte. »Noch etwas?«

»Nein. Sie war eine gesunde junge Frau. Todesursache war eine einzelne Schussverletzung im Kopf, der Tod ist unmittelbar eingetreten.«

»Hätte es ein Unfall gewesen sein können?«

»Nun, ich schätze, alles ist möglich. Aber ehrlich gesagt wüsste ich nicht, wie. Die verwendete Waffe war ein Hochleistungsgewehr. Ohne auch nur annähernd die Flugbahn des Projektils zu kennen, kann ich weder etwas zum Winkel oder zur Reichweite sagen, geschweige denn über den Radius. Zumal das Geschoss nicht im Schädel steckt. Ich würde aufs Wasser spekulieren, aber sehen wir der Wahrheit ins Auge: Ein Stück der Kugel dort zu finden, wäre wie das Pferd am Scheißhaufen erkennen zu können, wenn ich das mal so formulieren darf. Heute Morgen sieht das Wasser aus wie mein Kaffee, nur dass es nicht halb so gut riecht.«

»Also auch wenn ich eine Waffe finde, können Sie sie nicht zuordnen?«

»Im Augenblick nicht, nein.«

Kate seufzte schwer und bedauerte das sofort, als der scharfe Geruch von Formaldehyd und Blut in ihre Nase stieg. »Wann haben wir die DNA-Ergebnisse?«

»Morgen, gegen Mittag. Die Glasanalyse sollte dann ebenfalls vorliegen.«

»Großartig, danke.«

»Na dann. Ich spiele jetzt noch ein wenig mit einem sedierten Hund.«

»Viel Spaß dabei. Was wird eigentlich aus dem Tier, wenn alles vorbei ist?«

»Ich weiß nicht. Gibt es Familienangehörige, die den Hund nehmen können?«

»Soweit ich weiß, hat sie allein gelebt. Vor Kurzem haben sie und ihre Partnerin sich getrennt, eigentlich saß sie schon auf gepackten Koffern und wollte in ein paar Wochen umziehen.«

»Tja, falls die Verflossene den Hund nicht haben will, wird er wohl im Tierheim landen.«

Kate schüttelte den Kopf. »Das arme Ding.«

»Möchten Sie noch zuschauen?«

»Nein. Ich denke, ich werde besagter Exfreundin einen Besuch abstatten und schauen, ob sie Hunde mag. Nur für den Fall, dass sie nicht die Täterin ist, natürlich.«

»Natürlich.« Anderson zwinkerte ihr zu. »Bis später, Detective.«

Kate drückte die Tür auf und strebte dem Ausgang zu. Sie wusste, dass ihr ein breites Grinsen im Gesicht stand, aber zur Hölle damit. Flirtende Pathologen hatten eben diese Wirkung auf sie. An der Cafeteria des Krankenhauses machte sie auf einen Kaffee Halt und schaffte es anschließend gerade so, den Parkplatzwächter vor ihrem parkscheinfreien Auto einzuholen. Noch während sie ausparkte, zog sie gleichzeitig den Sicherheitsgurt fest und bugsierte den Kaffeebecher in die Halterung der Mittelkonsole. Die heiße Flüssigkeit schwappte über ihre Finger.

»Scheiße.«

»Geschieht dir recht«, schnauzte der Parkplatzwächter durch die Scheibe.

»Ja, ja«, flüsterte sie tonlos. »Leck mich.« Sie schüttelte den letzten Kaffeetropfen von der Hand, angelte nach ihrem Headset, tippte auf die Schnellwahltaste am Handy und klemmte die Halterung hinters Ohr.

»Timmons.«

»Sir, ich komme gerade von der Autopsie und bin jetzt auf dem Weg nach Hunstanton, um mich mit Ihrem Team zu treffen.«

»Hat die Autopsie etwas Interessantes ergeben?«

»Schweres Kopftrauma, bislang wird ein einzelner Schuss als Todesursache vermutet. Anderson hat noch etwas in der Wunde gefunden. Scheint Glas zu sein, aber am Tatort war nichts, was dazu passen könnte. Weder zerbrochene Flaschen, noch Sonnenbrille oder etwas in der Art. Sie hat es ins Labor geschickt.«

»Haben wir inzwischen die Identität sicher festgestellt?«

»Wir müssen noch die DNA-Vergleiche abwarten.«

»Bis wann?«

»Morgen Mittag.«

»Okay, und bis dahin?«

»Befasse ich mich mit dem vermutlichen Opfer, Connie Wells. Örtliche Geschäftsinhaberin, frisch getrennt, wollte ihr Unternehmen schließen, das eines der einflussreichsten in der Gegend ist.«

»Mir fallen schon jetzt etliche Verdächtige ein.«

»Genau, Sir.«

»Gute Arbeit. Der nächste Schritt, Brannon?«

»Mich kurz mit dem Team im Lagezentrum einrichten und danach möchte ich mich mit der Exfreundin unterhalten.«

»In Ordnung. Goodwin wartet schon auf Sie. Ich möchte, dass Sie mit ihr zusammenarbeiten. Wie schon gesagt, sie hat Erfahrung. Außerdem ist sie verdammt effizient. Und sehr aufmerksam bei Kleinigkeiten, und beim Papierkram und bei der Buchhaltung. Sie behält den Überblick. Sie möchte ich dagegen im Außeneinsatz. Sie haben den Tatort gesehen, Sie haben das Opfer schon im Visier und auch potenzielle Verdächtige. So sieht schnelle, gute Ermittlungsarbeit aus. Also weiter so, und halten Sie mich auf dem Laufenden. Nehmen Sie Jimmy Powers mit. Außerdem gibt es noch einen Beamten, der Sie heute Abend mit DC Brothers begleiten wird, sein Name ist Collier.«

In der Telefonleitung war Kratzen und Rascheln zu hören, als würde er in einem Buch nach Informationen blättern. »Ein Anfänger. Deshalb setze ich ihn mit Brothers ein. Ist sein erster Fall.«

»Alles klar.« *Die Anfänger hier sollen also nicht zu viel mit den Anfängern dort zu tun haben.*

»Sorgen Sie einfach dafür, dass er es nicht vermasselt.«

Sie gluckste und ahnte, dass diese Worte auch für sie selbst galten. »Kriege ich hin.«

»Natürlich werden Sie alle das hinkriegen. Alles gute Leute.«

»Ganz sicher, Sir. Danke.« Sie legte auf.

Die A149 folgte der Küstenlinie von King's Lynn nach Cromer. Knapp hundert Kilometer offener Himmel, blaue See und Sandstrände zu ihrer Linken. Naja, zumindest an freundlichen Tagen. Heute war nicht so ein Tag. Heute war ein Tag voller Traktoren, Dauernieselregen und braungrauem Wasser, das ungefähr so einladend aussah wie Amöbenruhr. Die gut dreißig Kilometer bis Hunstanton zogen sich zäh dahin, und Kate trommelte mit den Fingernägeln aufs Lenkrad, während ihr Wagen vorwärts kroch.

Vor der Polizeiwache in Hunstanton parkte sie ein und stellte den Motor ab. Sie nahm den letzten Schluck Kaffee, während sie die Tür öffnete, und warf den Pappbecher direkt in den Papierkorb dahinter. Bemüht, ihre Ungeduld und Nervosität abzuschütteln, lächelte sie den Beamten am Schreibtisch an.

»Mein Name ist Bran…«

»Brannon, ich weiß.«

Er lächelte zurück und hielt ihr die Hand hin. »Ich bin PC Noble. Inspector Savage hat Sie schon angekündigt. Die anderen sind oben und bereiten das Besprechungszimmer für diesen Fall vor.«

»Danke schön.«

»Freut mich, Sie kennenzulernen.« Er wies auf eine Tür. »Dort geht es nach oben. Ich klingel für Sie durch.«

Sie nickte und öffnete die Tür. Dabei vernahm sie ein kratziges Summen. Das robuste Metallgeländer fühlte sich kühl in ihrer Hand an, ihre Absätze klickten auf den Betonstufen. Von oben konnte sie Lärm und Frotzelei hören. Ihr Team. Zumindest in gewisser Weise. Fast. Zum Teil zumindest. Na gut, es war hauptsächlich Goodwins Team, aber ihr Rang war nicht geringer. Und dies war ihre erste echte Gelegenheit, sich zu behaupten. Timmons konnte jederzeit einschreiten und die Kontrolle übernehmen, aber gerade jetzt wurde er woanders gebraucht.

Drei tote Mädchen, mitten in der Stadt. Der größte Teil der Polizei von King's Lynn war voll und ganz mit dem Fall beschäftigt. Sie konnte ihn sicher bitten, zu übernehmen, wenn sich herausstellte, dass Goodwin der Sache nicht gewachsen war und sie allein es nicht bewältigen konnte. Gleichzeitig wusste sie aber, dass eher die Hölle zufrieren würde, bevor sie das tat. Wenn sie diese Angelegenheit zügig aufklärte, konnte sie allen zeigen, dass sie mit allen Wassern gewaschen und bereit für mehr war. Inspector, Chief Inspector, Superintendant, Chief Super. Verdammt, warum nicht gleich Commissioner, wenn sie schon einmal dabei war?

Oh, krieg dich wieder ein und konzentriere dich auf das, was du zu tun hast, bevor du es jetzt schon vergeigst.

Sie öffnete die Tür und nahm ihr neues Arbeitsumfeld in Augenschein. Der Raum war lang und schmal, vielleicht drei Meter breit und viereinhalb Meter lang. Ein junger Mann Ende zwanzig, dem das halblange Haar ins Gesicht hing, installierte gerade Bildschirme auf einem Schreibtisch. Einige andere Displays standen schon an Ort und Stelle. Eine blonde Frau saß an einem komplett eingerichteten Arbeitsplatz und arbeitete emsig an etwas, das Kate für die Fallakte hielt. Darin wurden sämtliche Untersuchungen, die sie durchführen würden, detailliert festgehalten. Ebenso eine Auflistung jeder einzelnen Entscheidung, die sie treffen würden, nebst Begründung und Ergebnis. Für Kate schien es, als arbeitete die Frau an der Heiligen Schrift.

Ein Quietschen lenkte Kates Aufmerksamkeit in Richtung des Whiteboards an der hinteren Wand des Raumes. Das letzte Mitglied des Teams schüttelte einen Stift in dem Versuch, Tinte an dessen Spitze zu befördern. Doch statt Schreiblinien verursachte er nur ein kreischendes Geräusch.

»Stella, hast du irgendwo noch einen Stift versteckt?«, fragte er die blonde Frau.

»Tonnenweise, Herzchen. Möchtest du einen pinkfarbenen?«, fragte Stella.

»Haha, sehr wit…« Er unterbrach sich selbst, als sein Blick auf Kate fiel. »Sergeant. Ich habe Sie gar nicht hereinkommen hören.«

Der junge Mann, der bis eben mit den Bildschirmen hantiert hatte, richtete sich auf. Er behielt die Kabel in der Hand und stieß sich den Kopf an der Unterseite des Tisches. »Autsch.« Mit einer Grimasse rieb er sich die betroffene Stelle.

»Na ja, Sie waren alle schwer beschäftigt«, sagte Kate.

Der Mann am Whiteboard warf den ausgetrockneten Stift in den Papierkorb und kam mit ausgestreckter Hand auf sie zu. »Ich bin DC Brothers. Tom.« Er lächelte herzlich. Seiner kräftigen Erscheinung war anzusehen, dass er viel Zeit im Freien verbrachte; um seine Augen war die Haut ein wenig heller als im restlichen Gesicht – er schien gerne Sonnenbrille zu tragen. Ihr kam der Gedanke, dass er wie ein kleiner Panda, nur verkehrt herum, aussah. »Der Typ da drüben ist Jimmy.«

Jimmy, der sich noch immer den Kopf rieb, hielt ihr die Hand hin. »DC Powers.« Er war groß, drahtig und langbeinig und wirkte dadurch jünger, als er vielleicht war. Kate war sicher, dass er das durch den Kinnbart auszugleichen versuchte. Zumindest war er sauber rasiert und gepflegt. Sie mochte keine Bärte. Ihr Vater hatte einen getragen, als sie klein gewesen war, und es hatte ihr stets Übelkeit verursacht, darin verfangene Essensreste entdecken zu müssen.

»Freut mich, Sie kennenzulernen«, sagte Kate.

»Stella Goodwin.« Stella trat ebenfalls zu ihr.

Kate schüttelte ihre Hand. »Kate Brannon.« Sie sah sich im Zimmer um. »Gerade beim Einrichten?«

»Ja. Die Jungs haben sich ein wenig nützlich gemacht, und ich glaube, wir haben alles, was wir brauchen.«

»Wunderbar. Dann werde ich Sie mal auf den neuesten Stand bringen.« Sie schnappte sich einen Stift aus der Tasse auf Stellas Schreibtisch und ging zum Whiteboard. Schnell berichtete sie von den bisher vorliegenden Informationen und zeichnete eine Skizze vom Tatort. »Das wird reichen müssen, bis wir die Fotos bekommen.«

»Ich habe die Zeiten vom Sonnenaufgang und vom Einsetzen der Flut.« Stella las sie vor, und Kate schrieb sie neben die Skizze.

»Wir warten noch darauf, dass die Identität per DNA sicher nachgewiesen werden kann. Aber anhand der bisher bestätigten äußeren Merkmale fresse ich meine Jacke, wenn es sich nicht um Connie Wells handelt.«

Alle lachten.

»Also, wie sieht der Schlachtplan aus, Boss?«, fragte Tom und sah dabei zu Stella. Die wandte sich mit gehobenen Brauen Kate zu und überließ ihr so demonstrativ das Parkett.

»Ich möchte zunächst mit der ehemaligen Partnerin sprechen. Die Spurensicherung muss sich im und um das Haus des Opfers umsehen. Ich habe einen Beamten an der Tür Stellung beziehen lassen und eine Nachricht bei der SpuSi hinterlassen. Allerdings hat mich noch niemand zurückgerufen.«

»Ich werde mich darum kümmern. Und Sie kümmern sich um die Ex.« Stella nahm den Telefonhörer ab und gab aus dem Gedächtnis eine Nummer ein.

»Wir werden mit jedem im Dorf sprechen müssen«, sagte Kate.

»Mit jedem?«, fragte Jimmy.

»Ja. Ohne Ms Wells gibt es neununddreißig dauerhafte Einwohner. Wenn man Ms Temple Glauben schenken möchte, hatte jeder einzelne von ihnen den einen oder anderen Grund, unser Opfer nicht zu mögen«, erklärte Kate.

»Mag sein«, erwiderte Tom. »Aber nicht jeder wird die Gelegenheit für den Mord gehabt haben.«

»Ganz genau. Und deshalb sollten wir damit beginnen, Leute auszuschließen.«

»Von einer Tür zur nächsten?«

Kate nickte und sah dabei mit gerunzelter Stirn auf die weiße Tafel. »Ja. Kennt jemand von Ihnen Ally, die Katze?«

Tom und Jimmy kicherten.

»Ich deute das als Ja. Haben Sie ihre Adresse?«

Jimmy reichte ihr einen Zettel mit kaum lesbarer Schrift.

»Wozu?«

»Offensichtlich wohnt Leah Shaw bei ihr.«

»Tatsächlich?« Toms Augenbrauen wanderten in die Höhe. »Wusste nicht, dass unsere Ally auch andersrum ist.«

»Nur weil sie dort wohnt, heißt das nicht zwingend, dass sie miteinander ins Bett gehen«, entgegnete Kate.

Tom kicherte nochmals. »Sie haben sie ja noch nicht kennengelernt.«

»Ich werde das berücksichtigen.«

»Das war Wild«, ließ Stella vernehmen, während sie auflegte.

Tom ließ ein helles Pfeifen ertönen. »Nummer vier«, rief er, zeigte auf den Ringfinger seiner linken Hand und zwinkerte ihr zu.

»Schnauze«, meinte Stella und blitzte ihn giftig an.

»Wer ist Wild?«, wollte Kate wissen.

»Der Chef des SpuSi-Teams, das mit uns zusammenarbeitet«, erklärte Stella.

»Und ihr Herzblatt«, flüsterte Tom laut genug, dass es jeder im Raum hören konnte.

Stella starrte ihn eiskalt an. »Er ist ein glücklich verheirateter Mann, Witzbold. Weder ist er an mir interessiert noch ich an ihm. Wir arbeiten gut zusammen, und seine Frau ist ganz reizend. Können wir jetzt mit der verdammten Arbeit weitermachen?«

»Hmm. Welche Laus ist der denn jetzt über die Leber gelaufen?«, fragte Tom und duckte sich unter dem Stift weg, der in Richtung seines Kopfes geflogen kam.

Kate schmunzelte.

»Die Leute von der Spurensicherung fahren hin, sobald sie am Tatort fertig sind. Sie brauchen wohl noch ein paar Stunden da draußen.« Stella warf Kate eine Karte zu. »Speichern Sie das in Ihrem Handy. Optimalerweise spricht man immer gleich mit dem Häuptling, und Wild ist der Beste, den sie haben.«

Kate zog ihr Telefon hervor und fügte die Nummer ihrer Kontaktliste hinzu. »Haben sie inzwischen schon etwas Interessantes gefunden?«

»Nein. Deshalb sind sie ja noch vor Ort.«

Kate zuckte mit den Schultern. »Soll ich die Herren mit ins Dorf nehmen?«

»Ich bleibe hier und sehe die Aussagen durch, die die Kollegen schon geschickt haben«, sagte Stella.

»Von den Spaziergängern, die Connie gefunden haben?«

»Genau.«

»Okay. Timmons meinte, dass heute Abend noch jemand zu uns stößt. Collier.« Tom und Jimmy stöhnten.

»Reißt euch zusammen«, warnte Stella. »Wenigstens gibt es dann jemanden, dem du rangmäßig überlegen bist, Jimmy.« Sie gluckste boshaft.

Kate musste angesichts Jimmys geknickter und gleichzeitig selbstgefälliger Miene kichern. »So, und nun genug geschwätzt, die Damen. Sie beide kommen mit mir.« Mit dem Kopf wies sie zur Tür. Die beiden Männer folgten ihr und nahmen im Gehen ihre Winterjacken mit.

Kapitel 4

Gina zog sich einen dicken Aran-Pullover über den Kopf. Ihr war durch und durch kalt. Die Hände fühlten sich wie Eisklumpen an und sie hatte das Gefühl, dass ihr ganzer Körper von einer Gänsehaut überzogen war. Sie schlang die Arme um sich und rieb ihren Trizeps. Sie hatte beschlossen, für heute zuzumachen, und hatte Sarah nach Hause geschickt. Dann hatte sie das Büro, dass sie sich mit Connie geteilt hatte, abgeschlossen. Sie war sicher, dass die Polizei es sich früher oder später ansehen wollen würde.

Gina füllte den Wasserkocher und setzte ihn auf. Eine Tasse Tee würde hoffentlich den Frost aus ihren Knochen vertreiben. Vor dem Küchenfenster raschelte Laub und lenkte ihre Aufmerksamkeit auf das Efeu, das ihren Gartenschuppen zum großen Teil überwucherte. Schon vor Jahren hatte sie sich vorgenommen, es zu entfernen. Inzwischen war das Holz darunter aber so mürbe, das sie stark vermutete, nur die Efeuranken hielten den Schuppen noch zusammen und aufrecht. Ihr Garten war lang gestreckt, aber eher schmal. Der alte Holzschuppen stand neben dem solide gemauerten Verschlag, der sich an die Küche anschloss. Auf halber Höhe des Gartens gab es eine Reihe Sträucher, der Teil dahinter war verwildert. Dort war Sammys Spielplatz. Bei dem Gedanken an ihre lebhafte neunjährige Tochter musste sie lächeln. Bei der Vorstellung, ihr erklären zu müssen, dass Connie tot war, bekam sie allerdings erneut eine Gänsehaut.

Obwohl man kaum sagen konnte, dass Connie und Sammy eng befreundet gewesen waren, bestand von Anfang an ein merkwürdiges Einvernehmen zwischen ihnen. Connie hatte mit Sammy gesprochen, als wäre sie schon erwachsen, und Sammy hatte sich ihr gegenüber mit Respekt verhalten, was sie anderen sonst kaum zuteilwerden ließ. Gina wusste, Connie war die eine Person im Ort, mit der Sammy es sich auf keinen Fall verderben wollte. Es war amüsant gewesen, die beiden zu beobachten, jede von ihnen vorsichtig und gleichzeitig neugierig.

Ein Schatten verdunkelte kurz ihre Sicht, erweckte ihre Aufmerksamkeit und verschwand gleich darauf. Wieder raschelten die Blätter, obwohl kein Lüftchen durch die anderen Gehölze im Garten wehte. *Was zur Hölle?*

Sie lief Richtung Hintertür, um diese aufzuschließen, fand sie aber bereits offen. Ihr Herz begann zu pochen. Sie schloss die Tür immer ab und versteckte den Schlüssel an einem Haken unter dem Geschirrschrank neben der Spüle. Es ging ihr eher darum, Sammy davon abzuhalten, sich unbehelligt aus dem Staub zu machen, als dass sie sich vor etwas fürchten würde. Auf jeden Fall würde sie es hören, wenn Sammy nachts auf einen Stuhl kletterte, um sich den Schlüssel zu holen. Aber jetzt war er nicht dort, sondern steckte in der Hintertür.

Was um Himmels Willen war hier los? Connie tot. Ihre Hintertür unverschlossen. Brandale Staithe war plötzlich das Zentrum einer Verbrechenswelle! Gina schüttelte den Kopf. Sie musste wohl vergessen haben, wieder abzuschließen, als sie den Müll rausgebracht hatte, oder etwas in der Art. Ganz einfach. Trotzdem konnte sie das Unbehagen nicht abschütteln. So leise wie möglich bewegte sie die Klinke. Sie öffnete die Tür und lauschte, bevor sie den Kopf durch den Türspalt steckte.

Noch mehr Blättergeraschel und ein scharrendes Geräusch, als würde Metall auf Plastik reiben. Dazu schniefende Laute, die offenbar vom Dach des Anbaus kamen.

»Verdammt nochmal, blödes, scheiß Bastard Ding, es ist alles deine verdammte, scheiß Schuld.«

Gina trat aus der Tür, die Hände in die Hüften gestemmt, und sah hoch zum Dach. »Samantha Temple, beweg sofort deinen kleinen, mageren Hintern zu mir runter und erklär mir, warum du auf dem Dach hockst und so unanständig redest!«

Sammy starrte aus rotgeränderten Augen zu ihr herab, mit vom Weinen fleckigen Wangen und der perfektesten *Oh-Scheiße*-Miene, die Gina je gesehen hatte. Noch besser als das Gesicht von Sammys Vater, nachdem sie ihm gesagt hatte, sie wäre schwanger.

»Isgarnix, Mama.« Sie wischte sich die Nase am Ärmel ab und versuchte, mit der anderen Hand etwas heimlich unter die Blätter zu schieben.

»Nun, da du aber eigentlich in der Schule sein solltest, fluchst wie ein Seemann und weinst …«

»Ich weine gar nicht.«

»Okay, da du traurig aussiehst, glaube ich schon, dass etwas ist. Also komm runter, bring mit, was immer du da oben auch hast, und rede mit mir.«

»Ich kann nicht.«

»Natürlich kannst du. Ich bin deine Mama, du kannst mir alles sagen.«

»Ich kann nicht, Mama.«

Gina hörte ein Knirschen und sah schon vor ihrem geistigen Auge, wie das efeubedeckte Gebilde, auf dem ihre Tochter hockte, unter ihr nachgab. Sie hob eine Hand. »Dann gib mir einfach das, was du dort oben verstecken wolltest.«

Sammy wurde blass, sie schüttelte den Kopf.

»Wenn nicht, komme ich hoch und hole es mir. Dann wird der Schuppen unter uns zusammenbrechen, und wir beide sterben vielleicht. Klingt nach keinem guten Plan. Sammy, mein Schatz, was ist denn los?«

Tränen kullerten über Sammys Wangen, und sie vergrub ihr Gesicht in der Armbeuge. Sie sagte irgendetwas, aber Gina konnte sie nicht verstehen. Schnell schnappte sie sich die Leiter und lehnte sie an den Anbau. Sie platzierte sie so weit weg vom Schuppen wie möglich, aber noch in Reichweite für Sammy.

Noch während sie hochstieg, sah sie von der Leiter aus, dass Sammy versuchte, ihr Luftgewehr zu verstecken. Ihr dämlicher Vater hatte es ihr letzte Weihnachten geschenkt. Seitdem würde das Kind es am liebsten mit ins Bett nehmen. Gina hasste das Gewehr. Sie wollte es am liebsten gar nicht im Haus haben, aber Matt war Landwirt und war mit Waffen aufgewachsen. Er fand nichts dabei, eine Neunjährige mit in die Marsch zu nehmen, um Kaninchen, Ratten und Gottweißwas zu jagen. Es sei nur ein Luftgewehr, hatte er gesagt. Damit könne man keinen Schaden anrichten. *Es wird Schaden anrichten, wenn ich dir damit direkt in deine verdammten Eier schieße.*

»Sammy, gib es mir.« Sie streckte ihre Hand aus und lächelte beruhigend. Was auch immer los war, es konnte keine Kleinigkeit sein, wenn ihre Tochter deshalb weinte. Sammys Jeans war völlig verdreckt, die Jacke hatte einen Riss am rechten Arm. *Schon wieder eine Jacke kaputt*, dachte Gina. Sie wedelte mit den Fingern, um die Waffe endlich ausgehändigt zu bekommen.

Sammy reichte ihr behutsam die Waffe, bedacht darauf, den Griff auf Gina zu richten und die Mündung fort von ihrem eigenen Körper.

Sie hat Angst davor. Was um Himmels Willen ist passiert? »Danke Schatz. Ich klettere jetzt wieder nach unten, und du kommst mir nach, okay?«

Sammy nickte.

Gina hängte sich den Riemen über die Schulter und stieg die Leiter hinab. »Und denk nicht einmal daran, wegzurennen, Sammy. Wir müssen uns unterhalten, und vor mir fortzulaufen, macht es nur noch schlimmer.«

»Ja, Mama.«

Gina legte das Gewehr auf den Tisch und deutete auf einen Stuhl.

Sammy setzte sich hin und rieb sich die Augen. Sie wirkte resigniert in Erwartung ihres Schicksals.

»Dein Vater sollte dich heute früh zur Schule bringen. Was war los?« Gina stellte eine Tasse Tee für sich und ein Glas Milch für Sammy auf den Tisch.

Sammy runzelte die Stirn. Offensichtlich irritierte es sie, vor der Verurteilung noch etwas Essbares zu bekommen. »Wir sind zeitig aufgestanden und in die Marsch gegangen. Papa hatte Gänse-Dienst, und er meinte, ich kann ihn begleiten.«

»Okay.« Gina wusste, dass Matt Sammy morgens oft mitnahm. Mit ihr gemeinsam die Schreckanlagen einzustellen, die die Gänse von den Feldern vertreiben sollten, war harmlos im Vergleich zu anderen Unternehmungen mit seiner Tochter.

»Er sagte, ich dürfe sein Gewehr nehmen und ihm etwas zum Nachmittagstee schießen.«

Gina seufzte.

»Ich bin zum Küstenpfad gegangen, damit ich hinterher zur Schule laufen kann.«

»Mit deinem Gewehr? Das würde nicht einmal dein Vater …«

»Er meinte, er würde am Tor auf mich warten und es mit nach Hause nehmen.«

»Und wo war er?«

»Weiß ich nicht. Auf einem der Felder nahe Top Wood.«

Mit anderen Worten: Mehr als drei Kilometer von seiner schießenden Tochter entfernt. Gina versuchte, ihre Wut über Matts verantwortungsloses Verhalten im Zaum zu halten. Eine Neunjährige unbeaufsichtigt mit einer Waffe allein zu lassen, war die Garantie für ein Unglück. Grundgütiger.

»Und weiter?«

»Ich wollte einen Hasen schießen. Er sagte, die wären lecker im Eintopf. Also habe ich gewartet und gewartet, aber der Hase kam einfach nicht nah genug heran. Als er dann endlich nah genug war, wurde ich nervös und versuchte, mich an alles zu erinnern, was Daddy mir übers Schießen beigebracht hat, aber ich war so aufgeregt. Beim Abdrücken habe ich die Augen zugemacht, und ich habe den Hasen nicht getroffen.« Sie schniefte und wischte sich wieder die Nase am Ärmel ab. »Aber Connie war auch auf dem Weg, und als ich abdrückte, fiel sie hin. Sie fiel auf den Damm und stand nicht wieder auf.« Sammy schluchzte. Die Ellenbogen auf den Tisch gestützt, vergrub sie den Kopf zwischen den Händen. »Ich bin hingerannt, um ihr zu helfen. Wirklich. Ich bin dorthin gerannt, wo sie lag, und Merlin hat sie abgeleckt und mich angewinselt. Ihr Gesicht war weg, Mama.« Sie sah auf, den Horror im Blick. »Es war alles weg. Aber ich wollte sie nicht umbringen.«

Gina würgte die aufwallende Übelkeit herunter, als sie sich Connie ohne Gesicht vorstellte. *Kein Wunder, dass die Polizistin sie nicht anhand eines Fotos identifizieren konnte.* »Oh, mein Schatz. Ich bin ganz sicher, dass es nicht deine Schuld war.«

»War es doch, Mama. Da war ja niemand sonst. Kein einziger Mensch.«

»Aber deine kleinen Luftgewehrkugeln, Liebes. Die können gar nicht jemandes Gesicht so verletzen.«

»Es ist Papas Gewehr.« Sie zeigte auf das Gewehr auf dem Tisch. »Es ist seins, nicht meins.«

Gina betrachtete es genauer und sah, dass Sammy recht hatte. Da lag nicht das kleine Luftgewehr, an dessen Anblick sie sich hatte gewöhnen müssen. Es war das .22er, mit dem Matt auf die Jagd ging, und nicht das kleine Plastikgerät, das er Sammy geschenkt hatte. Gina hatte nur flüchtig das gesehen, was sie zu sehen erwartet hatte, und nicht das, was tatsächlich vor ihr lag. *Ich werde ihn verdammt noch mal umbringen. Kein Wunder, dass er am Schultor auf sie warten wollte, um es wieder mit heimzunehmen. Ich werde ihm seinen dürren Hals umdrehen und dann ...* Gina atmete tief durch. Sie musste sich unbedingt beruhigen und in Ruhe nachdenken. *Oh, fuck.* Sammy hatte Connie getötet. Schon zum zweiten Mal an diesem Tag hatte sie das heftige Gefühl, dass sie sich gleich übergeben müsste. Mit zitternden Händen zog sie Sammy in ihre Arme. *Sie ist erst neun Jahre alt.* »Und was ist dann passiert?«

»Ich bin zur Schule gelaufen und habe mich am Tor versteckt, um auf Daddy zu warten.« Unmut zeigte sich auf ihrem Gesicht.

»Er ist nicht aufgetaucht?«

Sammy schüttelte den Kopf. »Also bin ich nach Hause gelaufen.«

Mein Gott. Was kommt als Nächstes? »Sammy, das sind ja Kilometer!«

»Weiß ich. Außerdem bin ich den langen Weg gegangen. Ich wollte nicht noch einmal über den Küstenpfad und wieder an ihr vorbei.« Sammy schluchzte auf.

Gina nahm sie fester in die Arme. »Ist in Ordnung, Kleines. Alles ist okay.«

»Ich wollte das nicht, Mama. Ich wollte das nicht.«

»Ich weiß.« Sie drückte Sammy einen Kuss auf den Scheitel. »Es war ein Unfall.«

»Ja.«

»Deshalb mag ich keine Waffen. Das verstehst du, oder?«

Sammy nickte. »Ich mag sie jetzt auch nicht mehr.«

»Okay. Also. Keine Gewehrspielchen mehr. Nie wieder. Verstanden?«

»Versprochen.« Sammy zog die Nase hoch und befreite sich aus der Umarmung. Sie sah Gina an, ihre kleinen, blauen Augen waren das genaue Abbild von Ginas, so traurig und ernst. »Komme ich jetzt ins Gefängnis?«

»Aber nein, Liebes. Wir werden erklären, was passiert ist, und die Polizei wird sehen, dass es nicht deine Schuld war. Aber es war definitiv die Schuld deines Vaters.«

»Ich habe auf sie geschossen, Mama. Nicht Papa.«

»Dein Vater hätte dich niemals mit einem Gewehr allein lassen dürfen, schon gar nicht mit einem so gefährlichen. Die Behörden werden das prüfen. Und sie werden verbieten, dass er …« *Oh Scheiße.* Sie würden Matt verbieten, Sammy zu sehen. Seine Fahrlässigkeit hatte nicht nur Sammys Leben, sondern auch das anderer in Gefahr gebracht. Das Jugendamt würde ihm den Umgang mit Sammy verbieten, man würde ihn anklagen, wegen Mordes oder fahrlässiger Tötung, oder wie auch immer das hieß. Egal – Connie war tot. Sammy hatte sie erschossen, weil Matt ein Idiot war. Und sie, Gina, hatte gestattet, dass Matt mit Sammy Kontakt hatte. Sie wusste, dass er ein Schwachkopf war, und trotzdem hatte sie Sammy zu ihm gelassen.

Würde das Jugendamt ihr die Fähigkeit, sich um Sammy zu kümmern, absprechen? Würde man ihr Sammy wegnehmen? Das war Ginas größte Angst: ihre Tochter zu verlieren. Wenn die Behörden verständigt wurden – und das würde, das musste so kommen –, würde man sie als schlechte Mutter erachten. Schließlich hatte ihr Kind jemanden erschossen, egal wie. Man würde ihr Sammy wegnehmen. Sie zog Sammy zurück in ihre Arme. Das würde sie nicht zulassen, auf gar keinen Fall. Connie konnte sie nicht mehr helfen, die war und blieb tot. Aber unter keinen Umständen würde sie es riskieren, deshalb ihre Tochter zu verlieren.

»Mama, warum weinst du denn?«

Gina wischte die Nässe von ihren Wangen, ohne sie tatsächlich zu fühlen. »Ich bin nur traurig wegen Connie.«

»Es tut mir leid. Es tut mir so leid, Mama. Ich weiß, dass sie deine Freundin war.«

»Das war sie. Aber du bist meine Tochter. Ich liebe dich. Und jetzt musst du mir etwas versprechen, ja?«

Sammy nickte.

»Erzähle niemals jemandem das, was du eben mir gesagt hast. Nicht deinen Freunden, nicht deinem Vater, niemandem.«

»Nicht einmal Daddy?«

»Ganz besonders nicht deinem Daddy.«

»Aber was ist, wenn er mich nach seinem Gewehr fragt?«

»Mach dir darum keine Gedanken. Ich werde mich darum kümmern. Wenn man dich fragt, warum du heute nicht in der Schule warst, sagst du, du warst krank, hast dich übergeben und bist deshalb zu Hause geblieben. Okay?«

»Aber du hast gesagt, ich darf nicht lügen.«

»Das weiß ich, Schatz. Und du darfst auch niemals mich anlügen. Versprochen?«

»Versprochen.«

»Nur dieses eine Mal musst du schwindeln.«

»Aber du hast gesagt, wer schwindelt, kommt nicht in den Himmel.«

»Sammy, diesmal ist es in Ordnung, weil ich es erlaubt habe.« Sammy öffnete den Mund, um nochmals zu widersprechen, aber Gina legte ihr einen Finger über die Lippen. »Das mit Gott regle ich, okay?«

Sammys Kiefer schloss sich so hastig, dass ihre Zähne aufeinanderschlugen. Sie nickte. »Okay. Krank. Erbrechen. Habs kapiert.«

»Gut. Ich muss jetzt in der Schule anrufen und Bescheid sagen, warum du nicht da bist, und dass ich vergessen habe, früher anzurufen wegen der Sache, die im Büro los war. Geh nach oben, dusch dich, zieh deinen Schlafanzug an und bring dann deine Sachen runter.«

»Aber warum denn?«

»Damit du dich beruhigst, Schätzchen. Und widersprich mir nicht. Du hast die Schule geschwänzt, auf dem Dach gesessen, geflucht wie ein Seebär und mit einem echten Gewehr geschossen, ohne dass ein Erwachsener dabei war. Muss ich noch mehr sagen?«

Sammy ließ den Kopf auf die Brust sinken. »Nein.«

»In Ordnung, dann zisch jetzt ab. Ich muss noch ein bisschen schwindeln und hoffen, dass ich trotzdem noch in den Himmel komme.«

Gina sah Sammy nach, die viel leichtfüßiger aus dem Raum ging, als sie hereingekommen war. Sie griff nach dem Telefon und rief in der Schule an und meldete Sammys Magenvirus, erklärte den verspäteten Anruf mit Connies Tod und entschuldigte Sammy auch gleich noch für morgen. Langsam wurde ihr alles erst so richtig bewusst. Ihre Tochter, ihr süßes, freches, kleines Mädchen, hatte versehentlich Connie umgebracht. Ihre Freundin, ihre Vertraute. Jetzt musste Gina dafür sorgen, dass sie damit durch kam.

Und vielleicht, nur vielleicht, bringe ich Matt dann um.

Kapitel 5

Kate klopfte an die Tür des kleinen, mit Holz verkleideten Hauses. Auf den ersten Blick wirkte es wie eine in die Jahre gekommene Hütte, aber sie hatte die bodentiefen Fenster an der Rückseite mit Blick über den Hafen und das Wasser gesehen. Vielleicht gab es nur ein Schlafzimmer, aber wie hieß es so schön: Lage, Lage, Lage.

Kate war ziemlich sicher, dass die Immobilie gut und gerne eine halbe Million Pfund wert war. Sie fragte sich, was Ally, die Katze, wohl für ein Leben führte, abgesehen davon, dass sie mit allen und jedem ins Bett ging und mit einem Luftgewehr Richtung Marschland schoss. Allerdings hatte sie nicht daran gedacht zu fragen, bevor Tom sich auf den Weg machte an andere Türen im Dorf zu klopfen und sie und Jimmy vor dieser darauf warteten, dass jemand öffnete.

Sie konnte drinnen schlurfende Geräusche hören, allerdings schienen sie sich nicht in Richtung der Tür zu bewegen. Kate klopfte noch einmal und hörte genauer hin. Sie konnte gemurmeltes Fluchen ausmachen, schmerzerfülltes Stöhnen und das Klirren von zerbrechendem Glas. Eine Antwort war offenbar nicht zu erwarten, also klopfte sie wieder. Dieses Mal rief sie dabei durch die Tür. »Ich bin Detective Sergeant Kate Brannon, und Detective Constable Powers ist ebenfalls hier. Ich muss mit Ihnen über Connie Wells sprechen.«

»Haut ab.« Die Stimme, die aus dem Inneren dran, klang rau und kratzig, fast so, als wäre sie nicht menschlich.

Kate schnaubte, warf Jimmy einen schnellen Blick zu und klopfte erneut. Fester, dieses Mal. »Ganz bestimmt nicht.«

»Verpisst euch endlich«, schnauzte die spröde Stimme. Das hässliche Geräusch von Möbelstücken, die über hölzerne Dielen geschoben wurden, drang durch die Tür. Gerade als Kate die Faust erhob, um nochmals dagegenzuwummern, öffnete sie sich. Unvermittelt stand sie einer sehr nackten, sehr zerzausten Blondine gegenüber. Deren kurzes Haar stand in alle Richtungen vom Kopf ab, ihre blauen Augen waren blutunterlaufen und sie hatte eindeutig Probleme, gegen das Tageslicht zu fokussieren. Der Raum hinter ihr lag im Dunkeln. Kate rümpfte die

Nase, während sie versuchte herauszufinden, ob der Geruch von schalem Bier, verbrauchter Nachtluft und schlechtem Atem direkt von der Frau kam oder aus dem Haus hinter ihr zu ihr wehte.

»Was zum Geier will die Schlampe jetzt schon wieder?«, fragte die Frau.

»Sind Sie Ally oder Leah?«

»Und warum wollen Sie das verdammt noch mal wissen?«

»Ich bin Detective Sergeant Kate Brannon. Das hier ist Detective Constable Powers«, sagte sie und deutete mit der Hand auf Jimmy. »Wir ermitteln wegen des Mordes, der sich heute Morgen auf dem Küstenweg ereignet hat. Sind Sie Ally oder Leah?«

»Wieso zum Teufel?«

»Zwingen Sie mich nicht, mich zu wiederholen. Ally oder Leah?«

Die Frau starrte sie an, als müsse sie sich anstrengen, ihre Sprache zu verstehen. »Leah.«

»Danke vielmals. Wäre es möglich, dass wir hineingehen und Sie sich etwas anziehen, während wir uns unterhalten?«

Leah trat von der Tür weg und ließ sie herein. »Worüber müssen wir uns denn unterhalten?«

»Wir vermuten, dass es sich bei dem Opfer um Connie Wells handelt.«

Leah stürzte zu Boden, als hätte man ihr die Knochen aus den Beinen gezogen. »Was zur Hölle?«

Kate schüttelte innerlich den Kopf, sagte aber nichts. Stattdessen linste sie in den spärlich beleuchteten Raum und erfasste mit scharfem Blick ein kleines, leeres Stück Silberpapier auf dem Couchtisch. Es lag neben einem Spiegel und einer zusammengerollten 10-Pfund-Note. Nun, wenigstens wusste Kate jetzt, warum Leah nie auf dem Campingplatz zu sehen war und warum Connie möglicherweise die Trennung wollte. Außerdem war es ein Grund, sie zu einem Verhör mitzunehmen.

Sie sah zu Jimmy, um sich zu vergewissern, dass auch er es bemerkt hatte und nicht nur einfach die nackte Frau vor sich anstarrte. Er nickte zur Bestätigung, dass er das Gleiche wie sie gesehen hatte. Kate griff etwas vom Stuhl, das wie ein Sweatshirt aussah, und warf es Leah zu. »Ziehen Sie das an und setzen Sie sich aufs Sofa.«

»So können Sie nicht mit mir umgehen. Sie haben mir eben erst gesagt, dass meine Partnerin tot ist.«

»Ex, Leah. Ich weiß sehr wohl, dass Ihre Beziehung mit Connie schon beendet und dass es keine friedliche Trennung war.«

Kate konnte förmlich sehen, wie der Groschen bei Leah fiel und sie erkannte, dass sie unter Verdacht stand. Ihr Mund formte einen Kreis, sie riss die Augen so weit auf, dass Kate das Weiße rund um die Iris sehen konnte. Zumindest hätte es weiß aussehen sollen. Stattdessen sorgten blutunterlaufene Augäpfel für einen ziemlich gruseligen Anblick.

»Einen Moment ...«

»Setzen Sie sich hin«, wies Kate sie an und zeigte aufs Sofa, »und fangen Sie an, mir meine Fragen zu beantworten.«

Leah starrte sie an und wog offensichtlich ab, ob sie eine realistische Chance hatte, Kate außer Gefecht zu setzen und wegzulaufen.

Kate straffte ihre Schultern und baute sich in voller Größe auf. Weniger, um sich für einen etwaigen Angriff zu wappnen, sondern mehr, um Leah zu demonstrieren, wie dämlich allein schon der Versuch war.

Leah sah das scheinbar ein und schwang sich plump auf das Sofa. Das Sweatshirt zog sie sich über die Knie und zupfte Fusseln vom Stoff. Dann fuhr sie sich mit der Hand durch die Haare und griff über den Couchtisch nach einer Zigarettenschachtel. Sie zögerte, bevor sie eine herauszog. Als sie gut sichtbar schluckte und ihre Hand zu zittern begann, wusste Kate, dass Leah den Spiegel samt Tütchen bemerkt hatte.

»Das ist nicht mein Zeug.« Sie steckte sich die Zigarette zwischen die Lippen und langte nach dem Feuerzeug, drehte am Rädchen und ließ den Feuerstein schnipsen. Ihre Hände zitterten aber viel zu sehr, um die Flamme erfolgreich zu entzünden.

»Natürlich nicht«, erwiderte Kate und wusste ganz genau, dass sie beide logen. Sie nahm Leah das Feuerzeug aus der Hand. »Aber das bedeutet nicht, dass Sie nicht trotzdem eine Menge erklären müssten, wenn ich Sie auf die Wache bringen ließe, oder?«

Leah sah sie entgeistert an und schüttelte den Kopf, als ihr die Bedeutung von Kates Worten klar wurde.

Kate hielt die Flamme des Feuerzeugs so, dass Leah ihre Zigarette anzünden konnte. »Sagen Sie mir doch mal, wo Sie heute früh gegen sieben waren.«

Leah sah sich um. »Hier.« Sie zeigte auf ihre Sitzgelegenheit. »Ich habe geschlafen, bis Sie mich geweckt haben.«

»Allein?«

Leah nickte. »Hm. Wahrscheinlich ist Ally oben, es sei denn, das Boot ist ausgelaufen.«

»Boot?«

»Ja. Ally arbeitet auf einem der Fischerboote im Hafen.«

»Auf welchem?«

»Auf der *Jean Rayner*.«

Kate warf das Feuerzeug zurück auf den Tisch und nahm die Wendeltreppe an der hinteren Wand des Raumes in Augenschein. Schnell stieg sie hinauf und warf einen Blick in den Raum. Obwohl sich eindeutig niemand darin aufhielt, sah sie auch ins Bad, um sicher zu gehen.

»Um welche Zeit legt das Boot ab?«

Leah hob die Schultern. »Weiß ich nicht. Sie müssen die Flut nutzen, also schätze ich, dass sie losfahren, sobald das Wasser in den Hafen läuft. Ungefähr zwei Stunden, bevor das Hochwasser da ist. An kurzen Tagen sind sie kaum länger als vier Stunden draußen. An langen kommen sie erst zurück, wenn die Flut fast zurückgeht. Das sind dann sechzehn Stunden.«

»Vermutlich fallen die langen Tage in die Sommerzeit und im Moment wird eher kurz gearbeitet. Stimmts?«

»Keine Ahnung.« Sie nahm einen tiefen Zug. »Kann schon sein.«

»Wenn also gegen sieben Uhr Hochwasser war, müssten die Boote doch inzwischen zurück sein.«

Leah warf einen Blick zur Uhr am DVD-Player unterhalb des Fernsehers. Es war fast fünf. »Ja. Kommt hin.«

»Und Sie haben den ganzen Tag geschlafen?«

Leah zuckte mit den Achseln und blies einen Rauchring in die Luft. »Ich konnte heute Nacht nicht besonders gut schlafen.« Sie schnippte die Asche auf die Tischplatte und versuchte nicht einmal, den Aschenbecher zu treffen. »Ich mache gerade eine schwere Zeit durch.«

Kate zeigte auf die leeren Dosen, die überall auf dem Boden herumlagen. »Die Schlafmittel helfen dann wohl nicht viel, nein?«

Leah schnaubte. »Nein. Nicht, dass Sie das irgendetwas anginge.«

»Im Moment, Leah, tut es das.«

»Ich habe sie nicht umgebracht.« Ihre Augen huschten von Kate zu Jimmy, als würde sie beide flehentlich bitten, ihr zu glauben. »Hab ich nicht.«

Nun war es an Kate, mit den Schultern zu zucken. »Sie haben kein Alibi, Sie teilen mit dem Opfer eine turbulente Vergangenheit und ich habe gehört, Sie hätten sie bedroht. Überzeugen Sie mich.«

»Ich habe sie noch immer geliebt.«

»Leute töten entschieden häufiger aus falsch verstandener Liebe als aus Hass.« Obwohl es wie ein Widerspruch in sich klang, stimmte das. Eifersucht, Besitzdenken und Verlustängste trieben mehr Mörder an, als Hass es tat. Häusliche Gewalt, verlassene Liebhaber oder Leidenschaft waren viel öfter der Grund für Mord als niedere Beweggründe wie Habgier oder Rachsucht. Dies war die verstörende Wahrheit, der Kate sich schon vor Jahren hatte stellen müssen.

»Mag alles sein, aber ich war es nicht. Sie war ein Miststück. Sie hat alles getan, um mein Leben zu ruinieren, aber so etwas würde ich nicht tun. Ich könnte es gar nicht.« Leah drückte ihre Zigarette auf der Alufolie aus und fuhr sich wieder mit der Hand durchs Haar. Ihre Finger zitterten noch immer, aber sie wirkte inzwischen etwas gefasster. Wacher. »Ich habe sie geliebt. Ich liebe sie immer noch.«

Irgendetwas störte Kate, aber sie konnte nicht konkret benennen was es war. »Haben Sie eine Idee, was Connie zu dieser frühen Stunde draußen im Marschland gemacht haben könnte?«

Leah rieb sich mit dem Handrücken übers Gesicht und hob die Schultern, aber Kate glaubte, etwas gesehen zu haben. Ein Anflug von Sorge, vielleicht auch Angst huschte über Leahs Gesicht. Sofort war der Eindruck wieder verflogen.

»Wahrscheinlich den Hund ausgeführt. Vielleicht Fotos gemacht.«

Was war das denn gerade? Sie sah zu Jimmy. Sein Stirnrunzeln verriet, dass er Leahs Gesichtsausdruck ebenfalls bemerkt hatte. »Finden Sie das bedenklich, dass sie so früh unterwegs war?«

»Wie? Gott, nein. Das hat sie immer gemacht. Um ihre verdammten Bilder zu schießen.«

»Was dann?«

»Wie meinen Sie das ?«

»Als ich eben danach gefragt habe, was sie dort draußen gewollt haben könnte, schienen Sie besorgt. Warum?«

»Ich habe keinen Schimmer, wovon Sie reden.«

»Und ob Sie das haben.«

»Nein, tue ich nicht. Ich bin traurig. Sie haben mir gerade mitgeteilt, dass die Frau, die ich liebe, tot ist. Ich bin erschüttert. Stehe unter Schock.«

Von wegen. »Klar.« Kate sah sich weiter um. »Merlin war mit Connie am Tatort. Sie wird gerade auf Beweise untersucht und danach wieder freigegeben. Wollen Sie sie abholen oder soll ich jemanden beauftragen, sie herzubringen?«

Leah schüttelte den Kopf. »Ich kann hier kein Tier halten. Ally mag das nicht.«

»Okay.« Kate hätte diese Antwort vorhersagen können, aber trotzdem erschütterte sie die Gefühlskälte und Gleichgültigkeit, die ihr entgegenschlug. *Noch immer verliebt in Connie? Drauf geschissen. Wenn es so wäre, würdest du dich an diese Hündin klammern, als wäre sie das Einzige, was Connie auf dieser Erde zurückgelassen hätte.*

»Außerdem war es Connies Hund, nicht meiner. Das Tier mochte mich nicht einmal.«

Wundert mich das? »Also soll sie ins Tierheim?«

Leah nickte, ohne vom schmuddelig wirkenden Teppich aufzusehen. »Ja. Das wird wohl das Beste sein.«

»Gut.« *Kein bisschen gut.* »Möglicherweise muss ich später noch einmal mit Ihnen sprechen.«

»Wozu?«

»Hintergrundinformationen zu Connie. Sie müssen mir deshalb Bescheid geben, falls Sie den Ort verlassen.« Kate reichte ihr ein Kärtchen. »Werden Sie weiterhin hier wohnen?«

Leah warf die Karte auf den Tisch und nickte. »Ich kann sonst nirgends hin.«

Kate ließ sie zurück, den Kopf zwischen den Händen, die Ellenbogen auf den stoffbedeckten Knien. Das Schluchzen setzte ein, sobald Kate die Tür hinter sich zugezogen hatte. Kate konnte nicht mit Gewissheit sagen, ob Leah die Mörderin war oder nicht. Allerdings war sie absolut sicher, dass sie den Junkie, den sie gerade kennengelernt hatte, nicht leiden konnte. Sie fragte sich, ob Leah schon immer Drogen genommen hatte oder ob es die eine Veränderung gewesen war, die zum Ende der Beziehung geführt hatte. Da keine ernst zu nehmende Antwort zu erwarten gewesen war, hatte sie sich gar nicht erst die Mühe gemacht, Leah danach zu fragen. Sie musste diese Antwort zuerst von jemand anderem bekommen. Von Gina eventuell. Aber wenn sie davon wusste, warum hatte sie es vorhin nicht angesprochen?

Kate wandte sich nach rechts, sobald Jimmy das Tor hinter ihnen geschlossen hatte. Dann hielten sie sich weiter rechts und folgten dem matschigen Weg zum Hafen. Die dickbäuchigen Boote lagen auf Grund, das Wasser war schon längst abgeflossen und noch nicht zurück. Die *Jean Rayner* lag direkt neben dem Dock. Ihr hellblauer Rumpf ließ die Jahre erkennen: Rost lief an einer Seite herab und die Farbe begann abzublättern. Der Wind schlug Kettenglieder und Stahlseile gegen den Mast und das Führerhaus. Sie sah müde, alt und schäbig aus. »Und, was halten Sie davon?«

Jimmy lachte spöttisch auf. »Ich fresse Ihre Jacke, wenn die der Mörder ist.«

»Ich werde es mir nicht entgehen lassen.«

Er lachte nun offen. »Sie ist keinesfalls in der Lage, jemanden zu erschießen.« Er schüttelte wild seine ausgestreckte Hand und imitierte so auf hässliche Weise Leahs Zittern. »Völlig ausgeschlossen.«

»Vielleicht aus Versehen?«

»Eine Konstellation mit einer Süchtigen, deren Ex und einer Waffe draußen in der Marsch, bei Tagesanbruch, und dann wird der Ex ganz versehentlich das Gesicht weggeschossen?«

»Es sind schon verrücktere Sachen passiert.«

»Nein, sind sie nicht.« Wieder lachte er. »Im Ernst, ich glaube, sie war genau dort, wo sie behauptet hat, gewesen zu sein. Total breit auf dem versifften Sofa.«

»Sehr wahrscheinlich.«

Der Geruch von Salz, Schlamm und Diesel hing in der Luft. Kate wurde ein bisschen übel davon, während sie an den erstaunlich kleinen Booten vorbeiging. Hummerkörbe wurden auf das Dock gestapelt, zehn, teils sogar zwölf übereinander. Ein Förderband bewegte sich zu einer Verpackungsmaschine am anderen Ende des Docks. Muscheln wurden in schneller Abfolge sortiert, verteilt und verpackt, von kundigen Augen geprüft und fleißigen Händen unermüdlich für den Verkauf vorbereitet. Der Hafen wirkte wie ein zusammengewürfeltes Sammelsurium aus Alt und Neu, ohne Rücksicht auf ästhetische Aspekte. Wie eine zweigeteilte Stadt. Alte, baufällige Hütten mit verfaulten Holzbrettern und verrosteten Wellblechdächern waren mit neuen Materialien ausgebessert worden; die Unterschiede in Farbe und Rostanteil zeigten deutlich, wie viel Arbeit zu tun, was bereits erledigt und was noch fertigzustellen war. Alles so schnell und preiswert wie möglich. Ein solider, gut laufender Hafen.

Jeder trug gummierte Kleidung, Stiefel und lange, schwere Mäntel. Hüte verbargen Gesichter genauso gut, wie die unförmige Kleidung Körper umhüllte. Kate war klar, dass sie Ally inmitten der Menschenmenge nie ausmachen würden. Sie ging auf die erstbeste Person zu.

»Ich suche Ally.«

Ein gewitzt aussehender, älterer Mann sah von dem Hummerkorb auf, den er gerade flickte. Seine flinken Finger fuhren fort, komplizierte Knoten zu binden, während er sie von oben bis unten betrachtete. Er unterbrach seine Arbeit nicht, wies aber mit dem Kopf zu den etwas weiter entfernten Hütten. »Die zweite von hinten, da ist sie drin.«

»Danke.« Kate lächelte und wandte sich zum Gehen, da ertönte ein schriller Pfiff, der jedermanns Aufmerksamkeit weckte.

»Ally? Hier will eine Frau zu dir.« Die Stimme des alten Mannes war kräftig und übertönte die Geräusche der Maschinen, des schlagenden Stahls und des pfeifenden Windes.

Sie nickte zum Dank und sah, wie eine Person aus der von ihm gewiesenen Richtung näher kam.

»Ah. Wer hat Sehnsucht nach mir?« Die Frau grinste. Sie war bestimmt schon Mitte vierzig, das graublonde Haar ragte unter ihrer Mütze hervor. Unter der hellen Regenbekleidung vermutete Kate etliche Schichten wärmender Kleidung. Zudem trug sie eine leibhohe Wathose mit Trägern. Sie war groß, bestimmt ein Meter und achtzig, und hatte breite Schultern. Mehr war unter der unförmigen Kleidung kaum auszumachen. Sie lächelte, aber die Freundlichkeit erreichte ihre Augen nicht. Ally wischte sich die Finger an einem Lappen ab, der genauso schmutzig wie die massige Hand war, die sie Kate nun entgegenstreckte.

»Detective Sergeant Kate Brannon. Detective Constable Powers« sagte sie und deutete auf Jimmy.

Für einen winzigen Moment hielt Ally inne, dann griff sie nach Kates Hand und drückte sie. »Ally Robbins.« Sie ließ los und stopfte ihre Hände in die Taschen. »Wie kann ich Ihnen helfen?«

»Ich ermittle wegen des Todesfalles, der sich heute früh auf dem Küstenpfad ereignet hat. Können Sie mir bitte sagen, wann Sie mit dem Boot draußen waren?«

»Todesfall? Wer ist tot?«

»Bitte, können Sie einfach meine Frage beantworten?«

Ally runzelte die Stirn. »Tja, Flut war bis sieben, wir sind also kurz nach fünf ausgelaufen. Ungefähr eine Stunde früher war ich hier, um mit den Kollegen die Körbe an Bord zu laden.«

»Und wann sind Sie wieder zurückgekommen?«

»Gegen neun, vielleicht ein paar Minuten später. Ich kann das Logbuch holen, wenn Sie wollen.«

»Das wäre toll, vielen Dank.« Kate wusste eigentlich gar nicht, warum sie das sehen wollte. Vielleicht nur aus simpler Neugier, weil sie noch nie zuvor das Logbuch eines Schiffes zu Gesicht bekommen hatte. Trotzdem stimmte sie zu, ohne den Impuls zu überdenken.

Ally eilte zum Boot, und plötzlich fiel Kate auf, wie still es im Hafen geworden war. Nur das windgetriebene Schlagen von Trossen gegen Masten unterbrach die merkwürdige Stille, die sich ausgebreitet hatte. Ganz kurz fragte sie sich, ob ihr vielleicht ein zweiter Kopf gewachsen war. Aber gleichzeitig war sie sich voll bewusst, wie Inselgemeinschaften wie diese funktionierten. Jeder Fremde war ein Außenseiter, und wenn die Leute anstrengende Jobs hatten, so wie diesen hier, dann wuchsen sie enger zusammen als Familienmitglieder. Unter den schlimmsten Bedingungen mussten sie sich aufeinander verlassen können, manchmal ging es um ihr Leben. Und sie stand nun hier und befragte eine von ihnen. Sie war dankbar, als Ally mit einem schweren Buch in den Händen zurückkehrte.

»Hier ist der Eintrag von heute.« Sie zeigte darauf.

»Haben Sie etwas dagegen, wenn ich ein Foto davon mache?«

Ally zog die Brauen zusammen, schüttelte aber den Kopf.

Kate richtete schnell ihr Handy aus und machte ein paar Aufnahmen. Zumindest auf einer davon würde man die Zahlen, Stenozeichen und scheinbar unsinnigen Schnörkel erkennen können.

»Sind Sie der Kapitän an Bord?«

»Nein. Das ist mein Vater, Cedric Robbins.« Sie zeigte über Kate hinweg zu dem alten Mann, mit dem Kate zuvor gesprochen hatte.

»Ah, verstehe. Und sie arbeiten auf dem gleichen Boot?«

»Nein. Mein Vater ist der Kapitän und mein Bruder Adam und ich arbeiten auf unserem Boot. Die anderen Männer hier arbeiten auf den restlichen Booten im Hafen.« Mit dem Daumen deutete sie über ihre Schulter auf die acht oder neun Männer hinter ihr.

»War es ein guter Fang heute?«

Ally lächelte, und Kate stellte erstaunt fest, dass es dieses Mal echt wirkte. »Wir haben all unsere Ziele erreicht.«

Der Mann, den sie als ihren Bruder benannt hatte, lachte bei ihren Worten.

»Wie meinen Sie das?«

»So, wie ich es sage. Wir hatten Ziele für heute, zu erreichende Quoten, und die haben wir erreicht. Also ja, man könnte sagen, heute war ein guter Tag auf See.«

»Trifft es zu, dass Leah Shaw bei Ihnen wohnt?«

Ally zog die Stirn kraus und nickte dann wieder. »Stimmt. Seit ihre Ex, diese Schlampe, sie rausgeschmissen hat.«

»Wie lange ist das her?«

»Vier, vielleicht fünf Monate inzwischen.«

»Das ist eine lange Zeit, um jemanden auf der Couch zu beherbergen.«

»Na ja. Sie kann doch sonst nirgends hin.«

»Sie schläft also in ihrem Wohnzimmer?«

Ally machte ein erstauntes Gesicht. »Wo sollte sie denn sonst schlafen?«

»In Ihrem Bett, möglicherweise.«

»Was? Grundgütiger, nein. Nichts gegen Leah, aber ich steh nicht auf Muschis. Sie ist eine Freundin, die auf meiner Couch nächtigt. Ende der Geschichte.«

»Was halten Sie von Haustieren?«

»Ich hasse die Viecher. Bin allergisch.«

»Bevor ich hergekommen bin, habe ich mir Ihr Haus angesehen. Hat mir gefallen.«

»Danke.«

»Ich habe mit Leah gesprochen.«

»Sie meinen, sie war wach?« Adam sprach fast zu leise, als dass Kate ihn hätte verstehen können.

Aber der Blick, den Ally ihm zuwarf, ließ Kate ahnen, dass sie sich nicht verhört hatte.

»Sie macht gerade eine miese Phase durch.«

»Davon bin ich überzeugt. Sie sollten besser darauf achten, was Ihre Übernachtungsgäste in Ihr Haus bringen. Deswegen könnten Sie nämlich eine Menge Ärger bekommen.«

Ein Schatten dunkler Missbilligung schien sich auf Ally zu legen und das ließ Kate wissen, dass Ally ganz genau wusste, wovon die Rede war. Der Eindruck verflog und an seine Stelle trat das Bild scheinheiliger Unschuld. »Ich weiß absolut nicht, wovon Sie gerade sprechen, Detective.«

»Vielen Dank.« Kate reichte ihr eine Karte. »Wir bleiben in Verbindung.«

»Sie haben mir nicht gesagt, wer tot ist.«

»Ich danke Ihnen für Ihre Zeit, Ms Robbins.«

Kate und Jimmy entfernten sich, die geflüsterten Wortwechsel in ihrem Rücken waren zu leise, als dass sie sie hätten verstehen können. Der Umstand, dass sie einsetzten, sobald sie der Szene den Rücken gekehrt hatten, das Wechselspiel auf Leahs Miene, der Ärger, der sich auf Allys Gesicht gespiegelt hatte – all das verriet Kate eine einzige Sache: In diesem verschlafenen, kleinen Fischerdorf war mehr los, als sie gedacht hatte.

Kapitel 6

Gina füllte ihr Glas zur Hälfte mit köstlich duftendem Rotwein. Prüfend hielt sie die Flasche gegen das Licht und goss sich den Rest ein – der machte kaum mehr als zwei Millimeter aus.

»Bevor er noch schlecht wird.« Sie schlürfte geräuschvoll die Flüssigkeit, bemüht, keinen einzigen Tropfen zu verschütten. Die Herausforderung gestaltete sich zunehmend schwierig. Gina stellte die nun leere Flasche neben der Couch auf dem Boden ab und lehnte sich zurück. Sie hob das Glas in Richtung des Bildes auf ihrem Kaminsims. Darauf waren Connie und Sammy, die am Strand einen Drachen steigen ließen. Es war im letzten Sommer entstanden und es zeigte einen der wenigen Momente, in denen sie Connie wirklich glücklich erlebt hatte. Sie hatten ein Picknick gemacht und sich dann zu einer der Stellen gewagt, wo es eine kleine Seehundkolonie gab. Dann hatten sie den Tieren beim Faulenzen auf der Sandbank zugesehen und dabei, wie sie jeden beobachteten, der sie betrachtete. Es war ein glücklicher Tag gewesen.

Sie konnte nicht glauben, dass es Connie nicht mehr gab. Sie konnte einfach nicht. Und noch viel weniger konnte sie fassen, wie und wer … Sie nahm einen großzügigen Schluck, um des Vergessens Willen. Normalerweise sorgte eine Flasche Rioja zuverlässig dafür, dass sie sich nicht mehr an ihren Namen erinnern konnte, aber heute Abend funktionierte es scheinbar nicht. Dieses Mal wurden die Bilder nur schärfer, sodass sie ganz klar ihre neunjährige Tochter sehen konnte, wie sie das Gewehr auf ihre beste Freundin richtete und sie förmlich wegblies. Sie schüttelte den Kopf, um das Bild in ihrem Kopf zu verjagen, mit dem einzigen Erfolg, dass sie Wein aus ihrem Glas verschüttete. Gina fluchte, während sie sich die Tröpfchen von der Haut leckte.

»Was zur Hölle soll ich nur machen?«

Sammy hatte Connies Leiche gesehen und wusste, dass sie dafür verantwortlich war. Sie hatte sie leblos gesehen, mit weggesprengtem Gesicht, und Gina hatte keinen Zweifel daran, dass sie dieses Bild für den Rest ihres Lebens im Kopf behalten würde. Für Gina war dieser Horror kaum vorstellbar. Wie es sich anfühlen musste, zu wissen, dass sie das angerichtet hatte. *Wie um Gottes willen soll ich ihr nur helfen, damit zurechtzukommen?*

Sie nahm einen weiteren großen Schluck.

Gäbe es diesen beschissenen Matt nicht, Connie wäre noch am Leben. Wie konnte er nur so blöd, verantwortungslos und leichtsinnig sein? Wie konnte er Sammy einer solchen Gefahr aussetzen? Hatte er überhaupt nachgedacht? »Ich könnte ihn verdammt noch mal umbringen. Ich könnte es wirklich.«

Sie hatte keine Ahnung, was in seinem Kopf vor sich ging. *Ach, vergiss es, vermutlich ging da gar nichts vor sich.* Und jetzt musste sie ihn decken, um Sammy zu beschützen. »Ich werde nicht meine Tochter verlieren, nur weil du ein erbärmlicher Vollpfosten bist.«

Gina trank den letzten Rest aus ihrem Glas. Ihr war klar, dass sie es am Morgen bereuen würde, aber im Augenblick war ihr das völlig egal. Alles, was sie wollte, war, ihren Kopf auszuschalten. Großer Fehler. Gigantischer Fehler. Ihre ganze Welt trudelte unkontrolliert und der Rest des Universums geriet gleich mit ins Schleudern. Sie hasste das Gefühl. Als ob sie jeden Moment abheben und ins All fliegen würde, um niemals wieder gesehen zu werden. Wenn sie genauer darüber nachdachte, gefiel ihr die Idee irgendwie.

Ein leises Klopfen an der Tür erschreckte sie. Das spontane Zusammenzucken ließ ihr das Glas aus der Hand fallen. »Scheiße.« Schnell öffnete sie die Tür und winkte ihren Gast herein, ohne hinzusehen. »Mir ist gerade ein Glas kaputtgegangen, immer rein, ich hole nur schnell Schaufel und Besen.«

Sie lief in die Küche. Als sie zurückkam, sah sie, wie Kate sich gerade bückte, um die Scherben aufzusammeln.

»Gott, was für ein Hintern.«

»Pardon?« Kate warf ihr einen Blick über die Schulter zu, dann richtete sie sich auf.

Gina wurde blass. *Oh Scheiße, Scheiße, Scheiße. Verdammte Scheiße.* »Ähm. Ich bin betrunken.«

Kate lächelte. »Tatsächlich?«

»Jep. Definitiv.«

Kate schmunzelte und hielt das zerbrochene Glas hoch. »Mülleimer?«

»Ich nehms schon.«

»Oh nein. Wir können Sie nicht betrunken mit Scherben hantieren lassen. Da lauert ja schon das nächste Missgeschick. Ich müsste Ihnen eigentlich schon wegen diesem hier einen Strafzettel verpassen.«

Gina legte den Kopf schief. »Sie verarschen mich.«

Kate machte große Unschuldsaugen. »Ich weiß überhaupt nicht, was Sie meinen.« Sie wies mit dem Kopf den Flur hinunter. »Der Mülleimer ist in der Küche, ja?« Während sie sich auf den Weg dorthin machte, beschloss Gina, sie nicht zu begleiten. Der Schaden war sowieso schon angerichtet. Sie fühlte das Brennen in ihren Wangen. Als Kate zurück ins Zimmer kam, wurde Gina gerade von ihrer sich wild drehenden Welt mitgerissen. Sie langte nach der Sofalehne, aber Kate war schneller und fing sie auf.

»Vorsichtig, hm.« Sie half ihr in die Senkrechte und platzierte sie fürsorglich auf dem Sofa, bevor Gina auch nur ein Wort sagen konnte.

»Nun, Detective, was kann ich Ihnen …« Gina runzelte die Stirn und fing noch einmal an. »Wie kann ich Sie …« Sie schüttelte den Kopf.

Kate lachte. »Kein Problem. Ich komme morgen wieder. Wenn ich nur eine Sache fragen dürfte? Mir reicht ein Ja oder Nein als Antwort.«

»Klar.«

Kate lächelte sie an und beugte sich vor. »Haben Connie und Leah sich getrennt, weil Leah drogensüchtig ist?«

Gina nickte.

»Warum haben Sie mir das nicht früher gesagt?«

»Geheimnis.«

»Wessen Geheimnis? Leahs?«

»Nein. Connies.«

»Das verstehe ich nicht. Hat Connie denn auch Drogen genommen?«

»Connie hat Drogen genommen? Wirklich?«

Kate schüttelte den Kopf. »Nein. Das war meine Frage.«

Gina kniff die Augen zusammen. »Was?« Sie konnte Kate nicht folgen und hatte Angst, etwas zu sagen, was auf ihre Tochter hindeuten könnte. In ihrem Kopf begann sich schon wieder alles zu drehen, während viel zu viele Gedanken und Gefühle darin herumschwirrten. Ihr Herz schlug so laut und heftig, dass es sie an das Geräusch erinnerte, mit dem ein Specht gegen einen Baum hämmerte. *Tack-a-tack-tack.* Als ob in ihrer Brust ein Maschinengewehr abgefeuert würde.

Sie hob eine Hand, um sie sich aufs Herz zu legen und so den wilden Puls zu besänftigen, aber sie kam nicht heran. Stattdessen schien es sich immer weiter von ihrer Hand zu entfernen, je näher sie sie zur Brust bewegte. Wie ging denn das? Sie konnte ihren eigenen Atem hören, er ging schnell, viel zu schnell. Als ob sie ausschließlich Luft in ihren Körper sog, ohne ausatmen zu können, und der sich ansammelnde Sauerstoff ihr Hirn noch mehr vernebelte als der Rioja. Sie sah Kate an, deren schöne grüne Augen groß und alarmiert aussahen. Gina streckte ihre Hand aus, um ihr zu bedeuten, dass alles in Ordnung war, aber ihre Finger hatten sich zu Krallen gebogen, wie bei einem Tier. Sie starrte ihre Finger an, steif und unbiegsam, wie sie waren. Ihre Sicht wurde eng, und dann umfing sie gnädiges Dunkel.

Kate bekam Gina zu fassen, bevor sie im Vorwärtssinken auf dem Boden landen konnte. Sie wusste nicht, was die Panikattacke ausgelöst hatte, aber sie erkannte eine, wenn sie eine sah. Sie hielt Ginas Kopf und legte die Finger an den Pulspunkt an ihrer Kehle, froh darüber, dass der Herzschlag ruhiger wurde. Als Gina ohnmächtig geworden war, hatte die Atmung sich normalisiert. Kate musste lediglich entscheiden, was sie mit der bewusstlosen Frau in ihren Armen machen sollte. Vermutlich würde aus der Ohnmacht bald Schlaf werden, der die ganze Nacht anhielt.

Sie schob einen Arm unter Ginas Knie und prüfte das Gewicht. Sie wollte sie aufs Sofa legen, eine Decke finden und sie schlafen lassen. Sie hatte herumtelefoniert, um sich über Leah zu erkundigen, und bei Gina nach dem Rechten sehen wollen. Jetzt war sie froh, es getan zu haben. Als sie Gina anhob, bemerkte sie, wie leicht es ihr fiel, sie aufs Sofa zu legen. Sie drehte sie auf die Seite und klemmte ein paar Kissen vor ihr fest, um sie vor dem Herunterfallen zu bewahren. Und nur zur Sicherheit holte sie die Kissen vom zweiten Sofa und legte sie auf den Boden, als Absturzpolster quasi. Dann sah sie sich nach einer Decke oder einem Überwurf um, konnte aber nichts Passendes finden. Sie blickte gen Himmel und seufzte.

Es dauerte weniger als eine Minute, das Schlafzimmer zu finden, aber auch hier gab es nichts Geeignetes, abgesehen vom Bettzeug. Kate wollte nicht in den Schränken und Kommoden kramen, es widerstrebte ihr, Ginas Privatsphäre zu verletzen. Schon vor langer Zeit hatte Kate gelernt, ihren Instinkten zu vertrauen.

Sie legte die Bettdecke zusammen und ging damit zurück zum Treppenabsatz. Ein Mädchen stand dort und starrte sie an, beobachtete sie still, mit neugierigen und gleichzeitig misstrauischen Augen.

»Wer bist Du?«

»Ich bin eine Polizistin.«

Das Mädchen riss die Augen auf und drückte ihren Teddybären fester gegen ihre Brust.

»Bist du Sammy?«

Das Mädchen nickte.

»Gut. Deine Mama ist auf dem Sofa eingeschlafen und ich will sie gerade hiermit zudecken.«

»Gehts ihr gut?«

»Ja. Warum?«

»Sie schläft nie unten.«

»Nun, sie hat ein bisschen Wein getrunken. Und ich glaube, sie ist traurig wegen Connie, und da ist sie eingeschlafen.«

Tränen kullerten über Sammys Wangen. Sie ging zurück in ihr Zimmer und schloss leise die Tür hinter sich.

»Sieht so aus, als wäre nicht nur deine Mama traurig darüber, dass Connie gestorben ist.« Kate verharrte auf dem Treppenabsatz, unsicher, ob sie nach dem Kind, das eindeutig weinte, sehen oder es in Ruhe lassen sollte. Jetzt bereute sie es doch, dass sie diesen Umweg von der Wache genommen hatte. *Ich wünschte, ich hätte mir nach Feierabend eine eigene Flasche Sonstwas gegönnt.* Es war schon nach acht gewesen, aber nein. Sergeant Brannon wollte ja nach Möglichkeit ganz allein einen Fall lösen und deshalb starrte sie nun auf die Zimmertür einer schluchzenden Neunjährigen, deren Mutter unterdessen auf dem Sofa im Alkoholkoma lag. *Nachdem sie meinen Arsch bewundert hat. Fabelhafter Plan, Kate. Wirklich fabelhaft.*

Sie sah die Tür eine ganze Weile lang an und wünschte sich, Gina würde aufwachen und nach ihrer Tochter sehen. »Ach, Scheiße.« Dann legte sie die Decke übers Geländer und klopfte an die Tür. »Sammy, darf ich hereinkommen?«

Kate deutete das Schweigen als Zustimmung und öffnete die Tür. Es war dunkel im Zimmer, abgesehen von der kleinen, blauen LED-Leuchte des Fernsehers, der an der Wand hing. Nachdem sich ihre Augen an die Lichtverhältnisse gewöhnt hatten, konnte Kate sich im Raum orientieren. Zielstrebig ging sie auf das schniefende Bündel im Bett zu.

»Connie war auch deine Freundin, hm?«

Sammy weinte lauter und Kate zog sie in ihre Arme.

»Ist okay, Kleine. Alles gut.« Sie hielt sie behutsam fest und setzte sich neben ihr auf dem Bett zurecht. »Möchtest du darüber reden?«

Sammy schüttelte den Kopf.

»Das ist in Ordnung. Es ist schwer, jemanden zu verlieren, der einem etwas bedeutet.« Sie zog die Decke über Sammys Beine. »Als ich klein war, hat meine Oma immer für mich gesungen, wenn ich traurig war.« Sie schmunzelte. »Allerdings konnte sie nicht besonders gut singen und ich habe immer so getan, als wäre ich eingeschlafen, damit sie aufhört.«

Sammy kicherte leise.

»Ich weiß. Ist gemein, nicht?«

»Ein bisschen.«

»Soll ich dir etwas vorsingen?«

»Singst Du denn wie Deine Oma?«

»Schlimmer.«

Sammy lachte. »Dann nicht, danke.«

»Okay. Soll ich dich allein lassen?«

Sammy umklammerte sie fester und schüttelte den Kopf. »Ich will nicht allein sein.«

Kate fühlte, wie ihr Shirt an einer Stelle feucht wurde, als Sammy wieder die Tränen kamen. »Kein Problem. Dann bleibe ich einfach hier, bis du es ohne mich schaffst«, sagte sie und wiegte das Mädchen, bis es eingeschlafen war.

Kate fragte sich, was für eine Frau Connie wohl gewesen war. Abgesehen von Gina und Sammy hatte jeder, den sie über den Tag getroffen hatte, eine äußerst negative Haltung Connie gegenüber gezeigt. Die meisten hatten sie als Schlampe oder in ähnlicher Weise bezeichnet. Selbst ihre Exfreundin hatte kaum etwas Freundliches über sie gesagt. Und doch waren hier die zwei nettesten Menschen, die ihr hier begegnet waren, und weinten sich die Seele aus dem Leib wegen ihres Verlustes. Trauerten ernsthaft um den Tod ihrer Freundin. Offenbar war Connie eine von den Personen, die man entweder liebte oder hasste, ohne dass es etwas dazwischen gab.

Kate steckte die Decke kuschelig um Sammy herum fest und schloss die Tür hinter sich. Sie griff Ginas Bettzeug und ging damit zurück ins Wohnzimmer. Gina hatte sich kein Stück bewegt. Sie faltete die Decke auseinander und breitete sie über die schlafende Frau. Die wunderschöne, schlafende Frau. Die wunderschöne, schlafende Zeugin, fügte ihr Polizistengehirn hinzu. Ja, Zeugin, keine Verdächtige. Zum letzten Mal prüfte sie Ginas Pulsschlag und stellte zufrieden fest, dass sie ruhig schlief. Kate nahm im Sessel Platz, um auf die Temple-Mädels aufzupassen. Sie konnte nicht in Worte fassen, warum sie das Bedürfnis hatte, zu bleiben. Sie wusste nur, dass sie keinesfalls zur Ruhe käme, wenn sie jetzt ging und Gina in der aktuellen Verfassung allein zurückließ.

Vielleicht hält der Morgen ja ein paar Antworten für mich bereit. Ihr Blick fiel auf die leere Weinflasche. *Na gut, möglicherweise bekomme ich meine Antworten auch erst gegen Mittag.* Sie zog ihre Jacke fester um ihre Schultern und machte die Augen zu.

Kapitel 7

Gina wusste nicht genau, wie viel Geld im Moment auf ihrem Konto war, aber sie hätte mit Freuden jeden Cent hergegeben, wenn ihr jemand dafür einen Eimer mit Wasser brachte. Und den Elefanten erschoss, der in ihrem Kopf gerade einen Stepptanz aufführte, und zwar, während er unter miesen Blähungen litt. Blähungen, die ihr so schreckliche Übelkeit verursachten, dass sie sich nicht daran erinnern konnte, sich schon jemals so elend gefühlt zu haben. Sie öffnete den Mund, um zu stöhnen, und stellte dabei fest, dass der Gestank wohl von etwas Totem in ihrem Mund stammen musste. Ganz sicher war sie nicht, aber möglicherweise war das tote Ding ihre Zunge. Sie drehte sich herum und stieß gegen eine weiche, nachgiebige Masse, die sich überhaupt nicht wie ihr Bett anfühlte. Als sie ihr Auge einen winzigen Spalt öffnete – ihr war klar, dass das allein schmerzhaft genug sein würde – stellte sie fest, dass sie zwar unter ihrer Bettdecke, allerdings nicht in ihrem Bett, sondern auf ihrem Sofa lag.

»Was zum Teufel?« Ein Frosch rülpste aus ihrer Kehle. Sie setzte sich auf und sah sich um, die Hände an den Kopf gelegt, damit er nicht herunterfiel. Ihr Blick fiel auf Kate, die friedlich im Lehnsessel in der anderen Zimmerecke schlief. Sie hatte ihre Lederjacke um die Schultern und bis zum Kinn hochgezogen.

Was zum Geier ist hier los? Gina durchwühlte ihr Gedächtnis, aber sie konnte sich nicht einmal mehr daran erinnern, dass Kate vorbeigekommen war. Vorsichtig schwang sie ihre Beine von der Couch und seufzte schmerzerfüllt.

Kate regte sich, wachte aber nicht auf.

Gina betrachtete sie. Unwillkürlich schlich sich ein Lächeln auf ihre Lippen, als sie eins und eins zusammenzählte. Kate musste irgendwann hier aufgetaucht und sie selbst später dann vor ihr ohnmächtig geworden sein. *Himmel, sie muss sich meinetwegen Sorgen gemacht haben, wenn sie geblieben ist. Wie viel habe ich eigentlich getrunken?* Die leere Flasche auf dem Couchtisch geriet in ihr Blickfeld. Sie schluckte und hoffte, dass Kate ihr wenigstens beim Austrinken geholfen hatte. So, wie sich ihr Kopf anfühlte, bezweifelte sie das allerdings.

Langsam raffte sie sich von der Couch auf und taumelte aus dem Zimmer, immer von einer Wand zur nächsten, den Flur hinunter in die Küche. Sie nahm ein Glas von der Abtropffläche und hielt es unter den Wasserhahn, leerte es zweimal und langte dann oben in den Hängeschrank, wo sie die Hausapotheke sicher vor kleinen Händen aufbewahrte. Zwei Tabletten drückte sie aus dem Blister, schluckte sie und nahm dann zur Sicherheit eine dritte in der Hoffnung, ihr Magen würde sie nicht gleich wieder nach draußen befördern. Nichts fand sie schlimmer, als zu erbrechen. Sie füllte den Wasserkocher und schaltete ihn ein, dann trank sie noch ein Glas Wasser.

»Guten Morgen.«

Gina griff sich ans Herz und wirbelte herum. Vor ihr stand eine verschlafene, etwas zerzauste Kate und lächelte sie freundlich an.

»Entschuldigung. Ich wollte Sie nicht erschrecken.«

»Schon in Ordnung.«

»Wie geht es Ihnen heute?«

»Verkatert.«

»Das ist alles?«

»Ähm, ja. Wieso?«

Kate legte den Kopf schief und runzelte ein wenig die Stirn. »Wissen Sie nicht mehr, was letzte Nacht passiert ist?«

Gina sah sie entgeistert an. *Oh Scheiße. Was genau ist denn passiert?* »Äh, nein. Ich erinnere mich daran, dass ich mir einen Drink genehmigen wollte. Ich war fix und fertig wegen Connie und ich dachte, ein Glas würde mir beim Abschalten helfen.«

»Ein Glas also. Als ich hier ankam, waren Sie schon mit der ganzen Flasche fertig.«

»Oh Gott. Kein Wunder, dass ich mich fühle, als wäre ich tot.« Der Wasserkocher hörte auf zu blubbern. »Kaffee?«

»Bitte. Nur Milch, kein Zucker.«

»Könnten Sie bitte die Milch aus dem Kühlschrank holen?«

Kate reichte ihr die Flasche. »Was wissen Sie noch von der letzten Nacht?«

Gina schüttelte bedauernd den Kopf. »Gar nichts. Was habe ich denn angestellt?«

Kate nahm die Kaffeetassen und stellte sie auf den Tisch. »Sie haben mir ein Kompliment für meinen Hintern gemacht und hatten eine Panikattacke.«

»Ich habe was?«

»Sie hatten eine Panikattacke. Hyperventilation, das volle Programm. Dann wurden Sie ohnmächtig.«

»Ich meinte den ersten Teil.«

»Ach ja, richtig. Tja, als ich anklopfte, haben Sie ein Glas zerbrochen und ich habe mich gebückt, um die Scherben aufzusammeln. Sie schienen, nun ja, beeindruckt.« Kate grinste schüchtern und aufreizend zugleich.

»Das tut mir leid.«

»Was denn?«

»Na, so wie das klingt, wohl alles.«

Kate machte eine wegwerfende Handbewegung. »Machen Sie sich darum keine Gedanken. Ich wollte Sie in dieser Verfassung einfach nur nicht allein lassen und außerdem ist Sammy mittendrin aufgewacht. Sie war ziemlich unglücklich; ich habe mich bei dem Gedanken, einfach nach Hause zu fahren und Sie beide so zurückzulassen, schlicht nicht wohlgefühlt.«

Himmel, sie wird mich für eine grauenhafte Mutter halten, die sich auch noch besoffen und nuttig an sie ranmachen wollte. »Es tut mir leid, dass ich Ihnen solche Unannehmlichkeiten bereitet habe.«

»Gar keine Unannehmlichkeiten. Ihr Sessel da ist sehr bequem. Glauben Sie mir, ich habe schon deutlich schlimmere Nächte erlebt.« Sie lächelte. »Sammy ist ein tolles Mädchen. Scheint, als hätte sie Connies Tod sehr mitgenommen. Sie müssen sich nahegestanden haben.«

Gina atmete tief durch. »Ja. Ich habe Ihnen ja schon gestern erzählt, dass Connie meine beste Freundin war. Wir haben oft Zeit miteinander verbracht und Sammy hat Connie sehr gemocht.« Sie seufzte. »Sammy hat es wohl gefallen, dass Connie sie nie wie ein Kind behandelt hat. Sie sprach mit ihr wie mit jedem anderen auch und Sammy ist dabei richtig aufgeblüht.«

»Auch wenn ich jetzt wahrscheinlich unsensibel bin, aber ich muss danach fragen. War da mehr als Freundschaft? Zwischen Ihnen und Connie?«

Gina starrte sie an. »Nein, so war das nicht. Wir waren die besten Freundinnen. Sehr eng, möglicherweise. Ich habe sie immer als die große Schwester, die ich nie hatte, empfunden. Aber zwischen uns gab es keine romantischen Anwandlungen, falls Sie das meinen.«

»Verzeihung. Ich musste das fragen.«

»Warum?«

Kate zuckte mit den Schultern. »Ich muss einfach so viel wie möglich über Connies Leben wissen, wenn ich herausfinden soll, wer sie umgebracht hat.«

»Sind Sie gestern Abend deshalb hierhergekommen? Um mich zu fragen, ob ich eine Affäre mit ihr hatte?«

»Nein. Tatsächlich wollte ich Sie etwas über Leah fragen.«

Gina zog die Brauen zusammen. »Was denn? Mit ihr hatte ich ebenfalls keine Affäre.«

Kate schmunzelte. »Daran habe ich keine Sekunde gedacht. Als ich mit ihr gesprochen habe, lagen da Utensilien für Drogenkonsum. Ich konnte in dem Moment zwar nirgends Drogen entdecken, aber ich bin überzeugt davon, dass sie welche konsumiert. Haben sie und Connie sich deshalb getrennt?«

»Auf jeden Fall, ja, das denke ich schon. Es gab sicher noch mehr Gründe. Aber Leahs Weigerung, sich helfen zu lassen, und die stetige Verschlechterung ihres Zustandes waren wohl die Tropfen, die das Fass zum Überlaufen brachten.«

»Warum haben Sie das nicht schon während unseres gestrigen Gespräches erwähnt?«

Gina sah sie lange an und versuchte, ihr alkoholgetränktes Hirn zum Arbeiten zu zwingen. Sie hatte zahllose Krimiserien gesehen und wusste, dass die Liebhaber oder Expartner stets ganz oben auf der Liste der Verdächtigen standen. Nahm man hinzu, dass Leah drogensüchtig und unzuverlässig war, und ihre Drohungen, die jeder bestätigen würde, sollte sie jetzt wohl verdammt gut aufpassen. Nur ein paar Worte und Gina könnte Kate bestimmt ein wenig in diese Richtung lenken. Es wäre gar nicht schwer, sie müsste nichts weiter tun. Aber würde sie damit leben können, so etwas getan zu haben? Was, wenn Leah ihre Unschuld nicht beweisen konnte und für den Mord ins Gefängnis ging? Für ein Verbrechen, das sie gar nicht begangen hatte.

Könnte sie mit diesem Wissen leben? Könnte sie einem anderen Menschen so etwas antun? Könnte sie Leah so etwas antun? Klar, Leah war ein Junkie, die Zeit im Gefängnis würde ihr vielleicht beim Drogenentzug helfen und dabei, mit sich selbst zurechtzukommen. Aber doch nicht, wenn sie für einen Mord, den sie gar nicht begangen hatte, einfuhr. Selbst, wenn sie nicht verurteilt, sondern nur verdächtigt wurde, wie würde sich das auf ihr weiteres Leben auswirken? Konnte Gina jemandem das antun?

Sammy stand plötzlich in der Tür. »Mum, kann ich etwas zu trinken haben?«

Gina bremste ihre Gedanken und zog Sammy eng an sich, als die sich an sie schmiegte. Sie schlang die Arme um sie und wünschte sich, dass all das nicht geschehen würde. Aber nichts war ihr wertvoller als das Kind in ihren Armen. Nichts würde zwischen sie beide kommen. Sie würde aufpassen, dass Sammy nicht noch einmal einen Fehler wie diesen beging. Außerdem war es ein Unfall gewesen. Ein dummer, gedanken- und sinnloser, von Matt verschuldeter Unfall.

»Was möchtest du denn, Liebes?«

»Milch, bitte.«

»Okay. Und dann gehst du wieder nach oben, ja? Ich muss mich noch mit Detective Brannon zu Ende unterhalten.«

»Alles klar.«

»Wie geht es dir heute früh, Sammy?«, fragte Kate.

Sie hob die Schultern und wischte sich die Nase am Ärmel ab. »Danke für gestern Abend.«

»Gern geschehen. Ich bin froh, dass ich helfen konnte.«

Sammy nahm ihr Getränk entgegen und verschwand wieder, nur ihre Schritte auf der Treppe waren noch zu hören.

»Was war denn mit Sammy los letzte Nacht?«

»Ich habe doch gesagt, dass sie aufgewacht ist.«

Gina nickte.

»Sie war wirklich traurig, also habe ich mich um sie gekümmert, während sie sich ausgeweint hat, bis sie wieder eingeschlafen ist.«

»Sie hat vor Ihnen geweint?«

»Ähm, ja. Ist das schlecht?«

»Nein, nein. Es ist nur ungewöhnlich. Normalerweise weint Sammy nur, wenn ich dabei bin.«

»Oh, hm, ich glaube, es ging mehr darum, dass sie Connie vermisst, als um mich.«

Gina blinzelte. »Sicher.« Sie nippte an ihrem Kaffee.

»Sie haben meine Frage noch nicht beantwortet.«

»Verzeihung, welche Frage?«

Kate lachte höflich. »Ich wollte wissen, warum Sie mir nicht schon gestern von Leahs Drogensucht erzählt haben.«

»Ah, richtig.« Jetzt oder nie. Sollte sie lügen, um den Verdacht auf jemand anderen zu lenken? Musste sie das tun? Wer, der noch bei Verstand war, könnte denn darauf kommen, wie sich die Dinge wirklich abgespielt hatten? Ein Kind, das ganz allein auf Kaninchen schießt und dabei versehentlich die beste Freundin der Mutter tötet. Wer käme denn auf solche Gedanken? Ernsthaft? Musste sie den Verdacht wirklich von Sammy ablenken?

Und dann war da die hinreißende Detective Brannon. Sie war gewissenhaft und hartnäckig und ganz so, wie gute Polizisten sein sollten. Warum sonst hatte sie eine Nacht in ihrem Sessel verbracht, um sicher zu sein, dass es ihnen beiden gut ging? Bekam sie es fertig, DS Brannon anzulügen und jedwede Aufmerksamkeit von sich fortzulenken? *Jetzt oder nie, Gina.*

»Das war nichts, worüber Connie offen gesprochen hätte, und ich war auch nicht vollkommen sicher. Eigentlich weiß ich es nur wegen der Gerüchte, die im Dorf rumgehen, um ehrlich zu sein. Sie sind mir zu Ohren gekommen und ich habe mir meinen Teil gedacht. Aber bevor Sie es jetzt angesprochen haben, hätte ich nicht gedacht, dass da überhaupt etwas dran ist. Verstehen Sie, was ich meine?« *Nie.*

Kate nickte. »Ja. Aber ich hatte Sie nach Ihrer Meinung gefragt.«

»Ich weiß. Allerdings halte ich es mit dem Grundsatz, lieber gar nichts zu sagen, wenn man nichts Nettes sagen kann.«

Kate seufzte. »Verstehe. Ich sehe das ganz ähnlich. Aber ich ermittle hier bezüglich des Mordes an Ihrer besten Freundin. Sie müssen mir alles von ihr erzählen, bitte. Um den Mörder zu finden, muss ich wissen, was Sie wissen. Werden Sie mir helfen, den Täter zu finden?«

Gina schloss die Augen und hielt die Tränen zurück, während sie ein Versprechen gab, das sie niemals einzuhalten gedachte. »Ja.« *Jetzt. Das ist dann wohl der Jetzt-Teil.*

»Vielen Dank.« Kate trank ihren Kaffee aus und stellte die Tasse ins Spülbecken. »Ich sollte mich jetzt auf den Weg machen. Bevor ich zur Wache fahre, muss ich noch einmal nach Hause.«

»Danke, dass Sie über Nacht hiergeblieben sind und mir und Sammy geholfen haben. Ich kann gar nicht in Worte fassen, wie viel mir das bedeutet.«

»Sie müssen sich nicht bei mir bedanken.« Kate streckte die Hand aus und drückte Ginas Arm. »Für mich war es der interessanteste Abend seit Langem.«

Gina lachte und verzog das Gesicht. »Dann sollten Sie an Ihrem Privatleben arbeiten, Detective.«

Kate lachte ebenfalls. »Das werde ich wohl tun müssen.«

Gina öffnete die Tür für Kate und starrte im nächsten Moment in das schmutzige, unrasierte Gesicht von Sammys Vater.

»Matt, was willst du denn hier?«

»Ich möchte zu Sammy.« Er musterte Kate. »Wer sind Sie?«

»Detective Sergeant Kate Brannon. Und Sie sind?«

Matt schluckte schwer. Gina fand es auf gehässige Weise unterhaltsam, zu sehen, wie er sich wand. »Matt Green.«

»Matt ist Sammys Vater«, fügte Gina hinzu, um seine Anwesenheit zu erklären.

Kate warf ihr einen schnellen Blick zu, eine Braue hochgezogen. Gina hatte den Eindruck, als sähe sie ihr direkt in die Seele, bevor sie beiden zunickte und aus der Tür trat.

»Vielen Dank für Ihre Hilfe, Ms Temple. Bestimmt werde ich später noch einmal Fragen an Sie haben.«

»Ich werde die ganze Zeit hier sein. Das Büro bleibt heute geschlossen und Sammy wird heute zu Hause bleiben. Sie kann heute nicht zur Schule gehen.«

»Natürlich. Dann weiß ich, wo ich Sie finde.« Sie nickte Matt zu. »Mr Green.«

Habe ich mir das nur eingebildet oder hat sie unsere unterschiedlichen Namen bewusst betont, um etwas zu verdeutlichen?

Gina wartete, bis Kate in ihr Auto gestiegen war, dann richtete sie ihre Aufmerksamkeit auf Matt. »Was für ein gottverdammter Schwachkopf bist du eigentlich?«

»Wie bitte? So kannst du nicht mit mir reden.«

»Und ob ich das kann.« Sie schlug die Tür hinter sich zu.

»Ich möchte nur zu Sammy und etwas abholen und dann verschwinde ich wieder und du kannst mit dem weitermachen, was immer du auch gerade tust, Gina.«

»Da wette ich drauf, dass du zu Sammy willst. Du hast solche Sehnsucht nach ihr, dass du dich nicht mit ihr am Schultor treffen konntest, wie du es ihr versprochen hattest. Du vermisst sie so sehr, dass du mehr als vierundzwanzig Stunden gewartet hast, bevor du dich blicken lässt.«

»Wo... Wovon redest du denn da?«

»Von deiner elenden Knarre. Davon rede ich. Die, die du einer Neunjährigen überlassen hast. Voll geladen. Während du über drei Kilometer weit entfernt warst. Das Gewehr, das du nicht wie versprochen am Schultor wieder abgeholt hast. Das, mit dem du sie meilenweit hast nach Hause laufen lassen, nachdem du verantwortungsloses Arschloch dich nicht an dein Versprechen gehalten hast.«

»Ich habe gearbeitet. Ich hatte zu tun. Du weißt, wie der alte Ed ist, wenn er einen auf dem Kieker hat. Es geht die ganze Zeit: Tu dies, tu jenes, oder du brauchst morgen nicht wiederzukommen.«

»Es ist mir scheißegal, ob Gott persönlich dir irgendetwas aufgetragen hat. Es war das letzte Mal, dass du dein Wort unserer Tochter gegenüber gebrochen hast.«

»Ich weiß. Es wird nicht noch einmal vorkommen. Ich verspreche es dir.«

»Deine Versprechen kannst du dir sonst wohin stecken, Matt. Aber meines werde ich verdammt noch mal halten: Wenn du jemals wieder in Sammys Nähe kommst, nehme ich dieses Gewehr, bringe es zur Polizei und sage ihnen, dass du sie mit dieser geladenen Waffe allein gelassen hast. Sie hätte sich mit dem Ding umbringen können.«

»Das kannst du nicht machen, Gina. Sie ist auch meine Tochter.«

»Nein. Sie ist ein Spielzeug für dich, das dir nur wichtig ist, wenn du gerade Lust dazu hast. Du bist gar nicht in der Lage, ein Vater zu sein, Matt. Du bist doch selbst noch ein Kind, verdammt noch mal.«

»Ich zerr dich vors Gericht.«

»Das versuch nur. Ich werde ihnen ganz genau erklären, was für ein Mann du bist.«

»Wovon redest du überhaupt?«

»Ich werde ihnen alles erzählen, Matt. Ich werde ihnen sagen, dass du einer Neunjährigen ein scharfes Gewehr in die Hand gedrückt und sie damit allein gelassen hast.«

Sein Gesicht war wutverzerrt. »Das wirst du nicht.«

»Nicht?« Sie lächelte ihn an. »Ich schätze, du wirst es darauf ankommen lassen müssen.«

»Mach keine Dummheiten, Gina.«

»Dann halte dich fern, Matt. Bleib Sammy vom Leib, und mir auch.«

»Das kannst du nicht machen.«

»Das hast du dir selbst zuzuschreiben. Gibst ihr ein verdammtes Gewehr und lässt sie damit allein.« Gina schüttelte den Kopf. »Was hast du denn geglaubt, was passieren würde?«

»Sie wusste, wie sie damit umgehen muss.«

»Sie ist neun Jahre alt!«

»Du kannst sie mir nicht wegnehmen.«

»Das tue ich nicht. Ich beschütze sie lediglich vor schlechten Einflüssen und Dämlichkeit.« Sie riss die Tür auf. »Und jetzt raus mit dir und komm niemals wieder.«

Kapitel 8

Während Kate wegfuhr, schüttelte sie den Kopf. Das Bild von Matt, wie er Gina anstarrte, tauchte vor ihrem inneren Auge auf, wann immer sie blinzelte. Sie wusste nichts über die Geschichte der beiden, aber in ihren Augen wirkten Gina und Matt keinesfalls wie ein Paar. Dennoch hatten sie ein Kind miteinander.

Sie brauchte fünf Minuten bis zu ihrem kleinen Haus in Docking, an dessen Fassade aus Schiefer und Sandstein Efeu um Tür und Fenster rankten. Im Geiste machte sie sich eine Notiz, demnächst einen Gärtner zu kontaktieren, der es zurückschneiden sollte.

Sie parkte ihren metallicblauen BMW Mini in der Einfahrt und zog noch die Mülltonne zurück in den Garten, bevor sie die Tür aufschloss und im Flur die Schuhe von den Füßen kickte. Auf dem Weg nach oben zog sie sich aus, warf ihre Sachen in den Wäschekorb und drehte die Dusche auf.

Das heiße Wasser linderte ihre Nackenschmerzen, die noch von der Nacht im Lehnsessel herrührten; der Duft des Orangenduschbades belebte sie, half ihr einen klaren Kopf zu bekommen und machte sie frisch für den Tag. Während sie ihre Kopfhaut massierte, legte sie sich ihren Tagesplan zurecht.

Sie stieg aus der Dusche, nahm ihr Telefon und wählte die Nummer des Besprechungszimmers. Mit dem Handtuch rubbelte sie sich trocken und wartete dabei darauf, dass jemand den Anruf annahm.

»Polizei Hunstanton.«

»Goodwin?«

»Ja. Sind Sie das, Kate?«

»Ja. Sie sind ja schon früh da.«

»Ich dachte, ich könnte schon damit anfangen, mir die Befragungsprotokolle von gestern anzusehen.«

»Guter Plan. Ich habe gerade noch einmal mit Gina Temple gesprochen. Sobald ich da bin, werde ich darüber berichten. Sind die Männer auch schon da?«

»Auf dem Weg hierher. Brothers musste einen Umweg fahren, um Jimmy abzuholen. Sein Auto ist kaputt.«

Kate lachte. Sie wusste ganz genau, was der junge Polizist sich für diesen kleinen Hilferuf würde anhören müssen. »Okay. In zwanzig Minuten bin ich da.« Sie bückte sich und zog eine Socke über ihren noch feuchten Fuß.

»Rasen Sie nicht wie eine Irre.«

»Ich?«

»Ja. Sie sind bereits«, sagte Goodwin und hüstelte, »berühmt und berüchtigt für Ihre Fahrkünste.«

Kate grinste. »Ich weiß gerade nicht, ob ich mich geschmeichelt fühlen oder beleidigt sein soll, Stella.«

Die ältere Frau lachte. »Ihre Entscheidung. Bis gleich dann.«

Kate zog sich mit einem Lächeln im Gesicht fertig an und schnappte sich einen Müsliriegel, bevor sie wieder aus der Tür stürmte. Die Straße zwischen Docking und Hunstanton war eine ihrer Lieblingsstrecken. Zumindest, solange sie nicht hinter einem Traktor festhing. Die Straße verlief lang und gerade, aber trotzdem über Hügel und durch Täler, die die Aussage, Norfolk wäre ein flacher Landstrich, Lügen straften. Sie brachten Kates Magen zum Hüpfen, wann immer sie eine Hügelkuppe nahm und dabei Luft unter ihre Reifen brachte. Wenn man hier mit dem Fahrrad unterwegs war, war es verdammt noch einmal alles andere als flach. Grinsend fuhr sie ihr Seitenfenster herunter. Der weiche Regen prickelte auf ihrer Haut, als sie den Arm aus dem Fenster streckte und sich das gleiche Gefühl auf ihrem Gesicht vorstellte.

In der Wache war es ruhig, als sie die Tür öffnete. Sie musste auf den Beamten hinter der Anmeldung warten, damit er sie durch die Sperre ließ. Die Kuchenkrümel, die der arme Kerl sich vom Shirt wischte, verrieten seinen vorherigen Aufenthaltsort.

Kate nahm auf dem Weg nach oben immer zwei Stufen auf einmal und zog die Tür zum Besprechungszimmer auf. Stella ignorierte ihre Mitarbeiter demonstrativ und schien völlig vertieft in die Abschriften der Befragungen, während Tom gnadenlos Jimmy piesackte. Ein noch jünger aussehender Mann, vermutlich besagter DC Collier, amüsierte sich köstlich über das Unglück seines Kollegen.

»Weißt du, wenn ich das nächste Mal mit leerer Batterie dastehe, rufe ich einfach jemand anderen an.«

»Beim nächsten Mal sei nicht so dämlich und lass die ganze Nacht über das Licht an.«

»Guten Morgen, alle zusammen«, sagte Kate.

»Morgen«, kam es im Chor zurück.

»Gibt es schon Neuigkeiten aus dem Labor?«, fragte Kate an Stella gewandt.

»Sie meinten, irgendwann in den nächsten zwei Stunden.«

»Gut. Dann sagen Sie mir bitte, mit wem Sie gestern gesprochen haben.« Sie sah Tom an.

»Ich habe mich mit Helen Tidewell unterhalten, der Vermieterin des Pubs *Jolly Rogers*. Sie bestätigte, was bereits Gina Temple und dieses Mädchen, Sarah, gesagt haben. Dass Leah im Pub jedem von Connies Verkaufsidee erzählt hätte, der es hören wollte. Sie versicherte auch, dass Leah behauptet hätte, sie würde Connie umbringen, wenn die ihre Verkaufs- und Umzugspläne nicht aufgab. Meinte, dass Leah ganz klar meinte, Connie würde wieder mit ihr zusammenkommen, sobald sie sich nur beruhigt hätte und wieder klar kommen würde.« Während der letzten Worte malte er mit den Fingern Gänsefüßchen in die Luft.

»In Ordnung.«

»Macht das Leah zu unserer Hauptverdächtigen?«, fragte Collier.

Kate schürzte die Lippen. »Sollte es wohl. Aber als ich gestern mit ihr sprach, hatte ich den Eindruck, als wäre sie schon eine ganze Weile ziemlich außer Gefecht. Ihre Hände haben so sehr gezittert, dass sie sich nicht einmal eine Zigarette anzünden konnte. Zudem hat Temple heute Morgen bestätigt hat, dass Leah drogensüchtig ist. Ich habe große Zweifel daran, dass sie in dieser Verfassung zu so etwas in der Lage gewesen sein könnte.«

»Vielleicht hat sie es im Drogenrausch getan«, meinte Collier. »Es ist ja nicht so abwegig, dass ein Junkie zum Mörder wird, während er high ist.«

»Wohl wahr«, stimmte Kate zu.

»Aber Sie haben sie nicht gesehen«, sagte Jimmy, streckte seine Hand aus und ahmte das wilde Händezittern noch einmal nach. »Sie schien nicht einmal zu bemerken, dass sie nackt war, während wir mit ihr sprachen.«

Collier klappte die Kinnlade herunter, während Jimmy nachdrücklich nickte. Beide sahen eher aus wie Jungs auf dem Spielplatz, nicht wie Polizeibeamte.

»In Ordnung, Männer, alles klar. Ein weiterer Punkt, den es zu berücksichtigen gilt, ist der, dass Verbrechen unter Drogeneinfluss meistens Gelegenheitstaten sind. Das Opfer ist zufällig in der Nähe des Süchtigen und dann verliert jemand die Kontrolle. Um diese Tat zu begehen, hätte Leah rausgehen und Connie finden müssen, und zwar bewaffnet. Und dann hätte sie auch noch die Geistesgegenwart besitzen müssen, ihre Spuren zu verwischen.« Sie schüttelte den Kopf. »In ihrem Zustand traue ich ihr nicht zu, so etwas zu planen. Connie war nicht mit Leah unterwegs. Ally hat bestätigt, dass Leah die ganze Nacht über in ihrem Haus war, bis morgens zugedröhnt auf ihrer Couch, als sie zur Arbeit ging. Dort, wo ich sie am Nachmittag auch angetroffen habe.«

»Das ist eine große Zeitspanne, Kate«, sagte Tom. »Ally ist gegen fünf Uhr morgens gegangen, wenn nicht noch früher. Sie haben Leah nicht vor sechzehn Uhr gesehen. In der Zeit hätte alles Mögliche passieren können.«

»Ich weiß. Und wir werden auch weiterhin auf alles achten, das auf Leah hindeutet. Allerdings werden wir nicht viel finden, glaube ich. Ich denke, sie war total high auf Allys Sofa, als es passiert ist.«

Stella zuckte mit den Schultern. »Was denken Sie denn, wer es dann getan hat?«

»Gute Frage.« Sie nahm einen Stift und begann, auf dem Whiteboard zu schreiben. »Es gibt ziemlich viele Leute, für die eine Menge auf dem Spiel stand, falls Connie den Campingplatz und das Hostel wirklich geschlossen hätte.« Kate schrieb den Namen *William* ganz oben auf die Tafel. »Er hat für Connie gearbeitet und wohnte in den Unterkünften für die Angestellten. Im Fall einer Schließung wäre er obdachlos und arbeitslos geworden, ohne einen Platz, an dem er unterkommen könnte. Ich möchte gern mehr über ihn in Erfahrung bringen und darüber, wo er war.«

»Haben Sie auch seinen Nachnamen?«, fragte Stella.

»Nein, aber den finden wir sicher in den Unterlagen vom Campingplatz. Gina hat den Bürobetrieb eingestellt, wir haben überall Zugang.«

Stella nickte. »Wollen Sie, dass wir uns zuerst selbst umsehen, oder schicken wir gleich die Spurensicherung hin?«

»Sind die Kollegen denn inzwischen in Connies Haus fertig?«

»Noch nicht.«

»Dann sollten wir vielleicht eine kleine Erkundungstour unternehmen, bevor sie anfangen. Mit ein bisschen Glück treffen wir William im Hostel an.«

»Scheint sinnvoll. Also gut, ich will, dass die Befragungen bis zum Ende des Tages abgeschlossen sind und wir eine Liste der Verdächtigen haben«, wandte sie sich an Tom und Collier. »Ich werde mich um die DNA-Ergebnisse und die anderen Spuren kümmern.« Während Stella sprach, machte sie sich Notizen. »Sie und Jimmy machen sich auf den Weg zu Connies Büro und versuchen, diesen William aufzutreiben.«

Kate betrachtete das Whiteboard. »Und falls möglich, sprechen wir auch mit den restlichen Angestellten von Connie.«

Stella ergänzte ihre Notizen.

»Können Sie sich bei mir melden, wenn Sie die Ergebnisse haben?«

»Natürlich.«

»Soll ich die Herren hier mitnehmen?«, fragte Kate.

»Äh, danke, aber wir kommen zurecht«, antwortete Tom.

Jimmy lachte. »Was er eigentlich sagen möchte, ist, dass es wohl günstiger ist, wenn wir heute mit unserem eigenen Wagen unterwegs sind. Für den Fall, dass wir uns aufteilen müssen.«

»Von mir aus«, erwiderte Kate. »Weicheier.«

Tom und Collier sahen sie entgeistert an, aber Jimmy grinste nur. »Jawohl.«

Die Latexhandschuhe zwickten an Kates Händen, während sie sorgfältig durch die Seiten der zahlreichen Akten in Connies Büro blätterte. Finanzunterlagen, Bankauskünfte, Verträge, Rezepte, Bedienungsanleitungen für Fernseher und Mikrowellen, alles ordentlich aufbewahrt und abgelegt. Kein Problem, jedwede Notiz zu finden. Connie war eindeutig eine wohlorganisierte und umsichtige Geschäftsfrau gewesen. Für Kate lag es auf der Hand, warum sie ihr Unternehmen mit Erfolg geführt hatte und die Mitarbeiter wenig begeistert von der Aussicht waren, Leah würde die Leitung übernehmen. Deren Lebensumstände und die Tatsache, wie unbekümmert sie mit ihrer Nacktheit umgegangen war, überzeugten Kate restlos davon, dass Leah keinesfalls so engagiert arbeiten würde wie Connie.

Kate kopierte die Listen der aktuellen und ehemaligen Angestellten. Die unlängst entlassenen Mitarbeiter wurden Teil von Kates Liste, als sie feststellte, dass einer der Angestellten gefeuert worden war, weil er in seiner Unterkunft gekifft hatte. Schon wieder Drogen. In Kate keimte der Verdacht, dass es auf dem Land mindestens genauso viele Drogenprobleme gab, wie sie ihr in den Städten begegnet waren. Das war etwas, womit sie nicht gerechnet hatte. Sie hatte immer geglaubt, dass das Leben an idyllischen Orten die Leute zufriedener machte und sie daher seltener zu Suchtmitteln wie Drogen und Alkohol griffen. Scheinbar stimmte das nicht.

Abgesehen von William Clapp, Gina Temple und Sarah Willis gab es noch zwei weitere fest angestellte Mitarbeiter beim *Brandale Hostel und Camping*. Der einundzwanzigjährige Richard »Ricky« Pepper und seine neunzehnjährige, schwangere Freundin Emma Goose. Beiden standen nur begrenzte Möglichkeiten offen, zukünftig würden sie wohl einen Wohnwagen im Garten von Ricks Vater bewohnen.

Für die Dauer der Beschäftigungsverhältnisse gab es weder Unregelmäßigkeiten noch Probleme; der Einzige, den die Schließung des Campings wirklich hart treffen würde, war William. Kate fiel ein, dass Connie den Standpunkt vertreten hatte, er könne in der Mitarbeiterunterkunft bleiben, solange er Gina bei allem zur Hand ging – zumindest, bis er einen anderen Job und eine neue Wohnung gefunden hatte. Sie war also vielleicht doch nicht die herzlose Zicke, als die Sarah sie dargestellt hatte. Möglicherweise hatte Sarah nur nicht alle ihre Pläne im Detail gekannt.

Sie fragte sich, ob William von dieser Option wusste. Wenn nicht, stand er auf der Liste der Verdächtigen ziemlich weit oben. Falls doch, verschwand er augenblicklich davon.

Ihr Handy summte in der Tasche. Sie zog es heraus und berührte das Display, um den Anruf anzunehmen. »Brannon.«

»Die Ergebnisse der DNA-Prüfung sind da. Es ist definitiv Connie Wells.«

»Alles klar, danke, Stella. Wissen wir schon mehr über diese Partikel in der Wunde?«

»Ja, ich habe die entsprechende Rückmeldung abgewartet, zumal die endgültige Identifizierung ja keine große Überraschung war.«

»Und?«

»Es scheinen Glassplitter von einer Linse zu sein.«

»Eine Linse? Wie von einer Brille?«

»Nein, dafür waren sie zu dick. Außerdem ist eine spezielle Beschichtung darauf, wie man sie für Kameraobjektive verwendet. Wild, mein Freund in der Forensik, hat das natürlich wissenschaftlicher ausgedrückt. Aber offensichtlich wird diese Beschichtung bei Nikon-Linsen verwendet.«

»Da war nirgends eine Kamera.«

»Ich weiß. Aber es passt zu den Aussagen jedes einzelnen Befragten. Sie war in der Marsch immer mit dem Hund und ihrer Kamera unterwegs.«

»Stimmt.« Kate biss sich auf die Lippe. »Na gut. Rufen Sie die Spurensicherung an und fragen Sie nach, ob im Haus eine Kamera gefunden wurde.«

»Schon geschehen. Es gab ziemlich viel Kamerazubehör. Stative, Blitzlichter, Reflektoren, alles Mögliche. Allerdings keine Kamera.«

»Okay. Also hat entweder der Mörder die Kamera mitgenommen oder sie ist noch am Tatort.«

»Die Kollegen von der SpuSi meinten, sie hätten jeden Quadratzentimeter vor Ort abgesucht und nichts gefunden. Nicht einmal weitere Glasscherben.«

Kate schloss die Augen und kehrte in Gedanken zurück an den Fundort der Leiche. Das niedergetrampelte Gras, die Position des Körpers, der so aussah, als wäre er rückwärts gestürzt. Sie erinnerte sich daran, wie glücklich sie den Umstand gefunden hatte, dass das Opfer nicht etwas weiter weg im Wasser gelandet war. Scheiße. »Haben sie auch das Wasser durchkämmt?«

»Wie bitte?«

»Hat die Spurensicherung im Wasser gesucht? Connies rechter Arm lag seitlich ausgestreckt und nur wenige Zentimeter davon entfernt.«

»Selbst wenn, hätten die Gezeiten nicht alles weggespült?«

»Nein. Auf dieser Seite des Deiches gibt es keine Gezeiten. Das Wasser ruht und ist brackig, wie in einem Teich. Es muss noch einmal jemand hin und ins Wasser.«

»Werden sie Taucher brauchen?«

»Ich glaube nicht, dass es so tief ist. Wathosen und lange Handschuhe sollten reichen. Das wird eine Suche mit Fingerspitzengefühl, Stella. Wir brauchen diese Kamera. Vielleicht können wir herausfinden, was für eine Waffe verwendet wurde und von wo der Täter sie abgefeuert hat.«

»Ich kümmere mich gleich darum.«

Kate rieb ihre Handflächen aneinander, zog die Latexhandschuhe ab und kratzte erlöst an der puderbestäubten Haut. Es war an der Zeit zu hören, was Jimmy in der Touristeninformation gefunden hatte. Sie stopfte die Handschuhe in ihre Tasche und schloss die Tür hinter sich.

Ein schlanker, blonde Mann ging über den kiesbedeckten Hof. Er hatte seine Haare auf eine Seite gekämmt, mit Gel fixiert. Ein Diamantohrring – vermutlich nicht echt – blitzte in seinem linken Ohr. Die Jogginghose hatte er in die Stiefel gesteckt, über einem Knie klaffte ein Loch. Zwischen den Lippen hielt er eine Zigarette, unter einem Arm hatte er sich einen Rechen geklemmt, dabei schob er eine Schubkarre.

»Verzeihung«, sagte Kate. »Ich bin auf der Suche nach William Clapp.«

Blaue Augen betrachteten sie argwöhnisch. »Was wollen Sie denn von ihm?«

Seine unbequem wirkende Haltung und das unbewusste Zurücklehnen verrieten ihr, dass sie bereits gefunden hatte, wen sie suchte. »Ich habe nur ein paar Fragen über Connie Wells. Sie wissen doch, dass sie gestern getötet wurde, oder, William?«

Falls es ihn überraschte, dass sie ihn mit Vornamen ansprach, ließ er es sich nicht anmerken. Er nickte lediglich, schnippte etwas Asche von seiner Zigarette und steckte sie sich wieder in den Mund.

»Ich bin Detective Sergeant Kate Brannon. Wussten Sie, dass Connie beabsichtigte, die Anlage zu schließen?«

Er schnaubte. »Das weiß jeder hier. War kein Geheimnis.«

»Jemand hat mir erzählt, dass Sie in diesem Fall obdachlos sein würden. Stimmt das?«

Er zog tief an seiner Kippe, nahm sie aus dem Mund und wischte einen kleinen Tabakkrümel von seiner Zunge. »Die Leute reden einen Haufen Scheiße.«

Kate lächelte und bemühte sich, aus dem Rauchschwaden zu treten. »Heißt das, sie hätten Ihren Job trotzdem nicht verloren?«

Er warf den Zigarettenstummel zu Boden und trat ihn mit dem Absatz aus. »Connie hat gesagt, ich könne auch nach der Schließung hierbleiben; nur, dass dann eben die Heizung aus wäre. Sie meinte, wenn ich Gina bei ihrer Arbeit helfe, könnte ich bleiben, bis ich eine andere Unterkunft gefunden habe. Falls Gina mich aber wegschickt, müsse ich gehen, anderenfalls würden sie die Polizei rufen und mich abholen lassen.«

»Ich wäre sauer, wenn jemand so etwas zu mir gesagt hätte.«

Er zuckte mit den Schultern und angelte ein kleines Tabakpäckchen aus seiner Hosentasche. Geschickt rollten seine Finger eine neue Zigarette zusammen und steckten sie zwischen seine Lippen. »Nö. Sie hat mir wenigstens Zeit eingeräumt. Sie hätte mich ja auch einfach rausschmeißen können.« Wieder hob er die Achseln. »Das passiert mir nämlich meistens.«

»Mochten Sie Connie?«

Er starrte sie an.

Kate konnte sehen, wie er gründlich darüber nachdachte, was er antworten sollte.

»Sie hat mir eine Chance gegeben. Sie war die Einzige hier, die das getan hat. Sie meinte, ich würde mich schon beweisen, oder eben nicht. Sie war einfach fair, sie kannte diesen Ort in- und auswendig. Es gab keine Arbeit hier, für die sie sich zu schade gewesen wäre. Und ob man sie nun mochte oder nicht, dafür verdiente sie Respekt.«

»Und haben Sie sie gemocht?«

Er zündete die Zigarette an und verstaute das Feuerzeug wieder. »Ja. Sie hat mich gut behandelt. Zumindest, soweit die Umstände das zuließen.«

»Sie meinen Leah?«

Er spuckte aus. »Jep.«

»Die meisten Leute, mit denen ich gesprochen habe, schienen sie nicht leiden zu können.«

»Wen?«

»Connie.«

Er lachte. »Die meisten Leute hier kannten Connie gar nicht richtig. Es war nicht besonders leicht, mit ihr warm zu werden, wissen Sie?«

»Wie meinen Sie das?«

»Sie hat nicht viel über sich selbst gesprochen. Hat sich nicht zur Schau gestellt. War schon genug für sie, dass Leah das gemacht hat.«

»Sie war also schüchtern?«

Er runzelte die Stirn. »Nein. Eher zurückhaltend. Sie mochte es nicht, wenn Leute wussten, was in ihrem Kopf vorging.«

»Verstehe.«

»Man musste sich also anstrengen, wenn man sie wirklich kennenlernen wollte. Sich bemühen.« Er sog an der schmalen Kippe. »Wenn man das geschafft hatte, konnte sie ziemlich cool sein. Wenn nicht, war sie äußerst frostig.«

»Wer könnte ihr das angetan haben, was glauben Sie?«

»Ist es nicht Ihr Job, das herauszufinden?«

»Schon. Aber Sie kannten Connie und Sie kennen die anderen Leute hier im Ort. Wenn Sie raten müssten, auf wen würden Sie setzen?«

»Tja. Ich würde mich fragen, wer wohl am meisten zu verlieren hätte, wenn sie hier alles dichtmacht.«

»Habe ich schon gemacht.«

Er grunzte. »Und dabei sind Sie auf mich gekommen?«

»Ja.«

»Suchen Sie mal lieber weiter oben in der Nahrungskette, meine Liebe. Connie gehörten das Land, die Gebäude, das ganze Unternehmen. Wem gehören denn noch Geschäfte im Dorf, die in ernste Schwierigkeiten kämen, sobald der Campingplatz sie nicht mehr mit durchbringt?«

»An wen denken Sie?«

»Versuchen Sie es mal bei den Sands.«

Kate hob die Brauen. »Bei wem?«

»Edward und Rupert Sands.« Er zeigte auf eine Ansammlung von Wirtschaftsgebäuden und Scheunen oberhalb der Campinganlage. »Die hiesigen

Großgrundbesitzer. Denen gehört hier das ganze Land, sie verpachten es an die Bauern. Über tausend Hektar, nur der Campingplatz eben nicht. Rupert hat vor ein paar Jahren versucht, eine Baugenehmigung für einen eigenen Campingbetrieb zu bekommen.« Seine Hand wies auf die andere Straßenseite. »Drüben, vorm Marschland. Wollte seinen Geschäftsbereich erweitern, weil Landwirtschaft ihm eigentlich nicht passt. Zumindest sagen das alle Bauern. Jedenfalls wollte er sein eigenes Stück vom Tourismuskuchen.« Er schnaubte und lachte bitter. »Nicht, dass er ein armer Mann wäre. Jedes zweite Haus im Ort gehört ihm und die meisten davon sind Ferienwohnungen. Seine Pläne wurden abgelehnt, weil hier in der Gegend kein zweiter Campingplatz gebraucht wird. Arschloch.«

»Ich sehe schon, Sie können ihn gut leiden.«

»Ja, ungefähr so wie die Pest«, gab er zurück und grinste zynisch.

»Wie kommt das?«

»Die denken, ihnen gehört hier alles. Halten sich für die Dorfkönige. Glauben, sie sind besser als alle anderen, und erwarten, dass wir ihnen die Füße und die Ärsche küssen. Na besten Dank auch. Sie behandeln uns alle, als wären wir nur geduldet und könnten jeden Moment davongejagt werden.« Er lachte. »Aber mit Connie konnten sie das nicht machen. Sie hatte die Fäden in der Hand und das wussten sie. Es gab Gerüchte, dass sie diese Anlage kaufen wollten, nachdem ihre eigenen Pläne geplatzt waren. Aber Connie hat sich geweigert, ausgerechnet an die zu verkaufen. Sie und Rupert hatten mehr Ärger und Streit miteinander als irgendjemand sonst im Ort. Waren Feinde fürs Leben, die beiden.«

»Warum?«

Er drückte die zweite Zigarette aus. »Fragen Sie Gina. Die könnte das wissen.«

»Werde ich machen.«

»Haben Sie sonst noch Fragen?«

Sie schüttelte den Kopf und hielt ihm ihre Karte entgegen. »Verlassen Sie trotzdem nicht den Ort, vielleicht müssen wir uns doch noch einmal unterhalten.«

Er nahm die Karte, hob sie an die Schläfe und salutierte. Dann ging er weiter und zog dabei schon wieder den Tabak aus seiner Tasche.

»Die Sands. Na dann.« Kate steckte die Hände in die Jackentaschen. »Wollen wir mal sehen, was die zu all dem zu sagen haben.«

Kapitel 9

Das Hauptgebäude des Hofes war riesig, glich aber in Architektur und Fassade all den anderen im Ort. Die hohen Fenster gaben den Blick für Passanten ins Innere frei, auf Räume mit gewölbten Decken und genug Gemälden, um als Museum durchzugehen. In einem der Zimmer konnte Kate deutlich ein etwas heruntergekommenes Sofa sehen. Sie fragte sich, ob es ein antikes Stück war, das unter dem Zahn der Zeit litt, oder aber ein Hinweis auf die Lebensverhältnisse der Sands.

»Kennen Sie diese Leute, Jimmy?«, fragte Kate.

»Die haben hier ihren Ruf weg. Und ich weiß, dass sie dem hiesigen Mitglied des Parlaments so weit in den Hintern gekrochen sind, wie es nur geht, wenn man statt Methan noch Sauerstoff atmen will. Aber das ist Ihre Baustelle, fürchte ich.«

Sie gluckste. »Hübsches Bild. Haben Sie solche Sprüche von Tom gelernt?«

Er rieb sich die Fingernägel an seinem Shirt. »Um so gut zu sein, bedarf es harter Arbeit, Chefin. Eine Menge harter Arbeit.«

Sie lachte und drückte auf den Klingelknopf, dann warteten sie. Fast rechnete Kate schon mit dem Erscheinen eines Butlers, aber stattdessen riss ein drahtiger, älterer Mann die Tür auf. Auf seiner Nase saß eine übergroße Brille, die Stirn darüber lag in Falten. Sehr kurzes, graues Haar stand in alle Richtungen vom Kopf ab, seine Haut wirkte fahl und faltig. Seine eingefallenen Wangen lagen so straff über den Wangenknochen, dass die Zähne zwischen den schmalen Lippen übergroß aussahen. Die Bartstoppeln am Kinn schienen fleckig, als wüchsen sie nur an einigen Stellen in seinem Gesicht. Insgesamt sah er wie ein Mann aus, dem es nicht sonderlich gut ging.

»Was wollen Sie?«

Kate hielt ihren Dienstausweis hoch. »Mr Sands?«

»Ja.«

»Ich bin Detective Sergeant Kate Brannon. Darf ich hereinkommen?«

»Ich nehme an, es geht um diese unschöne Angelegenheit, die gestern am Küstenweg geschehen ist.«

»Ja. Ich ermittle in der Mordsache Connie Wells.«

»Mord, sagen Sie?«

»Ja.«

Ein winziges Lächeln huschte über seinen Mund und verschwand gleich wieder. »Nun, dann sollten Sie wohl eher mit dieser unsäglichen Frau sprechen und nicht anständige Leute belästigen.«

Sein Äußeres hatte in Kate Sorge um seine Gesundheit geweckt, aber sein Auftreten ärgerte sie. Sie war ziemlich sicher, dass er auf Leah anspielte, allerdings erschloss sich ihr nicht, warum er sie nicht zu den sogenannten anständigen Leuten zählte. Irgendetwas sagte ihr, dass es nichts mit den Drogen zu tun hatte, also beschloss sie, nachzuhaken. »Und welche Frau genau wäre das, Sir?«

»Ihre verfluchte Freundin, Leah.« Der Ekel in seiner Stimme machte überdeutlich, was er von ihnen und ihrem Beziehungsstatus hielt.

»Tja, Sir, im Moment möchte ich mit Ihnen und Ihrem Sohn Rupert sprechen. Darf ich eintreten?«

Er stieß einen demonstrativ verärgerten Seufzer aus und hielt ihr die Tür auf. »Na gut. Wir sind im Salon.« Er ging voran in das Zimmer mit dem alten Zweisitzersofa. An der Treppe rief er im Vorübergehen nach Rupert. Ein Gestell mit Jagdwaffen hing an der Wand des Raumes, Kate zählte sechs Gewehre darauf, zwei Schrotflinten mit Doppellauf und vier Jagdbüchsen. Über dem Kamin hing der ausgestopfte Kopf eines Hirsches, sein Geweih ragte zur Decke auf. Ihre Abneigung gegen den Mann, der vor ihr stand, wuchs. Selbst, wenn er das Wild nicht selbst geschossen hatte, war doch die Zurschaustellung des toten Tieres als Zeichen des Ruhmes etwas, das ihr den Magen umdrehte.

Rupert kam ins Zimmer gerauscht. Er hätte nicht gegensätzlicher zu seinem Vater sein können. Ein dichter Bart bedeckte seine Wangen und den Hals, wohl in dem eitlen Versuch, wabbelige Haut und Fettpolster an Hals und Kinn zu verbergen. Die mausfarbenen Haare hingen ihm wie fettige Strähnen eines überstrapazierten Wischmopps über die Ohren. Seine runde Statur ließ seinen Vater noch kleiner und gebrechlicher erscheinen. Kate war inzwischen davon überzeugt, dass der alte Mann krank war.

»Was wollen Sie hier?«, blaffte Rupert.

»Ich nehme an, Sie wissen, was sich gestern hier ereignet hat, Mr Sands?«

Rupert nickte. »Und?«

»Ich möchte mit Ihnen und Ihrem Vater über einige Information sprechen, auf die ich gestoßen bin. Nach meinem Wissen haben Sie Interesse signalisiert, den Campingplatz und das Hostel von Ms Wells zu kaufen. Trifft das zu?«

Edward räusperte sich. »Wir sind Geschäftsleute, Detective. Wir sind grundsätzlich daran interessiert, Dinge zu kaufen.«

»Das ist mir bewusst. Aber hatten Sie ein gesteigertes Interesse an genau dieser Immobilie?«

Edward ließ sich mit der Antwort Zeit. »Ja.«

»Danke. Stimmt es auch, dass sie sich geweigert hat, an Sie zu verkaufen?«

»Miststück«, murmelte Rupert tonlos und erntete dafür einen scharfen Blick von seinem Vater. »Ja, das ist richtig.«

Edward starrte sie an. Sie wartete ab. Ihr war klar, dass Rupert das Wort ergreifen würde, wenn Edward weiterhin schwieg.

»Jeder im Dorf wusste das. Meine Güte, Leah hat es im Pub herumposaunt.«

»Wie würden Sie ihr Verhältnis zu Connie beschreiben, Mr Sands?« Sie sah Rupert direkt an.

Seine Augen wurden schmal. »Mir gefällt Ihr Tonfall nicht.«

»Das ist natürlich sehr bedauerlich, Mr Sands, aber ich muss auf einer Antwort bestehen.«

»Ich muss gar nichts für Sie tun.«

»Ich bin als Ermittlerin in einem Mordfall, dessen Opfer Sie kannten, hier. Weigern Sie sich etwa, die Polizei bei der Aufklärung zu unterstützen, Sir?«

»Rupert.« Edwards leiser Ton warnte seinen Sohn, sich besonnen zu verhalten.

Er warf ihr einen frostigen Blick zu, seine aufgedunsenen, roten Hängebacken bebten vor lauter Beherrschung. »Wir sind nicht besonders gut zurechtgekommen«, stieß er hervor.

»Darf ich nach dem Grund fragen?«

»Sie war unhöflich, arrogant und streitsüchtig.«

Beschreibt er gerade Connie oder sich selbst? Kate deutete mit dem Kopf zu den Waffen. »Wer ist hier der Jäger?«

»Wir gehören zur Landbevölkerung, Detective. Wir jagen Rebhühner, Fasane, Wachteln und Kaninchen, und zwar recht häufig. Um sie zu essen.«

»Und der Hirsch?« Sie nickte zu dem ausgestopften Kopf hin. »Wurde der auch verspeist?«

Edward lächelte. »Natürlich. An jenem Abend gab es ein köstliches Hirschragout.«

»Wo waren Sie beide gestern Morgen zwischen sechs und acht Uhr?«

Edward lächelte noch immer. »Hier auf dem Hof. Ich habe zwischen sechs und sechs Uhr dreißig mit meiner Frau gefrühstückt, dann habe ich geduscht und dann hatte ich gegen sieben Uhr eine Besprechung mit den Angestellten, um die Tagespläne durchzugehen. Im Anschluss habe ich noch mit dem Vorarbeiter geredet, ungefähr eine halbe Stunde lang.«

»Wer ist Ihr Vorarbeiter?«

»Matt Green.«

»Und worüber haben Sie sich mit ihm unterhalten?«

»Er hatte sich an diesem Morgen etwas verspätet, daher musste ich ihn zurechtweisen.«

»Um wie viel ist er zu spät gekommen?«

»Das weiß ich nicht mehr genau, aber wir waren mit der Einsatzplanung fast am Ende, und normalerweise dauert sie ungefähr eine halbe Stunde.«

»Und Sie?« Kate wandte sich an Rupert.

»Ich war hier und habe mich auf einen Geschäftstermin in Norwich vorbereitet.«

»Wann sollte das stattfinden?«

»Um elf.«

»War noch jemand hier bei Ihnen?«

»Nein.«

»Als ich von der Besprechung zurückkam, war er hier«, warf Edward ein. »Das kann ich bezeugen.«

»Um welche Uhrzeit war das?«

»Na, ich war Viertel nach acht wieder hier. Da warst du gerade aus der Dusche gekommen, oder?«, meinte er zu Rupert.

»Ja, das stimmt«, antwortete Rupert.

Kate wurde hellhörig. Gegen viertel nach acht geduscht und für die Zeit davor kein Alibi. Sie versuchte, die Entfernung zwischen dem Gutshaus und dem Tatort abzuschätzen. Rupert Sands hätte mehr Zeit als genug gehabt, um dorthin und wieder zurückzugelangen, ohne dass es jemandem aufgefallen wäre. War das Grund genug, ihn zu verdächtigen? Er hatte die Gelegenheit, ein Motiv und an der Wand hinter ihr hing möglicherweise die Tatwaffe. Aber es gab keine Beweise.

»Ich danke Ihnen für Ihre Zeit. Falls ich weitere Fragen habe, werde ich mich bei Ihnen melden.« Sie folgte dem alten Sands, der sie aus dem Haus brachte und ohne ein weiteres Wort die Tür hinter ihr zuschlug. »Auch für mich war es ein Vergnügen, Sie kennenzulernen. Ich wünsche Ihnen beiden alles Gute für die Zukunft.« Kopfschüttelnd ging sie zurück zum Auto. Sie brauchte Beweise. Irgendetwas, das Mr Rupert Sands zum Hauptverdächtigen machte oder einen anderen im Ort mit ausreichend Groll.

Statt in ihren Wagen zu steigen, überquerte sie die Hauptstraße und nahm die kurze Einbahnstraße, die zu dem Trampelpfad Richtung Marsch führte. Wie schon am Morgen zuvor lief sie unter dem Blätterdach entlang und trat dann hinaus ins Marschland von Brandale Staithe. Die Truppe von der Spurensicherung war links von ihr zu sehen. Direkt vor ihr wippte ein in die Jahre gekommenes Hausboot mit abblätterndem Anstrich sacht auf dem abfließenden Wasser. Die Zugangsplanke zur Tür war mit Maschendraht bedeckt, damit die Schuhe Halt hatten, wenn man darüberlief. Aber so abgelebt, wie es auf den ersten Blick auch schien, als sie genauer hinsah, fiel ihr der gute Zustand des Daches auf. Außerdem gab es Vorhänge und die Fenster waren intakt. Das Boot schien wasserdicht und als wäre es in Gebrauch. Sie fragte sich, wem es wohl gehörte, während sie zu den Leuten von der Spurensicherung hinüberging.

»Und, wie läuft es?«, fragte Kate den Mann, der im Overall auf dem Damm stand.

»Nass.« Er lachte. »Sergeant Wild. Wir hatten gestern keine Gelegenheit, uns vorzustellen.«

»Detective Sergeant Brannon.« Sie lächelte. »Das hier tut mir leid.« Sie zeigte auf die zwei Personen, die sich mit brusthohen Wathosen und gummiumhüllten Armen langsam durch das schwarze Wasser der Bucht bewegten.

»Ist nicht nötig. Wenn wir gewusst hätten, dass wir nach einer Kamera suchen, wären wir schon gestern reingestiegen.«

»Wie schätzen Sie die Chancen ein, sie zu finden?«

»Hm. Es ist ja keine Bewegung im Wasser und es ist erst vierundzwanzig Stunden her. Die Sedimentverschiebung dürfte minimal sein. Ich denke, wenn sie da drin ist, finden wir sie auch.«

Sie nickte. Er musste nicht erwähnen, dass die Männer völlig grundlos nass und kalt wurden, falls der Täter geistesgegenwärtig genug gewesen war, um die Kamera mitzunehmen. »Wie lange suchen sie schon?«

Wild hob den elastischen Bund am Ärmel seines Overalls und sah auf die Uhr. »Ungefähr eine halbe Stunde.« Er schob seine Hände in die Taschen. »Irgendwelche Hinweise?«

»Bis jetzt nichts, was helfen würde. Hoffentlich bringt uns die Kamera weiter.« Sie fuhr sich mit den Fingern durch die Haare und versuchte, sie im Nacken zusammenzuwirbeln, damit der Wind sie ihr für wenigstens zehn Sekunden nicht ins Gesicht wehte. »Gab es im Haus etwas Interessantes?«

»Kommt darauf an, was Sie interessant finden.«

Sie schmunzelte. »Okay. Wie wäre es mit hilfreich?«

»Schwer zu sagen. Ich habe die Inventarliste zu Stella geschickt und einige Dinge, die nachverfolgt werden müssen. Außerdem habe ich noch ein paar Sachen für Sie im Auto.«

»Was denn?«

»Ein Tagebuch und einen merkwürdigen Schlüssel.«

»Na wunderbar.« Kate hasste es, sich durch die Privatsphäre von Opfern zu wühlen, beispielsweise anhand eines Tagebuchs. Genau wie bei einer Autopsie tat man ihnen und ihrem Leben nur noch mehr Gewalt damit an. So hilfreich Tagebücher auch sein konnten, sie bargen auch die Gefahr der Ablenkung. »Hat sie uns aufgeschrieben, wer sie getötet hat?«

Jetzt schmunzelte er. »Ich habe mal flüchtig durchgeblättert, es stand viel Hässliches über ihre Exfreundin darin. Richten Sie die Ermittlungen auf sie aus?«

»Im Moment erkundige ich mich über jeden.«

»Hm. Eine Sache ist mir allerdings ins Auge gefallen.«

Sie wartete darauf, dass er fortfuhr, während sie den frierenden Männern dabei zusah, wie sie sich zentimeterweise durch den Schlamm arbeiteten.

»Die Einträge sind ganz regelmäßig, meistens vier oder fünf pro Woche, zumindest bis Juni. Dann kam nur noch einer.«

Kate verstand, warum das seine Aufmerksamkeit erregt hatte. »Was hat sich verändert?«

Er hob die Schultern. »Ein paar Wochen nach der Trennung schreibt sie über eine Katze, die sich zum Fischefangen in der Marsch herumtreibt. Ganz anders im Stil als die vorherigen Einträge, die ich gesehen habe. Las sich eher wie die Erzählung eines Kindes. Und die letzte Notiz besteht nur aus einer Reihe von Zahlen.«

»Was für Zahlen?«

»Ich habe nicht die leiseste Ahnung. Aber es ist eine recht lange Liste. Bevor Sie gehen, kriegen Sie sie.«

»Chef, wir haben hier etwas«, rief einer der Männer vom Wasser her, während sein Kollege einen verdrehten Klumpen aus Metall und Plastik hochhielt. Seegras klebte daran und Wasser rann heraus.

»Super, Leute. Bringt es rüber und dann packen wir es ein.«

Kate sah dabei zu, wie sie den Fund ins Verzeichnis aufnahmen und dann in eine Asservatentüte steckten. »Glauben Sie, wir können jetzt feststellen, was für eine Waffe verwendet worden ist?«

Wild betrachtete eingehend die Überreste der Kamera. »Ja. Wird einen, vielleicht zwei Tage dauern, schätze ich.«

»Ist eine Speicherkarte drin?«

Er schnipste eine kleine Klappe auf, ohne die Kamera aus dem Beutel zu nehmen, linste durch die Plastikhülle und drückte die Klappe wieder zu. »Tatsächlich. Aber nach mehr als vierundzwanzig Stunden unter Wasser würde ich mich nicht darauf verlassen, dass man noch etwas davon auslesen kann.«

»Mache ich nicht. Aber ich bin zutiefst dankbar, wenn es Ihnen gelingt.«

»Ich werde sehen, was sich machen lässt.« Er richtete sich auf und setzte sich in Bewegung. »Ich hole Ihnen den Schlüssel und das Tagebuch. Mal sehen, ob Sie mehr mit diesen Zahlen anfangen können.«

Kapitel 10

Gina stellte den Teller von Sammy ab und setzte sich vor ihr eigenes Mittagessen. Ihre Tochter schniefte, wischte sich die Nase mit dem Ärmel ab und nahm ein Stück Käsetoast vom Teller.

»Benutze ein Taschentuch und nicht deinen Ärmel.«

»Hab keins.«

»Und ob du eins hast«, berichtigte Gina. »Du hast mehrere, um genau zu sein. Irgendwo in deinem Zimmer versteckt. Nach dem Essen wirst du hochgehen und eins finden.«

»Aber …«

»Diskutiere nicht mit mir herum, Samantha.«

Sammys Unterlippe bebte, sie bohrte mit einem schmuddeligen Finger im geschmolzenen Käse herum.

Gina seufzte. Obwohl Sammy ihr Zimmer den ganzen Tag nicht verlassen hatte, war es ihr trotzdem gelungen, schmutzig zu werden.

»Was ist los?«

»Nix.«

»Schwindel mich nicht an, Sammy.«

Sammy legte den Toast zurück auf den Teller. »Ich habe gehört, dass du Daddy gesagt hast, er solle mich in Ruhe lassen.«

Gina seufzte noch einmal. Auf diese Unterhaltung hatte sie sich nicht unbedingt gefreut. Auch wenn Matt ein Idiot war, vergötterte Sammy ihn. Es war ja auch kein Wunder, schließlich beglückte er sie mit Waffen, Mitbringseln und Süßigkeiten jedweder Art.

»Ja, das stimmt. Weißt du, warum ich das gemacht habe?«

Sammy nickte. »Weil ich Connie getötet habe.« Sie schob ihren Teller von sich, legte die Arme auf den Tisch und den Kopf darauf. Ihr Körper wurde vom Schluchzen geschüttelt.

Gina glitt von ihrem Platz, kniete sich neben sie und und zog Sammy in ihren Arm. »Nein, Liebes. Ich habe das doch nicht gesagt, um dich zu bestrafen.« Sie streichelte ihr den Rücken, wie sie es schon getan hatte, als Sammy noch ein kleines Baby gewesen war. Es war etwas, das sie beide beruhigte. »Ich gebe dir nicht die Schuld für das, was gestern geschehen ist.«

»Aber warum darf ich ihn dann nicht mehr treffen? Er ist mein Papa.«

»Ja, das ist er. Aber er hat keinen guten Einfluss auf dich. Nach dem gestrigen Tag kannst du das doch verstehen, oder?«

Sammy nickte gegen ihren Hals. »Aber ich habe ihn lieb.«

»Das weiß ich. Und er liebt dich auch. Das ist eine gute Sache. Und wenn du ein bisschen älter bist, kannst du vielleicht auch wieder Zeit mit ihm verbringen.«

»Wann denn?«

»Ich weiß nicht, Schatz. Wenn es nicht mehr erforderlich ist, dass er auf dich aufpasst, wenn ihr zusammen seid.«

»Also, wenn ich zehn bin, oder so?«

Gina lächelte. »Vielleicht noch ein bisschen älter. Sechzehn oder einundzwanzig.«

»Mama, das dauert ja noch eine Million Jahre!«

»Nein, tut es nicht.« Sie hielt Sammy ein wenig von sich weg und sah ihr in die Augen. »Dein Vater hätte dich niemals mit seiner Waffe schießen lassen dürfen. Er hätte dich nie in so eine Situation bringen dürfen, in der dann so etwas wie gestern passieren kann. Verstehst du mich?«

Sammy nickte, während ihr dicke Tränen über die Wangen kullerten.

»Aber er hat es trotzdem getan. Wenigstens hätte er sich mit dir treffen müssen, wie er es versprochen hatte, und auch das hat er nicht gemacht. Stattdessen hat er dich mit dem Unglück alleingelassen, obwohl man wirklich nicht erwarten konnte, dass du allein damit zurechtkommst.«

»Er hat es ja nicht gewusst.«

»Das ist mir egal. Er hätte dort sein sollen, wie versprochen. Es ist nur eines von vielen Versprechen, die er dir gegeben und nicht gehalten hat. Schon wieder hat er dich im Stich gelassen. Aber dieses Mal kann er es nicht wiedergutmachen, er kann es nicht für dich in Ordnung bringen. Er hat nicht auf dich aufgepasst, also muss ich es tun. Im Moment bist du einfach noch nicht alt genug, um dich selbst schützen zu können.« Sie strubbelte Sammy durchs Haar. »Das ist meine Aufgabe.«

»Ich bin kein Baby mehr, Mum. Ich kann auf mich selbst aufpassen.«

»Ich weiß, dass du das denkst. Und ich weiß, dass es dir nicht gefallen wird. Aber nein, du kannst das eben noch nicht. Du bist neun Jahre alt und ich beabsichtige, dich solange wie möglich ein Kind sein zu lassen. Also, bis du dich nicht selbst vor Schwierigkeiten bewahren kannst, in die er dich vielleicht bringt, darf er nicht in deine Nähe.«

»Also bestrafst du ihn und nicht mich?«

Für einen Moment dachte Gina darüber nach. Wollte sie, dass es Matt schlecht ging? Wollte sie, dass er den Preis für seine Blödheit zahlte, da nun Sammy und sie mit den Folgen seiner Entscheidungen für immer leben mussten? Möglicherweise. Konnte sie das vor Sammy zugeben? Auf gar keinen Fall. »Nein, Liebes. Ich möchte dich nur beschützen. Das hat nichts mit ihm zu tun. Es geht nur um deine Sicherheit. Ich würde alles versuchen, damit nichts und niemand dir je wehtun kann oder dich traurig oder unglücklich macht.« Sie wischte die Tränen von Sammys Gesicht. »Dich vor deinem Vater zu beschützen, habe ich nicht besonders gut hinbekommen.«

»Aber ich habe ihn doch lieb.«

»Ich weiß, Schatz. Ich weiß.« Zweifel nagten an ihr. War es richtig, Matt und Sammy den Umgang zu verwehren? Ihr Kopf bejahte das, aber ihr Herz tat weh, während sie Sammy knuddelte. So, wie Sammy es ihr beschrieben hatte, war es ein Unfall gewesen. Würde das Jugendamt sie ihr deshalb wirklich wegnehmen? Sie konnte dessen nicht sicher sein. Was sie aber mit Sicherheit wusste, war, dass die Ermittlungen jeden Winkel ihres Lebens ausleuchten würden. Das galt auch für Matts Leben. Und von Matt würde man Sammy auf jeden Fall fernhalten. Falls er nicht sowieso ins Gefängnis käme. Wenn sie ihr Kind so im Arm hielt, waren das die wenigen Momente, die sich friedlich anfühlten. Die einzige Zeit, in der sie sich ihrer Entscheidungen sicher war. Sie hoffte nur, dass die nicht genauso falsch waren wie jene, die Matt gestern getroffen hatte.

Kapitel 11

Kate las die Seite des Tagebuchs, bis ihr die Augen wehtaten. Sie rieb sie sich und richtete den Blick dann zurück auf das hingekritzelte Wirrwarr aus Buchstaben und Zahlen. Kopfschüttelnd nahm sie das Buch und einen Stift mit hinüber zum Whiteboard, um darauf zu notieren, was sie gerade zu entschlüsseln versuchte.

LN353, 03.06.15, MK52 UXB, 54.4, -3.03, 20
YH971, 10.06.15, KL51 KLD, 54.4, -3.03, 25
LN353, 12.06.15, MN02 MRS, 54.4, -3.03, 15
LT554, 19.06.15, MK52 UXB, 54.4, -3.03, 30

»Was zur Hölle ist das?«, fragte Brothers.

»Keine Ahnung«, erwiderte Kate. »Es gehört zu dem letzten Eintrag in Connies Tagebuch.«

»Das ist ein Code«, sagte Jimmy.

Für diesen wenig hilfreichen Einwurf warf Kate ihm ein zusammengeknülltes Stück Papier an den Kopf. »Das habe ich auch schon erkannt, Jimmy. Irgendeine Idee, was es bedeuten könnte?«

Stella erhob sich und trat an die Tafel. Sie markierte die Kürzel von *03.06.15* bis *19.06.15*. »Das sind Datumsangaben«, sagte sie und zeigte einzeln darauf. »Vom dritten bis zum neunzehnten Juni.«

»Jep.« Kate zog einen Kreis um *MK52 UXB* und *MK52 UXB*. »Hierbei handelt es sich um Autokennzeichen.« Dann zeigte sie auf die restlichen Zeichen. »Aber was soll das bedeuten und warum hat Connie das alles in ihr Tagebuch geschrieben?«

»Weiß ich nicht«, sagte Tom. »Soll ich mich um die Kennzeichen kümmern?«

»Ja, bitte«, antwortete Kate abwesend. »Und jagen Sie nebenher diese Daten durch den Computer. Mal sehen, ob etwas dabei herauskommt.«

»Suchen wir nach etwas Bestimmtem?«

Kate schüttelte den Kopf. »Nein. Aber wir haben gerade so wenige Anhaltspunkte, dass ich nichts ausschließen möchte. Sie hat das nicht ohne Grund aufgeschrieben.« Sie tippte auf das Whiteboard. »Ich will wissen, wieso.«

»Alles klar.«

»Sind wir bei dem Schlüssel schon weiter?«, wandte sie sich an Stella, während sie weiterhin auf den Code starrte.

»Inzwischen habe ich eine Seriennummer, aber das war es auch schon. Ich lasse sie gerade durch sämtliche verfügbaren Datenbanken laufen. Bis jetzt sieht es so aus, als gehörte er zu einem Vorhängeschloss.«

»Gibt es welche im Haus?«, fragte Kate.

»Keines, zu dem er passt.«

»Was ist mit den Schlössern auf dem Campingplatz?«

»Das hat Wild nicht überprüft.«

»Nun, dann sollten wir das vielleicht tun.« Kate drehte sich zu ihr um und streckte die Hand aus.

Stella warf ihr den Beutel mit dem kleinen Schlüssel darin zu.

Der Schlüsselbart war dicker als üblich und der Griff eher rundlich als flach. Die Zacken und Vertiefungen waren nicht besonders stark ausgeprägt, aber am Übergang zum Griff gab es eine auffällige Verdickung. Falls dieser Schlüssel wirklich zu einem Vorhängeschloss gehörte, war es ein äußerst ungewöhnliches Modell. »Jimmy, begleiten Sie mich?«

»Ähm, ja. Klar«, gab er zurück. Mit widerwilliger Geste nahm er seine Jacke von der Stuhllehne. Tom lachte und Stella winkte Jimmy zum Abschied, während er zur Tür ging, als wäre es der Weg zum Schafott.

»Muss ich Ihretwegen extra langsam fahren?«

Er lachte nervös. »Nein, natürlich nicht.«

Sie schloss den Wagen auf und stellte den Spiegel ein, während er einstieg und sich anschnallte. »Wissen Sie, Jimmy, ich hatte noch nie einen Unfall oder einen Strafzettel wegen Geschwindigkeitsüberschreitung oder Falschparkens. Ich bin eine gute Fahrerin.«

»Ganz bestimmt sind Sie das. Ich bin nur ein etwas empfindlicher Beifahrer.«

Kate legte laut lachend den Kopf in den Nacken. »Na sicher.« Sie ließ den Motor an und grinste, als er den Griff über der Beifahrertür umfasste. Gemächlich parkte sie aus.

»Gibt es schon Neuigkeiten wegen Ihres Autos?«, fragte sie.

Er seufzte. »Ja. Es lag doch nicht an der Batterie. Der Zahnriemen ist gerissen.«

»Autsch. Schlimmer Schaden?«

»Jep. Der Mechaniker meinte, die Reparatur würde mehr kosten, als der Wagen noch wert ist.«

»Oh je.«

»Und ich habe nicht einmal eine Teilkasko, sondern nur eine Haftpflicht.«

»War wohl nicht Ihr Tag, Jimmy.«

»Das können Sie laut sagen.«

Sie kicherte und wiederholte: »Nicht Ihr Tag, Jimmy.«

»Haha. Sehr witzig.« Er rutschte auf seinem Sitz herum und entspannte sich offensichtlich ein wenig, da sie sich an die zulässige Höchstgeschwindigkeit des Straßenabschnitts hielt. »Wohin fahren wir denn jetzt?«

»Zum Campingplatz.« Sie zog den Beweismittelbeutel aus der Tasche und warf ihn zu ihm. »Mal sehen, ob wir herausfinden, wozu der passt.«

Er betrachtete den Schlüssel und runzelte die Brauen. »Sie glauben, dass man damit irgendetwas auf dem Campingplatz öffnen kann?«

»Ich habe keinen Schimmer. Aber nachdem er nirgends in ihrem Haus passt, ist das der einzige Platz, der mir einfällt. Wozu braucht man einen Schlüssel, wenn es kein passendes Schloss gibt?«

»Mag sein. Aber meine Mutter beispielsweise hat in der Küche eine Schublade mit allem möglichen Kram. Sie hebt darin Schlüssel von Fahrradschlössern auf, die wir schon längst nicht mehr besitzen. Und auch den Türschlüssel vom Haus meines Großvaters, obwohl sie es nach seinem Tod vor zehn Jahren verkauft hat.«

»Wie schön, dass ich nicht die Einzige bin.«

»Woher wollen Sie wissen, dass es hier nicht genauso ist?«

»Ich weiß es nicht. Aber die Kollegen von der Spurensicherung sagten, dass er nicht in einer Schublade lag, sondern mit den anderen Schlüsseln am Brett hing. Jeder davon passte irgendwohin; in die Haustür, ins Auto, in den Tresor, ins Büro und so weiter. Das lässt darauf schließen, dass sie dort alle Schlüssel aufbewahrt hat, die sie regelmäßig benutzte.«

»Trotzdem glaube ich nicht, dass er zu einem Vorhängeschloss gehört«, grummelte er vor sich hin.

»Wie sieht er denn Ihrer Meinung nach stattdessen aus?«

Seine Brauen zogen sich noch weiter zusammen. »Besitzt sie ein Boot?«

Jetzt zog Kate die Stirn kraus. »Nicht, dass ich wüsste. Warum?«

»Na ja, er sieht ein bisschen so aus wie der Bootschlüssel meines Vaters. Der hat auch so einen gewölbten Griff und einen breiten Bart.«

»Was für ein Boot ist das denn?«

»Oh, er wohnt auf einem Narrowboot hier im Nationalpark. Wunderschön, und über zwanzig Meter lang.«

»Ihre Eltern leben auf einem Lastkahn?«

Er schüttelte den Kopf. »Nur mein Vater und sein Hund. Sie haben sich scheiden lassen, als ich noch klein war.«

»Oh, das tut mir leid.«

»Muss es nicht. Nach der Trennung waren sie bessere Eltern. Vorher haben sie die ganze Zeit gestritten. Meine Schwester und ich haben es gehasst.«

»Älter oder jünger?«

»Meine Schwester?«

Kate nickte.

»Jünger. Sie ist an der Uni und studiert Tiermedizin.«

»Bewundernswerte Berufswahl.«

»Ja.« Er richtete den Blick aus dem Seitenfenster. »Was ist mit Ihnen?«

»Einzelkind.«

»Mutter und Vater?«

Sie biss die Zähne zusammen. »Meine Mutter starb, als ich ein Baby war. Mein Vater hat auf Ölbohrinseln gearbeitet, also wurde ich bei meiner Großmutter untergebracht. Sie hat mich großgezogen.«

»Das mit Ihrer Mutter tut mir leid.«

Sie nickte. Was sollte sie auch dazu sagen?

»Haben Sie ein enges Verhältnis zu Ihrer Großmutter und Ihrem Vater?«

Kates Magen zog sich zusammen. Sie wusste jetzt schon, welche Fragen noch kommen würden, wenn sie den Rest der Geschichte erzählte. Die Worte *Piper Alpha* und Krebs lagen wie Schatten, die sie nicht vertreiben konnte, über ihrer Lebensgeschichte. Aber es war ihre Geschichte und sie war froh, wenn sie die noch ein wenig für sich behalten konnte. Auf die mitleidigen Blicke, die sie angesichts der Wahrheit stets trafen, konnte sie gut und gerne verzichten. Sie bog auf den gekiesten Parkplatz hinter dem Informationsbüro des Campingplatzes ein und sprang aus dem Auto, noch bevor Jimmy sich über das Ausbleiben ihrer Antwort wundern konnte.

Die Lampen waren aus, die Tür verschlossen, als sie davorstanden. Ihr fiel ein, dass Gina gesagt hatte, sie würde am heutigen Tag das Büro nicht öffnen. Also machte sie auf dem Absatz kehrt und ging auf die Bauernhäuser zu, dicht gefolgt von Jimmy, der im Gehen Kiefernzapfen von der Straße kickte.

»Heben Sie mal die Füße, Jimmy.«

Er lachte. »Ich brauche keine zweite Mutter.«

»Sehr gut, ich habe nicht die Absicht, eine zu sein.« Sie klopfte an die Tür und wartete darauf, dass Gina öffnete, während Jimmy neben ihr zum Stehen kam. Mit scherzhafter Geste griff sie nach seiner Krawatte und zog sie ein wenig enger um seine Kehle.

Er schlug ihre Hände beiseite und lockerte missmutig den Knoten wieder. Dann ging die Tür auf.

»Guten Tag, Ms Temple. Wie geht es Ihnen?«, fragte Kate.

Gina lächelte. »Entschieden besser als bei unserer Begegnung heute früh.« Sie machte die Tür weit auf und deutete mit dem Arm Richtung Küche. »Kommen Sie doch herein.«

»Vielen Dank.« Kate trat ein und ging auf den warmen, sonnigen Raum an der Rückseite des Hauses zu.

Die großen, nach Süden gerichteten Fenster ließen die Sonne herein und sorgten für eine wohlige Atmosphäre. Der Duft von Kaffee und Toast lag in der Luft und aus dem Radio war Jeremy Vine mit seiner Radio-2-Talkshow zu hören. Gina stellte es ab, als sie hereinkam.

»Das ist Detective Powers.« Kate deutete auf Jimmy, der seine Hand ausstreckte und sich Gina vorstellte.

»Und was kann ich für Sie tun, Detective?«

Kate reichte ihr den Beweismittelbeutel. »Dieser Schlüssel wurde nebenan gefunden und wir fragen uns, wozu er gehört. Möglicherweise passt er irgendwo auf dem Campingplatz. Haben Sie eine Idee?«

Gina nahm die kleine Plastiktüte und untersuchte den Schlüssel eingehend, dann schüttelte sie den Kopf. »Das ist keiner von unseren Betriebsschlüsseln.«

»Sind Sie sicher?«

»Ganz bestimmt. Ich habe Ersatzschlüssel für jedes einzelne Schloss auf dem Campingplatz hier. Sie können sie gern sehen.« Gina holte drei große Bunde. Alle nur vorstellbaren Modelle und Ausführungen hingen an den drei Karabinern. »Die hier sind fürs Büro, das Lager und die Wäscherei.« Sie reichte Kate das umfangreichste Bündel. »An dem sind die für das Hostel und die Touristeninformation.« Das zweite drückte sie Jimmy in die Hand. »Und hier sind die für den Sanitärblock, den Müllentsorgungsplatz und die Schränke auf dem Campingplatz.« Damit hielt sie das kleinste Bund hoch. Jeder von ihnen sortierte sich durch eine Menge Stahl, Blech und Eisen.

Schon bald erkannte Kate, dass keiner dieser Schlüssel dem in der Plastiktüte glich. »In Connies Haus hat er nirgends gepasst, auch nicht ins Auto. Fällt Ihnen noch etwas ein, für das sie einen Schlüssel gebraucht hätte?«

Gina fuhr sich mit den Fingern durch die Haare. Kate und Jimmy gaben ihr die Schlüsselbunde zurück. »Nein, ich wüsste nichts.« Wieder betrachtete sie das fragliche Stück. »Es tut mir leid, aber ich weiß nicht, wozu der gehört.«

Kate nahm die Tüte von ihr entgegen. Sie versuchte, das Kribbeln auf der Haut zu ignorieren, als sich ihre Finger berührten. »Powers meinte, er würde ihn an einen Bootsschlüssel erinnern.«

Gina legte die Stirn in Falten, schüttelte dann aber den Kopf. »Connie besaß kein Boot, sie ist nicht segeln gegangen.«

»Was ist mit Leah? Könnte der Schlüssel ihr gehören?«

Gina hob die Achseln. »Wäre möglich. Aber ich bin ziemlich sicher, dass Connie ihr ganzes Zeug zusammengepackt und zu ihr oder in ein Lagerhaus geschickt hat.« Langsam nahm sie ihre Hand von Kates, die das augenblicklich als Verlust empfand. »Ich schätze, um das herauszufinden, müssen Sie Leah fragen.«

»Natürlich.« Kate stopfte den Beutel in ihre Tasche. Es war Zeit, zu gehen. Weiter zu neuen Fragen, dem nächsten Zeugen oder Verdächtigen. Aber Kate wollte nicht gehen. Sie wollte hierbleiben und sich noch ein wenig mit Gina unterhalten. »Wie geht es Sammy?«

»Das wird schon werden. Es hat sie schwer getroffen.«

»Sie ist ein tapferes Mädchen.«

Gina lachte und lehnte sich rücklings gegen ihren Stuhl. »Auf jeden Fall ist sie das.«

»Und sie hat Sie.« Kate wollte ihr sagen, welche große Rolle die Mutter spielte, wenn ein Kind einen tragischen Verlust ertragen musste. Sie wollte Gina sagen, dass ihre Liebe Sammy helfen würde, darüber hinwegzukommen, und dass sie deshalb hinterher noch stärker wäre. Dass sie beide stärker wären. Sie ertappte sich bei dem Wunsch, Sorge und Trauer von Ginas Gesicht wegzaubern zu können. »Vielen Dank für Ihre Zeit.«

Wie erbärmlich.

Gina lächelte traurig und brachte sie zur Eingangstür. »Jederzeit, Detective. Sie wissen ja, wo Sie mich finden.«

Kate entging nicht, wie Jimmy sie auf dem Rückweg zum Auto anstarrte, aber glücklicherweise sagte er nichts. Es war auch gar nicht nötig, das Grinsen auf dem Gesicht des kleinen Scheißers sprach Bände. *Scheiße.*

Kate klopfte an Allys Tür. Die Vorhänge waren zugezogen, von drinnen waren laute Stimmen zu hören. Wunderbar. Scheinbar war Leah nicht allein. Sie klopfte nochmals, lauter jetzt, in der Hoffnung, das Wortgefecht zu übertönen. Das Geschrei im Innern hörte auf und die Tür wurde aufgerissen.

Ally sah sie grimmig an. »Was denn?«

»Ist Leah da?«

Ally seufzte und ließ sie durch die Tür. »Leah, Besuch für dich.«

»Was? Wer denn?« Sie steckte den Kopf aus der Küchentür. »Ach du Scheiße. Was ist denn jetzt schon wieder?«

Kate lächelte, dankbar dafür, dass Leah heute etwas anhatte. Das T-Shirt war schmuddelig, hing ihr über eine Schulter und wurde offensichtlich schon eine Weile getragen, so wie es roch. »Schön, Sie wiederzusehen, Leah. Was dagegen, wenn wir uns hinsetzen?« Diese Frage richtete sie an Ally.

»Nur zu«, sagte Ally und setzte sich auf den einzigen freien Platz im Raum. Das Sofa war mit Bettzeug bedeckt, ein Sessel diente als Zeitschriftenablage und die Stühle am Esstisch wurden allesamt von Kleidungsstücken in Beschlag genommen.

Kate raffte die Zeitungen zusammen, ließ sie auf den Tisch fallen und setzte sich. Jimmy überließ sie seinem eigenen Geschick. »Ich möchte, dass Sie sich etwas ansehen und mir sagen, ob es Ihnen gehört. Oder ob Sie wissen, wozu es gehört.« Sie betrachtete Leah etwas genauer. Deren blonder Schopf hatte eine Wäsche dringend nötig. Verschmutzt und fettig klebten ihr die schulterlangen Haare strähnig am Kopf. Der Geruch im Zimmer bewies ihren ungewaschenen Zustand und Kate versuchte tapfer, nicht die Nase zu rümpfen.

»Um was gehts denn?«

Kate holte den Beweismittelbeutel hervor. »Wissen Sie, was das ist?«

Leah griff danach und dabei fielen Kate die Einstichstellen in ihrer Armbeuge und im Unterarm auf.

»Ich würde sagen, ein Schlüssel«, frotzelte Ally.

Kate schloss kurz die Augen. »Das ist mir klar. Wir haben ihn in Connies Haus gefunden, aber bis jetzt wissen wir nicht, wo er passt. Kennen Sie ihn? Ist es Ihrer?«

»Nein.« Leah hielt ihn Kate entgegen.

»Darf ich mir den mal ansehen?«, fragte Ally.

Kate warf Jimmy, der neben der Tür stand, einen Blick zu. Er zuckte unmerklich mit den Schultern. Wenn sie ihn nicht direkt angesehen hätte, wäre es ihr entgangen. »Sicher.« Kate warf den Schlüssel in Allys Richtung. Heute sah sie die Frau zum ersten Mal nicht in der massigen Montur aus Overall, Pullover, Mantel und einem Hut, der fast das ganze Gesicht verbarg.

Sie nutzte die Zeit, in der Ally den Schlüssel anschaute, um sie zu betrachten. Allys Hände wirkten kräftig, so wie ihre gesamte Erscheinung. Das Kinn war kantig, die Lippen breit und voll. Ihre Nase war gerade geformt, hatte aber auf halber Länge einen kleinen Höcker, zweifelsohne von einem Bruch. Das grau melierte Haar war kurz gehalten, der schlichte Schnitt betonte schmeichelhaft Allys Kinnlinie und die ausgeprägten Wangenknochen. Ihre grauen Augen spiegelten einen scharfen und gleichzeitig wachsamen Verstand wider. Sie war eine attraktive Frau, das musste Kate zugeben. Trotzdem schien ihr Ruf als femma fatale etwas übertrieben zu sein. Vielleicht war er auch ungerechtfertigt und war nur das Ergebnis des allgegenwärtigen Dorftratsches.

Ally legte den Kopf schief und untersuchte den Schlüssel von allen Seiten. »Der gehört zu einem Boot«, sagte sie. »Ich sehe solche ständig unten im Hafen.« Ally zog ein Schlüsselbund aus ihrer Hosentasche. »Hab sogar selber einen.« Sie warf es Kate zu. »Bitte schön.«

Kate fing es auf. Einer der Schlüssel daran ähnelte dem in der Tüte auf verblüffende Weise. Lediglich die Einkerbungen im Bart unterschieden sich und der Griff steckte in einer Schutzhülle aus rotem Gummi. Sie sah Leah an. »Hatte Connie ein Boot?«

»Nein.« Leah kratzte sich an den Armen und hockte sich auf die Sofakante. »Segeln war nichts für sie.«

Genau das hatte Gina ihnen auch gesagt. Kate zog die Stirn kraus. Warum sollte eine Frau, die sich nichts aus der Seglerei machte, zwischen all ihren wichtigen Schlüsseln einen für ein Boot aufbewahren? »Sind Sie Bootsbesitzerin, Leah?«

Leah verneinte kopfschüttelnd. »Ich kann Wasser nicht leiden. Ein einziges Mal bin ich mit Ally rausgefahren.«

»Jep, und sie hat nichts anderes getan, als die Fische zu füttern«, ergänzte Ally.

Sie lachte, aber es kam Kate aufgesetzt vor, als wollte sie etwas lustig erscheinen lassen, das kein bisschen lustig war. Nachdem es ihr selbst auf einer Fahrt mit der Fähre nach Irland einmal sehr schlecht gegangen war, wusste Kate nur zu genau, dass Seekrankheit wenig Spaßiges an sich hatte.

»Tut mir leid, das zu hören.« Sie nahm den Schlüssel wieder von Ally entgegen. »Vielen Dank für Ihre Hilfe.«

Ally ließ Kate und Jimmy hinaus. Beide schwiegen, bis sie wieder im Auto saßen. »Haben Sie die Einstichstellen an ihrem Arm gesehen?«

»Habe ich.« Kate zog ihr Telefon aus der Tasche und wählte. »Hey, Stella, wir sollten uns auf die Seriennummer des Schlüssels konzentrieren. Er gehört tatsächlich zu einem Boot. Das sollte helfen, die Suche einzugrenzen.«

»Wird gemacht.«

»Danke.« Sie legte auf, ließ den Motor an und fuhr Richtung Hafen, um dort zu wenden. Alle Schiffe waren am Kai vertäut, die Kiele im weichen Schlick, der nur zur Flutzeit von Wasser überspült wurde. Hummerkörbe standen hoch aufgestapelt, Stahltrossen schlugen gegen die Masten.

»Was halten Sie davon?« Er wies auf das Haus, das sie eben verlassen hatten.

»Was meinen Sie?«

»Na, die beiden. Denken Sie, die sind zusammen?«

Kate lachte. »Nein.«

Jimmy sah sie neugierig an. »Woher wollen Sie das wissen?«

»Glauben Sie mir, Jimmy, ich weiß es. Ally ist nicht im Geringsten an Leah interessiert. Selbst wenn sie etwas für Junkies, die völlig am Ende sind, übrig hätte. Ally steht nicht auf Frauen.«

»Und wie kommen Sie darauf?«

Kate schüttelte den Kopf. »Ich weiß es einfach.«

»Ah, verstehe.« Er lächelte selbstzufrieden, drehte den Kopf zum Fenster und sah hinaus, während Kate auf die Hauptstraße fuhr.

»Was genau verstehen Sie?«, fragte Kate.

»Das ist so eine Gaydar-Sache, nicht?«

»Ernsthaft, Jimmy?« Kate fragte sich, ob er wohl die Eier hatte, sie zu fragen.

»Meine Schwester ist lesbisch. Sie und ihre Freundin sind inzwischen seit drei Jahren ein Paar. Manchmal gehen wir gemeinsam aus und sie zeigt auf verschiedene Leute. Gibt mir Hinweise.« Er schmunzelte. »Ich kann noch immer nicht erkennen, ob jemand homosexuell ist oder nicht.«

»Oh, ich weiß nicht, Jimmy.« Sie lächelte ihn an. »Ich glaube, Sie machen das ganz gut.«

Er grinste zurück. »Wirklich?«

»Ja, wirklich.« Kate bog in eine Seitenstraße ein.

»Und wohin gehts jetzt?«

»Auf eine Gnadenmission.«

Er runzelte die Stirn. »Verstehe ich nicht.«

»Das werden Sie schon.« Sie gab Gas und sah ihn erblassen. Nur ein bisschen. Gerade genug, um ihn von weiteren Fragen abzuhalten.

Kapitel 12

»Wollen Sie das wirklich?«, fragte Wild, während er Kate durch einen Flur in der Polizeiwache von King's Lynn führte.

»Was spricht denn dagegen?«

»Sie ist, sagen wir einmal, ziemlich temperamentvoll.«

»Und das heißt?«

»Wir mussten sie in einen Käfig sperren, weil sie die Schreibtischbeine angenagt hat. Und jetzt«, sagte er und drückte die Tür auf, »will sie nicht aufhören zu bellen.«

Tiefes, lautes Kläffen war zu hören, es klang unüberhörbar wehleidig.

»Überrascht Sie das?«

»Verzeihung?«

»Na, sie weiß nicht, wo sie ist oder was überhaupt los ist, und sie wird ignoriert.« Schulterzuckend kniete sie sich hin, um den Käfig zu öffnen. »Davon, was sie durchgemacht hat, ganz zu schweigen.« Damit zog sie das Gitter auf und streckte ihre Hand hindurch, um die Hündin daran schnuppern zu lassen.

Das Gebell verstummte. Die Hündin drückte sich in die hinterste Ecke des Käfigs, den Schwanz zwischen die Beine geklemmt und die Ohren angelegt. Ihre Körpersprache signalisierte nichts außer Unterwürfigkeit und Angst. Kate setzte sich auf ihre Fersen und wartete mit ausgestreckter Hand. Langsam und zentimeterweise kroch das Tier vorwärts und schnüffelte an ihren Fingern. Dann zog sie sich wieder ein Stück zurück und winselte.

»Ist okay, Kleines. Wird alles wieder gut.« Sie blieb, wo sie war, und beobachtete die Hündin dabei, wie sie vorsichtig wieder näherkam, dieses Mal länger an ihr roch und sich dann noch weiter vorwagte. Behutsam strich Kate ihr über den Kopf, kraulte sie sacht hinter den Ohren und lächelte, als die Hündin sich ein wenig entspannte und aus dem Käfig herauskam. Das Tier sah Wild an und begann, dumpf zu knurren. Kate schmunzelte. »Ich glaube, Sie nimmt Ihnen übel, dass Sie sie eingesperrt haben, Sergeant.«

»Ganz offensichtlich.« Er trat einen Schritt zurück. Sofort beruhigte sich die Hündin und schmiegte sich in Kates Berührung. »Mit Ihnen scheint sie hingegen Freundschaft schließen zu wollen.«

»Mit mir verbindet sie keine schlechten Erfahrungen, nur Freundlichkeit. Ich habe sie aus dem verhassten Käfig befreit.« Sie streichelte das grau gescheckte Fell und flüsterte besänftigend auf das verstörte Tier ein. »Haben Sie eine Leine für sie?«

»Ähm, nein. Ihr Halsband samt Leine sind inzwischen Beweismittel, Detective.«

»Stimmt. Gibt es etwas, das ich ersatzweise benutzen kann?«

»Ich könnte ein Stück Seil besorgen.«

»Du lieber Himmel.« Sie verdrehte die Augen. »Tun Sie mir einen Gefallen, ja?«

»Welchen denn?«

»Gehen Sie raus zu meinem Wagen. Jimmy Powers sitzt darin.« Kate warf ihm den Autoschlüssel zu. »Richten Sie ihm aus, er solle in die Tierhandlung fahren und eine Leine mit Halsband für einen Collie besorgen. Ich gebe ihm das Geld später zurück.«

Wild grinste. »Alles klar.«

»Und sagen Sie ihm, er möchte mein Auto bitte im Ganzen wieder herbringen.«

Er lachte. »Wird gemacht.«

Die Hündin lag neben ihr, den Kopf auf Kates Schenkel gebettet, sah zur Tür und beobachtete die Vorübergehenden. Kate konnte die Anspannung in jedem einzelnen von Merlins Muskeln fühlen; sie bebte, als wäre sie in höchster Alarmbereitschaft.

»Gibt es einen Hinterausgang, einen Hof oder etwas in der Art?«, fragte sie einen Beamten.

»Dort entlang«, sagte der junge Mann und wies auf die Tür an der Rückseite des Raumes. »Da ist der Raucherschuppen.«

»In Ordnung. Danke.« Sie tätschelte der Hündin den Kopf. »Ist besser als nichts. Schauen wir mal, ob du vielleicht musst.« Kate stand auf. Schon beim ersten Schritt in Richtung Tür war die Hündin an ihrer Seite.

Raucherschuppen erwies sich als durchaus treffende Bezeichnung. Scheinbar hielten sich so viele Menschen darin auf, dass der Qualm der kleinen, giftigen Glimmstängel durch jede Ritze des billigen Kiefernverschlags zu entweichen versuchte. Der Hof hatte eine Fläche von vielleicht zwei mal drei Meter, den

Schuppen an der Seite nicht mitgerechnet. Viel war das nicht, aber Merlin hatte offenbar schnell eingesehen, dass dies ihr momentaner Auslaufbereich war. Sie schnüffelte ausgiebig herum und wirkte zufrieden damit.

Während Kate ihr zusah, dachte sie über den Fall nach. Sie hoffte, dass Stella inzwischen mehr über den Bootsschlüssel herausgefunden hatte, wenn sie zurück in Hunstanton war. Falls nicht, hatte sie keine Ahnung, wie sie in diesem Fall weiter vorgehen sollte. Alle Spuren führten ins Nichts und sie konnte nur raten, wer der Mörder war.

Nach ein paar Minuten gesellte sich Wild zu ihr. »Ich kann nicht behaupten, dass Ihr Kollege besonders glücklich aussah. Aber wahrscheinlich war es nur die Angst, Ihr Auto zu demolieren.« Er schmunzelte. »Wird wohl nicht lange dauern.«

»Danke.« Sie lächelte, als die Hündin zu ihr zurückkehrte, dabei Wild anknurrte und sich gegen Kate lehnte. Sie reichte ihr fast bis zur Hüfte. »Gibt es schon Fortschritte bei der Kamera?«

»Die Computerspezialisten versuchen ein paar Bilder von der Speicherkarte zu retten. Sie war ziemlich beschädigt, aber ich glaube, sie haben diese magische Supersoftware, die zaubern kann. Warten wir es ab. Sie meinten, frühestens morgen Vormittag.«

»Und die Kamera an sich? Wissen Sie schon, welche Waffe verwendet wurde, beispielsweise?«

»Ich habe da ein paar Ideen, aber es ist schwierig, alles zusammenzufügen. Nachher treffe ich mich mit Dr. Anderson und einem von den Technikern. Mal sehen, ob wir einen realistischen Tathergang rekonstruieren können.«

»Lassen Sie mich an Ihren Gedanken teilhaben?«

»Nun, um weiterzukommen, muss ich einige Vermutungen anstellen. Deshalb möchte ich mich mit Anderson und dem Techniker, Grimshaw, austauschen. Angenommen, sie ist mit dem Hund auf dem Damm spazieren gegangen und hat Fotos gemacht. Das würde ihren üblichen Gewohnheiten entsprechen, richtig?«

»Nach allem, was Zeugen, Freunde und auch die Leute, die sie nicht mochten, sagen, ja. Eine sehr logische Vermutung«, sagte Kate.

»Weiterhin ist anzunehmen, dass sie zum Hafen geschaut hat, während sie fotografierte. Er ist entschieden sehenswerter als alles in den anderen Richtungen. Und obwohl der Sonnenaufgang in ihrem Rücken lag, hätte er den Himmel gefärbt. Nachvollziehbar?«

Kate nickte.

»Davon ausgehend können wir versuchen herauszufinden, woher der Schuss gekommen sein müsste.«

»Hervorragend. Was ist mit dem Waffentyp?«

»Ich habe ein paar Metallsplitter in der Kamera gefunden, die nicht zum Gerät gehören können. Sie werden gerade untersucht. Wenn ich morgen die Ergebnisse bekomme, werde ich mehr wissen.«

»Irgend ein Hinweis?«

»Es war auf jeden Fall eine Hochleistungswaffe. Nicht aus der Nähe abgefeuert. Geschuldet der Tatsache, dass Flut war, würde ich auf zweihundert bis dreihundertfünfzig Meter schätzen. Wegen des Hochwassers war die gesamte umliegende Marsch überflutet. Die nächstgelegene Landfläche, die einen Menschen lange genug für den Schuss hätte tragen können, ist zumindest so weit vom Tatort entfernt.«

»Im Ernst?«

»Jep.«

»Sie reden also von einem Scharfschützengewehr, aus langer Distanz.«

»Ungefähr vierhundert Meter, ja.«

»So ein Schuss erfordert Können.«

»Und Erfahrung und Geduld, und er wird garantiert nicht aus Versehen abgefeuert.«

»Also hat der Mörder irgendwo draußen in der Marsch auf sie gewartet, womit auch immer?«

»Wie schon gesagt, ich warte noch auf die Auswertung. Aber wenn ich mich nicht total irre, war es eine NATO-Patrone, 7,62 x 51 mm. Wird sehr gern mit europäischen Scharfschützengewehren verwendet. Ich besorge Ihnen eine Liste mit allen infrage kommenden Waffen, aber hierbei geht es nicht um ein gewöhnliches Gewehr. Die Bauern in dieser Gegend benutzen .22er und Doppelflinten zum Jagen und gegen Schädlinge. Wir suchen eine große, leistungsstarke Waffe, die ausschließlich entwickelt wurde, um aus sehr großer Entfernung zuverlässig zu töten. Jemand, der damit schießen kann, hat langjährige Erfahrung mit Gewehren. Und er hat lange geübt, um so gut zu werden.«

»Vielleicht ein Mitglied aus einem Schützenverein?«

Wild lächelte. »Ja, vielleicht.« Er reichte ihr einen Zettel.

»Die Auflistung aller Schützenvereine in der Nähe von Brandale Staithe, hoffe ich?«

Er schmunzelte. »Ich schätze, deshalb verdienen Sie so viel und haben einen so hübschen Titel.«

Sie lachte ebenfalls und winkte mit dem Stück Papier in seine Richtung.
»Vielen Dank.«

»Gern geschehen. Ich muss zugeben, ich mag diesen Fall.«

Sie glaubte, sich verhört zu haben, und setzte ein skeptisches Gesicht auf.

»Ich weiß, dass sich das falsch anhört. Und es ist ein schreckliches Unglück, dass eine Frau getötet wurde. Aber ab und zu braucht man einen Fall wie diesen, der einen anstachelt. Der das Gehirn herausfordert, wissen Sie, was ich meine?«

Sie verstand ihn, aber ihrer Meinung nach sollte man so an jeden Fall herangehen. Nicht nur an die interessanten oder an solche mit besonderen Opfern. Kate nickte trotzdem. Es war nicht sinnvoll, sich mit einem Kollegen, der voller Ideen und Informationen steckte, über so etwas zu streiten.

»Sie wollen das Tier also behalten?«

Kate richtete ihre Augen nach unten, wo die Hündin zu ihren Füßen saß. »Mal sehen, wie sich alles entwickelt. Zumindest vorübergehend. Die Rettungsstelle sucht bereits nach einem neuen Zuhause für sie.«

Er schnaufte und sah auf seine Uhr. »Ich muss los. In zwanzig Minuten treffe ich mich mit Anderson und Grimshaw.«

»Ich bin gespannt auf die Resultate.«

Wild nickte und drückte die Tür hinter sich auf.

Ein Heckenschützengewehr also. Sie dachte an Leahs zitternde Hände, an ihr Scheitern beim Anzünden der Zigarette und war sich der Unschuld dieser Frau absolut sicher. Selbst wenn Leah eine entsprechende Waffe besaß und damit in die Marsch gegangen wäre, um diesen Schuss abzufeuern – Kate bezweifelte, dass sie auf die Distanz einen Doppeldeckerbus hätte treffen können, geschweige denn eine Kameralinse vor dem Gesicht ihres Opfers. Nein, auf gar keinen Fall. Aber wer war es dann? Rupert Sands? Er war der Einzige, der offenbar kein Alibi hatte. Die Tradition des Schießens wurde von ihm zweifelsohne gepflegt. Dass in seinem Haus kein Scharfschützengewehr zu sehen gewesen war, musste nicht zwingend bedeuten, dass er keines besaß. War er abgebrüht genug, so ein Verbrechen zu begehen? Oder hatte ihn schiere Habgier angetrieben?

Was motivierte einen Mörder zu einer Tat wie dieser? So eiskalt und unpersönlich, als wären alle darin verwickelten Personen nebensächlich. Wie ein Geschäftsabschluss oder eine Transaktion, ein Mittel zum Zweck. Aber zu welchem Zweck? Connies Entschluss, den Campingplatz zu schließen, hätte etliche Geschäftsleute im Dorf betroffen. Ja, Rupert Sands wäre einer von ihnen. Der Verlust von Annehmlichkeiten im Ort hätte sich bestimmt auch auf seinen Ferienhausbetrieb ausgewirkt. Und er wäre damit nicht allein, wobei es andere sicher noch schlimmer getroffen hätte. Vielleicht nicht, wenn man die Höhe der verlorenen Einnahmen verglich, aber wohl, weil sie sich keinen so großen Verlust wie Rupert Sands leisten konnten. Reiche Menschen verloren Geld, bei ärmeren Leuten ging es schnell um die ganze Existenz. Geschäfte hätten Bankrott anmelden müssen, Angestellte hätten ihre Arbeit verloren, ihre Einkommen und damit vielleicht ihr Zuhause. Ihre Sicherheit. War das Anlass genug, um zum Mörder zu werden?

Viele Menschen hatten schon für deutlich weniger getötet.

Oder war es letztendlich ein manischer Wutanfall gewesen? Wenn ich es nicht haben kann, sollst du es auch nicht haben? War einem erwachsenen Mann eine solche Dummheit zuzutrauen? Im speziellen Rupert Sands? Er war unbestritten stur. Sein Wesen hatte er bereits zur Schau gestellt, er mochte keine Fragen. Nach allem, was sie bisher wusste, hatte er darüber hinaus ein Problem mit Frauen, die ihm hinsichtlich Macht oder Autorität übergeordnet waren.

Kate mochte ihn nicht. Sie hatte den Verdacht, dass es vielen Leuten ähnlich ging. Aber war er deshalb ein Mörder? Ein Rüpel, das durchaus. Aber solche Typen waren meistens zu feige, um zum Mörder zu werden.

»Ich habe eine schwarze gekauft, weil ich nicht wusste, welche Farben Sie mögen.« Jimmy schlug ihr mit einer Plastiktüte gegen den Arm und riss sie aus ihren Gedanken.

»Das ist toll, danke.« Sie zog das Hundehalsband aus der Tüte und riss mit den Zähnen das Preisschild ab. Dann hockte sie sich hin und legte es der Hündin um den Hals, die ihr im Gegenzug mit langer Zunge über das Gesicht leckte.

Jimmy lachte, während sie sich abwischte und die Schnalle zurechtzog. Merlins Schnauze stand ein wenig offen, die Zunge hing im rechten Mundwinkel eines zufriedenen Hundegrinsens. Kate hakte die Leine fest und spazierte aus der Wache, Merlin an ihrer Seite und Jimmy im Schlepptau.

Sobald Merlin sicher auf dem Rücksitz untergebracht war, reichte Kate Jimmy den Zettel. »Wissen Sie, wo die sich befinden?«

Er sah auf das Papier. »Der erste ist nur ein paar Kilometer entfernt.«

»Sagen Sie mir, wie ich dort hinkomme.«

»Gern. Vom Parkplatz nach links herunterfahren und an der Ampel noch einmal links abbiegen.« In den nächsten fünf Minuten folgte sie seinen Anweisungen und hielt schon bald vor dem ersten Schützenverein, der auf Wilds Liste stand.

»Und was wollen wir hier, Chefin?«, fragte er.

»Wir finden heraus, wer von den Mitgliedern so einen beeindruckenden Schuss abliefern könnte, und prüfen, ob das zu unseren Verdächtigen passt.«

»Wie beeindruckend muss der Schuss denn sein?«

»Eine Nadelspitze auf vierhundert Meter Entfernung.«

Jimmy pfiff durch die Zähne.

»Das ist also beeindruckend?«

»Jep.« Lachend stieg er aus dem Auto.

Merlin sprang ebenfalls heraus und war Kate auf den Fersen, ohne dass die sie an der Leine hielt.

»Du sollst im Auto warten«, sagte Kate zu der Hündin. Sie wies zurück in den Wagen, wo Jimmy die Tür aufhielt, aber Merlin sah sie nur verständnislos an.

Jimmy lachte.

Kate wiederholte ihr Kommando, ohne dass sich etwas änderte. »Na gut. Aber es wird nicht gebellt, nichts angekaut und nicht auf den Teppich gepinkelt.«

Merlin winselte, als wollte sie Kate klarmachen, dass sie nicht blöd sei. Jimmy prustete los und schlug die Autotür zu. Kate schloss ab und hob Merlins Leine hoch.

»Und es wird auch nicht weggelaufen.«

»Ich oder der Hund?«

Kate funkelte Jimmy böse an, erwiderte aber nichts auf den Scherz. Sie drückte die Tür des heruntergekommenen Gebäudes auf. Der Außenputz war mit Graffiti übersät; dargestellt waren Karikaturen von Penissen, außergewöhnlich gut gebaute Frauen und diverse Zeichnungen mit Sexstellungen. Die Bildchen passten eher zu einem Stripklub als zu einem Schützenverein. Aber Teenager waren Teenager, und aus deren Perspektive war letzten Endes wohl eine Wand so gut wie die andere.

Ein Mann mittleren Alters saß, die Zeitung vor sich ausgebreitet, hinter einem Schreibtisch. Kurz sah er zu ihnen auf. »Keine Hunde. Wir trainieren hier keine Jagdhunde.« Damit blätterte er um.

»Ich behalte das im Hinterkopf. Währenddessen möchte ich Sie fragen, ob Sie uns vielleicht helfen können.« Kate hielt Ausweis und Dienstmarke hoch. »Detective Sergeant Brannon. Und das ist Detective Constable Powers. Können wir bitte den Geschäftsführer sprechen?«

Er betrachtete sie argwöhnisch. »Das bin ich. Don Howe. Was kann ich für Sie tun?«

»Ich brauche die Unterstützung eines Scharfschützen.«

»Ein Scharfschütze, sagen Sie. Hm. Ich denke, jeder meiner Jungs hier würde sich so bezeichnen.« Er lachte. »Wonach genau suchen Sie denn?«

»Nach jemandem, der eine Kamera aus rund dreihundertfünfzig Metern Distanz treffen kann.«

Don stieß einen Pfiff aus. »Sie suchen keinen Scharfschützen. Sie suchen einen Profi. Und einen ziemlich guten dazu. Außerhalb der Streitkräfte werden Sie so jemanden kaum finden.«

Kate neigte den Kopf. »Das glaube ich nicht. Sie kennen nicht zufällig so jemanden, hier im Verein?«

Don schüttelte den Kopf. »Der Einzige, der hier so schießen konnte, bin ich.« Er deutete auf ein Bild an der Wand, das ihn in Uniform zeigte. »Spezialeinheit. Zweimal Afghanistan.« Erneutes Kopfschütteln. »Und jetzt kann ich nicht einmal mehr eine Waffe anfassen, ohne dass mir die Hände zittern.« Er streckte eine bebende Hand aus. »Eine posttraumatische Belastungsstörung ist eine schlimme Sache, wenn man damit leben muss.«

»Es tut mir sehr leid, Sir.« Kate sah ihm in die Augen. »Falls Ihnen jemand einfällt, der uns bei unserer Anfrage weiterhelfen kann, rufen Sie mich bitte an.« Damit gab sie ihm ihre Karte.

»Ja, sicher.« Er nickte. »Aber bei dieser Reichweite sollten Sie eher in Vereinen mit Freiluftanlage suchen, nicht bei den Hallenschützen.«

Kate legte ihren Zettel auf die Tischplatte. »Können Sie mir sagen, welche von denen das sind?«

Neben drei Einträge malte er einen Stern. »Die hier sind in der Nähe, aber es gibt noch zwei weiter draußen, Richtung Norwich. Da können Sie es auch versuchen.« Er schrieb die Adressen unter die Auflistung.

»Vielen Dank für Ihre Hilfe, Don.«

»Keine Ursache.« Er lächelte. »Ich hoffe, Sie finden, wonach Sie suchen.«

Drei Stunden später hatten sie allen fünf Vereinen einen Besuch abgestattet und eine Liste mit Personen erstellt, die quer durch Norfolk als Mörder von Connie Wells in Betracht kamen. Vier davon kannten sie bereits.

Matt Green, Adam Robbins, Ally Robbins und Rupert Sands.

»Werden wir ihn einsperren?«, fragte Jimmy auf dem Rückweg zur Wache.

»Wen?«

»Sands.«

»Rupert?«

»Ja. Er ist im ganzen Ort verhasst.«

»Stimmt.« Kate runzelte die Stirn. Nichts hatte sich geändert. Alles, was sie gegen Sands in der Hand hatten, waren Vermutungen, keine konkreten Beweise.

»Werden wir?«

»Ich denke nicht, dass wir das tun sollten.«

»Warum nicht? Er hat ein Motiv, hatte die Gelegenheit und inzwischen wissen wir, dass er auch über die Fähigkeiten beim Schießen verfügt. Wir sollten ihn einsperren.«

Kate rief Timmons an und teilte ihm ihren Wissensstand mit.

»Denken Sie, das reicht, um ihn zu verhaften?«, fragte Timmons.

»Nein. Bis jetzt beruht alles auf Spekulationen über die Umstände, und das gilt auch für drei andere Verdächtige.« Sie nagte an ihrer Lippe. »Falls er es doch war und wir vorschnell handeln, denkt er sich ein Alibi aus und wir haben das Nachsehen.«

»Wenn er es andererseits nicht ist, springt der Buschfunk an und der echte Mörder lässt die Waffe verschwinden. Falls das nicht sowieso schon geschehen ist. Sie wissen, wie schnell die Gerüchteküche in kleinen Orten brodelt.«

»Natürlich.«

»Meiner Meinung nach sollten Sie warten, bis Sie morgen die Untersuchungsergebnisse haben. Inzwischen sollten Sie bei allen überprüfen, welche Waffen sie angemeldet haben.«

»Läuft schon.«

»Gute Arbeit, Brannon. Sonst noch etwas?«

»Nein.«

»Okay. Na dann, weitermachen.«

Kate sah zu Jimmy. Der seufzte, als sie den Motor anließ, um zurück zur Wache zu fahren. Sie wollte sich noch einmal den Code anschauen und hören, ob Stella endlich etwas über den verdammten Schlüssel herausgefunden hatte. Das Ding machte sie wahnsinnig.

Merlin blieb an ihrer Seite, während sie in die Wache ging und der Beamte am Schreibtisch sie durchwinkte. Jimmy warf seine Jacke über die Stuhllehne und ließ sich auf seinen Platz fallen.

»Was ist denn mit Ihnen los?«, fragte Stella ihn.

»Er ist unglücklich, weil wir nicht losziehen und Rupert Sands verhaften können«, erklärte Kate.

»Haben wir denn belastendes Material gegen ihn?«, fragte Stella weiter.

»Ja. Er hat ein Motiv, ihm fehlt das Alibi und er ist in der Lage, einen Schuss wie den tödlichen abzugeben«, sagte Jimmy.

Stella zog die Brauen zusammen. »Ist mir etwas entgangen?«

Kate brachte den Rest des Teams schnell auf den neuesten Erkenntnisstand. Stella und Tom stimmten ihrer Entscheidung, das Eintreffen der Testresultate und weiterer Informationen abzuwarten, zu. Collier sagte nichts.

»So sehr wir es auch möchten, mein lieber Jimmy, können wir trotzdem nicht einfach Leute verhaften, die wir nicht mögen«, sagte Tom.

»Aber er hat kein Alibi.«

»Das trifft auf mindestens das halbe Dorf zu.«

»Ja, aber von denen steht keiner auf unserer Liste. Die hätten gar nicht so schießen können.«

»Woher wollen wir das wissen? Nur, weil man nicht im Schützenverein ist, muss das nicht heißen, dass man nicht woanders trainiert. Man kann nicht einfach schlussfolgern, dass alle anderen nicht dazu in der Lage gewesen wären.«

Kate hörte dem Streit zu, während sie konzentriert den Code auf dem Whiteboard betrachtete. *LN353, 03.06.14, MK52 UXB, 54.4, -3.03, 20.*

»Haben wir schon die Fahrzeugdaten zu den Autokennzeichen?«

»Ja, haben wir.« Stella stand auf und trat an die Tafel. »MK52 UXB gehört zu einem Geländewagen der Marke Mitsubishi, der auf Matt Green zugelassen ist.«

»Ach du Scheiße«, sagte Jimmy.

Tom grinste. »Warte mal ab, Kumpel, bis du alles weißt.«

»KL51 KLD gehört zu einem Peugeot Estate, der auf Leah Shaw läuft.« Stella schrieb auch diese Information auf die Tafel. »Und MN02 MRS bezieht sich auf einen Toyota Hilux, der wem gehört? Na, wer möchte ein Gebot abgeben?«

»Tom oder Ally Robbins«, sagte Kate.

»Nö.« Stella imitierte das Geräusch, das in Fernsehshows die falsche Antwort bestätigt. »Nahe dran, aber trotzdem daneben. Cedric Robbins.« Sie schrieb den letzten Namen dazu.

»Also weder ein Bezug zu Rupert noch zu Edward Sands«, stellte Kate fest.

»Nein.« Stella nahm wieder Platz.

»Beweist trotzdem nicht, dass er es nicht war«, sagte Jimmy bockig.

»Nein. Aber es zeigt, dass etwas an diesen Leuten das Interesse unseres Opfers geweckt hat. Nicht jedoch an Sands.«

»Matt Green arbeitet für den«, grollte Jimmy.

»Regen Sie sich ab, Jimmy.« Kate zeigte auf die Tafel. »Worum geht es? Was hat Connie hier aufgeschrieben, Leute? Was verbirgt sich hinter den Zahlen? Die Kürzel ganz vorne, was kann das sein?«

Tom legte den Kopf schief. »Da sie Fotografin war, dachte ich, es könnte etwas mit den Bildern zu tun haben. Ich habe mir die Fotosammlung auf ihrem Laptop angesehen.«

»Gute Idee«, lobte Kate.

»Gratulieren Sie mir nicht zu früh, Chefin. Bis jetzt habe ich unter diesen Nummern noch nichts gefunden. Dafür ist mir etwas anderes aufgefallen.«

»Und das wäre?«

»Unter den fraglichen Datumsangaben gab es keine Fotos in der Sammlung. Gar keine.«

»Und?«

»Sie hat jeden Tag Bilder geschossen. Ich habe die Back-ups der Festplatten und auch alles andere überprüft. Ich meine, sie hat täglich um die hundert Fotos gemacht.«

»Wow.«

»Ja. Sie hat sie nicht immer bearbeitet. Vielleicht hatte sie es noch vor oder es waren nur Aufnahmen zum Testen von irgendwas, was weiß ich. Manchmal hat sie auch nur ein Bild nach dem anderen von diesem Hund gemacht.« Er zeigte auf Merlin.

»Und an diesen Tagen gar nichts?«

»Nada.«

»Das ist merkwürdig. Hat sie an anderen Orten Bilder gespeichert?«

»Habe ich mich auch gefragt, also habe ich Ms Temple gefragt. Sie meinte, dass die Bilder, die extra für die Arbeit aufgenommen wurden, im Büro gespeichert wären. Also habe ich mich dort ein bisschen auf dem Server umgesehen.«

»Und etwas gefunden?«, fragte Kate hoffnungsvoll.

»Nö.« Tom grinste. »Womit wir noch ein kleines Geheimnis hätten.«

»Ich denke, davon haben wir mehr als genug.«

»Stimmt, aber sie führen alle irgendwohin.«

»Besitzt Ms Temple einen Kalender oder ein Notizbuch mit Connies Terminen? Vielleicht fand an diesen Tagen etwas statt, weshalb sie nicht fotografieren konnte? Wir sollten das ausschließen, bevor wir mehr hineindeuten, als vielleicht dahintersteckt.«

Tom nickte und griff nach dem Telefon.

»Was gibts über den Schlüssel?«, wandte sich Kate an Stella.

»Es handelt sich auf jeden Fall um ein Bootsschloss, aber der Hersteller hat die Charge vor rund fünf Jahren in Umlauf gebracht.«

»Wohin ging die Lieferung?«

»Zum Haushaltswarenladen in Brandale Staithe. Aber dort gibt es keine Aufzeichnungen, an wen speziell dieses Schloss verkauft wurde. Ich habe schon angerufen.«

»Wir können es nicht nachverfolgen?«

»Nicht, solange wir den Schlüssel nicht bei sämtlichen Booten ausprobieren und schauen, was passiert.«

Kate schnaufte. »Wenn es hier nicht so verdammt viele davon gäbe, würde ich das ernsthaft in Erwägung ziehen.«

Stella lachte. »Befassen wir uns stattdessen mit Matt Green und Rupert Sands.« Sie befestigte jeweils ein Bild der Genannten am Whiteboard. »Beide mit Lücken im Alibi. Green hat Tom erzählt, er habe um sieben Uhr gearbeitet. Ed Sands behauptet, er wäre nicht vor halb acht aufgetaucht. Das heißt, wir wissen nicht, wo er zur Tatzeit war. Rupert sagt, er wäre allein zu Hause gewesen. Beide Männer sind ausgezeichnete Schützen. Weshalb sie unsere Hauptverdächtigen sind.«

»Aber Sands wird in Connies Tagebuch nicht erwähnt.«

»Nein, sein Kennzeichen taucht nicht auf. Wir wissen noch nicht, was das alles heißt. Aber wer sagt, dass es nicht auf ihn hindeutet, sobald wir mehr herausgefunden haben? Wie Jimmy schon sagte, Green arbeitet für ihn.« Sie hob die Schultern. »So oder so sollten wir ihn im Auge behalten. Ich will alles, was sich über die beiden in Erfahrung bringen lässt. Auch wenn sie ihre Knöllchen nicht bezahlt haben, will ich das wissen.«

Kate wiegte den Kopf und beschloss, sich auf Green zu konzentrieren. Sie war zwar fest davon überzeugt, dass Rupert Sands ein Arsch war. Aber wie alle Feiglinge, die sich für etwas Besseres hielten, war auch er nur ein Drückeberger, wenn es hart auf hart kam. Sie fuhr ihren Computer hoch und richtete ihre Aufmerksamkeit auf den Schlüssel. Trotzdem huschten ihre Blicke immer wieder zum Whiteboard.

Fehlende Bilder. Ein Schlüssel zu einem unbekannten Boot. Ein geheimnisvoller Code, der irgendetwas mit Matt Green, Leah Shaw und Cedric Robbins zu tun hatte. Und eine tote Campingplatzbesitzerin. Was zur Hölle war nur in Brandale Staithe los?

Kapitel 13

Gina starrte durch das Fenster hinüber zu dem Zaun, der ihren Garten von Connies trennte. Der Ahorn am Rand von Connies Grundstück hatte seine Blätter abgeworfen und der Wind trieb das trockene Laub planlos vor sich her. Sie hätte Sammy schon vorhin damit beauftragen sollen, alles zusammenzuharken. Gina wusste, dass ihre Tochter an die frische Luft gehörte und dass sie zur Ruhe kommen musste. Ihr etwas Beschäftigung zu verschaffen, war eine gute Idee. Inzwischen war der Laubhaufen, den sie auf den Kompost geworfen hatte, quer durch den Garten geweht worden und sammelte sich vor dem Zaun. Der niemals enden wollende Kampf gegen Mutter Natur.

Sie zog in Erwägung, Sammy zu bitten, auch in Connies Garten Ordnung zu machen. Da sie neuerdings jedoch mindestens anderthalb Meter Abstand zum Zaun hielt und es vermied, auch nur in den Nachbargarten zu schauen, brachte Gina es nicht übers Herz. Wahrscheinlich würde sie es irgendwann selbst erledigen müssen. Wer wusste schon, was demnächst aus dem Grundstück wurde? Da Connie die Immobilie gekauft hatte, würde Leah sie nun vermutlich erben. Falls Connie nicht ihr Testament nach der Trennung geändert hatte. Falls sie überhaupt eines hatte. Gott, was für ein Trümmerfeld. Sie schüttelte den Kopf und stellte den Wasserkocher an. Ihre Hände waren ständig kalt und scheinbar lag die einzige Chance, sie aufzuwärmen, im Halten einer heißen Tasse.

Sie hatte gerade das Wasser aufgegossen, da fühlte sie, wie ihr die Tränen die Wangen herabrannen. Gina wischte sie fort, aber damit ließen sich nicht all die Erinnerungen daran wegwischen, wie oft sie mit Connie dieses schlichte Ritual geteilt hatte. Wie viele Male hatte sie ihnen beiden etwas aufgebrüht? Tee für sich selbst und Kaffee für Connie. »Du wirst mich nicht dazu bringen, diese Mückenpisse zu trinken«, hatte Connie wieder und wieder gesagt; zumeist, während sie würdevoll ihre Tasse entgegennahm und nach einem Keks zum Eintunken griff. Gina setzte sich wieder an den Tisch, sah hinüber in Connies Garten und lächelte traurig.

Im Laufe ihrer Freundschaft hatte sie sich oft ein eigenes Haus gewünscht. Eines, das sie gekauft hätte, statt darin zur Miete zu wohnen. Eines, das ihr und

Sammy mehr Sicherheit bot als ein Jahresvertrag. Aber es war völlig unmöglich, für einen Ort wie diesen einen Kredit bewilligt zu bekommen. Stattdessen war sie von reichen Grundbesitzern wie den Sands abhängig, um ein Dach über dem Kopf zu haben, während die sich ihr sauer verdientes Geld in die Taschen steckten und in Saus und Braus lebten. Bastarde.

»Lass nicht zu, dass sie dich unterkriegen, Kleines«, flüsterte Connies Stimme in ihrem Kopf. Gina hatte diesen Satz von ihr unzählige Male gehört. »Lass dich von diesen Bastarden nicht kleinkriegen.«

»Werde ich nicht«, wisperte Gina. »Und ich werde auch nicht zulassen, dass all deine Mühe umsonst war, Connie. Das verspreche ich dir.« Zum ersten Mal seit Tagen fühlten ihre Hände sich warm an. Die Sonne schien durchs Fenster und warf breite Lichtstreifen über die zerkratzte Holztischfläche und ihre Hände. Sie lächelte. Der Glaube an Gott, das Leben nach dem Tod oder vergleichbare Dinge waren nicht ihre Sache. Dazu war sie viel zu beschäftigt damit, ihr Leben von Tag zu Tag zu meistern und für Sammy und sich selbst das Beste daraus zu machen. Aber dass ihre Hände warm geworden waren, während sie an Connie dachte – nun, sie hätte schwören können, dass darin eine Nachricht an sie verborgen lag. Eine gute Nachricht, vielleicht sogar ein Zeichen der Vergebung.

Zum ersten Mal, seit Sammy ihr Geheimnis verraten und sie beide damit in einen Strudel aus Panik gezogen hatte, fühlte sie sich ein wenig leichter. Sie hatte das Gefühl, dass vielleicht doch noch alles wieder gut werden könnte. Connie hatte dieses Talent besessen. Sie glauben zu lassen, dass alles gut gehen würde, mit dieser stillen Überzeugungskraft, die so oft übersehen wurde. Connie hatte nie die Notwendigkeit gesehen, über die guten Dinge zu reden, die sie tat. Sie ließ schlicht die Ergebnisse für sich sprechen. Mehr als einmal hatte sie auch Gina dazu ermutigt.

Gina nippte an ihrer Tasse und beobachtete den Sonnenuntergang. Dann kam ihr ein Gedanke in den Kopf. Wer würde sich um Connies Beerdigung kümmern?

Seit man die Leiche gefunden hatte, waren drei Tage vergangen. Gina hatte keine Ahnung, wer oder ob überhaupt jemand sich mit der Bestattung befasste. Sie wusste, dass Connie keine Hinterbliebenen mehr hatte, nachdem ihre Großmutter vor anderthalb Jahren gestorben war. Damit blieb nur Leah übrig. Gina bezweifelte ernsthaft, dass Leah noch ihr eigenes Bett machen konnte. Die Organisation einer Beerdigung überstieg ihre Fähigkeiten also bei Weitem. Nachdem ausgerechnet ihre Tochter für Connies Tod verantwortlich war, sollte sie zumindest für ihre Bestattung sorgen, oder? Das gehörte sich doch so, oder nicht? Connie einen würdigen Abschied zu bereiten, um ihr ein letztes Mal den gebotenen Respekt zu zollen. War das sinnvoll, oder nicht?

Sie hatte nicht bemerkt, wie die Sonne hinter dem Horizont verschwunden und die Dunkelheit aufgezogen war. In Kummer und Gedanken versunken hatte sie versucht herauszufinden, was sie noch für ihre Freundin tun konnte. Nie zuvor war Gina so direkt von einem Todesfall betroffen gewesen. Sie wusste nicht, was zu tun und zu beachten war. Was war erlaubt, wenn die Polizei eine Mordermittlung eingeleitet hatte? Es gab so viele Fragen, zu denen sie die Antworten nicht kannte. Sie zog die Karte von DS Brannon hervor und wählte die Nummer, noch bevor sie in Ruhe darüber nachdenken konnte.

»Hallo?«

Oh, ihre Stimme klingt am Telefon genauso warm und interessant. »Detective? Hier ist Gina Temple.«

»Ah, hallo Ms Temple. Was kann ich für Sie tun?«

»Ich, ähm, also, ich frage mich gerade, wer sich um Connies Beerdigung kümmert.«

»Verstehe. Im Moment niemand. Die Leiche wurde noch nicht freigegeben, wird für die Dauer der Ermittlungen auch nicht geschehen.«

»Ach ja, richtig.«

»Danach kommt es darauf an, wer einen Anspruch auf den Leichnam geltend macht.«

»Und das ist normalerweise wer?«

»Verwandte, Ehepartner, Kinder, Eltern, manchmal auch enge Freunde.«

»Und wenn niemand kommt? Was geschieht dann?«

»Dann ist es Aufgabe der Gemeinde.«

»Also übernimmt der Gemeinderat?«

»Ja.«

»Und dann wird sie aus dem Krankenhaus gekarrt und in eine Art Armengrab gepackt?« Gina war erschüttert.

»Nein, nicht ganz. Meistens erfüllt man in der Stadtverwaltung mehr als nur seine Pflicht, die sich auf das Begräbnis an sich oder eine Feuerbestattung beschränkt. Oft wird eine schlichte Trauerfeier mit einem professionellen Trauergast arrangiert, mit so viel Respekt und Würde wie nur möglich.«

»Ein professioneller Trauergast?«

»Hm. Ich weiß. Klingt nach einem wirklich morbiden Job, oder? Aber ich habe mit einer Frau gesprochen, die das beruflich gemacht hat. Sie meinte, es wäre gar nicht so makaber, sondern durchaus würdevoll. Und dass es dem zu betrauernden Menschen letztlich etwas geben würde, das ihm anderenfalls verwehrt geblieben wäre. Sie sagte, sie könne sich an jeden einzelnen Namen erinnern, den sie beweint hätte und nun in ihre täglichen Gebete einschloss. Indem sie an sie dachte, würde sie den Verstorbenen das geben, was in anderen Fällen die Familie übernahm. Das Geschenk, nicht vergessen zu werden.«

Gina liefen die Tränen übers Gesicht. Sie hoffte, dass es ihrer Stimme nicht anzumerken war, während sie fragte: »Wäre es möglich, dass ich Connies Beerdigung organisiere? Wenn es so weit ist?«

»Ja, selbstverständlich.« Kates Stimme war sanft und mitfühlend. »Ich werde dem Gerichtsmediziner Ihre Kontaktdaten geben und darum bitten, dass man Sie informiert, wenn Connies Leichnam freigegeben wird. Allerdings muss ich Sie warnen, es kann wirklich noch eine Weile dauern.«

Es lag etwas Vertrauliches in ihren Worten. Gina kam es vor, als wolle sie ihr weit mehr als nur den Inhalt der Worte vermitteln. Es fühlte sich tröstlich und gut an. So wie eine Umarmung, bei der es keine Rolle spielte, wer wen festhielt und wer sich halten ließ.

»Das verstehe ich.« Ginas Stimme brach. »Ich möchte nur nicht, dass Connie Leuten überlassen wird, die sie nicht einmal kannten. Sie verdient etwas Besseres.«

»Das verdient jeder.«

Gina hörte die Veränderung in Kates Stimme und fragte sich, worüber sie wohl nachdachte. Kate kannte Connie nicht gut genug, um tief betroffen zu sein. »Haben Sie jemanden, der Sie nicht vergessen wird, Detective?«

Die Stille zwischen ihnen dehnte sich aus, bis sie spröde wie Glas schien. Eine falsche Bewegung und die fragile Vertrautheit würde zersplittern. Sie fragte sich, ob sie einfach auflegen sollte und so tun, als wäre die Frage nie gestellt worden.

»Nein«, flüsterte Kate. »Es gibt niemanden, der um mich trauern oder an mich denken könnte.« Sie räusperte sich. »Gute Nacht, Ms Temple.«

»Gina«, erwiderte sie. »Bitte, nennen Sie mich Gina.« Sie hörte ein knappes Einatmen am anderen Ende der Leitung und dann Worte, die fast zu leise waren, um gehört zu werden.

»Gute Nacht, Gina.«

Kate legte auf und mühte sich, das in ihrem Hals aufwallende Gefühl wieder herunterzuschlucken. *Verdammt nochmal, Gina Temple. Bis eben ging es mir gut.*

Merlin saß neben ihr, sie legte eine Pfote auf ihren Schenkel. Kate strich ihr über den Kopf, und dann liefen ihr die Tränen über die Wangen. Die Hündin winselte, kroch langsam auf Kates Schoß und stupste mit dem Kopf gegen ihren Hals, um den weinenden Menschen auf die ihr einzig mögliche Weise zu trösten – mit vollem Einsatz.

Kate schlang die Arme um den warmen, flauschigen Hundekörper und weinte, wie sie seit ihrem siebzehnten Lebensjahr und der Beerdigung ihrer Großmutter nicht mehr geweint hatte. Die Frau, die sie aufgezogen hatte, nachdem ihr Vater in jener schrecklichen Nacht gestorben war, in der *Piper Alpha* gebrannt hatte. Die Nacht, in der ihr Vater mit all den anderen Männern gestorben war, die auf der Ölbohrinsel gearbeitet hatten.

Sie hasste das Wort Einsamkeit, aber in den vielen Nächten, wenn sie nach der Arbeit allein in der Wohnung saß, war es das einzig Passende. Sie versuchte, das Gefühl der Einsamkeit zu verbergen oder sich vielmehr davor zu verstecken, indem sie viel arbeitete, ins Fitnessstudio, zum Schwimmen oder Laufen ging, nur um möglichst lange nicht nach Hause zu müssen. Die Arbeit half ihr dabei, nicht durchzudrehen, weiter zu funktionieren; sie verhinderte, dass die langen Winterabende zu dunkel wurden. Sie bot ihr ein Ventil für den Zorn, der ab und an in ihr aufflammte. Sie gab ihrem Leben einen Rhythmus, einen Sinn, ein Ziel. Sie arbeitete hart, allerdings nicht für die, die davon profitierten, und sie hoffte, niemand fand je heraus, dass sie im Grunde nur deshalb so engagiert arbeitete, um sich selbst zu helfen. Selbstlosigkeit aus egoistischen Motiven war nicht besonders rühmenswert, davon war sie überzeugt. Ihr Beweggrund, ihr Motiv waren für sie weit wichtiger als ihre Taten. Sie half anderen nicht, damit es denen besser ging; sie half ihnen, damit sie selbst sich nicht so miserabel fühlen musste. Für ein paar Sekunden hatte sie ein Gefühl der Zugehörigkeit, als ob sich jemand um sie und ihr Schicksal sorgte.

Aber dieses Gefühl hielt niemals lange an. Es gab diesen einen Moment, und dann veränderte sich in einem Bruchteil einer Sekunde ihr Empfinden. Eben noch mit einbezogen, fühlte sie sich im nächsten Moment plötzlich als Eindringling. So wie bei dem Spielzeug, das sie als Kind besessen hatte, ein Kaleidoskop. Eine kleine Drehung an der Linse versetzte alles in Bewegung und veränderte das Bild komplett. So kam ihr das Glücklichsein vor. Fließend, nicht greifbar, schier unerreichbar. Und mit einem Wimpernschlag verflogen.

Würde sich jemand an sie erinnern, wenn sie irgendwann fort war? Würde jemand um sie weinen? Nein.

Heute Abend hatte ihr Ginas schlichte Frage und die bedingungslose Liebe eines trauernden Tieres den Boden unter den Füßen weggerissen.

Kapitel 14

Der Hafen lag still und dunkel. Je weiter die Boote hinausfuhren, umso kleiner wurden ihre grünen und roten Lichter. Eine Stirnlampe erhellte den Weg vor Kate, während sie ihre Beine vor einem Plakat im A2-Format dehnte. Auf vierzig mal achtzig Zentimetern wurde die Wiederbelebung des örtlichen Hafens binnen der letzten 5 Jahre angepriesen: eine Karikatur des nahezu verlassenen Hafens mit heruntergekommenen Booten und ausrangierten Fanggerätschaften, im Wesentlichen ein einziges Chaos – bis zum Jahr 2010, in dem die Investitionsbereitschaft von C. Robbins samt Familie den kleinen, ums Überleben kämpfenden Hafen und all jene rettete, die ihr Schicksal in seine Hände legten. Cedric Robbins und seine Familie. Ein Foto im unteren Bereich des Plakats zeigte Cedric, Ally und Adam gemeinsam mit den anderen Fischern, Arm in Arm, mit lächelnden Gesichtern. Darunter stand: *Cedric Robbins und seine Zwillinge, Adam und Ally, beweisen, dass noch Leben in dem alten Seebär steckt.*

Kate streckte die Arme über den Kopf und drehte sich, um den Rücken gründlich zu dehnen. »Zwillinge also, hm?« Sie schüttelte ihre Hände aus und lief mit Merlin weiter.

Das Lauftraining war befreiend für sie, gab ihr Zeit zum Nachdenken. Sie war ganz in Gedanken verloren, die von einem Thema zum anderen führten. Von Gina und deren abendlichem Anruf über den verdammten Code, der sie wahnsinnig machte, hin zu dem Schlüssel, der scheinbar nirgends hingehörte. Ihr war klar, dass sie diese beiden Mysterien lösen musste, um den Mord aufzuklären. Und je mehr Zeit bis dahin verstrich, desto unwahrscheinlicher wurde es, den Schuldigen zu fassen. Matsch quietschte bei jedem Schritt unter ihren Füßen. Schließlich richtete sie ihren Blick nach außen, statt nach innen, und bemerkte erst jetzt, wie weit sie und Merlin gelaufen waren. Merlin bellte.

»Shit.« Sie machte kehrt, um zum Auto zurückzukehren. »Merlin, komm, mein Mädchen. Lass uns hier entlanggehen.«

Die Hündin hatte offensichtlich andere Pläne und behielt ihre bisherige Richtung bei. Direkt auf die Stelle zu, an der Connie getötet worden war.

»So ein Mist.« Sie rannte der Hündin nach und rief sie beim Namen. Im Näherkommen bemerkte sie, dass Merlin stehen geblieben war und etwas anknurrte. Kate blinzelte. Es war schwierig, in der Morgendämmerung und dem von der Nordsee her einfließenden Nebel etwas zu erkennen. Für ein paar Augenblicke lichtete sich der Dunst und sie sah einen schwelenden Holzhaufen, der langsam von der auflaufenden Flut eingeschlossen wurde. »Oh, verdammte, elende Scheiße!« Sie hakte Merlins Leine am Halsband fest und band sie an einen nahen Pfosten. So konnte Merlin sie zwar sehen, aber nicht näher heranlaufen und einen weiteren Tatort verunreinigen.

Kate zog das Telefon aus der Tasche und rief Wild an. Dabei watete sie durch den Schlick und das kalte Wasser auf die Überreste des Hausbootes zu, das ihr vor zwei Tagen in der Bucht aufgefallen war. Das Dach und die Wände waren größtenteils schon zerstört. Der Boden hatte dem Feuer vermutlich nur deshalb standgehalten, weil er im Wasser lag. Allerdings bezweifelte sie, dass er noch lange halten würde, zumal das einströmende Wasser die Wrackteile schon bald überspülen würde.

»Es ist noch nicht mal sechs Uhr an diesem dämlichen Morgen. Ich hoffe, es brennt irgendwo.«

»Wild? Sind Sie Hellseher? Hier ist Brannon. Ich habe im Marschland einen weiteren Tatort gefunden. Sie müssen so schnell wie möglich herkommen.«

»Wollen Sie mich auf den Arm nehmen?«

Kate konnte hören, wie er aus dem Bett stieg und mit seiner Kleidung raschelte. Unbestritten zog er sich im Eiltempo an. »Nein«, erwiderte sie.

»Noch eine Leiche?«

»Nein. Sie lagen schon richtig mit Ihrer ersten Idee. Hier brennt ein Hausboot. Zumindest hat es gebrannt, inzwischen schwelt es nur noch. Und es sinkt.«

»Das große, das in der Nähe der Leichenfundstelle lag?«

»Genau.«

»Scheiße. Wie ist der Wasserstand?«

»Die Flut kommt gerade herein.«

»Dreck, verdammter.«

»Ich weiß. Wir sollten alles versuchen, um es vor dem endgültigen Versinken zu retten.«

»Keine Zeit dafür. Gehen Sie rein und nehmen Sie mit, was nur geht.«

»Ich werde den Tatort verunreinigen.«

»Verunreinigt oder verloren, Sie haben die Wahl.«

»Na toll.«

»Jep. Schnappen Sie sich, was immer Sie zu fassen kriegen. Ich bin in einer Viertelstunde mit meiner Ausrüstung bei Ihnen. Das Feuer hat wahrscheinlich die meisten Beweise und Spuren des Täters vernichtet. Und bei den Resten, die wir retten können, werden die Kollegen dann tun, was sie können.«

Kate hatte die Zugangsplanke erreicht und setzte einen Fuß darauf. »Alles klar. Bis gleich dann.« Sie legte auf und machte mit der Handykamera aus so vielen verschiedenen Winkeln wie möglich Aufnahmen. Dann leerte sie ihre Taschen und benutzte schließlich in jedem Bild ihren Führerschein als Größenvergleich. Sie konnte nicht abschätzen, wie hilfreich diese Fotos am Ende sein würden, aber sie waren bestimmt besser als nichts. Sie stocherte in der Asche und benutzte dafür den Stock, den Merlin ihr vorhin gebracht hatte. Verkohltes Papier, Plastik und Porzellangeschirr kamen zum Vorschein. Ein einzelner Teller, eine Tasse und eine Metallschüssel wie ein Futternapf für Hunde. Kate runzelte die Stirn. Das Metall war rußverschmiert, aber da war ein eingestanzter Name, der sich jetzt verzogen abzeichnete. Als Kate den Ruß wegwischte, wurden ihr einige Dinge schlagartig klar, nachdem die Buchstaben M, E und R deutlich erkennbar waren.

Sie kramte weiter in der Asche, nun näher an der Zugangsplanke, und stieß plötzlich auf einen Klumpen Metall, der vermutlich zuvor das Türschloss gewesen war. Ihr Instinkt – beziehungsweise ehrlich gesagt Merlins Futterschale – ließ sie ahnen, dass dieser Stahlklumpen der Schlüssel zur Schlüsselfrage in diesem Fall war.

»Warum zum Teufel hat niemand hiervon gewusst?« Während Kate sich weiter durch die Asche wühlte, stieg das Wasser um den Schiffsrumpf. So systematisch wie nur möglich arbeitete sie sich durch die Trümmer, machte alle paar Schritte Bilder und sah sich alles ganz genau an. Da waren Papierfetzen, die von Fotos zu stammen schienen und zum großen Teil so verbrannt waren, dass rein gar nichts mehr zu erkennen war. Lediglich Ecken oder Mittelstücke waren übrig, und die halfen Kate nicht dabei, herauszufinden, was diese Bilder einst gezeigt hatten. Teilweise sah es nach einer Art Käfig aus; wie geflochtenes Metall, vielleicht Seile oder Draht, mit etwas darin. Sie konnte nicht erkennen, was abgebildet war, aber sie war sicher, dass es sich hierbei um die Fotos handelte, nach denen Tom gesucht hatte. Warum waren sie hier, und was zur Hölle hatten sie ursprünglich gezeigt?

Der Schiffsrumpf begann zu sinken, der Bug des Wracks senkte sich schlagartig und stockte dann. Zweifelsohne war er auf Grund gegangen. Kate war äußerst dankbar, dass die Bucht nicht tief war. Allerdings stieg das Wasser weiter, der Bug lief voll und brachte sie aus dem Gleichgewicht. Hastig sammelte sie mehr und mehr Papierfetzen ein in der Gewissheit, dass es sich um Connies Fotos handelte. Fotos, die ihnen vielleicht die Antwort auf die Frage geben konnten, warum man sie getötet hatte. Es war die einzige Schlussfolgerung, die Kate logisch vorkam. Warum sonst hätte jemand das alles hier anzünden sollen? Die einzige Person, die einen Grund dazu hatte, war der Mörder. Niemand sonst hätte gewusst, dass dieses Hausboot in direkter Verbindung zu Connie stand. Woher wusste der Täter das? Und warum lenkte er die Aufmerksamkeit darauf, indem er hier Feuer legte? Wir wären nie darauf gekommen, hier zu suchen, wenn das nicht passiert wäre.

Kates Gedanken brodelten, als Wild sich dem Wrack so schnell wie möglich näherte. Er hatte eine Schaufel und Metallbehälter dabei.

»Hier. Die einfachste und schnellste Methode ist wohl, alles hier hineinzuschaufeln und es dann später im Labor zu sortieren.« Er reichte ihr die Schaufel. »Normalerweise hätte ich Tüten dabei, aber das Zeug ist noch immer heiß genug, um meine Beweismitteltaschen zu schmelzen.«

Sie nickte und packte die bereits aufgesammelten Beweise in den ersten Behälter: die Papierfetzen, das zum Klumpen geschmolzene Schloss, die Hundeschüssel. Dann wandte sie sich der Asche und allem zu, was darin noch an Beweisen verborgen sein mochte. Kate füllte Behälter um Behälter, während Wild sie entgegennahm und in größere Container leerte. Sie sah genauer hin und stellte fest, dass es metallene Müllbehälter waren. *Die hatte er in seinem Kofferraum? Was bitte schön fährt er denn? Einen LKW?*

Sie stieß auf ein paar größere Papierstücke und hielt sie ihm hin. »Die sind schon ausgekühlt und können in die Tüten. Ich würde gern wissen, ob wir herausfinden können, was das für Bilder waren.« Damit reichte sie ihm einen weiteren Behälter und nahm einen leeren von ihm entgegen. Das Geräusch des einströmenden Wassers drang in ihre Ohren, das Heck des Bootes sank ebenfalls auf den Grund.

»So fix Sie können, Brannon.« Wild grinste sie an.

»Schnauze«, murmelte sie und schippte schneller. Immer weiter stieg draußen das Wasser, drinnen stand es schon fast so hoch wie der Boden, von dem sie das Material aufhob.

Kate übergab ihm den letzten Behälter. Der Boden war jetzt einigermaßen frei von Schutt und Asche, sie ging auf das Geländer zu, das zur Planke führte. Ein scharfes Krachen unter ihrem Fuß ließ sie nach unten sehen. Das angebrannte Holz spaltete sich unter ihrem Gewicht.

»Oh, Scheiße! Springen!«, brüllte Wild.

Ohne über seine instinktive Anweisung nachzudenken, sprang sie zur Kante und erkannte ihren Fehler in dem Moment, als sie landete. Der wuchtige Aufprall ließ den verbliebenen Boden vollständig unter ihr nachgeben.

»Mist, elender!« Platschend landete sie im eiskalten Wasser, das sich unter Deck gesammelt hatte. Gesplittertes Holz kratze schmerzhaft an ihren Beinen und sie konnte fühlen, dass sich ein Nagel, möglicherweise verrostet, beim Sturz in ihre Wade gebohrt hatte. Sie begann zu zittern. Knochendurchdringende Kälte umschloss ihre durchnässte Hose und ihre Zehen. »Verdammt, ist das kalt.« Sie stützte die Hände auf den Boden, der sie nunmehr auf Hüfthöhe umgab.

Wild sah über den Rand des verkohlten Holzes. »War möglicherweise nicht unbedingt mein bester Vorschlag.«

»Ach, nicht?«

»Ich hab Sie nicht gezwungen, darauf zu hören«, sagte er schnaufend.

»Nein. Ich hatte allerdings auch keine Zeit, mir etwas anderes zu überlegen.« Sie streckte ihm eine Hand entgegen. »Ziehen Sie mich raus.«

Er hob seine Hände in die Luft und schüttelte den Kopf. »Auf keinen Fall. Da stecken Nägel und sonst was drin. Ich werde Sie nicht freiwillig zu einem Spießbraten machen.«

»Ach, kommen Sie schon.« Sie stemmte sich gegen den Boden, aber etwas bohrte sich in die Rückseite ihres Schenkels. In der Hoffnung, ihr Bein befreien zu können, versuchte sie es nach vorn zu ziehen. Sie konnte sich jedoch nicht weit genug bewegen, zudem schoss ein scharfes Stechen durch ihr Bein. *Mist.* »Wenn ich es mir recht überlege, könnte es eine gute Idee sein, Hilfe zu holen. Irgendetwas steckt in mir fest und will scheinbar nicht loslassen.«

»Ich habe schon telefoniert.« Er winkte mit dem Telefon. »Wird bestimmt nicht lange dauern.«

»Super. Sie haben doch sicher einen Erste-Hilfe-Koffer in Ihrem Auto, oder?«

»Ja, natürlich. Warum?«

»Mir ist scheißkalt. Haben Sie eine dieser Rettungsdecken oder etwas Ähnliches? Ansonsten sterbe ich nämlich an Unterkühlung.«

»Ich schaue nach.«

Es kam ihr vor, als müsse sie zwei Stunden lang zittern, bevor er mit schlechten Nachrichten zurückkehrte. »Muss wohl schon benutzt worden sein und wurde nicht ersetzt. Ich mache mich auf den Weg und besorge woanders eine. Durchhalten, ja?«

Ihre Zähne klapperten so heftig, dass sie ihm nicht mehr antworten konnte, bevor er ging. »Bringen Sie zwei mit«, rief sie ihm schwach nach und hoffte, er hatte sie noch hören können.

Merlin bellte. Die Hündin glaubte sich wohl ausgesetzt, nachdem sie niemanden mehr sehen konnte. »Ich bin hier, mein Mädchen. Tut mir leid, dass ich dich vorhin angebunden habe. Aber in ein paar Minuten haben wir es überstanden. Warte nur ab.«

Aus dem Bellen wurde ein trauriges Heulen. Kate lachte trotz ihrer klappernden Kieferknochen. »Ach, Merlin. Sei nicht so melodramatisch.«

Der Schmerz in ihrem Bein ließ nach. Ganz sicher betäubt durch die Kälte. Sie behielt ihre Uhr im Blick, um zu sehen, wie viel Zeit schon vergangen war. Nach genau drei Minuten und dreiundzwanzig Sekunden begann die Hündin zu jaulen und aufgeregt zu bellen.

»Wer ist da?«, fragte Kate.

»Ein freundlicher Ersthelfer«, erwiderte Gina und sah über die Kante des Schiffsrumpfes. »Sieht aus, als wären Sie ein bisschen in Schwierigkeiten.«

»Jep. Und kalt ist mir außerdem.«

»Kann ich sehen. Sie haben ganz blaue Lippen. Ich vermute mal, das ist kein neuer Lippenstift.«

»Wie bitte? Sie mögen den Abgefrorenen-Arsch-Punk-Look nicht?« Das Gefrotzel lenkte sie für ein paar Augenblicke von ihrer Zwangslage ab und dämpfte ihre Verlegenheit. Zumindest ein wenig.

»Nun, ich kann mir ein paar Dinge vorstellen, die Ihnen entschieden besser stehen.« Gina faltete eine silbrige Thermofolie auf und legte sie um Kates Schultern.

»Ach wirklich?« Sie lächelte und griff nach dem Rand der Folie: »Danke schön.«

»Ja, wirklich. So einige. Und keine Ursache.« Gina zeigte auf die scharfkantigen Splitter, die Kates Hüften und ihren Hintern umgaben. »Ich werde nicht näher kommen. Ich habe Angst, dass ich Sie dabei noch mehr verletze. Der Rettungswagen ist schon unterwegs und William kommt in ein paar Minuten mit dem Quad und ein paar Werkzeugen zurück. Wir werden eine Lösung finden und Sie da rausholen.«

»Danke.«

»Was ist hier eigentlich passiert?«

»Ein Brand.«

Gina lachte. »Ja, das ist mir nicht entgangen. Ich wollte eigentlich wissen, wieso Sie in den Trümmern feststecken?«

»Ich habe versucht, Beweise zu sichern, bevor alles weggespült wird.« Kate deutete mit dem Kopf zum Wasser.

»Aha.« Sie linste nach unten durch den Durchbruch, um zu erkennen, wie es unter den geborstenen Planken aussah. »Und wie hoch steht das Wasser inzwischen?«

»Schwer zu sagen. Meine Hose ist klatschnass und meine Beine fühlen sich ziemlich taub an.«

»Können Sie eine Hand nach unten durchstecken, ohne sich zu verletzen?«

»Wahrscheinlich schon. Wozu?«

»Das Wasser steht hier draußen schon ziemlich hoch. Und wenn Sie weiterhin darin stehen, wird es nicht leichter, Sie zu befreien. Je höher der Wasserstand innen ist, desto größer die Gefahr einer Unterkühlung.«

»Verstehe.« Kate ließ ihre Hand an ihrem Schenkel hinabgleiten und lehnte sich nach rechts, bis sie die Wasseroberfläche mit den Fingerspitzen erreicht hatte. »Bis zur Hälfte meines Oberschenkels.«

Gina hob die Brauen. »Bluten Sie?«

Kate sah wieder nach unten. »Das Wasser sieht aus wie Kaffee. Wie soll ich das wissen?«

»Stimmt. Haben Sie Schmerzen?«

Kate schüttelte den Kopf. »Am Anfang schon, aber jetzt ist alles taub.«

»Wie schlimm?«

»Ein scharfes Stechen. Auf einer Skala von eins bis zehn vielleicht eine Vier oder Fünf. Also nicht so schlimm.«

»Okay. Ich will versuchen, von hier aus ein paar von diesen Brettern zu entfernen. Vielleicht schaffen wir uns damit ein bisschen mehr Platz zum Arbeiten. Können Sie beide Arme um sich legen?«

»Kann ich. Da steckt etwas von hinten in meinem rechten Schenkel. Ich wollte ihn nach vorn bewegen, um es herauszubekommen, aber es hat nicht geklappt.«

»Ein Stück Holz oder ein Nagel?«

»Weiß nicht. Ich komme nicht ran, um es zu befühlen.«

»In Ordnung.« Gina streckte die Hände aus und zog vorsichtig an einem kurzen Brett zwischen Kates Bauch und ihrem Standort.

»Wird Ihnen nicht kalt im Wasser?«, fragte Kate.

»Ich bin auf dem Steg.«

»Oh, alles klar.« Kate schüttelte den Kopf. »Verzeihung.«

»Nicht doch.« Gina zog fester, bis die Nägel im Brett langsam nachgaben. Es brauchte mehrere Anläufe, um die kurze Planke zu lockern. Schließlich konnte sie sie Richtung Bug schleudern und mit einem Blick feststellen, dass das Wasser inzwischen die Höhe der Stützbalken erreicht hatte.

»Gott, es steigt schnell«, sagte Kate nervös.

»Ja. Sieht nach einer Springflut aus. Hoch, schnell und stark.«

»Na wunderbar. Sieht aus, als wäre heute mein Glückstag.« Sie legte den Kopf schief. »Warum ist Merlin so ruhig?«

»Sammy hat sie mit zum Besucherzentrum genommen. Ihr Mr Wild hat beide sicher über die Straße gebracht.«

»Vielen Dank.«

»Wie kommt es, dass Sie mit Merlin unterwegs sind?«, fragte Gina, während sie sich am nächsten Brett zu schaffen machte.

Kate zuckte mit den Schultern. »Ich habe sie pflegeweise. Sie in ein Tierheim zu geben, konnte ich nicht über mich bringen. Es kam mir ungerecht vor.«

Ein Lächeln wie das der Mona Lisa legte sich auf Ginas Lippen, bevor sie sich der nächsten Planke zuwandte.

»Wofür ist das?«

»Wofür ist was?«

»Dieses Lächeln.«

»Für gar nichts. Ziehen Sie die Folie enger um sich, Ihre Fingerspitzen sind schon blau.«

»Jawohl, Mutti.« Kate tat, wie ihr geheißen. Auch ihre Hände fühlten sich taub an und das Beben ließ nach. So sehr sie das Zittern hasste, war ihr doch klar, dass es kein gutes Zeichen war, wenn es aufhörte. Später, wenn sie sich vor einem Feuer oder im Bett aufwärmte, sicher. Aber nicht jetzt, während ihr immer kälter wurde. »Was war denn das nun für ein Lächeln?«, wiederholte sie ihre Frage.

»Ich habe es doch schon gesagt«, antwortete Gina und riss das nächste Brett los. »Es bedeutet gar nichts.« Sie warf das Holzstück zu den anderen nach vorn und tauchte ihre Hände ins Wasser. »Verdammt, ist das kalt.«

»Ich weiß.«

Gina bewegte ihre Hand, um herauszufinden, was Kates Bewegungsfreiheit einschränkte. »Ich will mal sehen, ob ich ertasten kann, was in Ihrem Bein steckt.« Sie fasste um Kates Schenkel herum und strich mit der Handfläche von der Kniekehle aus aufwärts.

Kate war sicher, dass sie einen rosigen Schimmer über Ginas Wangen huschen sah und fragte sich, ob der seine Ursache in der Kälte, dem Wind oder ihrem Bein hatte. Sie hoffte auf Letzteres.

Gina sah auf. Ihre Finger hielten inne, ihr Griff um den Muskel wurde enger und wieder erschien dieses spezielle Lächeln auf ihrem Gesicht.

»Wenn Sie mich weiterhin so anlächeln, muss ich professionelle Verhörtechniken anwenden.«

Gina schmunzelte. »Ich glaube nicht, dass Sie gerade in der Position sind, um Drohungen auszusprechen.«

Kate nickte. »Durchaus möglich.« Ihr fiel auf, dass ihre Worte ein bisschen verwaschen klangen. »Aber ich halte an meinem Recht fest, Sie später zu verhören.«

»Tun Sie das, Detective.«

»Kate.«

»Pardon?«

»Mein Name ist Kate. Wenn ich Sie Gina nennen soll, müssen Sie mich auch Kate nennen.«

»Kate dann also.« Gina hatte inzwischen die Untersuchung an Kates Schenkel fortgesetzt. Jetzt fand sie offenbar, wonach sie gesucht hatte. Sie runzelte die Stirn. Ihr konsternierter Blick erfüllte Kate mit Sorge.

»Was ist?«

»Ich glaube, das Holz in deinem Bein stammt von einem der Stützbalken. Fühlt sich ziemlich groß an und lässt sich nicht bewegen.«

»Wunderbar«, sagte Kate.

»Oh, es könnte viel schlimmer sein, Kate.«

»Inwiefern?«

»Du könntest Gefahr laufen, unter Wasser zu geraten und zu ertrinken.«

»Na, du bist mir ja ein echter Sonnenschein.«

Gina lachte. »So bin ich. Eine ewige Optimistin.«

»Gina, ich habe alles dabei, was vielleicht nützlich sein könnte. Was brauchst du?« Eine männliche Stimme war hinter Gina zu hören.

»Einen Moment, William. Ich bin gleich da.« Gina sah Kate an. »Nicht weglaufen, klar?« Sie zwinkerte und bewegte sich außer Sichtweite.

»Wo sollte ich auch hin?«, gluckste Kate. Ihr war klar, dass Gina sie mit ihrer Heiterkeit nur von ihrer prekären Lage ablenken wollte. Diese Seite an ihr gefiel ihr trotzdem.

»Hey, schlaf mir nicht ein.« Gina war zurück.

»Mach ich nicht.«

Gina zog die Stirn kraus, sagte aber nichts dazu. »William kommt gleich zu dir rüber.«

»Was, wenn er fällt und ebenfalls einbricht? Dann sind wir beide in Schwierigkeiten.«

»Das wird nicht passieren. Er kann die Balance halten wie sonst niemand. Offenbar musste er als Kind viel turnen. Und vielleicht will er deshalb nicht zurück nach Hause.«

Kate kicherte. »Könnte man ihm nicht verdenken. Wo bleibt der Rettungswagen?«

»Ist unterwegs. Aber du weißt selbst, wie lange man von King's Lynn hierher braucht.«

Bestenfalls zwanzig Minuten, dreißig im Durchschnitt oder mehr als vierzig, wenn man hinter einem Traktor festhängt. »Ja, weiß ich.«

»Also gut. William wird versuchen, die Planken hinter dir anzuheben und an den Balken heranzukommen, sodass wir dich rausholen können. Kann sein, dass er ihn unter Wasser durchsägen muss.«

Kate schluckte. »Geht das überhaupt?«

»Ja. Aber es wird ganz bestimmt keine gemütliche Angelegenheit. Sei froh, dass deine Beine kein Gefühl mehr haben.«

»Warum ziehen wir nicht einfach mein Bein vom Holz?«

Gina hob den Kopf. »Du hast doch ein Erste-Hilfe-Training gemacht, oder?«

Kate nickte.

»Dann entschuldigen wir diese Frage einmal mit der Kälte. Falls wir dein Bein vom Holz ziehen, muss ich um innere Verletzungen fürchten. Vielleicht ist da gar nichts weiter, aber dort verlaufen auch ein paar ziemlich starke Venen und Arterien, von Sehnen und Muskeln ganz zu schweigen. Ich möchte deinem Bein nicht noch mehr Schaden zufügen, als ohnehin schon geschehen, Kate.«

»Habs kapiert. Lassen wir den Spieß drin und überlassen den Ärzten die Entscheidung.«

»Ganz genau.«

»Eine Frage noch.«

»Ja, bitte?«

»Was, wenn er den Balken nicht durchsägen kann?«

»Bis dahin sind hoffentlich die Sanitäter hier.« Gina grinste. »Dann bin wenigstens nicht ich diejenige, die dieses wundervolle Bein kaputtmachen muss.«

»Flirtest du mit mir, um mich abzulenken?«

Gina lachte. »Du bist die Kriminalistin, Kate. Finde du es heraus.« Dann war Gina fort und William lief leichtfüßig über den Steg und den Rand des Bootes, als wäre meterweit Platz. Kate konnte fühlen, wie er hinter ihr bog, zerrte und Brett für Brett entfernte. Dank Hammer und Stemmeisen kam er viel schneller voran als Gina.

»Okay. Ich versuche jetzt herauszufinden, woran das Ding hängt, Gina«, rief William über ihren Kopf hinweg.

»Alles klar.« Gina kam vorsichtig über den Steg, eine Säge in der Hand und ein warmes Lächeln im Gesicht. »Wie geht es dir, Kate?« Sie reichte William die Säge.

»Ging mir nie besser.« Die Worte waren kaum mehr als ein Flüstern und so unklar, dass man sie nur noch schwer verstand.

»Sehr gut. Hör zu. Ich hoffe, es macht dir nichts aus, aber ich habe Wild zu dir nach Hause geschickt, um ein paar warme Sachen für dich zu holen. Hier draußen warten Decken und alles Mögliche auf dich und ich habe am Auto eine Art Sichtschutz aufgebaut. Sobald wir dich aus diesem Boot geholt haben, müssen wir dir die nassen Sachen ausziehen und dich aufwärmen, ganz egal, ob der Rettungswagen dann schon da ist oder nicht. Hast du mich verstanden, Kate?«

»Jep. Du willst mich mitten in der Marsch splitterfasernackt ausziehen, du wildes Weib, du.«

Gina legte den Kopf in den Nacken und lachte laut. »Tja. So bin ich eben. Du könntest dich doch glücklich schätzen, oder?«

Kate sah in die blauen Augen, die sie einfach nicht aus ihrem Kopf bekommen konnte. Sie wisperte: »Ja, das könnte man durchaus so sehen.«

Ginas Wangen verfärbten sich, sie senkte den Blick.

Williams Arbeit hatte das Boot in Bewegung versetzt. Kate sah nach unten ins Wasser. Ein Stückchen Papier schwamm auf der welligen Oberfläche. Sie fischte es nach oben und drehte es zwischen den Fingern, die ihr beinahe den Dienst versagten. Das Bild zeigte eine käfigartige Konstruktion neben der Zahl *53* in weißer Farbe. Hinter den Käfigstäben schien ein dunkler Kasten zu sein. Es war das Datum in der rechten, unteren Ecke, das ihre Aufmerksamkeit erregte. 12.06.15. Der zwölfte Juni. Das Datum brachte eine Saite in ihrer Erinnerung zum Schwingen, aber sie konnte sich nicht besinnen, warum. Alles, woran sie denken konnte, war, dass es wichtig war.

Sie gab es Gina. »Gib das bitte Wild.«

»Warum? Was ist so wichtig an einem Hummerkorb?«

»Hummerkorb?«

»Ja. Das ist dieses Ding. Wieso ist das wichtig?«

»Ich glaube, deshalb hat jemand ein Scharfschützengewehr genommen und Connie ermordet.«

»Ein Scharfschützengewehr? Keine simple .22er, oder so?« Gina runzelte die Stirn.

»Nein. Definitiv eine Hochleistungswaffe. Eine große, aus weiter Distanz abgefeuert.« Sie tippte auf das Bild. »Und das hier hat damit zu tun.«

Gina war leichenblass, als sie den Steg hinuntertrippelte, aber Kate konnte sich nicht vorstellen, aus welchem Grund. Dann kam in ihrem Gehirn an, was ihr Mund gerade ausgesprochen hatte. »Oh, Scheißdreck.« Eben hatte sie Ermittlungsinterna an einen Zivilisten weitergegeben. Sie fühlte ein Ziehen an ihrem Bein, während der Stützbalken bewegt wurde. *Verdammt nochmal. Zwei Zivilisten.*

»William, haben Sie mich gerade reden gehört?«

»Jedes einzelne Wort.«

»Fuck.«

»Machen Sie sich keine Sorgen. Ich will, dass Sie herausfinden, was mit Connie passiert ist. Wie schon gesagt, sie war immer fair zu mir. Ich wollte nie, dass ihr etwas Böses passiert. Ich werde nichts verraten.«

»Danke.«

»Und für Gina gilt das auch. Ich fange jetzt an, zu sägen. Wird wahrscheinlich eine Weile dauern und bestimmt auch wehtun.«

»Habe ich verstanden.«

Wehtun war nicht unbedingt ein treffendes Wort. Ihre Haut und die Muskeln waren taub vor Kälte, aber ihre Knochen nicht. Sie fühlte jeden Zug der Säge bis ins Mark. Jedes mal vibrierte ihr ganzer Körper. Sie schrie, aber es war ihr egal. Dann umklammerte eine Hand die ihre und Gina sagte etwas, das sie nicht verstehen konnte. Die Welt wurde immer kälter.

Kapitel 15

Gina streckte sich so weit wie möglich nach vorn und stützte Kates Gewicht ab, während William fortfuhr, den fünf mal fünfzehn Zentimeter dicken Balken durchzusägen. Die Kombination aus Kälte, Schmerz und dem verstörenden Gefühl der rüttelnden Säge hatte Kate schließlich ohnmächtig werden lassen. Gina konnte die Vibration des Sägeblattes durch Kates Körper fühlen und es kam ihr entsetzlich vor. Hinter sich hörte sie Stimmen, konnte sich aber nicht bewegen, um sich danach umzusehen. Kates Kopf ruhte an ihrer Schulter, sie hatte die Arme um ihren Körper geschlungen. In dieser Position bekamen sie es ganz gut hin, sich in der Balance zu halten und vor einem Sturz ins Wasser zu bewahren.

»Wie kommst du voran, William?«

»Ungefähr zur Hälfte durch. Unter Wasser zu sägen ist nicht unbedingt einfach. Geht es euch gut?«

»Ja, hier ist alles okay.«

»Weißt du, sie hätte das von den Ermittlungen nicht erzählen dürfen.«

»Ist mir klar. Das kam nur von der Unterkühlung, da kann man nicht klar denken.«

»Ich habe ihr versprochen, dass ich niemandem etwas darüber sagen werde.« Er sah Gina direkt in die Augen. »Connie war immer gut zu mir. Du weißt, was sie alles für mich getan hat. Sie hat mir immer den Rücken gestärkt, mir eine Chance gegeben. Ich werde den Detective nicht in Schwierigkeiten bringen bei dem Versuch, herauszufinden, was mit Connie passiert ist.«

»Das verstehe ich, William. Du musst dir meinetwegen keine Sorgen machen, ich werde kein Wort sagen.« Sie war immer noch damit beschäftigt, Kates Worte zu begreifen. Ein Hochleistungsgewehr, abgefeuert aus großer Distanz. Das bedeutete, dass Sammy keinesfalls dafür verantwortlich sein konnte; dass es ein schlichter Zufall gewesen war. Sie hatte sich einfach zur falschen Zeit am falschen Ort aufgehalten. Das erschien so viel logischer als die Idee, ihr kleines Mädchen hätte mit einem fehlgegangenen Schuss ihre beste Freundin getötet. Viel schlüssiger als ein zufälliges Unglück. Vielleicht nicht unbedingt sinnvoll.

Aber ihr fiel es entschieden leichter, daran zu glauben, dass irgendein Bastard, und nicht ihre Tochter, Connie aus dem Leben gerissen hatte.

Sie schloss die Augen und lehnte sich etwas dichter an Kate. Gina wünschte sich, ihr für die erlösende Information danken zu können, die sie aus ihrem selbst errichteten Gefängnis aus Schuld befreite. Jetzt musste sie nur noch Sammy davon überzeugen, dass nicht ihr Schuss Connie getötet hatte. Sie schnaubte. Leichter gesagt als getan.

»Kommen Sie zurecht?«, fragte ein Mann in leuchtend grüner Schutzkleidung über ihre Schulter.

»Mir geht es gut, danke. Wird aber auch Zeit, dass ihr hier eintrudelt.«

»Wir waren im Einsatz, als der Anruf kam. Wie geht es ihr?«

»Unterkühlt, und ihr Bein steckt unter Wasser fest. William hat es aber schon fast freibekommen.«

»Sie sägen ihr Bein durch, Kumpel?«

»Sie sind ja ein Witzbold«, erwiderte William. »Dafür hätte ich eine Kettensäge mitgebracht. Das Scheißding hier ist viel zu langsam.«

Gina kicherte.

»Wie lange ist sie schon bewusstlos?«, fragte der Sanitäter.

»Seit ich mit dem Sägen angefangen habe.«

»Ungefähr zwei Minuten«, sagte Gina.

»Und wir sind durch.« William zog die Säge aus dem Wasser und warf sie hinter sich aufs Deck. Er griff unter die Wasseroberfläche und bewegte Kates Bein nach vorn, sichtlich zufrieden, dass das ohne Widerstand möglich war.

»Sehr gut. Hat sie weitere Verletzungen?«

»Zumindest habe ich bis jetzt keine gesehen«, antwortete Gina dem Sanitäter.

»Und sie konnte sich uneingeschränkt bewegen, keine Rückenbeschwerden, keine Nackenschmerzen?«

»Nein. Sie hat nur wegen des Beins festgesteckt.«

»In Ordnung. Die Kollegen haben ein paar Bretter benutzt, um eine Art Brücke zu bauen, damit wir sie herausheben können. Ich bin gleich wieder da. Können Sie noch ein bisschen aushalten?«

»Klar, kein Problem«, sagte Gina. Eigentlich wollte sie Kate gar nicht so bald loslassen müssen.

Breite Planken wurden rechts und links neben sie geschoben, sie hörte schwere Schritte darauf näherkommen. Zwei Paar großer Hände schoben sich unter Kates Arme und hoben sie hoch, von Gina weg.

»Okay, meine Liebe. Sie schieben sich jetzt die Planke hinunter. Wir haben sie fest im Griff.«

Gina wollte gar nicht loslassen. Ohne Kates Gegengewicht hatten ihre Rücken- und Bauchmuskeln Mühe, sie aufrecht zu halten.

»So schnell Sie können. Sie ist verdammt ausgekühlt inzwischen.«

Gina stemmte sich mit den Armen von Kates Körper weg und rutschte stückweise den Steg hinab. Sobald sie unten angekommen war, wurde ein Leichtmetallrahmen über der Planke platziert und von Wild stabil gehalten. Die zwei Sanitäter hievten Kate aus dem Bootsrumpf. Der Mann zu ihrer Rechten hielt ihr rechtes Bein nach vorne hoch. Wild schob den Rahmen weiter nach vorn, bis sie Kate darauf platzieren konnten. Mit vereinten Kräften brachten sie Kate schnell vom Boot und hoben sie auf eine Rolltrage. Binnen Sekunden war sie im Rettungsfahrzeug, wo ihr hastig die Kleidung vom Leib geschnitten wurde. Gina sah, wie unter dem Hosenstoff graue Haut zum Vorschein kam. Es war das letzte Bild von Kate, das sie erhaschen konnte, bevor die Hecktüren zugeschlagen wurden und der Wagen davonraste.

Wild legte Gina die Hand auf die Schulter und drückte sie sanft. »Ich weiß nicht, was wir ohne Ihre Hilfe getan hätten, Ms Temple. Ihre und die ihres Freundes.« Er nickte zu William. »Ich schätze, sie schuldet Ihnen beiden einen Drink, wenn Sie sich das nächste Mal treffen.«

William packte sein Werkzeug in den Anhänger des Quads. »Sir, ich möchte darum bitten, keinen Strafzettel dafür zu bekommen, dass ich hiermit trotz fehlender Zulassung die Straße benutzt habe.«

Wild grinste. »Ich denke, in dieser speziellen Notfallsituation können wir eine Ausnahme machen.«

William nickte. »Danke.« Er startete das Quad und fuhr zurück zum Campingplatz.

»Fahren Sie noch ins Krankenhaus?«, fragte Gina.

»Ich werde ihr ihre Sachen bringen, ja«, erwiderte Wild.

»Könnten Sie ihr bitte etwas von mir ausrichten?«

»Sicher.«

»Sagen Sie ihr einfach, dass es nicht an der Situation lag.«

»Tut mir leid, das verstehe ich nicht.«

»Sie wird es verstehen.«

Er nickte.

»Und sagen Sie ihr bitte noch, dass wir uns inzwischen um Merlin kümmern.«

Er schmunzelte. »Noch irgendetwas?«

Sie lächelte. »Nein, das wäre erst einmal alles, danke.«

Er tippte mit dem Finger an seine Stirn und stieg in sein Auto.

Gina machte sich auf den Weg zur Touristeninformation, wo eine nervös dreinschauende Sammy Merlin streichelte und Sarah am Telefon wartete.

»Geht es ihr gut, Mama?«

Gina breitete ihre Arme aus und umarmte ihr Mädchen, das sich an sie schmiegte. »Sie wird wieder gesund, Schätzchen. Sie ist jetzt im Krankenhaus und wird untersucht, und ich habe ihr ausrichten lassen, dass wir uns um Merlin kümmern. Geht das in Ordnung?«

Sammy warf der Hündin einen Blick zu. »Ich glaube, Merlin hasst mich jetzt«, flüsterte sie.

»Als ich hereinkam, sah das aber ganz und gar nicht so aus. Sie schien sich mit dir sehr wohlzufühlen.«

Sammy zuckte mit den Schultern und entzog sich ihr.

»Sammy, ich weiß, warum du dich nicht mit Merlin beschäftigen willst. Aber ich kann dir versichern, dass es der richtige Weg ist. Über die andere Sache müssen wir später noch einmal reden.«

Ihre Schultern sackten zusammen. »Okay.«

»Leg Merlin an die Leine, dann gehen wir ins Büro. Du kannst William dabei helfen, sein Werkzeug zu reinigen und aufzuräumen, wenn du magst.« Sie wusste, dass sich Sammy gern im Geräteschuppen aufhielt. Es gab ihr die Gelegenheit, zu helfen und gleichzeitig nicht in schwierige Gespräche verwickelt zu werden. Für Sammy war das eine der wenigen Beschäftigungsmöglichkeiten und Gina war froh und dankbar für jede dieser Art. Am liebsten wäre Gina nach Hause gegangen und nach einer Dusche ins Bett gefallen. Aber in ihrem Büro warteten Berge von Papierkram und es gab niemanden mehr, der ihr dabei helfen würde. Ware musste bestellt, Rechnungen bezahlt und Gehaltszettel ausgefüllt werden. Es war die pure Freude.

Kapitel 16

»Ach, hören Sie auf zu zetern, um Himmels Willen.« Kate schob die Decke von sich und schwang ihre Beine aus dem Bett. Gut, sie fühlten sich noch ein bisschen wackelig und kalt an, aber ansonsten ging es ihr gut. Sie war absolut in der Lage, an ihren Schreibtisch zurückzukehren und zu arbeiten. Ganz besonders, nachdem nun Tonnen von Beweismaterial gesichtet werden wollten, um den Mörder von Connie Wells ausfindig zu machen.

»Detective Sergeant Brannon, Ihr Bein wurde mit zehn Stichen genäht. Sie können das noch nicht merken, weil die Betäubung noch anhält. Aber vertrauen Sie mir, demnächst werden Sie es deutlich fühlen. Man hat Sie völlig unterkühlt hier eingeliefert und Ihre Temperatur ist nach wie vor zu niedrig.«

»Es geht mir gut. Ich werde ein paar zusätzliche Kleidungsschichten anziehen.«

»Sie werden sich wieder hinlegen und sich zudecken. Und Sie gehen nirgendwohin, solange der Arzt nicht noch einmal nach Ihnen gesehen hat.« Die Krankenschwester zog im Gehen den Vorhang hinter sich zu.

»Wer hat Sie eigentlich zu Gott ernannt?«, knurrte Kate den Vorhangstoff an.

»Das *Royal College of Nurses*«, kam die unerwartete Antwort.

Kate wurde blass, fluchte tonlos, lehnte sich zurück ins Kissen und verschränkte die Finger über ihrem Bauch. Ihr Handy hatte in der Hosentasche gesteckt und war logischerweise ruiniert. Das galt auch für den Rest ihrer Kleidung und die Schuhe. Lediglich ihre Lederjacke hatte man nicht zerschnitten, aber die würde lange trocknen müssen. Vom Saum aufwärts war sie durchgeweicht und verdreckt.

»Ich komme mit guten Gaben.« Der Stoff glitt zur Seite und Wild trat zu ihr in den kleinen, vom Vorhang umgebenen Bereich. Er warf eine Plastiktüte auf das Fußende ihres Bettes. »Turnschuhe, Jogginghosen, ein Shirt und ein Pullover.«

»Das ist toll, vielen Dank.« Obwohl Kate froh war, dass er offenbar nicht ihr Unterwäschefach geöffnet hatte, wünschte sie sich doch sehnlichst, dass auch ein BH in der Tüte wäre.

»Oh, und Socken.«

Sie lächelte. »Perfekt. Danke nochmals.« Sie wartete darauf, dass er wieder gehen würde, damit sie sich anziehen und aus dem Staub machen konnte.

»Ich habe eine Nachricht für Sie, von Ms Temple.«

Damit hatte sich eine schnelle Flucht wohl erledigt. »Was für eine Nachricht?«

»Sie sagte, sie würde sich in der nächsten Zeit um Merlin kümmern.«

»Oh, richtig.« Kate kam nicht umhin, ein wenig enttäuscht zu sein, aber gleichzeitig kam es ihr logisch vor. Sammy hatte die Hündin mit sich genommen, als Gina bei ihr angekommen war.

»Und sie lässt mich ebenfalls ausrichten, dass es nicht nur an der Situation lag.« Damit verschränkte er die Arme über der Brust. »Sie meinte, Sie würden diese geheimnisvolle kleine Botschaft schon verstehen.«

Kate runzelte die Stirn. Dann fiel der Groschen.

»Diesem verschlagenen Grinsen entnehme ich, dass Sie nicht nur wissen, was es bedeutet, sondern dass Ihnen die Bedeutung auch noch gefällt.« Er ließ sich auf der Bettkante nieder. »Na los, spucken Sie es schon aus.«

Kate schüttelte den Kopf. »Ich habe keine Ahnung, was sie meint.« Sie versuchte, das Lächeln aus dem Gesicht zu kriegen.

»Na klar doch.«

»Wirklich nicht«, protestierte Kate. Es war gelogen, und sie beide wussten das.

»Na gut. Aber bedenken Sie eines.«

»Was denn?«

»Sie ist eine Zeugin im laufenden Ermittlungsverfahren.«

»Richtig. Eine Zeugin, keine Verdächtige.«

»Das wissen Sie nicht, solange wir den oder die Schuldigen nicht gefasst haben.«

Sie sah ihm in die Augen. »Das ist mir klar.«

Er seufzte. »Ich habe bemerkt, wie Sie sich gegenseitig angeschaut haben. Seien Sie einfach vorsichtig, mehr will ich gar nicht sagen.« Er nickte in Richtung der Plastiktüte. »Ich lasse Sie jetzt allein, damit Sie sich umziehen können. Sie werden hier schon lange genug festgehalten, schätze ich.«

»Jep.«

»Wie viele Stiche?«

»Zehn.«

»Soll ich Sie zu Ihrem Auto mitnehmen?«

»Dafür wäre ich sehr dankbar.«

Er wandte sich zum Gehen.

»Sergeant, ich kenne nicht einmal Ihren Vornamen.«

»Len.«

»Kate«, erwiderte sie. »Schön, Sie kennenzulernen.«

Er lächelte und zog den Vorhang hinter sich zu.

Eilig zog sie sich an. Sie war heilfroh über die locker sitzende Jogginghose, die die frische Naht unberührt ließ. Mittlerweile ließ die Betäubung nach; sie ahnte, dass die Stelle bald ziemlich schmerzen würde. Aber was solls – das war eben der Preis für entscheidende Beweisstücke. Sie war sich über deren Bedeutsamkeit mehr als sicher.

Ein Hummerkorb mit einem Kasten darin und der Zahl *53* in weißer Farbe gleich daneben. 12.06.15. Der Code. Ein Heckenschütze mit Hochleistungsgewehr. Und der Kreis der Verdächtigen, der nicht kleiner wurde.

Na gut. Bedeutsam, aber trotzdem nicht mit dem Potenzial zur sofortigen Aufklärung. Zumindest wusste sie jetzt jedoch, wozu der Schlüssel gehörte. Es war eine Schande, dass der Täter die Beweise vor ihr in die Finger bekommen hatte. Sie war davon überzeugt, dass sie längst den Mörder identifiziert hätte, wenn sie nur alles im Boot rechtzeitig gesehen hätte. Blieb die Frage, wie der Täter von dem Hausboot hatte wissen können, wo doch eigentlich niemand im Dorf geahnt hatte, dass es mit Connie zu tun hatte? War Connie die Eigentümerin gewesen? Falls das so war, warum hatte keiner davon gewusst? Und falls nicht, warum wusste niemand, dass sie es benutzte?

Es ist ein verdammt kleines Dorf. Jeder weiß hier normalerweise alles, oder? Wer also log sie an? Sie hatte Leah Shaw den Bootsschlüssel gezeigt und Ally Robbins, Gina und William. Gina und William konnte sie ausschließen. Die beiden waren die Einzigen, die Connie mochten und sich Gedanken um sie machten. Leah Shaw stand in Verbindung mit der verschlüsselten Zahlenfolge, war die Exfreundin und Geld spielte als Motiv auch eine Rolle. *Fuck, Leah hat eine ganze Liste von Motiven, so lang wie mein Arm. Das versetzt sie trotzdem nicht in einen Zustand, in dem sie so ein Verbrechen hätte begehen können.* Allys Ruf als Schützin war beachtlich, aber sie war zur Tatzeit auf dem Kutter, kam also auch nicht in Frage. Einer von ihnen musste mit jemandem gesprochen haben, der von dem Hausboot und Connies Verbindung dazu wusste. Das war die einzig sinnvolle Schlussfolgerung. Aber mit wem? Matt Green oder Rupert Sands?

Sie zog den Vorhang auf und fand sich Nase an Nase mit dem Arzt, der sie bei ihrer Einlieferung untersucht hatte.

»Schon auf den Beinen, Ms Brannon?«

»Ich stecke mitten in einem Fall. Ich muss weiter daran arbeiten.«

»Fall?«

»Ich bin Polizistin.«

Er warf einen Blick auf seine Notizen. »Ach, da steht es ja. Entschuldigung. Ist viel los heute.« Er lächelte oberflächlich. »Ich möchte noch einmal Ihre Temperatur messen und schreibe Ihnen Schmerzmittel auf. Die werden Sie später brauchen, denke ich. Irgendwelche Allergien?«

»Keine.«

»Wunderbar.« Er steckte ihr einen Sensor auf die Fingerspitze, ohne sie aufzufordern, sich noch einmal hinzusetzen, und schrieb etwas auf einen Rezeptblock. »Ich vermute, Sie besorgen sich die Tabletten gleich unterwegs?«

»Ja.«

»In Ordnung. In sieben bis zehn Tagen müssen die Fäden gezogen werden. Das können Sie auch beim Hausarzt machen lassen, bevor Sie sich hier damit auf die Wartebank setzen. Wenn es eitert oder riechender Ausfluss entsteht, kommen Sie sofort wieder her. Und wenn der Schmerz in den nächsten achtundvierzig Stunden nicht nachlässt, gehen Sie bitte zum Arzt.«

»Alles klar.« Das Gerät, das mit dem Sensor verbunden war, piepste und zeigte ein Ergebnis an.

»Immer noch ein bisschen niedrig, aber nicht so sehr, dass es bedenklich wäre.« Er riss das Rezept vom Block. »Trinken Sie viel Heißes und halten Sie sich warm. Nicht in der Nordsee schwimmen gehen.«

»Keine Sorge, ich habe nicht die Absicht, das zu wiederholen.« Sie faltete das Rezept zur Hälfte und steckte es in ihre Tasche. »Danke schön.«

Len unterhielt sich mit der Frau an der Anmeldung, als sie den Wartebereich betrat.

»Wollen Sie los?«, fragte er.

»Jep. Und Sie?«

»Habe nur auf Sie gewartet.« Er nickte der Frau hinterm Empfangstresen zu. »Das ist meine Frau, Val. Val, das ist Kate Brannon. Sie ermittelt in dem Brandale-Staithe-Fall.«

»Schön, Sie kennenzulernen, Kate.« Sie schüttelten sich die Hände. »Ich hoffe, Sie sind nicht so schwer verletzt.«

Kate lachte. »Abgesehen von meinem Stolz nicht, nein.«

Len schmunzelte. »Ich habe die Lasagne heute früh aufgetaut, Schatz. Wie angeordnet.« Er beugte sich vor und küsste sie auf die Wange. »Bis heute Abend.«

»Sag Bescheid, wenn es später wird.«

»Natürlich, Liebes.«

Kate klopfte ihm auf den Rücken und folgte ihm durch die Tür nach draußen. »Sie sind sind ein glücklicher Mann, Len Wild.«

»Ich weiß.« Er zwinkerte über seine Schulter. »Ich weiß.«

⸻ ❖ ⸻

»Timmons hat angewiesen, ich solle dafür sorgen, dass Sie sich den Rest des Tages freinehmen. Wo haben Sie denn geparkt? Ich habe Ihr Auto vorhin auf dem Weg zu Ihnen gar nicht gesehen«, sagte Wild.

»Mir geht es gut, ich muss mir nicht freinehmen«, erwiderte Kate.

»Sie sind ganz schön stur. Ich werde dafür sorgen, dass Sie nach Hause kommen. Und danach fahre ich zu mir und mache mir einen schönen Abend mit meiner Frau. Dann können Sie tun und lassen, was Sie verdammt noch mal wollen.«

Kate verstand. Es war der Code für *Klappe halten, ihn die Anweisungen befolgen lassen und dann für sich selbst einstehen.* »Ich habe am Hafen geparkt und bin von dort aus mit dem Hund gelaufen. Können Sie glauben, dass es schon sieben Stunden her ist. Jetzt ist es fast drei Uhr nachmittags, der Tag ist fast rum.«

»Tatsächlich im Hafen?«, fragte Wild.

»Ja, wieso?«

»Und dort haben Sie von fünf Uhr morgens geparkt?«

»Ja. Warum denn?«

»Bei Hochwasser wird er überflutet.«

»Sie wollen mich auf den Arm nehmen.«

»Ich fürchte, nicht.« Er bog auf die A149 ein. »Nicht der gesamte Hafen. An der Rückseite und neben der Krabbenbude steht man hoch und trocken.«

Kate stöhnte.

»Ich vermute mal, genau dort steht das Auto nicht.«

Kate schüttelte den Kopf. »Ich habe den Wagen jenseits der kleinen Boote abgestellt, damit ich da nichts blockiere.«

»Also exakt da, wo das Wasser einläuft?«

»Neben dem Schilfgürtel.«

»Tja. Das wars. Mitten in der Überschwemmungszone.« Tapfer versuchte er, sein Lachen zu unterdrücken. Es gelang ihm nicht, aber er bemühte sich redlich. »Nicht Ihr Tag, hm?«

Kate bedachte ihn mit einem kläglichen Blick. »Sieht ganz so aus.« *Bitte, hoffentlich will er mich nur verkohlen.*

»Na, zumindest lenkt Sie das ein bisschen von Ihrem Bein ab.«

»Ja. Es sei denn, ich muss ab jetzt überall hinlaufen und ende als Krüppel, weil mein Auto nicht schwimmen konnte.«

»Soll ich Val bitten, ein paar Krücken von der Station für Sie mitzubringen?«

»Haha, sehr witzig.« Sie legte den Arm über die Augen und lehnte den Kopf nach hinten. »Ich kann ja sowieso nichts daran ändern.«

»Stimmt.« Schnell wechselte er die Spur und fuhr durch den Kreisverkehr. »Ich habe mir dieses Bild angesehen. Das, wofür Sie Leib und Leben riskiert haben.«

»Sie haben doch gesagt, dass ich springen soll.«

»Und war das nicht eine gute Sache? Anderenfalls wäre uns ein wichtiges Beweisstück entgangen.«

»Kein Grund, sarkastisch zu werden, Len.«

»Ich meine das ernst. Haben Sie sich das Bild schon gründlich angesehen?«

»Ich bin mir über die Details noch nicht klar, aber Gina meinte, es wäre ein Hummerkorb darauf zu sehen.«

»Ein Hummerkorb mit Inhalt.«

»Geht es darum nicht beim Fischen?« Sie umklammerte den Griff über ihrer Autotür. Was auch immer man ihr gegen die Schmerzen im Bein gegeben hatte, es verlor seine Wirkung. Die Wunde begann, heftig wehzutun.

»Das trifft zu. Aber normalerweise hofft man auf Hummer als Fang. Nicht irgendwelche grau schimmernden Blöcke.«

»Was ist das also?«

»Sie sind die Ermittlerin Brannon. Sagen Sie es mir.«

Sie seufzte und konzentrierte sich darauf, die nächste Schmerzwelle wegzuatmen.

Dann zog sie das Rezept aus ihrer Tasche. »Können wir bei der Apotheke anhalten?«

»Es gibt eine in Hunstanton. Nehmen wir die?«

Eine weitere Woge aus Schmerzen erfasste sie, als Wild um eine Kurve fuhr. »Schieben wir es mal auf mein Bein und die Schmerzen und den ganzen Kram, Wild. Aber warum sollte darin die Lösung für den Fall liegen?«

»Wie gesagt, Brannon. Sie sind die Ermittlerin, nicht ich. Wenn Sie herausfinden, was das Bild bedeutet und warum sie es versteckt hat, dann knacken Sie den Fall und finden auch den Mörder von Connie Wells.«

Sie lehnte sich weiter gegen die Kopfstütze. »Sie wissen also auch nicht, was das für ein glänzendes, graues Ding ist.«

»Nö. Aber es ist ein weiteres Teil zu einem faszinierenden Puzzle.«

»Ja.« Leise stöhnend schloss sie die Augen. »Faszinierend.«

Er weckte sie, als sie im Hafen ankamen. Eine kleine Tüte aus der Apotheke ruhte in ihrem Schoß, während er sie sanft wachrüttelte. »Eigentlich wollte ich Sie direkt nach Hause fahren, aber dann dachte ich mir, dass Sie sich wohl zuerst um Ihr Auto kümmern wollen.«

Sie kam langsam zu sich und folgte mit schwerfälligem Blick seinem ausgestreckten Finger.

»Ach du große Scheiße.« Sie drückte die Tür auf und stieg auf wackeligen Beinen aus dem Auto. »Sie haben mich wirklich nicht verarscht.«

Ihr Auto stand noch ungefähr dort, wo sie es zurückgelassen hatte. Ungefähr. Es stand jetzt eher schräg, aber nicht sehr. Wasser lief durch die Ritzen unter den Türen. Die Rückleuchten blinkten schnell, während die Frontlichter langsam an- und ausgingen. Die Alarmanlage klang wie ein Ochsenfrosch, der gewürgt wurde, und stellte sich im Minutentakt an. Ihr geliebter kleiner Mini war abgesoffen.

»Ich habe in der Werkstatt hier in der Straße angerufen. Er wird demnächst mit dem Abschleppwagen hier sein. Wenn Sie wollen, kann er das Auto direkt auf den Schrottplatz bringen.«

»Was? Schrottplatz? Er kann ihn doch bestimmt trockenlegen und alles in Ordnung bringen, oder?«

Len schüttelte den Kopf. »Salzwasser. Selbst wenn alles wieder trocken wird, richtet das Salz den eigentlichen Schaden an. Beim Trocknen verklebt es alle Teile. Schauen Sie doch mal, wie die Lichter und die Alarmanlage durchdrehen. Das Salzwasser ist überall in der Technik. Entschuldigen Sie meine Offenheit, Brannon, aber das Ding ist im Arsch.«

»Scheiße.«

Es stellte sich heraus, dass der Mann von der Werkstatt sehr viel freundlicher war als der Mitarbeiter ihrer Versicherung, mit dem sie telefonierte. Es bedurfte etlicher Drohungen gegen seine Männlichkeit, sein Leben und mit möglichen Twitter-Posts, bevor man ihr einen Ersatzwagen zugestand, da das Unglück eindeutig ihre eigene Schuld war. Die Unkenntnis der Flutzeiten hob die Regelung über höhere Gewalt in ihrem Schutzbrief offensichtlich nicht auf. Sie konnte die

Hochstufung im nächsten Jahr gar nicht erwarten. So oder so würde man das Auto später am Nachmittag vor ihrem Haus abstellen. Sowohl der Versicherungsfuzzi als auch der Automechaniker waren sich mit Len darin einig, dass man das Auto nur noch abschreiben konnte und sie sich nach einem neuen fahrbaren Untersatz umsehen musste.

Kate sammelte die letzten persönlichen Gegenstände aus dem Wagen und warf sie in die schwarze Tüte, die der Mechaniker ihr gegeben hatte. Dann angelte sie die Schlüssel aus ihrer Tasche und sah dabei zu, wie das Auto auf den Abschleppwagen geladen wurde. Sie schluckte ein paar von den Schmerztabletten, die Len ihr besorgt hatte, lehnte sich gegen das Geländer und stützte den Fuß des verletzten Beines gegen die untere Strebe. Sie musste das Bein eine Weile entlasten.

Sie starrte aufs Wasser hinaus. Es war ein klarer, heller Tag, kaum ein paar Wolken standen am Himmel. Die Oktobersonne wärmte noch ein bisschen, gerade genug, um einem vorzugaukeln, dass der Sommer noch nicht ganz vorbei war. Kate sah hinüber zu der Insel namens Scolt Head, einem kargen und kahlen Stück Land, das den brütenden Vögeln vorbehalten war. Denen und verbotenen Rendezvous für jene, die wussten, wie man während der Gezeiten durch den Hafen navigierte. Und die ein Boot besaßen.

Len kam zu ihr geschlendert.

»Sie haben mir noch gar nicht erzählt, was bei Ihrem Treffen gestern mit Dr. Anderson und Ihrem Kollegen herausgekommen ist«, bemerkte Kate.

Er lächelte. »Tja. Unser Schütze ist entweder noch besser, als ich dachte, oder aber ich bin komplett auf der falschen Spur.«

»Wie das?«

»Ich lag richtig, was die Waffe betrifft. Die Metallsplitter bestätigen, dass es sich um ein 7,62 x 51 mm NATO-Geschoss handelt. Gestern Abend habe ich Goodwin eine Liste aller passenden Gewehre geschickt. Aber die Entfernung scheint doch nicht zu passen.« Er zeigte übers Wasser. »Grimshaw hat den Computer so programmiert, dass man sieht, wo das Marschland während der Flut überspült war. Demnach waren alle Landflächen sehr viel weiter von unserem Opfer entfernt, als ich vermutet habe. Der Schütze müsste über neunhundert Meter entfernt von ihr Posten bezogen haben.«

»Ich unterstelle jetzt einmal, dass unter diesen Umständen ein entsprechender Schuss unmöglich wäre?«

»Vielleicht nicht unmöglich. Aber sehr unwahrscheinlich.«

»Und was ist wahrscheinlicher?«, fragte Kate, während sie nach wie vor auf die See hinaussah.

»Ich weiß es nicht.«

»Hätte sie in die andere Richtung sehen können? Dort stehen ein paar Häuser, und Sie haben selbst gesagt, dass die Sonne von dort aus aufging.«

Len sog Luft durch die Zähne. »Das stimmt. Aber so, wie der Körper lag, hat sie zum Hafen geschaut, nicht davon weg. Sie hätte oben auf dem Deich stehen müssen, anderenfalls wäre die Leiche nicht so nah an die Bucht gerollt und die Kamera wäre nicht ins Wasser gefallen.« Er verschränkte die Arme. »Nein. Sie hat auf jeden Fall mit dem Gesicht zum Hafen gestanden, die Kamera vor den Augen.«

»Im Hafen gibt es auch Gebäude, Len. Vielleicht stand der Schütze hinter einem dieser Fenster?«

»Dann hätte der ganze Ort den Schuss gehört. Das Projektil kam auf jeden Fall von einer großkalibrigen Waffe, irgendjemand hätte es auf jeden Fall gehört. Außerdem stimmt der Winkel nicht. Für den Fall hätte sie Bilder aus jemandes Schlaf- oder Wohnzimmer machen müssen. Und dann wäre sie mit den Füßen zum Dorf gewandt gestürzt, und nicht mit dem Kopf. So, wie sie aufgeschlagen ist, muss sie den Blick zwischen den Hafen und das offene Meer gerichtet haben. Vielleicht mit zehn Grad Abweichung von einer senkrechten Blickachse. Und der Schuss müsste vom Wasser zur Küste gekommen sein, um ihren Kopf nach hinten zu schleudern, nicht umgekehrt.« Während er sprach, gestikulierte er erklärend. »Sieht aus, als wäre er von der Insel gekommen. Die allerdings liegt viel zu weit entfernt, um dafür infrage zu kommen.« Er schüttelte den Kopf. »Passt alles nicht zusammen.«

»Und mit einem Schalldämpfer? Von dem Pfad aus, der oberhalb von ihr verlief?«

Er lachte auf. »Das hier ist Brandale Staithe, Brannon. Wir sind mitten im Nirgendwo. Ein Schalldämpfer, echt jetzt?«

»Ist das so viel abwegiger als ein Profischuss aus welcher Entfernung? Mehr als achthundert Meter?«

Len öffnete den Mund, um zu widersprechen, doch dann hielt er inne. »Eigentlich nicht. Trotzdem stimmt dann der Winkel immer noch nicht. Sie wäre auf dem Weg liegen geblieben und nicht den Deich hinuntergefallen. Ich wünschte, man könnte ganz präzise bestimmen, wie hoch der Wasserstand war und wo jemand gestanden haben könnte.«

»Ich dachte, Grimshaws Programm hätte das für Sie berechnet.«

»Hm. Ja. Dieser ganze virtuelle Kram macht mir einfach Kopfschmerzen. Ich muss die Dinge direkt vor mir sehen.« Er zeigte zur Marsch. »Da draußen muss ich es sehen.«

Kate lächelte und rügte sich im Stillen dafür, dass sie daran nicht vorher gedacht hatte. »Wohnen Sie in der Nähe, Len?«

Er schüttelte den Kopf. »Nein, bin in Lynn geboren und aufgewachsen.«

»Schon einmal segeln gewesen?«

»Auf keinen Fall. Das Wasser ist voller Fischkacke. Wenn ich nicht unbedingt rein muss, kriegen Sie mich da auch nicht rein.«

Kate lachte und stieß sich vom Geländer ab. »Nun, ich bin in gewisser Weise auf dem Wasser aufgewachsen.« Sie klopfte sich vorsichtig den Schmutz vom Hosenboden. »Dann kommen Sie mal mit. Ich zeige Ihnen, wie das mit den Gezeiten wirklich funktioniert. Wollen doch mal sehen, ob wir nicht herausfinden, was denn nun überflutet war und was nicht.«

Sie hinkte durch den Hafen und die kleine Straße hoch, überquerte die A149 und betrat den Gemischtwarenladen. Es gab eine Kollektion mit Segelbekleidung, Regensachen und Rettungswesten an der linken Seite. Rechts standen Bootsschuhe, Sandalen und Stiefel aufgereiht. Diverse Seile hingen von einem Gestell oberhalb der Kasse und waren von dort in die Dachsparren gespannt, um Platz zu sparen. In einer Ecke stapelten sich Ersatzteile für Boote und Werkzeug. Scheiben, Klampen, Metallringe, Klebstoffe aller Art, wasserfeste Spachtelmasse und Bojen waren überall im Raum verteilt. Auf einem Fensterbrett war eine kleine Auswahl nautischer Bücher und Seekarten zu finden. Eilig durchsuchte sie die und fand bald, was sie suchte. *Imray's Y9 Nautical Chart of The Wash* nebst Kartentisch. Kate reichte dem Verkäufer ihre Karte und bat ihn leihweise um seinen Stift.

»Also, Len, wie hoch war die Flut?«

»Anderson hat den Zeitpunkt für die Flut auf sieben Uhr morgens gesetzt. Um sieben Uhr sieben war der höchste Punkt mit neun Metern sechzig erreicht.«

Kate pfiff durch die Zähne. Sie überprüfte die Gezeitenkarte und notierte die vorherrschenden Fließrichtungen, die Höhe der Landflächen in der Marsch und die Zulauftiefe der Priele. Mit dem blauen Stift, den sie sich eben geborgt hatte, markierte sie eine gestrichelte Linie um das Marschland. An einigen Stellen war der Küstenpfad davon eingeschlossen. Schließlich schraffierte sie die eingekreiste Fläche.

»Madame segeln demnach, vermute ich?«, stichelte Len.

»Man munkelt, ich hätte schon ein- oder zweimal einen Fuß auf ein Boot gesetzt.« Sie lächelte. »Nicht besonders lange, zugegebenermaßen. Und hier in der Gegend bin ich noch nie gesegelt.«

Sie gab den Marker zurück und ging mit Len zurück zum Hafen. Dort hielt sie die Karte so, dass sie für beide gut zu sehen war und wies auf zwei Bereiche: Long Hills im Süden von Scolt Head und die östliche Seite der Stranddünen von Brancaster.

»Das sind die nächstgelegenen Punkte, die nicht unter Wasser waren«, sagte sie.

»Alles andere war unter Wasser?«

»Alles. Neun Meter sechzig ist eine gewaltige Höhe. Ungefähr so hoch wie in dem Sturm, der im Dezember 2013 die Küste überflutet hat. Erinnern Sie sich nicht daran?«

»Doch, tue ich. Aber ich dachte, Sie wären neu hier in der Gegend.«

»Ich habe damals in Norwich gearbeitet, aber dann haben sie mich nach Cromer geschickt, um dort zu helfen.« Sie schüttelte den Kopf. »Ganze Häuser sind ins Wasser gestürzt, als die Klippen nachgaben.«

»Ich dachte, das wäre ein unglücklicher Ausnahmefall gewesen?«

»Die ganzen Umstände, die zum Bruch führten, fielen sicher zufällig zusammen. Aber grundsätzlich können Fluten so hoch ansteigen.« Kate zeigte auf die künstlichen Deiche am Rand der Marsch. »Deshalb investiert man in diese Hochwasserschutzwälle. Ohne diese Dämme hätte der Ort in dieser Nacht größtenteils unter Wasser gelegen, ganz bestimmt.«

»Dann ist es ja gut, dass sie da sind.«

»Jep. Aber wir haben immer noch unser Rätsel zu lösen, Len.«

»Haben wir. Ist einer der Verdächtigen zu einem solchen Schuss in der Lage?«

»Theoretisch zwei, vielleicht drei. Aber alle haben ein Alibi. Keiner hätte in der fraglichen Zeit zu einem dieser Punkte hin- und wieder zurückgelangen können.« Sie dachte an Rupert Sands und dessen Vater, an deren Erklärungen über ihre morgendlichen Aufenthaltsorte und an Matt Greens Verbleib vor sieben Uhr dreißig. »Kann man von der Landseite aus in der Zeitspanne dorthin gelangen?« Sie wies auf den Strand von Brancaster. Die Insel war zu jeder Zeit von Wasser umgeben.

»Durchaus, aber es gibt zwei große Probleme auf der Strecke.«

»Welche?«

»Man muss knapp fünf Kilometer durch den Sand wandern. Nicht leicht zu schaffen, wenn man es eilig hat. Ich denke, es geht um eine Zeitspanne von fünfundvierzig Minuten, vielleicht einer Stunde. Und das ist erst die Spitze des Eisbergs. Diese Straße«, dabei wies er auf die entsprechende Stelle, »ist regelmäßig überflutet, wenn das Wasser über die Acht-Meter-Marke steigt. Hier in der Gegend heißt sie deshalb die Todesstraße.« Er grinste selbstgefällig.

»Sie wirken gerade nicht sonderlich liebenswürdig, Len.«

Er lachte auf. »Tschuldigung.«

»Na gut. Falls der Schütze also von dort aus agiert hat, konnte er nicht gleich wieder verschwinden?«

»Man sagt, bei einer solchen Höhe ist mit eineinhalb Stunden zu rechnen. Oder aber man läuft auf dem Deich entlang vom Golfplatz zur Hauptstraße oberhalb des Dünenwanderwegs.«

»Also mindestens bis acht Uhr dreißig.«

»Bestenfalls, egal, ob der Schütze läuft oder den Rückgang der Flut abwartet.«

»Das passt nicht.«

»Was ist, wenn man mit dem Boot kommt? Mit einem kleinen Motorboot wäre es auf jeden Fall möglich. Man legt am Strand an und kommt mit dem Wasser zurück. Wäre das denkbar?«

»Es gilt eine Geschwindigkeitsbegrenzung von sechs Knoten, die Entfernung zum Hafen beträgt nicht mehr als anderthalb Kilometer und nicht weniger als achthundert Meter zu den Dünen. Ja, das wäre absolut denkbar. Geben Sie mir bitte Ihr Telefon.«

»Benutzen Sie doch Ihr eigenes.«

»Geht nicht, es ist ja baden gegangen.«

»Verdammt.« Er zog sein Handy aus der Tasche und reichte es Kate.

»Danke schön.« Aus dem Gedächtnis wählte sie Stellas Nummer und wartete darauf, dass sie ranging. »Stella, können Sie herausfinden, ob Matt Green oder Rupert Sands ein Boot besitzen?«

»Welche Sorte Boot?«

»Ein kleines, schnelles, das man allein steuern kann.«

»Zum Beispiel wie das Beiboot einer Segeljacht?«

»Ja, ganz genau wie ein Beiboot.«

»Ich mache mich gleich daran. Wo sind Sie übrigens? Timmons sagte, Sie wären für heute vom Dienst befreit.«

»Gerade bin ich im Hafen von Brandale Staithe. Ich berichte Ihnen alles, wenn wir uns das nächste Mal sehen.«

Stella lachte. »Alles klar. Ich beschäftige mich derweil mit besagten Beibooten und sehe, was ich herausfinden kann. Soll ich Ihnen eine Nachricht schicken, wenn ich mehr weiß?«

»Nicht nötig. Ich muss mir erst ein neues Handy zulegen.«

»Wieso?«

Kate seufzte schwer. Manchmal war es das Beste, bestimmte Dinge schnell hinter sich zu bringen. »Ich habe meinen Wagen heute früh im Hafen geparkt, während ich mit dem Hund unterwegs war. Dabei fand ich ein brennendes Hausboot und bin raufgegangen, um Beweismittel zu sichern. Ich hatte ein bisschen Pech dabei, musste wegen Unterkühlung und für eine Naht ins Krankenhaus, und als ich zurückkam, war mein Auto in der Nordsee schwimmen gegangen. Leider hat es das nicht ganz so gut überstanden wie ich. Totalschaden.«

Stella stieß einen Pfiff aus. »War ja ein ereignisreicher Tag.«

»Und er ist noch nicht vorbei.«

Len lachte hörbar neben ihr.

»Soll Sie morgen jemand abholen kommen?«

»Ich kriege heute Nachmittag einen Ersatzwagen.«

»Gut. Brauchen Sie sonst etwas?«

»Die Wiederherstellung meiner Würde?«

»Das steht nicht in meiner Macht. Aber drüber spotten kann ich gut.«

»Vielen Dank auch. Ich kann es kaum erwarten.« Kate lachte und legte auf. »Sie war unglaublich teilnahmsvoll«, sagte sie, während sie Len das Telefon zurückgab.

»Da wette ich drauf. Und wer ist jetzt Matt Green?«

»Er ist Vorarbeiter bei den Sands und der Vater von Gina Temples kleiner Tochter. Er taucht zudem im Tagebuch von Connie Wells auf, steht auf der Liste unserer Schützen und sofern er ein Boot besitzt, ist sein Alibi ziemlich dünn.«

»Irgendein Motiv?«

»Bis jetzt ist noch keins in Sicht. Aber sein Autokennzeichen steht eben in Connies Tagebuch.«

»Was auch völlig bedeutungslos sein könnte.«

»Ganz genau.« Kate faltete die Karte zusammen und klemmte sie sich unter den Arm. »Haben Sie zu tun oder wollen Sie mich begleiten, wenn ich versuche, etwas mehr über Mr Green in Erfahrung zu bringen?«

»Oh, ich habe immer zu tun. Andererseits scheinen Sie Begleitung nötig zu haben, also – wohin gehts?« Len lief neben ihr her.

»Bis jetzt sind die einzigen Personen, die mich nicht anlügen, Gina Temple und William Clapp. Gina ist die Mutter von Matt Greens Tochter. Sie wird bestimmt einiges über ihn wissen, oder?«

»Wenn sie seine Ex ist, wie können Sie dann sicher sein, dass sie im Hinblick auf ihn nicht lügt?«

»Als ich zuletzt bei ihr war, ist er dort aufgekreuzt. Ich habe es miterlebt. Ich würde nicht so weit gehen, zu behaupten, dass sie ihn hasst. Aber ich hatte auch nicht den Eindruck, dass sie bemüht wäre, ihn zu decken.«

»In Ordnung. Aber danach fahre ich Sie nach Hause.«

»So ein gutes Angebot hatte ich schon seit Jahren nicht, Len.«

Kapitel 17

Gina stellte ein Glas mit Milch auf den Tisch und rief die Treppe hoch: »Sammy, beweg deinen kleinen Hintern zu mir herunter. Wir müssen reden.«

Das Rumpeln und Krachen, das sie bis zu diesem Moment vernommen hatte, hörte schlagartig auf. Sie konnte förmlich hören, wie Sammy schwer schluckte. Sie vernahm das Geräusch langsamer, schwerer Schritte. Gina hatte ein klares Bild ihrer Tochter vor Augen, die über den Boden schlurfte, als ginge sie zum Schafott. Sie wartete in der offenen Küchentür und legte Sammy die Hand auf die Schulter, als sie erschien.

»Tut mir leid, Mama.«

Gina runzelte die Stirn. »Was denn?«

Sammy hob die Achseln. »Was auch immer ich angestellt habe.«

Gina lachte. »Du hast überhaupt nichts angestellt, mein Schatz.« Sie zog sie an sich, legte ihre Arme um die schmalen Schultern und küsste sie auf den Scheitel. »Dieses Mal habe ich gute Neuigkeiten, versprochen.« Behutsam schob sie sie zum Tisch. »Setz dich erst einmal hin.«

Sammy ließ sich auf ihren Stuhl fallen. Offenbar bezweifelte sie, dass es wirklich um gute Neuigkeiten gehen könnte.

Merlin rollte sich unter dem Tisch zu Sammys Füßen zusammen. Sie hatte kahle Stellen im Fell, die von der Beweismittelaufnahme und der dafür erforderlichen Betäubung stammten.

»Sammy, du musst mir noch einmal genau erzählen, was passiert ist, als Connie starb.«

»Warum? Du hast doch gesagt, ich soll nie wieder darüber sprechen.«

»Das weiß ich, Schatz. Aber ich glaube nicht, dass du an allem schuld bist. Ich denke, jemand anderer hat Connie erschossen. Deshalb möchte ich, dass du mir noch einmal alles erklärst.«

Sammy schmollte sie demonstrativ an.

Oh, was werden die Jahre mit einem pubertierenden Teenager noch spaßig werden. »Bitte.«

»Na gut.« Sammy trat gegen das Tischbein und schreckte Merlin von ihrem gemütlichen Platz auf. »Dad gab mir sein Gewehr, damit ich ihm einen Hasen oder sonst was zum Abendessen schieße. Dann musste er aber Mr Sands hoch nach Top Wood bringen.«

»Genau. Und weiter?«

»Ich habe im Gras gesessen, in der Nähe des Weges.«

»Wo genau?«

»Neben dem Zaun zu Mrs Webbs Garten.«

Gina stellte sich das Haus vor. Es war das erste in der Sackgasse und der riesige Garten grenzte direkt ans Marschland. Sammy saß wahrscheinlich weniger als zehn Meter links vom Zugang dazu. Sie konnte vor ihrem inneren Auge Sammys schmutzige, jeansbedeckte Knie sehen, auf die sie das Kinn gelegt hatte, während sie in der Dämmerung wartete. *Ich könnte ihn so was von umbringen.* »Was geschah dann?«

»Ich konnte Connie sehen. Sie hat einen Stock für Merlin geworfen und Fotos von den Fischerbooten gemacht, so wie immer. Ich habe aufgepasst, dass sie mich nicht sieht, weil ich wusste, dass sie mich sonst nach Hause bringt und du mit Dad schimpfst.«

»War Connie allein?«

»Ja, nur sie und Merlin.«

»War sonst noch jemand auf dem Weg, Spaziergänger vielleicht?«

»Nein. Nur Connie und ich waren draußen.« Sammy schniefte.

»Okay. Was passierte als Nächstes?«

»Ich sah einen Hasen. Vielleicht wars auch ein Kaninchen oder sonst was, also wollte ich darauf schießen. Ich nahm das Gewehr und versuchte, ganz flach zu atmen, so wie Dad es immer sagt. Ich versuchte, den Lauf ganz still zu halten, aber ich war zu aufgeregt. Als ich den Abzug drückte, hatte ich die Augen zu, deshalb ging der Schuss quer.« Sie wischte sich die Nase am Ärmel ab.

»Das sollst du doch nicht machen, Sammy.«

»Tut mir leid, Mum.«

»Und was geschah, nachdem du die Waffe abgesetzt hattest?«

»Ich habe mich umgeschaut, um den Hasen zu finden, aber der war weg. Dann konnte ich hören, wie Merlin heulte, und als ich mich umgedreht habe, konnte ich Connie nicht mehr sehen. Nur Merlin, die an einer Stelle immer auf- und abrannte. Vor und zurück, immer wieder. Also bin ich hingegangen, um nachzusehen. Connie lag im Gras auf der anderen Seite vom Deich. Aber sie hatte kein Gesicht mehr. Ich habe es weggeschossen.«

Gina legte die Arme um ihre Tochter. »Nein, hast du nicht, Liebes. Die Polizei sagt, es ist völlig ausgeschlossen, dass eine Waffe wie die, die du benutzt hast, Connie das hätte antun können. Du warst es nicht.«

»Aber ich habe geschossen und sie ist gestorben, Mama.«

»Wo stand sie?«

»Habe ich dir doch gesagt, auf der Wiese.«

»Nein. Ich meine, war sie in der Nähe des Hausbootes oder weiter davon entfernt?«

»Oh«, machte Sammy. Sie dachte über die Frage nach. »Connie und Merlin waren auf Höhe der Schleuse.«

Mehr als achthundert Meter den Pfad hinab. »Und du hast mit dem Gewehr hantiert, das dein Vater dir gegeben hat?«

Sammy nickte.

»Schatz, ich bin natürlich kein Experte in solchen Dingen. Aber ich glaube nicht, dass das Gewehr so weit hätte schießen können, selbst wenn du trotz geschlossener Augen so genau gezielt hättest. Die Schleuse ist über achthundert Meter von der Stelle entfernt, an der du gesessen hast. Du kannst es gar nicht gewesen sein.« Gina küsste sie auf die Wange. »Du kannst das nicht getan haben.« Sie wünschte, das wäre ihr schon eingefallen, als Sammy zum ersten Mal darüber gesprochen hatte. Sie wünschte sich, die Geistesgegenwart besessen zu haben, es schon da klar zu durchdenken, aber dazu hatte es nicht gereicht. Der Schock. Über Connies Tod. Über Sammys Geständnis. Die Wut auf Matt für seine verdammte Dämlichkeit. All die Stunden voller Panik wären gar nicht nötig gewesen, wenn sie nur richtig nachgedacht hätte.

»Ich habe sie wirklich nicht umgebracht?«

»Nein, Kleines. Auf keinen Fall.« Sie drückte sie fest an sich. »Dieses blödsinnige Gewehr deines Vaters hätte sie nie töten können.« Am liebsten wäre Gina schreiend durch die Gegend gerannt vor Erleichterung von ihrer furchtbaren Last. Trotzdem war sie überzeugt davon, dass das Jugendamt die ganze Angelegenheit wohl kaum sonderlich wohlwollend betrachten würde, ganz egal, ob sie nun alle unschuldig an dem Verbrechen waren.

»Heißt das, ich kann mich wieder mit ihm treffen?«

»Was? Nein!« Sie hielt Sammy auf Armlänge von sich weg, um ihr ins Gesicht sehen zu können. »Nur, weil du nicht für ihren Tod verantwortlich bist, heißt das längst nicht, dass das Verhalten deines Vaters weniger dumm und gefährlich war. Er hätte dir niemals das Gewehr überlassen dürfen, schon gar nicht ohne jede Aufsicht, und er hätte dich auch nicht ohne Begleitung in die Marsch lassen dürfen. Ganz zu schweigen davon, dass er sich nicht wie versprochen mit dir getroffen und dich mit der Waffe allein gelassen hat. Nein, es heißt nicht, dass ihr euch wiedersehen könnt.«

»Aber er ist mein Vater.«

»Das weiß ich auch. Trotzdem ist er deshalb nicht automatisch in der Lage, auf dich aufzupassen.«

»Auf mich muss man nicht aufpassen.«

»Oh, wie sehr ich wünschte, dass es so wäre. Aber du bist neun Jahre alt und du bist mein kleines Mädchen und meiner Meinung nach wirst du immer jemanden brauchen, der auf dich achtet. Das ist meine Aufgabe. Ihn ein Teil deines Lebens sein zu lassen, zeugt nicht unbedingt von meinen Fähigkeiten.«

»Ich hasse dich.«

»Ich weiß.« Gina schüttelte traurig den Kopf. »Geh in dein Zimmer.«

»Mache ich nicht.« Sammy riss sich los und wollte die Haustür öffnen.

»Wenn du jetzt auch nur einen Fuß vor diese Tür setzt, Samantha Temple, bekommst du Hausarrest bis zu deinem dreißigsten Geburtstag. Und jetzt geh hoch in dein Zimmer und komm erst wieder herunter, wenn du dich entschuldigen willst.«

Die Tür fiel krachend ins Schloss, heftige Schritte trampelten die Treppe hoch, während sie in ihr Zimmer rannte und auch dessen Tür laut zuschlug.

»Eines Tages ist dieses Kind noch mein Untergang.« Gina setzte sich wieder auf ihren Stuhl und ließ sich schwerfällig gegen die Lehne sinken. Merlin legte ihr den Kopf auf den Oberschenkel und winselte. »Und du, braves Mädchen?« Sie streichelte Merlins Kopf und fand die simple Geste tröstlich.

Ein scharfes Klopfen an der Tür schreckte beide aus dem entspannten Moment hoch. Merlin bellte und Gina stand langsam auf. »Ja?«, fragte sie und zog dabei die schwere, alte Tür auf.

»Tut mir leid, dich zu stören. Aber ich hätte da noch ein paar Fragen?« Kate lächelte sie an.

»Kein Problem.« Gina lächelte zurück. Nun, nachdem sie nichts mehr verbergen musste, freute sie sich noch aufrichtiger über das Wiedersehen.

»Sergeant Wild kennst du ja schon.«

»Seit heute Morgen. Freut mich«, sagte sie zu Len.

»Ebenfalls«, erwiderte er.

»Wie geht es deinem Bein?«, fragte Gina.

Kate zuckte kurz zusammen und folgte Gina in die Küche. »Tut weh. Aber man sagte mir, ich würde überleben.«

»Im Gegensatz zu Ihrem Auto«, fügte Wild mit einem gemeinen Glucksen hinzu.

»Ihr Auto?«

Kate bedachte ihn mit einem matten Lächeln. »Herzlichen Dank auch. Ja, mein Wagen stand im Hafen. Ich wusste nicht, dass er überflutet wird.«

Gina lachte herzhaft. »Ich könnte wetten, dass einer der Anwohner es auf Facebook gepostet hat. Für einige der Einheimischen ist das so eine Art Volkssport.«

»Ich hoffe doch, du scherzt.«

»Nein. Im Segelklub läuft ein Wettspiel, bei dem man erraten muss, wie viele Autos es über die Saison erwischt. Mit einem Fünfer ist man dabei, der Sieger bekommt alles.«

»Warum werden denn keine Warnschilder aufgestellt, oder so?«

Gina hob die Schultern. »Wo bliebe denn da der Spaß? Tee? Kaffee?«

»Kaffee, bitte«, sagte Kate.

»Ich nehme Tee. Schwarz, zweimal Zucker«, sagte Len.

Gina hantierte mit Tassen und Wasserkocher, dann setzte sie sich zu ihren Gästen an den Tisch und wartete auf Kates Fragen.

»Gina, wir versuchen im Moment, den Kreis der Verdächtigen zu verkleinern. Nach der Art und Weise zu folgern, wie Connie ums Leben gekommen ist, wissen wir inzwischen von einigen Leuten, die einen entsprechenden Schuss zustande bringen könnten und die in einer Verbindung zu Connie standen. Wahrscheinlich sind die meisten davon unschuldig, aber das müssen wir erst im Einzelnen herausfinden.«

»Okay. Über wen möchtest du etwas wissen?«

»Kannst du das Verhältnis zwischen Rupert und Connie beschreiben?«

»Ach Gott. Sie haben sich gehasst. Rupert und Edward wollten den Campingplatz, und zwar sehr. Wollen sie nach wie vor, vermute ich. Wahrscheinlich wird Leah ihn schließlich auch an sie verkaufen.«

»Ich dachte, das wollte sie gerade nicht.«

»Stimmt. Aber sie kann ihn nicht weiter betreiben, und früher oder später wird sie Geld brauchen.«

»Warum genau wollte Connie nicht an die Sands verkaufen?«

»Schlichtweg aus verdammter Engstirnigkeit.«

»Wie bitte?«

»Es gab keine geschäftlichen Gründe, abgesehen davon, dass sie den Gedanken nicht ertragen konnte, Rupert würde hier zukünftig noch ausgeprägter herrschen, als er es ohnehin schon tut. Es war etwas Persönliches. Sie hat ihn verachtet.«

»Weshalb?«

Gina zuckte mit den Schultern. »Die Summe vieler Kleinigkeiten, die sich in ihrem Kopf angesammelt haben, bis sie total unüberwindlich wurden. Er zeigt niemandem gegenüber Respekt. Wirklich niemandem. Sie hat immer gesagt, nur weil er aus einem reichen Haus stammt, ist er nicht besser als andere. Denn jeder, der für Geld arbeiten muss, beweist den Wert seiner Arbeit mit seinem Verdienst. Und dass er seine Unfähigkeit hinlänglich in den drei Unternehmen bewiesen hätte, die er bereits in die Insolvenz geführt hat.«

Sie nippte an ihrem Tee. »Jeder macht einmal einen Fehler oder hat Pech im Leben. Gesundheitliche oder wirtschaftliche Probleme, solche Sachen. Aber es gleich dreimal hinzubekommen, war nach Connies Ansicht ein sicheres Indiz für Blödheit.« Sie lächelte. »Sie meinte, und ich zitiere, er sei ein schmieriger kleiner Scheißer, der nicht aus dem Schatten seines Vaters treten könne und weiter nichts vollbringen würde, als später Edwards Vermächtnis zu ruinieren.«

»Sie waren also die allerbesten Freunde«, sagte Len.

»So ist es.«

»Was ist mit Matt?«, fragte Kate.

Gina runzelte die Stirn. »Was soll mit ihm sein?«

»Wie sind er und Connie ausgekommen?«

Ginas Stirnfurchen wurden tiefer. »Soweit ich weiß, hatten sie nicht viel miteinander zu tun. Der Campingplatz ging ihn nichts an, außer dass er auf dem Weg zur Farm daran vorbeifahren muss.«

»Er hat also nie für sie gearbeitet?«

»Nein.«

»Hatte er privat nichts mit ihr zu schaffen?«

»Was sollte das sein.«

»Sie waren nicht vielleicht befreundet? Haben unten im Pub mal gemeinsam einen getrunken?«

»Connie ist nicht in den Pub gegangen. Sie wollte mit den ganzen Leuten nichts zu tun haben.«

»Mit den ganzen Leuten?«

»Den Einheimischen. Einer der Gründe, warum sie alle für hochnäsig hielten. Aber sie hat sich in diesem Umfeld einfach nur nicht wohlgefühlt. Es war nicht ihr

Ding. Sie hat lieber zu Hause gesessen, mit Merlin, einem guten Buch und einer heißen Schokolade. Ich weiß, wie langweilig das klingt, aber so mochte sie es eben. Sie konnte laute, überfüllte Orte nicht leiden. Oder überhaupt Menschenmengen. Davon bekam sie immer Kopfweh, also hat sie sie gemieden.« Wieder hob Gina die Schultern. »Deshalb hat sie sich mit niemandem wirklich angefreundet.« Sie nippte noch einmal am Tee. »Und ja, das schließt Matt ein.« Sie lachte leise. »Eigentlich kann ich mich nur an eine einzige Gelegenheit erinnern, bei der sie miteinander geredet haben. Connie hat sich mit ihm wegen Sammy gestritten.«

Kate legte den Kopf schief. »Wie kam das?«

Gina winkte ab. »Das ist schon ewig her. Letzte Weihnachten. Er hatte Sammy ein Luftgewehr als Geschenk gekauft, und als er an diesem Abend hier übellaunig aufkreuzte, wollte ich, dass er wieder geht. Sammy schlief schon und Connie war bei mir. Wir haben etwas getrunken und uns unterhalten. Sie wäre sonst ganz allein an Weihnachten gewesen, also hatte ich sie eingeladen.«

»Keine Leah?«

»Nein. Die war ausgegangen.«

»Aha.« Kate wartete einen Moment darauf, dass Gina fortfuhr, dann fragte sie nach. »Und was ist passiert?«

»Matt war so wie immer, wenn er einen über den Durst getrunken hat. Ein Mistkerl. Bestand darauf, Sammy zu sehen, sie wäre schließlich sein Kind. Ich sagte ihm, er könne am nächsten Morgen wiederkommen, sobald er nüchtern ist und sie ausgeschlafen hat, um mit ihr zu frühstücken. Aber das passte ihm offensichtlich nicht. Er packte mich an den Armen und versuchte, mich aus dem Türrahmen zu zerren.«

»Hat er dir wehgetan?«

Gina schüttelte den Kopf. »Connie hat eine Ladung aus Sammys Luftgewehr über seinen Kopf geschossen. Durch den Krach ist er zur Besinnung gekommen. Sie sagte ihm, er solle tun, was ich gesagt hatte, und sich verpissen.«

»Und was tat Matt?«

»Er antwortete, und ich zitiere noch einmal, er würde sich nicht vor einer Pussyleckerin fürchten. Und dass dieses kleine Luftgewehr sowieso niemandem Schaden zufügen könne. Und dass Connie gefälligst aufhören solle, anständige Leute zu belästigen und mich in Ruhe lassen.« Gina schmunzelte. »Danach hat Connie auf seinen Schritt gezielt. Er schien nicht mehr ganz so sicher, dass das Gewehr keinen Schaden anrichten kann.«

»Sie hat ihn also gedemütigt?«

»Ich glaube kaum, dass er sich noch daran erinnert. Er ist auch am nächsten Tag nicht aufgetaucht und er hat die Sache nie mehr erwähnt.«

»Hat er gedacht, dass zwischen dir und Connie vielleicht mehr wäre als nur Freundschaft?«

Gina zuckte mit den Achseln. »Falls das so war, hat er zumindest nie danach gefragt.«

»Aber er glaubte, sie würde dich belästigen?«

»Er war beleidigt, und sie hat ihn erschreckt. Er hat nur herumgepöbelt, weil er sich über sich selbst geärgert hat.« Sie lachte leise. »Er war wirklich so betrunken, dass er sich nicht einmal mehr an seinen Namen erinnert hätte.«

»War Matt schon immer ein Waffennarr?«

»Ja, ich glaube schon. Sein Vater hat ihm sein erstes Gewehr gekauft, als er ungefähr in Sammys Alter war. Deshalb hielt er es auch für eine gute Idee für Sammy.«

»Und hat er viel Zeit im Schießstand verbracht?«

»Keine Ahnung. Ich weiß nicht, was er Tag für Tag treibt.«

»Wie war das während der Zeit, in der du mit ihm zusammen waren?«, wollte Kate wissen.

»Eine richtige Beziehung war das gar nicht. Wir haben uns ein paar Monate lang getroffen, und sobald er hatte, was er wollte, hörten seine Anrufe auf. Drei Monate später stellte ich fest, dass ich mit Sammy schwanger war. Wir haben nur ihretwegen noch Kontakt.«

»Das tut mir leid«, sagte Kate.

»Mir nicht. Ich war siebzehn und dumm, aber um nichts in der Welt möchte ich ohne Sammy leben. Auf Matt allerdings kann ich verzichten.«

Kate nickte, trank aus und stellte die Tasse zurück auf den Tisch. »Vielen Dank. Falls dir noch etwas einfällt, hast du ja meine Nummer.«

»Habe ich«, sagte Gina und sah beide an. Dann folgte sie ihnen zur Tür.

Len ging als Erster nach draußen.

Als er schon am Gartentor war, wandte Kate sich ihr zu. »Es tut mir trotzdem leid, dass er dich so behandelt hat. Wenn er das noch einmal macht, rufst du mich bitte an.«

Gina kniff die Augen gegen das Sonnenlicht zusammen und sah Kate an. Da war eine Aura um sie herum, eine Art von Stärke strahlte von ihr ab, während die Sonne auf ihrem rotbraunen Haar schimmerte. Ihre Augen schienen so aufrichtig und ernsthaft, dass sie sich wünschte, den ganzen Tag hineinsehen zu können. »Es geht mir gut.«

Kates rechter Mundwinkel zuckte ein bisschen verspielt. »Oh, das weiß ich doch. Ändert aber nichts am Angebot.« Sie fuhr sich mit den Fingern durchs Haar. »Versprochen?«

Gina nickte.

Kate drehte sich um und folgte Len leicht hinkend durch das Gartentor.

»Ich bringe Sie jetzt nach Hause. Timmons hat mir schließlich das Versprechen abgerungen«, sagte Wild.

»Schön.« Kate verschränkte die Arme vor der Brust. »Ich brauche ja sowieso den Ersatzwagen.«

»Verdammt noch mal.« Wild sah auf seine Uhr. »Sie wissen schon, dass es fast fünf ist, ja?«

»Und?« Sie nahm vorsichtig auf dem Beifahrersitz Platz. »Der Fall ruft, Len. Ich mache nur meinen Job.«

»Meine Güte.«

»Bringen Sie mich heim, James.«

»Was hat man Ihnen bloß für komische Tabletten gegeben?«, fragte er. Dann fuhr er los.

Kapitel 18

Als Kate in die Wache zurückkehrte, hielt Tom ihr die Tür auf. Der Witzbold trug eine Taucherbrille samt Schnorchel.

»Ihr seid alle so witzig.«

»Tja, Chefin, was soll ich sagen? Schließlich braucht jeder ein Hobby.«

Beim Eintreten schallte ihr der Refrain aus *Hot Legs* von Rod Stewart entgegen. Jimmy rückte ihr mit übertriebenem Gehabe den Stuhl zurecht. *Mistkerle.* Das war so typisch für einen Haufen Bullen, statt Mitgefühl und Anteilnahme bekam man noch Spott und Hohn obendrauf. *In Momenten wie diesen kann man wohl nur eines tun: mitspielen.* Schwerfällig und demonstrativ hinkend nahm sie Platz, legte ihre Füße auf der Tischkante ab und winkte mit der Hand wie eine Herrscherin.

Das Gelächter fühlte sich gut an, wirklich gut. Beinahe so gut wie der Blick, den Gina ihr beim Abschied zugeworfen hatte. Der, der sie gefangen genommen und so vielversprechend gewirkt hatte. Der, der Kate dazu gebracht hätte, noch einmal um Einlass zu bitten, wenn nicht Len auf der anderen Seite der Gartentür gewartet hätte.

»Wie gehts denn so, Hinkebein?«, fragte Stella.

»Und noch ein Scherz. Hat noch jemand das dringende Bedürfnis, sich ähnlich geistreich auf meine Kosten zu amüsieren?«

»Nö, danke. Das machen wir, wenn es uns angemessen erscheint«, erwiderte Tom.

Sie seufzte tief und pinnte das vom Hausboot gerettete Foto an die neben ihr stehende Tafel mit den bisherigen Anhaltspunkten.

»Und dafür haben Sie also Leib und Leben riskiert?«, fragte Tom lachend.

Kate seufzte noch einmal und stellte sich auf vermutlich fortwährenden Spott ein, zumindest für die Dauer dieses Falles. »Ja, ganz genau.« Sie verschränkte die Arme vor der Brust und konzentrierte sich auf die Tafel, ließ den Blick von einem Hinweis zum nächsten schweifen. Sie war sich voll und ganz bewusst, wie bockig sie dabei aussehen musste, gefiel sich aber in dieser Rolle. War bestimmt gut für die Truppenmoral und all das.

Tom schmunzelte noch immer, während er den Schnorchel in seiner Schreibtischschublade verstaute.

»Sie wissen schon, wie bedenklich es ist, dass Sie den dort aufbewahren, ja?«

»Man kann nie wissen, wann man aus tiefem Wasser gerettet werden muss.«

»Ach, verdammter Mist. Kann bitte endlich jemand etwas Kluges sagen, bevor mir das Hirn aus dem Ohr läuft und ich ende wie er?«

Stella räusperte sich. »Sands hat draußen im Hafen ein Boot vor Anker. Es heißt *Seine erste Liebe*.«

Beim Nicken versuchte sie, ein Grinsen zu unterdrücken. »Absolut klassisch.«

»Dazu gehört ein Beiboot mit einem vier PS starken Außenbordmotor.«

»Damit kann man locker mit sechs Knoten gegen die Flut fahren. Was ist mit Matt Green?«

»Bis jetzt noch nichts. Wir dachten, es wäre wichtiger, zuerst Sands zu überprüfen.«

Kate rutschte auf ihrem Stuhl herum bei dem Versuch, eine bequeme Position für ihr Bein zu finden. »Ja, stimmt schon. Aber Green und Connie hatten vor einer Weile Streit. Sie hat ihm ziemlich gründlich die Meinung gegeigt. Und er scheint nicht die Sorte Mann, dem so etwas nichts ausmacht.«

»Was ist passiert?«

In wenigen Worten umriss Kate den Kern der Auseinandersetzung.

Tom stieß einen Pfiff durch die Zähne.

»Er ist also ein geeigneter Schütze, sein Alibi ist wackelig und er hat ein Motiv. Jetzt brauchen wir nur noch ein passendes Boot und wir haben unseren Mann.«

»Er könnte sich eins geborgt haben, wenn er selbst kein Boot besitzt.«

»Ist das zwischen den Leuten hier so üblich, sich gegenseitig Boote zu leihen?«

Kate hob die Achseln. »Möglicherweise. Kleinere bestimmt. Eine Segeljacht sicher nicht, aber ein Beiboot durchaus. Ja, könnte sein.«

»Woher wollen Sie das wissen?«

»Ich bin in kleinen Gemeinschaften wie dieser hier aufgewachsen, nur ein bisschen weiter im Norden. Mein Vater hat auf See gearbeitet und meine Großmutter und ich versuchten, in der Nähe seiner Arbeitsplätze zu bleiben. In Dörfern wie diesen halten die Leute eng zusammen. Sie helfen sich, wenn Not am Mann ist. Und sie verleihen Dinge, weil sie nie wissen können, ob sie nicht selbst einmal etwas in Anspruch nehmen müssen.«

»Klingt nach einer guten Strategie.«

»Jep.«

»Bis man versucht, einen Mörder zu fassen.«

»Korrekt. Und damit lautet die Frage des Tages, ob Matt Green Zugang zu einem Boot hatte.«

»Dann sollten wir das gleich mal abklopfen.«

»Nein, lieber nicht. Wer weiß, in was für Schwierigkeiten ich heute sonst noch gerate, wo doch noch so viel Zeit ist.«

»Gutes Argument. Und um unsere Frage gleich zu beantworten: Ja, hat er. Mr Green besitzt ein Motorboot.«

Kate strahlte. »Meine Damen und Herren, ich würde sagen, wir haben einen Hauptverdächtigen.«

»Und das ist nicht Sands?«, fragte Jimmy.

»Nein.« Kate stand auf und wandte sich zur Tafel. Sie befestigte die nautische Karte daran und wies auf die zuvor von ihr schraffierten Flächen. »Wild, Anderson und Grimshaw haben bestätigt, dass – ausgehend von der Position der Leiche – unser Opfer beim Schuss in Richtung Hafen geschaut haben muss. Sie haben auch das Projektil benennen können. Len meinte, er würde eine Auflistung aller passenden Waffenmodelle schicken. Stimmt das so weit, Stella?«

»Jep. Ich versuche gerade herauszufinden, zu welchen von denen hiesige Waffenscheine passen und ob welche im letzten halben Jahr als vermisst gemeldet wurden.«

»Sehr gut.« Dann zeigte sie auf die Dünen und Long Hills. »Diese beiden Punkte sind die nächstgelegenen, wenn man Connies Standort während ihres morgendlichen Spaziergangs berücksichtigt. Das hier«, und dabei umfuhr sie mit dem Finger den blauen Bereich, »lag alles unter Wasser.«

»Scolt Head Island ist komplett umspült«, sagte Collier.

»Und wie dieser ganze Strandabschnitt hier«, fügte Tom hinzu, »ist auch die Strandstraße überflutet.«

»Weshalb man Boote benötigt«, ergänzte Stella. »Wir haben also Sands und Green mit ihren fragwürdigen Alibis, Bootszugang und der erforderlichen Erfahrung mit Waffen. Zumindest von Sands wissen wir, dass er ein Motiv hat.«

»Und Green eben auch«, fügte Kate hinzu. Sie griff nach einem Stift und kreiste Matts Namen ein. »Matt Green. Tom, als Sie ihn befragt haben, was hat er zu seinem Aufenthaltsort gesagt?«

»Er meinte, er wäre bei der Arbeit gewesen.«

»Edward Sands hat aber behauptet, er wäre eine halbe Stunde zu spät gekommen. Green war angeblich nicht vor sieben Uhr dreißig da.«

»Sie könnten es also beide gewesen sein«, sagte Jimmy. »Green oder Sands.«

»Connie hat Greens Kennzeichen in ihrem Tagebuch notiert«, meinte Collier.

»Richtig. Nichts in diesem Tagebuch deutet auf Sands hin. Diese eine Notiz stellt aber eine Verbindung zu Green her«, sagte Kate.

»Das ist trotzdem kein stichfester Beweis«, gab Stella zu bedenken.

»Nein. Aber es würde doch ausreichen, um ihn zu einem Verhör hierherzuholen?«

»Ein Verhör worüber?«

»Wo er war, während er eigentlich schon hätte arbeiten sollen. Und warum sein Autokennzeichen in Connies Tagebuch steht.«

»Wenn er aber nicht der Mörder ist und wir ihn nach dem Tagebuch befragen, könnte er anderen davon erzählen. Ich denke, dafür ist es zu früh«, sagte Stella.

»Außerdem vernachlässigen wir die beiden anderen Verdächtigen, die zumindest als sehr gute Schützen in Betracht kommen«, warf Tom ein. »Adam und Ally Robbins. Die übrigens ebenfalls ein Boot besitzen.«

»Sie waren zur fraglichen Zeit mit dem Kutter draußen«, sagte Jimmy.

»Womit sie sich gegenseitig ein Alibi verschaffen«, kam es von Tom.

»Gemeinsam mit ihrem Vater«, ergänzte Jimmy. »Kate hat die Einträge im Logbuch fotografiert.«

»Haben wir davon schon einen Ausdruck?«, fragte Tom.

»Nein, aber das kann ich jetzt schnell erledigen. Mir war nicht ganz klar, wozu wir das brauchen, ehrlich gesagt. Eigentlich doch nur, um zu beweisen, dass sie auf dem Fischerboot waren.« Kate scrollte sich durch ihre Fotodateien auf der Suche nach der richtigen Aufnahme, während sie ein stilles Dankgebet für das tägliche Back-up ihres Handys sprach. »Ich kann sie trotzdem nicht leiden.« Der Drucker arbeitete langsam und sein Brummen und Quietschen während der Aufwärmphase war schlicht nervtötend. Als das Bild endlich zum Vorschein kam, hängte sie es ebenfalls an das Whiteboard.

»Müssen diese Angaben eigentlich noch sonst irgendwo hinterlegt werden?«, fragte Stella.

»Nein. Aber sie müssen ihren Fang registrieren, anderenfalls können sie ihn nicht verkaufen. Außerdem gibt es Quoten, die nicht überschritten werden dürfen, und die können wir überprüfen«, sagte Tom.

»Und wo um alles in der Welt sollte man nach dieser spärlichen Information wohl suchen?«, wollte Stella wissen.

»Weiß ich nicht. Bei der Fischereigesellschaft vielleicht?«

Stella schüttelte den Kopf. »Ich werde es schon herausfinden.« Sie nahm den Telefonhörer und begann ihre Jagd.

Kate sah konzentriert aufs Whiteboard und versuchte zum wiederholten Male, den Sinn der Zahlenfolgen zu verstehen. 52.764. 52.289. 52.233. Was zur Hölle steckte dahinter?

Ein Telefonklingeln durchdrang ihre Überlegungen. Tom nahm das Gespräch an.

Irgendetwas mussten die Zahlen bedeuten. Jedes der Puzzleteile hatte seine Bedeutung, dessen war sie sich sicher. Und genauso sicher war sie sich darüber, dass es völlig logisch und offensichtlich wäre, sobald sie es nur endlich wüssten. Ihre Großmutter hatte stets gesagt, dass alles ganz einfach war, wenn man nur die Antwort kannte. *Hast du jetzt einen Tipp für mich, Oma?* Kate richtete den Blick zur Decke.

»Ich habe Sie auf Lautsprecher gestellt, Sir«, holte Toms Stimme sie zurück in die Gegenwart.

»In Ordnung. Sie haben also in Ihrem Fall einen brauchbaren Verdächtigen identifiziert?«, fragte Timmons.

»Ja, Sir. Möglicherweise«, antwortete Stella.

»Soweit ich informiert bin, hat er ein Motiv, die Mittel, die Gelegenheit und auch die Fähigkeiten zur Tat. Oder liege ich da falsch?«

»Nein, so weit stimmt das alles. Aber es gibt noch andere Aspekte.«

»Und die wären?«

»Es gibt einen weiteren Verdächtigen, der ebenfalls diese Kriterien erfüllt.«

»Tatsächlich? Brothers sagte, nur bei diesem einen gäbe es eine Verbindung zum Opfer, die bei den anderen fehlt.«

Stella sah Tom finster an. Er hob die Hände wie zur Verteidigung. »Green findet in ihrem Tagebuch Erwähnung, da sein Kennzeichen darin auftaucht. Den anderen Verdächtigen hingegen betrifft das nicht. Dafür aber wiederum weitere Personen. Ich prüfe gerade deren Alibis.«

»Und wie sehen die bis jetzt aus?«

»Leider ziemlich wasserdicht.«

»Brannon?«

»Ja bitte?«

»Ziehen Sie los und schnappen Sie sich diesen Green. Wir müssen wissen, wo er sich während seiner angeblichen Arbeitszeit aufgehalten hat und warum sein Fahrzeug in Connies Tagebuch steht.«

»Wird gemacht.« Sie warf Stella einen Blick zu und murmelte eine Entschuldigung, dann tippte sie Tom auf die Schulter und nickte zur Tür. Er griff nach seinem Schlüsselbund und seiner Jacke, dann wartete er mit großen Augen an der Tür auf sie. Ihnen beiden tat Stella leid. Vor den Kollegen vom Vorgesetzten übergangen zu werden, war kein schönes Gefühl. Kate war nicht als Einzige froh, sich aus dem Staub machen zu können.

Der Himmel färbte sich gerade von Blau auf Grau, der Nachmittag wich dem Abend und ihre Schmerztabletten verloren langsam ihre Wirkung. Sie wünschte sich, sie hätte die ganze Tablettenpackung eingesteckt.

Draußen vor der Küste konnte sie die hohen, weißen Masten der Windkraftanlage erkennen. Reihe um Reihe weißen Stahls schimmerte in der untergehenden Sonne, gewährte am Meeresgrund neue Lebensräume für die Tierwelt und verwandelte den stetigen Wind in nutzbare Energie. Während Tom an ihnen vorüberfuhr, fragte sie sich, wie viele Häuser jede einzelne Station wohl mit Strom versorgte. Wenn man die Kritiker fragte, brauchte man ein halbes Dutzend, um einen Laptop zu betreiben.

»Denken Sie, er ist unser Mann?«, fragte Tom.

»Green?«

Er nickte.

»Keine Ahnung. Warten wir ab, was er zu sagen hat.« Sie sah aus dem Fenster. »Vielleicht hatte er auch nur verschlafen oder er hat eine neue Freundin, der er es noch besorgen musste.«

»Befragen wir ihn, bevor wir ihn mitnehmen?«

»Wird wohl das Beste sein.«

»Irgendeine Vorstellung, wo er sein könnte?«

Sie zeigte auf die Zeitanzeige des Autoradios. »Es ist halb sechs. Fahren wir zu seinem Haus und sehen wir nach, ob er da ist. Ansonsten bleibt noch sein Arbeitsplatz.«

Tom fuhr sie ins Dorf. Matt Greens Haus lag an der Hauptstraße. Es war kein Licht darin zu sehen, aber Kate stieg aus Toms Wagen und klopfte. Keiner zu Hause. Sie stieg wieder ein, Tom fuhr das Stück bis zum Ende der Ortschaft und bog dann direkt zum Bauernhof ab. Der Schotter knirschte unter ihren Sohlen, als Kate wieder ausstieg und Tom zur Haustür der Sands folgte. Dieses Mal öffnete Rupert.

»Was um Himmels willen wollen Sie denn jetzt schon wieder?«

Kate zog die Brauen hoch. »Das ist aber nicht sehr freundlich, Mr Sands. Eigentlich suchen wir nach einem Ihrer Angestellten. Matt Green.«

»Warum? Was hat er angestellt?«

»Wir möchten ihm nur ein paar Fragen stellen. Wissen Sie, wo er ist?«

»Er macht Überstunden. Wir hatten einen Stromausfall, er müsste bei der Bewässerungsanlage sein. Dort gab es eine Störung.«

»Können Sie uns die Richtung sagen?«

»Sie müssen dort entl…«

Toms Telefon klingelte. Entschuldigend hob er eine Hand, während er mit der anderen danach griff.

»Verzeihung, was sagten Sie?«, hakte Kate nach.

»Das Feld liegt auf der anderen Straßenseite. Grenzt an den Küstenweg. Sie müssen …«

»Das war Stella. Gina Temple hat versucht, Sie zu erreichen. Offenbar ist Green bei ihr zu Hause und macht da Schwierigkeiten.«

»Alles klar. Danke für Ihre Hilfe, Mr Sands, aber es sieht wohl so aus, als bräuchte ich die Wegbeschreibung nicht mehr.« Damit ging sie zurück zum Auto.

»Richten Sie ihm aus, dass ich ihm den Lohn kürze!«, brüllte Rupert ihr nach.

»Mit Vergnügen«, murmelte Kate tonlos.

»Wohin muss ich fahren?«, fragte Tom.

Kate beschrieb ihm den Weg und binnen weniger Minuten nach ihrer Abfahrt von Rupert Sands Grundstück erreichten sie ihr Ziel. Matt Green stand vor der Tür, trommelte mit den Fäusten dagegen, schrie herum und verlangte zu erfahren, wo sein Gewehr abgeblieben sei.

Kate und Tom sahen sich vielsagend an, während sie das Auto umrundeten und sich über den Gartenweg näherten.

»Mr Green?«, fragte Kate. »Ich bin Detective Sergeant Brannon, das hier ist Detective Brothers. Wir hätten da ein paar Fragen an Sie, wenn es Ihnen nichts ausmacht.«

»Leckt mich. Ich hab zu tun.« Er wummerte weiter gegen die Tür. »Gina, mach die verdammte Tür auf. Wenn du mich schon mein Kind nicht mehr sehen lässt, sag mir wenigstens, wo meine verfickte Knarre ist. Ich brauche die.«

»Wozu brauchen Sie Ihre Waffe, Mr Green?«

»Wie ich schon sagte: Leck mich.«

»Die Hauseigentümerin hat mich gebeten, Ihnen verständlich zu machen, dass Sie hier nicht erwünscht sind.«

Matt Green lachte. »Sie ist nicht die beschissene Hauseigentümerin. Sie wohnt hier zur Miete, so wie jede arme Sau in dieser Scheißgegend.«

»Rupert Sands hat mich außerdem gebeten, Ihnen auszurichten, dass er Ihnen den Lohn kürzt. In welcher Höhe er das tun wird, hängt wohl gerade von Ihnen ab, vermute ich.«

»Wie meinen Sie das?«

»Nun, wenn Sie meine Fragen hier und jetzt beantworten, können Sie wahrscheinlich gleich wieder zurück an Ihre Arbeit gehen und die Kürzung betrifft nur die versäumte Zeit.«

»Oder?«

»Oder Sie weigern sich, jetzt zu antworten. Dann werde ich Sie mit zur Wache nehmen und dort entscheiden, wie lange Sie bleiben. Ich bezweifle, dass Rupert Sands unter diesen Umständen das Arbeitsverhältnis mit Ihnen fortsetzen wird. Wenn ich an seine wenig wohltätige Stimmung denke, in der wir ihn vor Kurzem zurückgelassen haben.«

»Dreckige Schlampe.«

»Ich?« Kate deutete auf ihre Brust. »Ich bin hier nur der Überbringer der schlechten Nachricht. Schießen Sie nicht auf den Boten, Mr Green. Das ist nicht besonders nett. Also. Wo waren Sie am neunundzwanzigsten Oktober gegen sieben Uhr am Morgen?«

»Arbeiten.«

»Edward Sands sagt etwas anderes. Er meinte, Sie wären fast eine halbe Stunde zu spät zur morgendlichen Besprechung gekommen, weshalb er Sie gerügt hätte. Daran konnte er sich ganz deutlich erinnern, nicht wahr, Detective Powers?«

»Mehr als deutlich«, pflichtete Tom ihr bei.

»Wo waren Sie?«

»Bei der Kleinen.« Er wies mit dem Kopf zum Haus. »Sie war zum Übernachten bei mir und ich habe mich um sie gekümmert. Sie hat verschlafen und deshalb bin ich zu spät gekommen.«

»Blödsinn.«

Kate sah Gina im Türrahmen stehen, die Hände geballt in die Hüften gestemmt, mit rotgeränderten Augen und zornroten Flecken im Gesicht. Green wurde blass, als er sie auf sich zukommen sah.

»Doch, so war es. Du kannst doch bestätigen, dass sie bei mir geschlafen hat.«

»Sie war bei dir zu Hause, ja. Aber sie hat nicht verschlafen und morgens um sieben warst du auch nicht bei ihr.«

»War ich doch, verdammt noch mal«, wiederholte Green mit verzweifelter Stimme.

»Nein, warst du nicht. Sie saß ganz alleine am Küstenweg mit deinem Scheißgewehr, als Connie starb. Du warst nicht bei ihr, du hast ihr erzählt, dass du bei Top Wood zu tun hättest. Und dann hast du eine Neunjährige mit einem Gewehr losgeschickt, damit sie dir etwas zum Abendessen schießt. Du gottverdammter Idiot, du.«

Green wurde noch blasser. »Das stimmt nicht.«

»Nennst du deine eigene Tochter eine Lügnerin, Matt? Du bist so erbärmlich.« Gina starrte ihn nieder.

Kate konnte sehen, dass er sich wie ein Wurm am Haken wand. Sie wünschte sich, dieses Winden noch ein bisschen länger genießen zu können, aber sie hatte einen Sachverhalt zu klären. Zudem war Gina ihr gegenüber wohl doch nicht ganz so aufrichtig gewesen, wie sie gedacht hatte. »Was erzählen Sie da gerade, Ms Temple? Sammy hat Connie mit seinem Gewehr erschossen?«

Gina schüttelte den Kopf. »Nein. Er hat ihr ein .22er gegeben. Sie sagten, Connie sei durch eine größere Waffe zu Tode gekommen.«

Kate nickte langsam. »Und?«

»Sammy war draußen in der Marsch, als Connie starb. Sie wollte ihm einen Hasen schießen und dachte, sie hätte Connie umgebracht.«

»Waren Sie deshalb sturzbetrunken und Sammy so verzweifelt?«

Gina nickte. Ihre Augen flehten Kate um Verständnis an.

Und Kate verstand. »Sie konnten mir das nicht sagen?«

Gina schüttelte den Kopf. »Aber dann haben Sie in diesem sinkenden Hausboot festgesteckt und waren unterkühlt und sprachen darüber, dass Connie keinesfalls durch so ein kleines Gewehr getötet werden konnte.«

»Und Sie haben mir trotzdem nicht gesagt, dass Sammy in der Nähe des Tatortes war. Dass sie eine Zeugin ist.«

»Es tut mir leid«, flüsterte Gina.

Kate fand keine Worte. Sie hatte ihr vertraut. Sie hatte dieser Frau vertraut, und von Anfang an hatte sie Informationen vor ihr geheim gehalten, sie angelogen und in die Irre geführt.

»Tja, ich schätze, ich werde hier nicht mehr gebraucht«, machte sich Green bemerkbar und versuchte, an Kate vorbeizukommen.

»Das sehe ich anders, Mr Green. Sie haben noch immer nicht meine Fragen beantwortet. Stattdessen haben Sie mich mehrfach angelogen.« Während sie mit ihm sprach, wandte sie den Blick nicht von Gina ab. »Sie kommen jetzt mit uns auf die Wache. Ich brauche das Gewehr, das Sammy von Ihnen bekommen hat, und Sie beide werden uns Rede und Antwort stehen.«

Gina nickte. »Natürlich. Ich hole beide, sofort.« Sie rannte ins Haus, offensichtlich erleichtert, von Kate fortzukommen.

Kate wandte sich an Matt Green. »Steigen Sie ins Auto.«

Er schüttelte den Kopf. »Ich habe nichts verbrochen. Sie dürfen das nicht tun.«

Kate legte den Kopf schief. »Sie haben Schweißperlen auf der Oberlippe, dabei ist es überhaupt nicht warm. Ihre Wangen glühen, während Ihr Gesicht ansonsten aschfahl ist, Mr Green. Ihrer Körpersprache nach haben Sie auf jeden Fall etwas verbrochen.« Sie öffnete das Gartentor und zeigte auf den Rücksitz. »Sie können entweder freiwillig mitkommen oder ich verhafte Sie. So oder so begleiten Sie uns auf die Wache.«

Gina und Sammy traten aus der Tür und überreichten Tom einen langen, schmalen, in ein Handtuch gewickelten Gegenstand, der höchstwahrscheinlich das Gewehr war. Vorsichtig legte Tom ihn in den Kofferraum. Gina platzierte Sammy im Auto, während Matt Green ihr einen vernichtenden Blick zuwarf.

»Jetzt, Mr Green.« Kate öffnete die hintere Autotür und wartete. Sie musste nicht lange ausharren. Er schlenderte zu ihr und legte eine Hand an den Türholm in einem waghalsigen Versuch, großspurig zu wirken. So also wollte er sein Spielchen spielen. Innerlich seufzte Kate und zählte still bis drei, bevor er sie grinsend anzwinkerte.

»Ich bin mehr als glücklich, bei Ihren Ermittlungen behilflich zu sein, Detective.« Damit bückte er sich in den Wagen. Sie schlug die Tür hinter ihm zu und hoffte, der Knall habe ihn taub werden lassen. Manchmal gingen Träume ja in Erfüllung.

Kapitel 19

»Möchten Sie, dass ich mit der Kleinen spreche?«, fragte Tom leise.

Kate schüttelte den Kopf. »Nein, ist schon in Ordnung.« Sie lächelte ihn an, während er auf die Hauptstraße Richtung Hunstanton einbog. »Ich werde Stella eine Nachricht schicken. Sie soll alles für unsere Ankunft vorbereiten.«

»Okay.«

Kate zog ihr neues Handy aus der Tasche. Ihr Text war knapp und präzise, Stellas Antwort ebenso. Als Kate in den Seitenspiegel schaute, sah sie Gina hinter sich. Sie wirkte verängstigt. Kate schloss die Finger so fest um den Griff oberhalb der Beifahrertür, dass ihre Knöchel hell hervortraten. Sie bemühte sich, alles ins richtige Verhältnis zu setzen. Jede ihrer Unterhaltungen ging sie in Gedanken durch, um herauszufinden, wie weit das Lügen und Betrügen gegangen war. Bei ihrer ersten Begegnung hatte Gina sich hilfsbereit gezeigt, nichts hatte darauf hingedeutet, dass sie nicht hundertprozentig ehrlich zu ihr gewesen war. Beim nächsten Mal war sie betrunken gewesen und am Morgen danach hatte sie ebenfalls nicht gelogen. Sie hatte ihr nichts von Sammy erzählt, aber gelogen hatte sie auch nicht. Eine Absicht, sie in die Irre zu führen, war nicht erkennbar gewesen. Entweder war es ihr nicht gelungen, jemand anderem die Schuld in die Schuhe zu schieben, oder sie hatte es gar nicht erst versucht. Vielleicht hatte sie auch nur darauf gehofft, dass der Fall ungeklärt blieb. Als sie sich danach getroffen hatten, war Kate auf dem Hausboot gewesen, völlig unterkühlt, und hatte Hinweise darauf preisgegeben, dass Sammy keinerlei Schuld treffen konnte.

Nun, zumindest wenn man von der Hasenjagd im Alter von neun Jahren absah. Schon allein dafür sollte ich ihn einsperren. Das fällt bestimmt unter Kindswohlgefährdung oder etwas in der Art.

»Sie sind so still«, merkte Tom an.

»Ich denke nach.«

»Über das, was die Kleine gesehen haben könnte?«

»Und darüber, ihn einzusperren. Weil er ein Kind mit einer Waffe losgeschickt und allein gelassen hat.«

»Sie weiß, wie man mit einem Gewehr umgeht«, sagte Green vom Rücksitz aus.

»Ganz offensichtlich nicht. Ansonsten hätte sie wohl kaum für auch nur eine Sekunde geglaubt, dass sie damit jemanden umgebracht haben könnte.« Kate warf ihm einen Blick über den Rückspiegel zu. »Ich werde auf jeden Fall dafür sorgen, dass sie nie wieder unbegleiteten Umgang mit ihr haben, Freundchen.«

»Das können Sie nicht machen. Sie ist mein Kind.«

»Ganz genau. Sie ist ein Kind. Kinder und Waffen sind eine ganz miserable Kombination.«

»In ihrem Alter hatte ich auch schon ein Gewehr.«

»Sehen Sie.«

»Miststück.«

»Schwachkopf.«

»So, liebe Kinder. Und nun wollen wir uns alle wieder vertragen«, warf Tom ein und verkniff sich ein Grinsen.

Er blinkte links und hielt auf dem Parkplatz. Gina, direkt hinter ihnen, parkte ebenfalls ein. Dann stiegen sie und Sammy aus dem Auto.

Tom stieg aus und öffnete den Kofferraum, während Kate die Tür für Green aufhielt.

Stella, Jimmy und Collier standen gemeinsam vor der Tür und erwarteten sie schon. Collier nahm das Gewehr entgegen und entfernte sich.

Kate wusste, dass er es verpacken und direkt nach King's Lynn bringen würde, damit es dort untersucht werden konnte. Obwohl es wohl kaum die Waffe war, mit der man Connie getötet hatte, konnte man nicht wissen, was sich daran vielleicht trotzdem finden ließ. Stella führte Green in eines der Verhörzimmer, Tom brachte Sammy und Gina in das zweite. Dann schloss er die jeweiligen Türen und kehrte zu den anderen in den Flur zurück.

»Wie wollen Sie vorgehen?«, fragte Stella.

Kate zog die Nase kraus. »Jeder einzeln. Zwei im Zimmer, zwei, die von draußen zusehen. Wir fangen mit Gina und Sammy an. Ich will hören, was das Mädchen gesehen hat und was nicht. Und ich will wissen, wie lange Green genau alleine war, bevor ich mich mit ihm befasse.«

Tom nickte. »Wen möchten Sie dabeihaben?«

Kate sah von einem zum anderen. »Jimmy. Ich denke, er wirkt auf die Kleine am wenigsten bedrohlich. Danach können Sie, Tom, und ich uns Green vorknöpfen. Ich will, dass er sich so eingeschüchtert wie möglich fühlt.«

»Geht klar.« Tom grinste. »Ich kanns kaum erwarten.«

Sie drückte die Tür auf und sah Sammy neben Gina sitzen. Ihr Gesicht war weiß wie die Wand, ihre Hände zitterten im Schoß. Das Mädchen tat ihr augenblicklich leid. Sie fühlte den Wunsch, sie zu beschützen. Und Kate verstand, warum Gina sich so und nicht anders verhalten hatte. Es gefiel ihr nicht, aber sie konnte es verstehen.

Sie hockte sich neben Sammy und nahm deren Hand. »Gehts dir gut?«

Sammy sah sie an. Ihre Augen waren rot unterlaufen, ihre Nase lief und auf ihrer Wange war Schmutz.

Kate konnte nicht anders, als sie anzulächeln. Sie war eines der Kinder, die schon schmutzig wurden, wenn sie nur aus dem Fenster schauten. Kate wollte ihr sagen, dass alles wieder gut werden würde. »Als Erstes möchte ich dir klarmachen, dass du nicht in Schwierigkeiten bist. Ich möchte nur wissen, was passiert ist und was du gesehen hast.«

»Ich bin nicht in Schwierigkeiten?«

»Nein.«

»Aber ich werde ins Gefängnis kommen.«

Kate lachte. »Nein, wirst du nicht. Versprochen. Aber es ist wichtig, dass du mir die ganze Wahrheit sagst.«

Sammy stieß einen tiefen Seufzer aus. »Okay.« Sie streckte ihren kleinen Finger aus. Der Nagel war eingerissen und schartig.

Kate runzelte die Stirn.

»Fingerschwur.« Zur Unterstützung wackelte sie mit dem kleinen Finger.

Kate hakte ihren kleinen Finger um Sammys, schüttelte ihn sacht und nahm dann auf der gegenüberliegenden Seite des Tisches Platz. Sie zeigte auf den Rekorder, der darauf stand. »Ich muss alles aufzeichnen, um Missverständnisse zu vermeiden. Ist das für dich in Ordnung?«

Sammy warf einen Blick darauf und nickte.

Kate zeigte auf Jimmy, der hinter ihr stand. »Das ist mein Kollege Jimmy Powers. Er wird auch zuhören.«

»Warum?«

»Zur Sicherheit. Damit wir beide uns darauf verlassen können, dass alles seine Richtigkeit hat.«

Sammy machte ein finsteres Gesicht. »Wir haben den Fingerschwur geleistet, das bedeutet, Sie müssen auch die Wahrheit sagen.«

»Das ist die Wahrheit. Es müssen zwei von uns dabei sein, damit wirklich alles korrekt ist. Aber ich glaube, es ist auch für den Fall, dass ihm eine Frage einfällt und mir nicht.«

Sammy schien darüber nachzudenken. »Das könnte sein, denke ich.«

»Mein Chef denkt das auch.« Kate lächelte und drückte auf den Startknopf. »Es ist neunzehn Uhr fünfzehn, Sonntag, der erste November 2015. Ich bin Detective Sergeant Kate Brannon zur Befragung von Samantha Temple und Georgina Temple. Weiterhin anwesend ist Detective Constable Powers. Anlass der Befragung ist die Erfassung der Zeugenaussage von Samantha Temple, einer Minderjährigen. Wie alt bist du noch einmal, Sammy?«

»Neun.«

»Danke. Ihre Mutter ist ebenfalls im Raum. Also, Sammy. Kannst du mir sagen, um welche Zeit du am Donnerstagmorgen aufgewacht bist?«

»So wie an jedem Tag. Um halb nach dunkel.« Sie kicherte. »Mama sagt immer, ich stehe viel zu früh auf.«

»Und welche Zeit ist das genau?«

»Fünf«, sagte Gina. »Sie wacht jeden Tag um fünf Uhr morgens auf.«

»Autsch. Deine Mutter hat recht, meine Liebe. Das ist wirklich zu früh.«

Sammy zuckte mit den Schultern.

»Und was hast du dann gemacht?«

»Ich habe bei meinem Vater übernachtet, also bin ich aufgestanden, habe mich angezogen und Frühstück gemacht.«

»Wo war dein Vater?«

»Hat geschlafen.«

»Was hast du gegessen?«

»Frühstücksflocken.«

»Ich mag am liebsten Frosties.«

»Und ich Coco Pops.«

»Die sehen doch aus wie Hasenköttel.«

»Igitt.«

Kate lachte. »Und wann ist dein Vater aufgestanden?«

»Um halb sechs. Er sagte, er müsse bei Top Wood arbeiten und dass er meine Hilfe braucht.«

»Und wobei solltest du ihm helfen?«

»Er muss immer die Vögel von den Feldern aufscheuchen und er meinte, ich könnte zwei Fliegen mit einer Klappe schlagen, wenn ich für ihn die Wildgänse hochtreibe und dabei noch einen Hasen zum Abendbrot schieße.«

»Hast du das früher schon einmal mit ihm gemacht?«

»Was? Gänse verjagen?«

»Ja.«

»Schon, doch. Eigentlich nehmen wir Raketen dazu. Es gibt verschiedene Stellen, von wo man die abschießen kann, je nachdem, wo die Vögel gerade sind.«

»Machst du das immer allein?«

»Nein, immer nicht.«

»Aber es ist schon vorgekommen?«

Sammy nickte.

»Fürs Protokoll der Aufzeichnung, Sammy hat mit einem Kopfnicken bejaht. Was ist mit dem Gewehr? Lässt er dich normalerweise mit seiner Waffe schießen?«

»Manchmal.«

»Ganz allein?«

»Nein. Es war das erste Mal, dass er mich allein damit losgeschickt hat.«

»Hast du schon einmal einen Hasen geschossen?«

Sammy schüttelte den Kopf.

»Für das Protokoll der Aufzeichnung, Sammy hat mit einem Kopfschütteln verneint.«

»Ich mag es nicht, etwas umzubringen. Ich habe es nur versucht, weil er mich darum gebeten hat.«

»In Ordnung, Sammy. Danke schön.« Kate lächelte und gab Sammy ein bisschen Zeit, um sich zu entspannen. »Um welche Zeit haben du und dein Vater sein Haus verlassen?«

»Hm. Ich glaube, das war so gegen sechs Uhr.« Sie runzelte die Stirn bei dem Versuch, sich zu erinnern. »Nein, halt. Es muss früher gewesen sein, weil die Kirchenglocken sechsmal geläutet haben, als ich schon auf dem Feld war, um die Vögel zu verjagen.«

»Die Kirchenglocken von Brandale?«

»Jep. Ich habe sie sechsmal läuten hören, und als sie sieben Mal geschlagen haben, konnte ich das auch hören.«

»Und während dieser ganzen Zeit warst du allein?«

»Ja. Papa hat mich an den Bäumen abgesetzt und mich gebeten, ihm einen schönen, dicken Braten zu besorgen.«

»Und wo hast du dich dann auf die Lauer gelegt?«

»An der Rückseite von Mrs Webbs Garten.«

»Wo ist das?«

»Wenn man vom Hausboot aus Richtung Hafen schaut«, sagte Gina, »ist das Haus von Mrs Webb das erste am Küstenweg. Sie saß also keine zwanzig Meter vom Warnschild an der Eisenbahnkreuzung entfernt.«

»Danke. Du bist also nicht besonders weit auf dem Weg gegangen?«

»Nein. Es war dunkel und das Gewehr ist schwer.«

»Ja, das stimmt. Und dann hast du dich hingesetzt und gewartet. Kannst du mir sagen, was du gesehen hast?«

»Na, erst einmal war es dunkel.«

»Ja, das glaube ich dir.«

»Deshalb habe ich nicht so viel gesehen. Aber dann wurde es heller und ich konnte ein paar Vögel sehen und Ratten und einen Igel.«

»Wo stand das Wasser, während es heller wurde?«

»Überall, rundherum.« Sammys Augen wurden groß. »Meistens sitze ich am Wegrand und lasse meine Füße über der Marsch baumeln, aber dieses Mal ging das nicht. Da war alles voller Wasser, bis hoch zur Kante. Deshalb war ich am Gartenzaun. Mrs Webb mag das nicht.«

»Du warst schon vom Wasser eingeschlossen?«

»Ja. Die ganzen kleinen kaputten Kähne trieben darauf. Und die Fischerboote waren auch draußen. Erst konnte ich nur die Lichter erkennen, aber später dann alles. Die *Jean Rayner* war bei den Muschelbänken, zum Beispiel.«

»Das muss aufregend gewesen sein?«

»Ging so.«

»Was hast du noch gesehen?«

»Na, Connie und Merlin natürlich. Sie ist morgens immer unterwegs und macht ihre Fotos.«

»Und an diesem Morgen hast du sie auch gesehen?«

»Jep. Sie kam aus dem Hausboot und dann ist sie mit Merlin spazieren gegangen, aber nicht in meine Richtung. Sie sind zur Schleuse bei Norton gelaufen.«

»Wusstest du, dass sie das Hausboot benutzt?«

»Ja, logisch. Sie sagte, sie braucht es für Spezialaufnahmen.«

»Hat sie dir etwas über diese Aufnahmen erzählt?«

Sammy schüttelte den Kopf. »Sie meinte nur, das wäre ein besonderes Projekt für Leah. Wie ein Abschiedsgeschenk. Connie sagte, sie würde ihr helfen, ob sie das nun wollte oder nicht.«

Kate nickte. »Wusstest du, was sie damit meinte?«

»Nein. Aber sie sagte, es wäre superwichtig und ein großes Geheimnis, also sollte ich niemandem davon erzählen.« Als ihr klar wurde, was sie gerade ausgesprochen hatte, legte Sammy sich die Hand über den Mund.

Kate lächelte. »Schon gut. Ich bin ganz sicher, dass sie damit einverstanden gewesen wäre, wenn du es mir erzählst.«

Sammy runzelte die Brauen. Offenbar war sie nicht überzeugt.

»Hast du sonst noch jemanden gesehen, Sammy? War vielleicht jemand hinter ihr?«

Sammy schüttelte den Kopf. »Nein.«

»Es kam ihr auch niemand entgegen?«

»Nein. Da waren nur sie und Merlin. Und ich.«

»Okay. Und was ist dann geschehen?«

»Ich entdeckte einen großen, dicken Hasen und ich habe versucht, ihn zu erlegen.«

»Hast du ihn verfehlt?«

Sammy nickte wieder. »Ich habe versucht, mich an alles zu erinnern, was mein Vater mir übers Schießen beigebracht hat. Aber dann war ich so aufgeregt und hatte Angst, und dann habe ich die Augen beim Abdrücken zugemacht.« Tränen quollen aus ihren Augen. »Und plötzlich war Connie weg und Merlin hat durchgedreht.«

»Bist du hingegangen, um nach ihr zu sehen?«

»Ja«, flüsterte Sammy. »Ich dachte, ich hätte ihr das Gesicht weggeschossen. Aber Mama hat gesagt, dass ich es doch nicht war, und Sie haben gesagt, ich muss nicht ins Gefängnis, weil ich nichts falsch gemacht habe.«

»Und das hast du auch nicht, Kleines. Es war nicht deine Schuld. Aber das hier ist sehr wichtig. Als du auf den Hasen geschossen hast, konntest du noch etwas anderes hören?«

»Was denn?«

»Irgendetwas.«

»Ich habe mein Gewehr gehört, es war an meinem rechten Ohr.«

»Okay.«

»Es klang aber, als wäre da ein Echo. Länger als in meiner Erinnerung, als mein Vater es mir gezeigt hat.«

»Was meinst du damit?«

»Na, anstatt eines einzelnen *peng* klang es eher wie *peng-eng*.« Sie machte ein unsicheres Gesicht, da sie scheinbar nicht wusste, wie sie es präziser beschreiben sollte.

Kate allerdings verstand alles ganz genau. Ein zweiter Schuss. Sie hatten keinesfalls vorhersehen können, dass Sammy zum gleichen Zeitpunkt feuern würde, selbst dann nicht, wenn der Schütze ihr Vater war. Er hatte sie auf Hasenjagd geschickt. Ganz zufällig? Sicher, wenn er gewollt hätte, dass ihr Schuss seinen überdeckt, hätte er mit ihr einen genauen Zeitpunkt dafür vereinbart. Vielleicht, um die Gänse aufzuscheuchen. *Gänse verjagen. Ich bin so ein Idiot.*

»Sammy, als du in der Marsch warst, hast du es noch einmal knallen hören? Einen Vogelschrecker vielleicht?«

»Ja, na klar. Die gehen alle paar Minuten hoch. Die Vögel sind morgens ziemlich verfressen.«

Der Schütze hat ganz alltägliche Geräusche, die die Leute schon gar nicht mehr wahrnehmen, zur Tarnung seines Schusses genutzt. *Genial. Und ich bin so verdammt dämlich.* »Was hast du als Nächstes getan, Sammy?«

Schnell erzählte Sammy davon, wie sie zur Schule gerannt war und dort auf ihren Vater gewartet hatte, damit er ihr das Gewehr abnahm. Und wie sie dann nach Hause gelaufen war, nachdem er nicht kam, über die Hauptstraße und durch die Felder auf der anderen Seite. Sie wollte nicht noch einmal dorthin, wo Connie lag. Und sie wusste nicht, was sie sagen sollte, falls sie jemand mit dem Gewehr auf dem Weg gesehen hatte. Also war sie heimgegangen und hatte versucht, das Gewehr in einer Dachrinne zu verstecken, was Gina bestätigte.

»Ms Temple, warum haben Sie der Polizei diese Informationen vorenthalten?«

»Ich … Ich denke, ich stand unter Schock. Ich konnte gar nicht klar denken. Connie war meine beste Freundin. Ich war durcheinander, weil sie plötzlich tot war. Und als ich feststellte, dass Sammy sich daran die Schuld gab, wurde ich panisch. Ich habe nicht nachgedacht. Und ich bin nicht darauf gekommen, dass dieses kleine Gewehr gar nicht geeignet sein könnte, Connie auf diese Distanz zu verletzen. Ich habe überhaupt nicht richtig nachgedacht, ich war einfach in Panik.«

»Und dann haben Sie gelogen?«

»Nein. Gelogen habe ich nicht. Ich habe Ihnen nichts davon erzählt, aber ich habe Sie nicht angelogen. Auf jede Ihrer Fragen habe ich ehrlich geantwortet.« Sie streckte ihre Hände über den Tisch und zog sie gleich darauf zurück. »Als Sie mich zu Leah und den Drogen befragt haben, hätte ich Ihren Verdacht in diese Richtung lenken können. Ohne Probleme hätte ich dafür sorgen können, dass Sie sie für die Schuldige hielten. Aber ich habe es nicht über mich gebracht. Ich konnte Sie nicht auf eine falsche Spur schicken und jemanden für ein Verbrechen büßen lassen, dass er nicht begangen hat.«

»Was haben Sie denn bezweckt?«

»Ich schätze, ich habe darauf gehofft, dass Sie Ihren Job nicht sonderlich gut beherrschen und die Sache niemals aufgeklärt wird.«

Kate bemühte sich, die Bemerkung nicht persönlich zu nehmen. Im Laufe ihrer Karriere hatten Leute schon schlimmere Dinge zu ihr gesagt. Aus irgendwelchen Gründen gelang ihr es aber nicht, Ginas Bemerkung professional wegzustecken.

»Und als Sie dann während der Unterkühlung verraten haben, dass es ein deutlich größeres Gewehr gewesen sein muss, war mir klar, dass Sammy nichts damit zu tun haben konnte.«

»Aber warum haben Sie dann nicht die Karten auf den Tisch gelegt?«

»Das ist eine kluge Frage.«

»Und die Antwort?«

»Ich habe keine besonders gute darauf.«

»Ich wäre schon mit einer ehrlichen zufrieden.«

Gina wurde blass und um ein Haar hätte Kate sich für die rüde Bemerkung entschuldigt. Aber sie tat es nicht und hielt ihre Zunge im Zaum.

»Ich habe Sammy gebeten, noch einmal genau über alles nachzudenken. Sie hat nichts gesehen, dass Ihnen hätte helfen können. Sie hat niemanden gesehen. Wie soll sie je damit zurechtkommen, wenn sie alles wieder und wieder erzählen muss? Sie hat Albträume davon.«

Kate sah Sammy an. »Stimmt das?«

Sammy hob die Achseln, drückte das Kinn auf die Brust und nickte.

»Wir können uns darum kümmern«, sagte Kate zu Gina. »Ich gebe Ihnen die Nummer eines Beraters von der Opferfürsorge.«

»Sie ist kein Opfer.«

»Nein, aber sie ist eine Zeugin. Denen wird dort auch geholfen und es gibt Spezialisten für Kinder.« Sie warf Jimmy einen Blick zu und erkundigte sich stumm, ob er noch Fragen hätte.

Er schüttelte den Kopf.

»Die Befragung endet um neunzehn Uhr vierundvierzig. Vielen Dank für Ihre Zeit, Ms Temple. Sammy, Danke schön. Du hast uns sehr weitergeholfen.«

Damit schüttelte sie Sammys Hand und hielt ihre dann Gina entgegen. Wieder kribbelte es. Während Ginas Finger in ihre Handfläche glitten, hätte Kate schwören können, dass sie ihren hämmernden Pulsschlag fühlen konnte. Ginas Haut war weich, samtig und anschmiegsam. Hastig zog sie ihre Finger zurück.

»Detective Powers wird Sie nach draußen bringen. Bitte informieren Sie uns, falls Sie den Ort verlassen möchten, da wir eventuell noch einmal miteinander sprechen müssen.«

Sammy und Gina folgten Jimmy zur Tür. Bevor sie hinausging, kehrte Gina noch einmal zurück.

»Es tut mir leid, Kate. Ich wollte nichts verheimlichen und ich habe dich nicht angelogen.«

Kate sah sie nicht an. Dies war nicht der geeignete Moment, um darüber nachzudenken, warum es ihr so wehgetan hatte; geschweige denn, um darüber zu reden. »Ich werde Merlin heute nach Feierabend abholen.«

Nach einer langen Pause flüsterte Gina: »In Ordnung.« Ohne ein weiteres Wort ging sie hinaus.

Kate rollte den Kopf im Nacken hin und her, um die Verspannung aus ihren Schultern zu vertreiben. Sie hörte, wie die Tür wieder geöffnet wurde.

»Wollen Sie ein paar gute Nachrichten hören?«, fragte Stella.

»Und die wären?«

»Matt Green hat ein Gewehr Marke Kimber 8400 patrol .308 auf sich registrieren lassen.«

»Abgesehen vom Wort Gewehr sagt mir das gar nichts.«

»Es gehört zu denen, die mit 7,62 x 51 mm NATO-Patronen schießen.«

Kate drehte sich blitzschnell zu ihr um. »Und eines davon ist auf seinen Namen registriert?«

»Ja.«

»Wieso?«

»Warum fragen Sie nicht ihn selbst danach?«

»Werde ich machen.« Sie richtete sich auf und zog ihr Shirt zurecht.

»Oha, wenn das mal nicht entschlossen aussieht«, sagte Stella.

»Er hat kein Alibi, besitzt eine Waffe, die zu dem von uns gefundenen Projektil passt und hat ein Motiv. Zudem hat er uns angelogen und ich kann ihn nicht leiden. Und er ist ein Blödmann von einem Vater. Allein für die Sache mit Sammy will ich ihn hinter Gittern sehen.«

»Ich setze es mit auf die Liste.«

»Sehr gut.« Kate zog die Tür auf. »Wo ist er noch einmal?« Stella wies einen kurzen Flur hinunter. »Alles klar. Können wir?«

Stella reichte ihr eine schmale Akte. »Tom ist schon drin.«

»Ich dachte, er wollte auf mich warten?« Sie blätterte durch die Akte. Darin war alles, was sie brauchte.

»Hat er ja. Sie sagten aber auch, Sie wollten Green in Bedrängnis bringen.«

»Und was macht er mit ihm?«

»Er starrt ihn an.«

»Und weiter?«

»Nichts weiter. Er steht nur im Türrahmen und starrt ihn an.« Stella schüttelte sich. »Das ist verdammt gruselig. Er macht die Augen schmal und hört auf, zu blinzeln. Wirklich beängstigend, kann ich Ihnen sagen. Green zittert schon bis in die Zehenspitzen.«

Kate stellte sich den großen, bulligen Mann vor, wie er sie reglos beobachtete. Völlig starr, ohne zu blinzeln. Ihr schauderte ebenfalls.

»Sehen Sie? Absolut gruselig.«

Kate fing sich wieder. »Na gut, dann wollen wir mal weitermachen. Ich habe ein schönes Zuhause, da will ich heute auch noch irgendwann hin.«

»Echt jetzt?«

»Ja, ich habe ein Haus.«

»Ein leeres?«

»Nicht mehr, wenn ich nachher den Hund abgeholt habe.«

Sie öffnete die Tür und trat ein. Wortlos setzte sie sich hin, klappte einen Notizblock auf und legte einen Stift darauf ab. Dann startete sie den Rekorder.

»Es ist neunzehn Uhr neunundvierzig, Sonntag, der erste November 2015. Ich bin DS Kate Brannon, ebenfalls im Raum anwesend ist DC Thomas Brothers. Bitte nennen Sie Ihren vollständigen Namen und Ihre Adresse.«

»Matthew Green, Pebbles Cottage, Brandale Staithe.«

»Danke, Mr Green. Fürs Protokoll: Mr Green wurde nicht verhaftet, zum aktuellen Zeitpunkt unterstützt er uns bei den Ermittlungen.«

Tom hatte sich weder bewegt noch geblinzelt. Stella hatte nicht übertrieben, es war angsteinflößend. Green konnte kaum wegsehen.

»Wo waren Sie morgens zwischen sechs und sieben Uhr dreißig am neunundzwanzigsten Oktober?«

»Ich war bei meiner Tochter und dann bin ich zur Arbeit gegangen.«

»Ihre Tochter hat mir erzählt, Sie hätten sie noch vor sechs Uhr allein in der Marsch zurückgelassen, mit einem geladenen Gewehr. Bei der Arbeit hat man sie nicht vor sieben Uhr dreißig gesehen. Ich beziehe mich auf genau diesen Zeitraum und frage Sie daher noch einmal, Mr Green. Wo waren Sie?«

»Die haben gelogen.« Sein Blick schien wie an Tom festgeleimt.

»Alle beide? Das bezweifle ich. Ihre Tochter hatte viel zu große Angst, sich in Schwierigkeiten zu bringen. Ihretwegen hat sie drei Tage lang geglaubt, sie hätte Connie Wells umgebracht.«

»Was?« Matts Augen richteten sich wie Laser auf sie. »Was haben Sie da gesagt?«

»Sie hat auf einen Hasen geschossen. Wie Sie es ihr aufgetragen haben. Und dann lag Connie tot am Boden. Sie dachte, es wäre ihr Schuss gewesen. Sie hat das hier gesehen.« Kate legte ein Foto auf den Tisch. Darauf sah man das grüne, platt getrampelte Gras neben dem, was von Connies Kopf geblieben war.

»Das ist ja widerwärtig. Nehmen Sie das weg.«

»Ihr kleines Mädchen musste das sehen, weil Sie sie mit einem Gewehr allein gelassen haben.« Sie tippte mit den Fingern auf den Tisch, direkt neben dem Bild.

»Das behaupten Sie nur. Sie hat das nicht gesehen, sie hätte doch ansonsten etwas darüber gesagt.«

»Sie hat Albträume, weil sie sich das angeschaut hat.« Jetzt begann sie, mit den Fingern zu trommeln. Ringfinger, Mittelfinger, Zeigefinger, kleiner Finger. Der kleine landete jedes Mal auf dem Foto und zwang seine Aufmerksamkeit auf die Überreste von Connies Kopf.

»Sie hat das nicht gesehen.«

»Oh, ich fürchte, dass sie das sehr wohl gesehen hat. Und zwar nur, weil Sie sie um sechs Uhr morgens allein gelassen haben. Sie hat sich genau daran erinnert, weil nämlich die Kirchenglocken sechsmal geläutet haben, während sie im Gras gehockt hat, in der Dunkelheit.«

Er schluckte schwer.

»Ihr Boss hat Sie nicht vor sieben Uhr dreißig gesehen, Matt. Wo waren Sie?«

»Ich hatte zu tun.«

»Aber sicher hatten Sie das. Was genau war es denn?«

»Kram eben.«

Sie trommelte wieder mit den Fingern. Diesmal landete der kleine Finger auf Connies Haaren. »Zufällig das hier?«

»Was? Nein!«

»Beweisen Sie das. Sagen Sie mir, wo Sie waren.«

»Ich weiß es nicht.«

»Sie wissen es nicht?«

»Nein.«

»Na gut.« Kate ließ das Foto an seinem Platz und zog ein anderes aus der Akte. Sie legte es genau neben das erste. »Unter Ihrem Namen ist ein Kimber 8400 patrol.308 registriert, so eines wie dieses hier. Stimmt das?«

Er nickte.

»Für die Aufnahme, Mr Green.«

»Ja.«

»Danke vielmals.« Sie legte ein drittes Bild auf den Tisch. »Ich zeige Mr Green jetzt ein Foto eines 7,62 x 51 mm NATO-Geschosses. Ist dies die passende Munition für Ihr Gewehr, Mr Green?«

»Ja, solche benutze ich. Die funktionieren am besten mit dieser Waffe. Wieso?«

Kate tippte nochmals auf das Bild von Connies Leichnam. »Wir haben Reste einer solchen Patrone in der Wunde gefunden, Mr Green. Verstehen Sie, was das bedeutet?«

Er erwiderte nichts.

»Es bedeutet, dass ein 7,62 x 51 mm NATO-Projektil«, und dabei berührte sie das Bild der Patrone, »sie getötet hat.« Nun zeigte sie auf Connie. »Eine Kugel, die aus einer Waffe wie Ihrer abgefeuert wurde. Bringt das Ihre Erinnerung auf Trab, Mr Green?«

Er schwieg.

»Wir wissen, dass Sie an Weihnachten Streit mit Connie hatten.«

Keine Antwort.

»Sie hat gesagt, Sie sollten verschwinden und hat mit einem Luftgewehr zwischen Ihre Beine gezielt, nicht wahr?«

Nichts.

»Haben Sie es deshalb getan?«

Kein einziges Wort.

»Haben Sie sie umgebracht?«

»Nein.«

»Haben Sie Connie getötet?«

»Nein.«

»Haben Sie Connie Wells ermordet?«

»Nein. Ich war es nicht.«

»Dann beweisen Sie es, Matt. Sagen Sie mir, wo Sie waren.«

»Ich war gar nicht in der Nähe der verdammten Marsch. Ich war nicht einmal in Brandale Staithe, und schon gar nicht im verfickten Norfolk.«

»Wo waren Sie?«

»Ich habe einen Typen in Sutton Bridge getroffen.«

»Was für einen Typen? Und warum?«

»Nur so einen Kerl.«

»Wieso?«

»Einfach so.«

»Sie lassen doch nicht einfach so Ihre Tochter allein und fahren ... wie viele Kilometer sind es eigentlich von Brandale Staithe nach Sutton Bridge?«

»Weiß nicht. Um die fünfzig vielleicht.«

»Um die fünfzig?«

Er zuckte mit den Schultern. »Ja, so ungefähr.«

»Sie haben also Ihre Tochter, ihr neunjähriges Mädchen, mit einer geladenen Waffe allein in der Marsch gelassen, um rund fünfzig Kilometer zu fahren und sich einfach so mit einem Mann zu treffen?«

Er ließ den Kopf auf die Brust sinken.

»Klingt nicht besonders gut, wenn man es so hört, nicht wahr, Matt?«

Er schüttelte den Kopf.

»Fürs Protokoll: Mr Green verneint mit einem Kopfschütteln.« Sie legte die Finger aneinander. »Was haben Sie in Sutton Bridge gemacht?«

»Hab ich doch schon gesagt. Jemanden getroffen.«

»Warum?«

»Einfach nur so.«

»Das reicht mir nicht, Matt. Sie sollten mich wirklich überzeugen. Anderenfalls überzeuge ich meinen Chef eventuell davon, dass Sie das waren.« Und wieder tippte sie auf Connies Bild. »Und wenn es mir gelingt, diesen zynischen Alten davon zu überzeugen, dann schaffe ich es auch, die Staatsanwaltschaft und die Geschworenen davon zu überzeugen. Glauben Sie mir.«

»Ich habe sie nicht getötet.« Seine Fäuste wummerten auf den Tisch. »Ich wars nicht.«

»Beweisen Sie es. Geben Sie mir etwas zur Bestätigung, dass Sie von mir aus sonst wo waren, aber keinesfalls die Waffe abgefeuert haben.«

»Kann ich nicht.« Er schüttelte den Kopf.

»Warum nicht? Wenn Sie es nicht getan haben, müssen Sie mir doch nur sagen, wo Sie waren. Geben Sie mir einen Beweis dafür.«

»Ich kann nicht.«

»Wer war der Typ?«

»Weiß ich nicht.«

»Warum haben Sie sich mit ihm getroffen?«

»Ich habe ihm etwas verkauft.«

»Was denn?«

»Gar nichts.«

Kate lachte. »So funktioniert das nicht, Matt. Entweder haben Sie dem Mann etwas verkauft oder nicht. Entweder können Sie beweisen, wo Sie waren, oder Sie können es nicht. Falls Sie es können, sind wir hier fertig und ich kann weiter nach Connies Mörder suchen. Falls nicht, haben wir noch eine lange Nacht vor uns, Matt.«

»Ich will einen Anwalt.«

Kate lachte lauter. »Wir sind hier nicht in Amerika, Matt. Sicher bekommen Sie einen Rechtsbeistand, einen Pflichtverteidiger. Aber nicht, solange Sie nicht verhaftet wurden. Und verhaftet habe ich Sie noch nicht.« Sie sammelte die Fotos wieder ein und steckte sie zurück in die Akte. »Noch nicht.«

»Ich war es nicht. Ich habe sie nicht getötet.«

»Dann sagen Sie mir, mit wem Sie sich getroffen haben.«

»Ich kenne seinen Namen nicht. Er ist nur ein Auslieferungsfahrer.«

»Ein Auslieferungsfahrer.« Sie seufzte. »Okay, Matt, von mir aus. Haben Sie dieses Nichts, das Sie ihm verkauft haben, in seinem Lager abgegeben?«

Matt schüttelte den Kopf. »Nein.«

»In seinem Haus?«

»Nein.«

»Ach, kommen Sie schon, Matt. Machen Sie mit, sonst kann ich Ihnen nicht helfen.«

Matt lachte böse. »Sie wollen mir doch gar nicht helfen. Sie denken, Sie haben alles aufgeklärt.« Höhnisch grinsend sah er an ihr hoch und runter. »Sie haben ja keine beschissene Ahnung.« Er schob die Hände über den Tisch, die Gelenke aneinandergelegt. »Verhafte mich, du Schlampe. Und besorg mir einen Verteidiger. Ich werde kein einziges Wort mehr sagen.«

Er hatte ein Alibi, das konnte sie fühlen. Aber solange er es nicht preisgab, hatte es keine Bedeutung. Wenn er es nicht bestätigte, spielte es keine Rolle, was sie gegen ihn vorbrachten. Wovor hatte er solche Angst? Was konnte schlimmer sein, als eine Anklage wegen Mordes? Es war egal. Solange er nicht redete, kam sie nicht weiter.

»Matthew Green, ich verhafte Sie wegen Mordes an Connie Wells. Sie können die Aussage verweigern. Allerdings schadet es Ihrer Verteidigung, wenn Sie auf Nachfrage hin Dinge verschweigen, die Sie später vor Gericht zur Sprache bringen. Alles, was Sie sagen, kann und wird gegen Sie verwendet werden. Haben Sie diese Belehrung verstanden?«

Tom zog ihn vom Stuhl hoch und wartete auf eine Antwort.

Matt spuckte auf den Tisch.

»Haben Sie verstanden, was ich Ihnen eben erklärt habe?«, wiederholte Kate.

»Ja.«

»Danke.«

Tom führte ihn aus dem Raum und brachte ihn zu einem Beamten, der ihn schnell in eine Zelle verfrachtete. Kate betrachtete ihn mit unverholener Neugier. Zumindest bekamen sie jetzt einen Durchsuchungsbefehl für sein Haus und das Auto. Und vielleicht auch endlich ein paar Antworten auf ihre Fragen.

Kapitel 20

»Mama, kann ich Schokolade haben?«

»Nein. Ist schon zu spät dafür.«

»Aber ...«

»Ich habe Nein gesagt.« Gina wusste, dass Sammy den ganzen Heimweg über schmollen würde, aber sie hatte den Kopf voll mit anderen Dingen. Die Tatsache, dass Kate sie beim Abschied nicht angeschaut hatte. Das hatte sie schwer getroffen. *Warum ausgerechnet jetzt, um Himmels Willen? Nach all den Jahren finde ich endlich jemanden, den ich mag, und nun wird sie nie wieder mit mir sprechen. Zumindest nicht in privater Hinsicht.*

»Ich sagte, darf ich dann wenigstens eine heiße Schokolade trinken?« Sammy zupfte an ihrem Arm.

»Oh, ähm. Ja. Das geht.«

Sammy lächelte.

Und wieder eine Mini-Katastrophe abgewendet. Schade, dass es die größere noch gab. *Hätte ich verschweigen sollen, dass Matt Sammy alleingelassen hat? Nein. Auf keinen Fall. Egal, was sonst noch passiert ist. Warum hat er über seinen Aufenthaltsort gelogen? Heißt das ...?*

Sie wollte nicht darüber nachdenken, was der Hintergrund seiner Lüge bedeuten könnte. Sie wollte wirklich nicht. Es reichte schon, dass sie darüber hatte nachdenken müssen, ihre Tochter könnte versehentlich Connie erschossen haben. Die Erwägung, dass Matt, mit dem sie eine Vergangenheit und eine Tochter hatte, Connie ermordet haben könnte, war schlicht zu viel. So ein Verbrechen erforderte Vorbereitung, Geduld und Sorgfalt. Es war nichts, das im Affekt und im Eifer des Gefechts geschah, sondern eine eiskalt geplante Tat. Sie wollte sich nicht vorstellen, dass jemand, den sie kannte, der Täter war.

»Mama, warum war Kate böse auf dich?«

»Für dich immer noch DS Brannon.«

Sammy runzelte die Stirn. »Sie hat mir gesagt, ich könne sie Kate nennen.«

»Wann?«

»In der Nacht, als du auf dem Sofa geschlafen hast.«

»Ach ja, richtig.«

»Also, warum war sie böse?«

»Weil sie der Meinung ist, ich hätte ihr schon früher davon erzählen sollen, was dir passiert ist. Und was du gesehen hast.«

»Aber du hast gesagt, ich soll nicht mehr darüber sprechen. Warum solltest du es ihr dann sagen müssen?«

»Weil sie für die Polizei arbeitet und sie darauf vertraut hat, dass ich ihr dabei helfe, Connies Mörder zu finden. Ich glaube, sie denkt, dass ich sie betrogen habe.«

»Hast du denn?«

Gina seufzte. »Ich fürchte schon. Es ging nicht anders, ich musste dich doch beschützen.«

»Aber das musst du doch gar nicht. Ich habe nichts getan, um ins Gefängnis zu kommen.«

»Stimmt schon. Aber das wussten wir doch zu dem Zeitpunkt noch nicht.«

»Hmm.« Sammy sah aus dem Fenster. »Und wenn ich es doch gewesen wäre, hättest du es trotzdem nicht erzählt?«

»Sammy, selbst wenn du Connie getötet hättest, wäre es ein Unfall gewesen. Dafür geht man nicht ins Gefängnis.«

»Aber warum waren wir dann unehrlich zu Kate?«

»Weil ich Angst hatte, dich zu verlieren.«

Sammy verzog das Gesicht. »Verstehe ich nicht. Du hast doch gerade gesagt, ich wäre nicht ins Gefängnis gekommen.«

»Dass dein Vater dir das Gewehr gegeben und dich damit allein gelassen hat, war eine ganz schlimme Sache. So schlimm, dass Kate und ihr Chef dafür sorgen werden, dass er dich nicht mehr allein treffen darf. Weil man sich nicht darauf verlassen kann, dass er gut auf dich achtgibt. Verstehst du das?«

Sammy schüttelte den Kopf. »Sein Vater hat ihn doch in meinem Alter auch schon schießen lassen.«

»Das bedeutet aber nicht, dass es in Ordnung ist. Du hättest jemanden umbringen können. Du hättest dich selbst töten können. Man kann ihn einfach nicht mit dir allein lassen.« Gina zog Sammy an sich und wiegte das mittlerweile schluchzende Kind in ihren Armen. »Diese ganze Sache ist so schlimm, dass ich Angst habe, jemand könnte denken, ich könne auch nicht richtig auf dich aufpassen. Deshalb habe ich Kate nichts davon erzählt, was du gesehen hast. Ich hatte Angst, dass sie dich mir wegnehmen.«

»Ich will nicht von dir weg.«

»Das weiß ich, mein Schatz. Ich will das auch nicht. Darum habe ich ja solche Angst.«

»Ab jetzt bin ich immer lieb, Mama. Versprochen. Bitte, lass sie mich nicht von dir wegholen.«

Sie umarmte die Kleine noch enger und bedeckte ihren Scheitel mit Küssen. »Nicht, wenn ich es irgendwie verhindern kann.«

»Ich bin ganz lieb, Ehrenwort.«

Gina lachte. Sie wusste, dass ihr kleiner Wildfang sich redlich bemühen und doch scheitern würde. Sammy zog Ärger wie ein Magnet an, das war schon immer so gewesen. Wenn es ein Kind gab, das garantiert zur falschen Zeit am falschen Ort war, dann war das ihres. Sie machte den gleichen Unsinn wie alle anderen Kinder, aber man konnte darauf wetten, dass sie diejenige war, die erwischt wurde.

»Wir werden sehen, Liebes.«

Kapitel 21

Pebbles Cottage war ein überaus treffender Name. Das ganze Haus war mit den ortstypischen Feuersteinkieseln verputzt. Man sah es hier oft, dass sie als Dekoration in kleinen Mengen zwischen dem Mauerwerk verwendet wurden, aber Pebbles Cottage war von oben bis unten damit verkleidet, in allen Formen und Größen. Das Gebäude stand inmitten einer kleinen Wohnsiedlung, kaum hunderfünfzig Meter vom Campingplatz entfernt, weniger als hundert vom Küstenpfad. Der Hafen lag weniger als einen Kilometer in westlicher Richtung.

Die kurze Einfahrt führte zu einem Carport aus Wellplast und dicken, in den Boden eingelassenen Telegrafenmasten. Das Fahrzeug darin war ein drei Jahre alter Mitsubishi Barbarian mit dem Nummernschild MK52 UXB. Die Ablagefläche des Pick-ups war leer, abgesehen von ein paar Kiefernnadeln, die zweifelsohne von einem alten Weihnachtsbaum stammten. Die Rückbank war ebenfalls leer und offensichtlich war der Innenraum vor Kurzem professionell gereinigt worden. Die nächstgelegene Möglichkeit dafür gab es im rund fünfzehn Kilometer entfernten Hunstanton. Jemand, der nur fünf Minuten Fußweg von seiner Arbeitsstelle entfernt wohnte, tat so etwas nicht einfach nur aus Lust und Laune.

Kate setzte sich auf den Beifahrersitz, während Tom vom Fahrersitz aus am Armaturenbrett herumfummelte.

»Wollen Sie mal etwas Interessantes über dieses Modell hier hören?«, fragte Tom.

»Und das wäre?«

»Es hat ein serienmäßiges GPS-Navigationssystem.«

»Und das ist wozu gut?«

»Es zeichnet auf, wo er gewesen ist.«

»Im Ernst?«

»Jep.« Er berührte den Bildschirm und rief ein Logbuch mit etlichen Einträgen auf. »Hier steht, wo der Wagen am Neunundzwanzigsten um sechs Uhr vierzig war.« Damit zeigte er auf eine Markierung, die auf der Karte nahe eines großen Flusses bei einer Brücke zu sehen war.

»Und wo ist das?«

»Im Stadtrandgebiet von Sutton Bridge.«

»Und was gibt es dort?«

»In Sutton Bridge?«

»Ja.«

Er zuckte mit den Schultern. »Nicht weit davon steht ein großes Kraftwerk.«

»Und?«

»Häuser, Landschaft. Eine ganz normale Gegend.«

»Bringt uns also nichts.«

»Na, zumindest bestätigt es seine Aussage, dass er nicht der Täter ist, Chefin.«

»Nur weil sein Auto dort war, heißt das nicht zwingend, dass auch er sich dort aufgehalten hat.«

»Klingt, als wäre es der Griff nach dem Strohhalm.«

»Vielleicht. Aber wir sollten absolut sicher sein, weil er uns definitiv etwas verschweigt, das ist so sicher wie das Amen in der Kirche. Ansonsten hätte er ja zugegeben, wo er sich mit wem getroffen hat, um sich ein Alibi zu verschaffen.«

»Stimmt.«

Sie stieg aus und ging ins Haus. Ein Laptop und ein Tablet wurden eingepackt. Weiterhin wanderten ein Gewehr, zwei Handfeuerwaffen und diverse Munition gut verpackt in eine Kiste, um später zur forensischen Untersuchung gebracht zu werden.

Das Haus war viel aufgeräumter, als sie es von einer Junggesellenunterkunft erwartet hätte. Es war sauberer als ihres. Nirgends lag etwas herum, es stand kein schmutziges Geschirr auf dem Tisch, keine verstreuten Zeitschriften waren zu sehen. Lediglich eine Tasse stand im Regal, die Fernbedienung lag auf dem Fernsehtisch und das abgenutzte Sofa war sauber und einladend. Überall an den Wänden hingen Fotos, Bilder von Sammy und Matt. Keines davon war gerahmt, es waren Ausdrucke, die von Klebeband an der Wand gehalten wurden. Jedes einzelne zeigte ihn in irgendeiner albernen Pose. Sie schnitten Grimassen, Sammy strahlte in die Kamera, während er sie ansah. Seine Liebe, ja, Verehrung ihr gegenüber war nicht zu übersehen. Es war eine Schande, dass ihn das nicht davon abgehalten hatte, sie in Gefahr zu bringen. Kate schüttelte den Kopf und sah sich weiter um.

Sauberkeit und Ordnung waren allgegenwärtig, auch im Rest des Hauses. Eine Schale nebst Löffel ruhte auf der Abtropffläche; das passte zur einzelnen Tasse. Im Kühlschrank war nichts außer einer halb vollen Tüte Milch, einem

Stück Butter und einer Bierdose mit Plastik am Rand. Offenbar war sie die letzte aus einem Viererpack. Fertiggerichte für die Mikrowelle füllten das Tiefkühlfach. Ein halber Laib Brot, zwei Dosen mit Bohnen, eine Packung mit Coco Pops, ein Glas mit Kaffee und ein Reisbeutel waren in den Schrank gestapelt. Das war mehr an Vorrat, als sie bei sich daheim hatte. In ihren Schränken stand mehr Hundefutter als Lebensmittel für sie selbst.

Im Schlafzimmer fand sie ein ordentlich gemachtes Bett vor. Kleidungsstücke hingen fein säuberlich im Schrank oder lagen zusammengefaltet in Schubladen, alles war an seinem Platz. Es gab ein zweites Schlafzimmer, das aussah, als hätte eine Bombe eingeschlagen. Ihr war klar, dass es Sammy gehören musste. Das dritte Zimmer war als Büro eingerichtet und mit Computer nebst Drucker ausgestattet. Auch hier war alles sauber, ordentlich und wohlorganisiert. Während die Kollegen sorgfältig Dinge zur Untersuchung verpackten, wollte sie ihnen nicht im Weg stehen. Sie war schon am Gehen, als ihr eine Karte auffiel, die an die Rückseite der Tür gepinnt war. Es war eine große Landkarte von East Anglia, auf der scheinbar zufällig Orte eingekreist waren. Plötzlich fiel ihr eine Markierung westlich von Sutton Bridge ins Auge.

Sie tippte einem Kollegen auf die Schulter. »Haben Sie eine Tüte für das da?«

Schnell nahm er die Karte ab, verpackte und versiegelte sie, bevor er sie ihr gab. Sie nahm das Beweisstück mit nach draußen zum Auto.

»Tom, rufen Sie noch einmal die Einträge von seinen vorherigen Zielen auf«, bat sie, als sie beim Wagen ankam. Er tat wie geheißen und sie betrachtete die Karte. Dann zeigte sie auf die eingekreiste Stelle. »Das ist der gleiche Platz.« Sie stieg wieder ein und bewegte den Finger zu der Stelle neben dem Fluss. Dabei berührte sie flüchtig den Bildschirm, jetzt wechselte die Anzeige. Anstelle der Karte sah sie nun eine Reihe von Zahlen: 52.764, -0.192.

»Mist! Nicht anfassen. Wir wollen doch nicht aus Versehen etwas löschen.«

Tom streckte die Finger nach dem Display aus.

Sie griff nach seiner Hand, um ihn zu bremsen, und wies erneut auf die Zahlen.

»Ich bin so dämlich«, sagte sie. »Sehen Sie doch.«

»Was soll ich seh... Scheiße. Sie sind wirklich dämlich.«

Kate schlug mit dem Handrücken gegen seinen Arm. »Sie aber auch.«

»Wir sind alle dämlich«, entschied er.

Sie zog ihr Telefon aus der Tasche und wählte. »Stella, wir wissen jetzt, was es mit den Zahlen auf sich hat, die mit zweiundfünfzig anfangen.«

»Und was?«

»Es sind GPS-Koordinaten.«

»Wollen Sie mich verscheißern?«

»Ich wünschte, es wäre so. Ich habe hier eine Karte, auf der über ein Dutzend Standorte markiert sind. Und ich wette, dass jeder davon zu einer Nummernfolge auf unserer Liste passt.«

»Sie sind ein verdammtes Genie.«

»Sparen Sie sich das Lob. Wenn er gefahren ist, dann war er zur Tatzeit an einem dieser Orte. Was ihn als Schützen ausschließt.«

»In der Hinsicht geht es noch schlimmer.«

»Wie das?«

»Wild hat angerufen. Er hat weitere Nachforschungen über das Projektil angestellt, nachdem er endlich etwas in der Hand hatte.«

»Und?«

»Auf Gottes grüner Flur ist es völlig ausgeschlossen, dass aus seiner Waffe mit dieser Patrone ein tödlicher Schuss über eine Distanz von mehr als achthundert Metern abgegeben wurde.«

»Scheißdreck.«

»Ganz genau.«

»Und nach welcher Art von Gewehr müssen wir jetzt suchen?«

»Jetzt kommt der Knaller, meine Beste. Egal, in welcher Waffe diese Patrone steckt, die maximale Reichweite dafür liegt bei achthundert Metern. Es gibt keine Chance, dass die tödliche Kugel von den bisher vermuteten Punkten aus abgefeuert wurde, es sei denn, man ändert die Gesetze der Physik.«

»Was sagt denn Wild dazu? Hat er sich bei der Munition geirrt?«

»Ausgeschlossen. Er meinte, es gibt Datenbanken für so etwas, und die Molekularstruktur der Patronenüberreste belegt eindeutig ihre Herkunft.«

»Kann er mit seiner Idee über einen Schuss von den Häusern aus falsch liegen?«

»Er sagt, nein. Meinte, er hätte die Abläufe etliche Male durchgespielt. Da ihr Körper so lag, wie er lag, muss sie genau nach Westen geschaut haben. Nicht Südwesten, oder so. Exakt gen Westen. Ein Schuss von den Häusern aus käme nur infrage, wenn sie nach Südwesten gesehen hätte. Das wäre ein Unterschied von mehr als dreißig Grad, hat er mir erklärt. Und ich glaube ihm.«

»Es muss also doch eine nicht überspülte Landfläche gegeben haben?«

»Nicht, wenn es nach Ihrer Seekarte geht.«

»Stella, irgendetwas passt hier nicht zusammen. Wenn die Kugel stimmt, und die Richtung auch, dann ist meine Karte nicht korrekt. Wir übersehen irgendetwas.«

»Ich weiß, aber was?«

Kate seufzte. »Keine Ahnung. Hören Sie, wir bringen diese Landkarte mit und sehen, ob uns das weiterbringt.«

»Ich jage inzwischen die Koordinaten von Wells' Liste durch Google Maps und finde heraus, zu welchen Standorten sie gehören.«

»Alles klar. Bis gleich dann.«

Kapitel 22

Gina hielt eine Tasse unter den Wasserhahn und spülte den Seifenschaum ab. Sie hörte ein Klopfen an der Tür. Merlin begann zu kläffen. Gina sah zur Uhr. Es war weit nach Mitternacht. Sie trocknete ihre Hände ab und spähte durch den Spion, bevor sie öffnete.

»Ich dachte schon, du würdest nicht mehr kommen.«

»Tut mir leid, dass es so spät geworden ist. War ein langer Tag«, entschuldigte sich Kate. »Ich schnapp sie mir und bin gleich wieder weg. Entschuldigung, dass du meinetwegen wach geblieben bist.«

Gina schüttelte den Kopf und griff nach Kates Hand, um sie ins Haus zu ziehen. »Unsinn. Ich dachte nur, es könnte …« Sie wedelte mit der freien Hand. »Egal. Hat er es getan?«

»Ich darf mit dir nicht über den Fall sprechen.«

»Natürlich nicht, ich habe nicht nachgedacht. Kann ich dir etwas zu trinken anbieten? Tee? Kaffee? Ein Glas Wein?«

»Danke, aber ich will wirklich nur Merlin abholen.« Sie schaute sich um, offensichtlich auf der Suche nach Merlins Leine.

»Kate, bitte lass es mich erklären.«

»Das ist nicht nötig. Ich verstehe, was du versucht hast. Und ich mache es dir nicht zum Vorwurf, dass du deine Tochter beschützen wolltest, nachdem du von einem Unfall ausgegangen sind.«

»Und verstehst du auch, warum ich selbst dann nichts gemeldet habe, nachdem ich es besser wusste?«

Kate sah sie für einen langen Moment an, dann schüttelte sie den Kopf. »Ich … Ich meine … Wir … Die Polizei hätte dafür sorgen können, dass er sie nicht mehr in Gefahr bringt. So etwas können wir. Mir ist nicht klar, warum du das nicht wolltest. Du erkennst doch wohl auch, dass er eine Gefahr für das Kind darstellt.«

»Sicher weiß ich das. Ich habe ihm bereits gesagt, dass er sie nicht mehr sehen wird.«

»Warum also dann?«

»Hast du schon das Jugendamt informiert?«

»Selbstverständlich. Wir haben weitergeleitet, dass der Umgang mit ihm für Sammy gefährlich ist.«

»Und was ist mit mir?« Gina fühlte, wie ihr die Tränen in die Augen stiegen. Jetzt war alles zu spät, sie konnte nichts mehr tun.

»Was? Wie sollte man ... oh. Verstehe. Du hast Angst, dass wegen seiner Dummheiten auch du... Ja, was eigentlich? Dass man dich über den gleichen Kamm schert wie ihn?«

»Ja.«

»Du glaubst, dass man dir Sammy wegnimmt?«

»Ja.« Jetzt liefen ihr die Tränen über die Wangen. Gina wischte sie beiseite. »Tut mir leid, aber sie ist alles, was ich habe. Sie ist meine Tochter.« Damit vergrub sie ihr Gesicht in den Händen und ließ die Tränen ungehemmt fließen. Sie lehnte sich gegen die Wand und versuchte nicht einmal, mit dem Weinen aufzuhören. Im nächsten Augenblick wurde sie in eine feste Umarmung gezogen. Weiche Hände legten sich um ihre Schultern, zarte Finger strichen über ihren Hinterkopf und Kate flüsterte ihr mit ruhiger Stimme besänftigende Worte ins Ohr, während sie sich all ihre Angst und Frustration von der Seele heulte.

»Niemand wird sie dir wegnehmen.«

»Was? Woher willst du das wissen?«

»Ich musste heute Abend eine Stellungnahme formulieren. Das ist einer der vielen Gründe, warum ich so spät dran bin.«

Gina schlang die Arme um Kates Taille und hielt sich fest. »Was?«

Kate seufzte. »Man wird mit dir sprechen wollen. Wahrscheinlich morgen, nachdem sie die Stellungnahme gelesen haben. Mit Sammy natürlich auch.«

»Okay. Und was passiert dann?«

»Das Jugendamt wird auch mit Matt reden, sofern wir das zulassen. Wir werden ihn wegen grob fahrlässiger Kindswohlgefährdung anzeigen. Er hat nicht abgestritten, ihr das Gewehr gegeben zu haben, und auch nicht, dass er sie mit seiner Jagdanweisung allein gelassen hat. Die Sachlage ist ziemlich eindeutig. Man wird ihn dafür verurteilen und in der Zukunft wird man ihm höchstens begleiteten Umgang mit ihr gestatten. Nachdem du der Polizei geholfen und Maßnahmen ergriffen hast, Sammy in Sicherheit zu bringen, wird man dir nichts vorwerfen. Möglicherweise stehen dir ein paar Hausbesuche oder etwas in der Art bevor, nur um sicherzustellen, dass wirklich alles in Ordnung ist. Aber niemand wird dir Sammy wegnehmen. Da draußen gibt es genug Kinder mit entschieden größeren Problemen.«

Gina fühlte sich, als hätte jemand ein erdrückendes Gewicht von ihr genommen und nun könne sie zum ersten Mal seit Tagen frei durchatmen. Sie atmete ein paar Mal tief ein, erschauderte und wankte bei jedem belebenden Atemzug. Schwerfällig lehnte sie sich gegen Kate, griff fester um sie herum. Der sauerstoffbedingte Rausch in ihrem Körper ließ sie noch deutlicher wahrnehmen, was sie schon viel zu lange nicht mehr genossen hatte. Überall, wo ihr Körper den von Kate berührte, kribbelte es. Ihre Arme lagen auf Kates Jacke, und Gina war sicher, dass die Haut darunter samtweich sein musste.

Sie drehte den Kopf und fing den Duft von Kates Nacken auf. Er war warm, wie Zimt, Vanille und Schokolade mit einem Hauch Zitrus, der von ihren Haaren kommen musste. Gina wollte Kates Haar beiseiteschieben und diese Mischung auf ihrer Zunge schmecken. Wollte dieses betörende Parfum einatmen, wollte Kate atmen, sich davon durchfluten und den Duft in jede Pore dringen lassen.

»Was ist?«, fragte Gina mit rauer, kratziger Stimme.

»Was soll mit mir sein?«

»Kannst du mir vergeben?«

Kate zuckte mit den Achseln und ging auf Distanz. »Wie schon gesagt, ich kann dich verstehen.«

»Aber?«

»Kein Aber, Ms Temple.«

»Hieß es nicht schon einmal ›Gina‹? Was ist denn daraus geworden?«

Kate sah Merlins Leine am Garderobenhaken hängen und griff danach. Merlin kam auf das klickende Geräusch des Verschlusses hin angelaufen. »Gina habe ich vertraut.« Sie befestigte die Leine am Halsband und öffnete die Tür. »Danke, dass Sie auf Merlin aufgepasst haben. Gute Nacht, Ms Temple.«

Die leisen Worte, die kühle Höflichkeit und das Zurücknehmen der bereits zwischen ihnen gewachsenen Vertrautheit – der Schmerz hätte nicht größer sein können, wenn Kate sie geohrfeigt hätte.

Kapitel 23

Kate hielt auf dem Parkplatz vorm Segelklub und ignorierte die Warnschilder, dass Fahrzeuge von Nichtmitgliedern abgeschleppt würden. Immer noch besser, abgeschleppt zu werden, als ein weiteres Fahrzeug abschreiben zu müssen. Es war acht Uhr am Morgen und Ebbe, aber inzwischen hatte sie gelernt, damit vorsichtig zu sein.

Sie öffnete die Autotür, Merlin folgte ihr und bedachte sie mit einem freundlichen Hundegrinsen, als Kate die Leine löste und sie somit herumschnüffeln ließ, wie und wo auch immer ihr Herz es begehrte. Die Sonne stand noch nicht lange am Himmel, die matten Farben der Marsch lagen im Schatten. Die Grünflächen wirkten düster, der Matsch trüb. Bald würde die weite Ebene wieder unter Wasser liegen. Vielleicht nicht so sehr wie am Neunundzwanzigsten, aber immer noch tief genug. Jede der hiesigen Pflanzen war angepasst genug, um im Salzwasser existieren zu können. Jedes Lebewesen im Marschland hatte seine Art, mit der Flut zurechtzukommen. Von einem Hochwasser zum nächsten veränderte sich das Biotop ständig, kein Zustand hielt länger als ein paar Stunden an.

Rumpfstücke längst vergessener und zerstörter Boote verunstalteten die mit Heidekraut und Queller bedeckten Flächen. Sie wirkten wie Sprenkel in der ansonsten eintönigen Landschaft. In einiger Entfernung konnte sie die Überreste des Hausbootes ausmachen. Sie waren noch immer damit beschäftigt, den eigentlichen Eigentümer ausfindig zu machen. Vielleicht bekamen sie heute diese Information, vielleicht führte das endlich zu einem Durchbruch.

Sie sah dabei zu, wie das erste Rinnsal in den Kanal lief. Ein Windstoß brachte die Trossen im ganzen Hafen zum Schwingen und ließ sie gegen die Masten schlagen. Auf trostlose Art und Weise klang es hübsch. Sie konnte den Reiz dieser Gegend erkennen. Der scheinbar endlose Himmel gab ihr das Gefühl, klein und unbedeutend zu sein. Und das half dabei, Dinge ins richtige Verhältnis zu setzen.

Kates Gedanken schweiften vom endlosen Himmel ab und hin zu den strahlend blauen Augen, die sie die ganze letzte Nacht über verfolgt hatten. Blaue Augen und langes, dunkles Haar, das nach Kokos duftete. Vermutlich vom

Shampoo, oder es war eher von einer Bodylotion als von den Haaren gekommen. *Um Himmels Willen, lass es sein. Da wird sich niemals etwas abspielen.* Gina hatte etwas an sich gehabt, dass sie gereizt hatte, dass in ihr den Wunsch – nein, das Verlangen – geweckt hatte immer wieder zu ihr zurückzukehren. Die ewig präsente und manchmal übermächtige Einsamkeit wurde von Gina gelindert. Sie schien genau die Lücke auszufüllen, die Kate allein nicht beheben konnte, ganz egal, wie hart sie arbeitete oder wie schnell sie rannte. Es war albern, so etwas auch nur zu denken, das wusste sie. Sie hatte Gina erst vor vier Tagen kennengelernt und die Umstände waren alles andere als günstig. Trotzdem ahnte Kate, dass sich zwischen ihnen beiden etwas Wundervolles hätte entwickeln können. Hätte entwickeln können. Drei Worte, bei denen sie sich verlassener als jemals zuvor fühlte. War sie zu harsch gewesen? Sie verstand Ginas Beweggrund für ihr Handeln vollkommen. Liebe.

»Was denkst du, Merlin?«, fragte sie. Die Hündin drehte die Ohren und kam zu ihr. »War ich ungerecht zu ihr? Sollte ich mich bei ihr entschuldigen und fragen, ob sie einen Kaffee mit mir trinken möchte?«

Merlin legte den Kopf schief, winselte und bellte dann kurz auf.

»Meinst du, es ist so einfach, mein Mädchen?« Sie streichelte ihr den Kopf. »Vielleicht hast du recht.« Kate seufzte. »Vielleicht mache ich das. Andere Leute finden auch ihr Glück, warum sollte das nicht für mich gelten?«

Waren die Dinge so simpel? Als würde man das Licht an- oder wieder ausschalten? War es möglich, sich von der Vorstellung zu lösen, unglücklich und einsam zu sein? Vielleicht bedurfte es nur einer kleinen Verschiebung der Perspektive.

Sie setzte sich auf eine Bank zwischen dem Eingang zum Segelverein und der Zufahrt zum Hafen. Als das harte Holz gegen die Naht an der Rückseite ihres Schenkels drückte, zuckte sie zusammen. Sie hatte nicht Platz genommen, weil sie müde war oder einen weiten Weg hinter sich hatte. So war es nicht, es waren kaum fünfzig Meter gewesen. Kate wollte sich einfach umsehen. Alles genau beobachten. Herausfinden, ob sich irgendwo ein Stückchen Land zeigte, auf dem der Scharfschütze gestanden haben könnte. Aber nichts passte. Lediglich die zwei Stellen, die ihr schon zuvor aufgefallen waren, lagen in Sicht. Die, von denen ein Schuss wegen der viel zu weiten Distanz nicht in Frage kamen.

Etwas an ihrer Theorie war falsch. Irgendeine der Vermutungen sorgte dafür, dass die Fakten nicht mehr logisch zusammenpassten und sie den Täter nicht fanden. *Also fangen wir noch einmal von vorn an. Was können wir mit Sicherheit sagen?* Connie Wells wurde von einer Kugel getroffen, die keinesfalls weiter als achthundert Meter entfernt abgefeuert worden war. Bevor sie erschossen wurde, hat sie zum Hafen geschaut. In höchstens achthundert Metern vom Tatort war nichts als Wasser.

Wasser.

Nur eine winzige Verschiebung der Perspektive und plötzlich passten alle Bilder zusammen. Nur ein paar wenige Grade.

Kate warf einen Blick nach rechts, wo die Fischer Hummerkörbe auf ihre Kutter hievten. Drei Boote wurden gerade beladen. Die *Jean Rayner*, die *Shady Lady* und die *Anglian Princess*. Die *Jean Rayner* war blassblau gestrichen, mit weißer Farbe stand fein säuberlich der Name und die Registrierungsnummer auf dem Rumpf. *Jean Rayner LN353*.

»Ich bin wirklich eine komplette Idiotin.«

Kapitel 24

Kate stürmte durch die Tür des Besprechungsraums und schwenkte ihr Handy durch die Luft. »Ich weiß es. Ich weiß jetzt, was es mit den Zahlen auf sich hat.« Sie tippte auf das Foto, das sie vom Wrack des Hausbootes mitgebracht hatte. Nach wie vor lag es in der versiegelten Asservatentüte und wartete nur darauf, von ihnen untersucht zu werden. Kate pinnte es an die Tafel.

Die grobkörnige Aufnahme war offenbar aus großer Entfernung mit maximaler Brennweite gemacht worden. Mit größtmöglicher Blende hatte sie zeigen wollen, was genau sie in diesem Moment sah. Das Stahlseil, der Stahlrahmen des Hummerkorbes, einzelne Wassertropfen daran. Die Zahlen 5 und 3 dahinter waren gut zu erkennen, obwohl ein Stückchen von der 5 nicht erfasst war. Im Hintergrund sah man etwas blassblaues mit ungleichmäßigen weißen Formen an verschiedenen Stellen. Dieser Bereich war unscharf, bis zu den Rändern erschien alles verschwommen.

Kate sah in die Runde und vergewisserte sich, dass ihr die uneingeschränkte Aufmerksamkeit galt. »Das im Hintergrund ist ein Boot.« Sie zeigte auf die Farbflecken. »Diese Stellen hier stammen von der Gischt, die nach dem Trocknen eine Salzkruste auf dem hellblauen Schiffsrumpf hinterlässt. Ein hellblaues Fischerboot, das seine Hummerkörbe einholt.« Jetzt wies sie auf die Zahlenreihen aus Connies Tagebuch. »Es war genau vor unserer Nase. LN353. Das Fischerboot namens *Jean Rayner*, das wem gehört?«

»Den Robbins«, antwortete Tom.

»Ganz genau.«

»Und inwiefern bringt uns das weiter?«, fragte Collier. »Deshalb können wir uns den tödlichen Schuss trotzdem nicht so hinbiegen, wie wir ihn brauchen.«

»Was tun Fischerboote für gewöhnlich?«, fragte Kate.

Er sah sie böse an. Offensichtlich wusste er, dass es eine Fangfrage war, aber er wusste nicht genug, um ihr auszuweichen. »Sie fischen.«

»Ah-ha. Und sie tun das wie?«

»In diesem Fall, indem sie Körbe aus dem Wasser hieven.«

»So siehts aus.« Sie nahm die Seekarte von der Tafel ab und pinnte dafür ihr Foto vom Logbuch der *Jean Rayner* an. Tom, Stella und Jimmy umringten sie und sahen ihr über die Schulter. Sorgfältig übertrug sie die Koordinaten aus dem Logbuch auf die Karte und kreiste sie ein. »Und zu diesem Zweck müssen sie auf See sein. Wenn man sich am Logbuch orientiert, waren dies die Stellen, an denen am Todestag von Connie Wells gefischt wurde.« Mit dem Ende des Bleistifts tippte sie auf ihre Markierungen.

»Vom Boot aus?«, fragte Stella.

»Nur so ergeben die Beweise physikalisch einen Sinn.«

»Man kann doch aber nicht einen Schuss über achthundert Meter von einem fahrenden Boot aus abfeuern.«

»Das wäre ja auch gar nicht nötig.« Kate benutzte den Bleistift und ihren Daumen als Lineal, um den Abstand vom Fundort der Leiche zu den einzelnen Logpunkten auszumessen. »Nur weil das Geschoss für solche Distanzen ausgelegt ist, muss der Schuss ja nicht auch über diese Entfernung gegangen sein.« Sie hielt den Bleistift neben den Maßstab. »Der Kutter war weniger als hundertachtzig Meter vom Fundort weg. Nachdem wir bereits wissen, wie gut die Robbins-Zwillinge am Schießstand sind, hätte jeder der beiden den Schuss abgeben können.«

»Ganz besonders bei der Wetterlage zum damaligen Zeitpunkt«, ergänzte Tom und zeigte auf ein anderes Stück Papier. »Gegen neun hat es geregnet, aber um sieben Uhr wehte nicht einmal ein Lüftchen. Da draußen war es ruhig wie auf einem Mühlenteich.«

»Sands besitzt ebenfalls ein Boot«, sagte Jimmy. »Genau wie Matt Green.«

Kate nickte. »Stimmt, aber Sands wird in Connies Tagebuch nicht erwähnt. Und das Navi von Greens Auto bestätigt, dass er zehn Minuten vor ihrem Tod in Sutton Bridge war. Das macht es praktisch unmöglich.«

»Aber warum sollten die Robbins sie umbringen?«, fragte Stella. »Ist uns irgendetwas darüber bekannt, dass es Streit zwischen ihnen gab?«

Sowohl Kate als auch Tom schüttelten den Kopf.

»Und das ist wirklich ungewöhnlich«, meinte Tom.

»Wieso?«

»Weil ansonsten jeder im Ort sie entweder gehasst oder geliebt hat. Keiner ist so unbeteiligt, wie es zunächst den Eindruck macht. Das passt nicht zu dem, was wir über die Frau wissen.«

»Ich weiß nicht«, sagte Kate. »Ally schien sie nicht leiden zu können.«

»Das hat nur mit Leah zu tun«, meinte Jimmy. »Sonst nichts.«

»Da ist was dran. Mir kam es damals sonderbar vor. Eigentlich glaubte ich, sie würde sich nicht besonders um Leah kümmern und es wäre ihr lieber, wenn sie woanders unterkäme. Ihre Empörung über Connie kam mir wie leeres Gerede vor.« Kate zuckte mit den Schultern. »Ich habe angenommen, dass Leah Allys Gastfreundschaft mit ihrem Drogenkonsum überstrapaziert hat und sie darum nur noch die Rolle der guten Freundin spielte.«

»Aber ihr Autokennzeichen steht ebenfalls auf der Liste«, warf Collier ein.

»Leahs, meine ich. Die von Ally und Adam hingegen nicht.«

»Gibt es von den Koordinaten Aufnahmen im öffentlichen Kamerasystem, Stella?« Kate schaute sie an.

»Nein. Alle Standorte liegen abseits einer Hauptstraße.« Sie angelte Matt Greens beschriftete Karte von ihrem Schreibtisch und breitete sie aus. »Da sind nirgends Kameras in der näheren Umgebung. Die genauen Positionen kenne ich nur, weil ich auf Google Earth nachgesehen habe.«

»Green sagte, er hätte etwas verkauft. Dass er einen Auslieferungsfahrer getroffen habe, dessen Namen er nicht einmal kannte.« Kate betrachtete noch einmal das Foto vom Hummerkorb, dann schaute sie zurück ins Tagebuch. Sie tippte auf die Karte und ließ ihren Blick darüber schweifen; versuchte, die Vorgänge hinter dem Offensichtlichen zu erkennen.

»Worüber denken Sie nach?«, fragte Stella.

»Darüber, dass ich zu gern wüsste, was das hier ist.« Sie zeigte auf den grauen Kasten im Hummerkorb. »Und darüber, dass wir Timmons dazuholen sollten. Ich glaube, das hier ist ein paar Nummern größer, als wir bisher dachten.«

Timmons sah sich die Beweisstücke an, die man vor ihm ausgebreitet hatte. Ein Blatt nach dem anderen nahm er sich von Stapel, dann fuhr er fort.

»Die Robbins also? Wissen wir schon, ob sie registrierte Waffen besitzen?«

»Ich warte noch auf die Rückmeldung«, sagte Stella.

»Okay. Bevor wir es nicht verbindlich wissen, wird niemand verhaftet.«

Stella nickte.

»Was halten Sie davon?« Damit wandte er sich an Kate.

»Ich denke, dass ich vielleicht zu viele Filme über Drogenkuriere gesehen habe. Aber«, und nun zeigte sie auf den Kasten, »das ist ein Teil von irgendetwas. Und ich denke, besagte Standorte sind Drogenumschlagplätze der Robbins und ihrer Helfer, von wo aus die Ware an die Verkäufer und Dealer verteilt wird.«

»Sie wollen mich auf die Schippe nehmen, oder? Wir reden hier von einem gemütlichen, kleinen Küstendorf. Das ist nicht die Costa del Crime oder Florida, verstehen Sie?«

»Tue ich. Und nein, ich nehme Sie nicht auf die Schippe, Sir. Ich glaube, Connie wollte das auffliegen lassen.«

»Warum?«

»Diese Drogen haben ihr alles genommen und in Scheiße verwandelt. Ihre Partnerin wurde süchtig und kam nicht mehr davon los.« Ein weiteres Puzzleteil fügte sich ins Ganze. »Sammy erzählte mir, dass Connie fest entschlossen war, Leah zu helfen. Sie sagte, Connie würde an einem Projekt arbeiten, das ihr helfen könnte, und ich zitiere: ›ob sie das nun will oder nicht‹. Als Abschiedsgeschenk.«

»Okay, aber warum ist sie damit nicht zu uns gekommen? Warum hat sie uns nicht erzählt, was in Norfolks neuer Hauptstadt des Verbrechens vor sich geht?«

»Weiß ich nicht.«

»Das hat sie ja getan«, sagte Collier.

»Wie bitte?« Timmons sah ihn an.

»Sie hat es getan, Sir. Im April hat sie sich gemeldet und eine Aussage gemacht, dass sie den Verdacht hätte, durch unseren Hafen würden von Unbekannten Drogen geschmuggelt. Und dass wir uns damit befassen müssten.«

»Woher wissen Sie das?«

»Als wir Green verhafteten, habe ich mit dem diensthabenden Beamten gesprochen. Er zeigte sich überrascht, dass wir ernsthaft in einem Mordfall wegen dieser verlogenen Schlampe ermitteln würden. Angeblich hat sie etliche skurrile Beschwerden gegen mehrere Dorfbewohner erhoben. Er erzählte mir, dass sie unter anderem behauptet hätte, es wären mächtige Drogenschmuggler unter ihnen. Der diensthabende Beamte hätte sie ausgelacht.«

»Warum haben Sie das bisher nicht erwähnt, Collier?«, fragte Stella. Ihre Wangen röteten sich vor Wut.

»Ich hielt es für Zeitverschwendung, so wie er. Das schien mir alles unglaubwürdig.« Er hatte zumindest noch genug Verstand, um wie ein getretener Hund dreinzuschauen. »Der Kollege hielt sie für eine verrückte Wichtigtuerin, die nur Ärger machen wollte. Es war eine Lachnummer, mehr nicht.«

»Und niemand hat sich darum gekümmert?«, hakte Timmons nach.

Collier hob die Achseln. »Der Kollege sagte, ein paar Polizisten wären zum Hafen gefahren, hätten sich umgesehen und mit den Leuten geredet, aber nichts herausfinden können.«

»Also wurde die Sache abgelegt.« Es war keine Frage, sondern eine Feststellung. »Oh Gott!« Timmons pfefferte das Papierbündel zurück auf den Tisch und fuhr sich mit der Hand übers Gesicht. »Sie haben das bis jetzt gut hinbekommen, Brannon. Aber wir brauchen eindeutige Beweise, dass es sich hier um einen Ring aus Drogenschmugglern handelt, bevor wir sie damit konfrontieren. Nach diesen neuen Erkenntnissen brauche ich mehr Beweise, um jemanden des Mordes an Connie Wells anzuklagen.«

»Was ist mit Matt Green? Wir haben ihn noch in Haft«, schlug Stella vor.

»Verfolgen Sie weiterhin den Vorwurf der Kindswohlgefährdung. Unterdessen können wir ihn weiter befragen. Er ist ganz eindeutig involviert. Mal sehen, ob er jetzt redet, wenn wir ihm die richtigen Fragen stellen.« Er stand auf. »Gute Arbeit, alle zusammen. Halten Sie mich weiter zeitnah auf dem Laufenden.«

»Sir, wollen Sie den Fall nicht übernehmen?«, fragte Stella.

»Fürs Erste bleibt er in Ihrer Hand. Ich bin bei der anderen Mordermittlung gerade an einem heiklen Punkt. Sammeln Sie weiter Beweismaterial. Vielleicht bin ich mit meinem Fall fertig, wenn es hier weitergeht, und dann können wir es zu Ende bringen.« Damit verschwand er hinter der Tür, die laut ins Schloss fiel.

»Na, das war doch mal was«, sagte Tom.

»Ja.« Stella warf Collier einen strengen Blick zu. »Ich sollte dich einsperren, wegen Behinderung polizeilicher Ermittlungen, du Idiot. Warum zum Teufel hast du nichts davon gesagt?«

»Ich dachte, es wäre nicht wichtig.«

»Tja, offensichtlich ist es das aber.«

»Es tut mir leid.«

»Das reicht mir nicht. Du kannst runtergehen zu deinem neuen Kumpel und ihn nach all den unwichtigen Aussagen fragen, die Connie gemacht hat.« Stellas Stimme war eisig. »Und fühl dich ganz frei, deinem Freund zu sagen, dass sie wahrscheinlich ermordet wurde, weil keiner von ihnen seinen Job ordentlich gemacht hat. Mal sehen, wie ihm das schmeckt.« Sie wies zur Tür. »Weißt du was? Eigentlich möchte ich ihre Gesichter sehen, wenn du das verkündest. Ich komme mit. Gerade jetzt kann ich eine kleine Aufheiterung gut gebrauchen.« Stelle stapfte zur Tür. »Na los, auf gehts«, rief sie und drückte sie auf.

Collier schlich ihr nach.

Tom lachte. »Ich weiß nicht, wer mir mehr leidtut, Collier oder der Kollege.«

»Collier«, entschied Kate. »Er ist noch unerfahren und es war an diesem Punkt zu spät, als dass sein Wissen etwas hätte ändern können. Der Sergeant hingegen hätte ihr Leben retten können.«

»Möglicherweise.«

Kate starrte ihn schweigend an.

»Na gut, höchstwahrscheinlich. Aber auch das können wir nicht mit Gewissheit sagen.«

»Ist mir klar.«

»Sie sind ja auch unser kleines Genie. Trotzdem brauchen wir zur Überführung stichfeste Beweise. Verdächtigungen reichen nicht.«

»Ich weiß.«

»Also, spielen wir wieder guter Bulle, stummer Bulle?«

Sie nickte. »Jep. Schauen wir mal, was Mr Green zu unseren Neuigkeiten zu sagen hat.« Sie raffte ihre Akten zusammen und folgte Tom nach unten in den Vernehmungsraum.

Über die üblichen Arbeitsgeräusche hinweg war Stellas Stimme zu hören und man war froh, nicht der Adressat dieser Worte zu sein.

Kapitel 25

Sie mussten zwanzig Minuten auf das Eintreffen seines Anwalts warten, bis sie schließlich im Verhörzimmer vor laufendem Rekorder einem trotzigen Matt Green gegenübersaßen. Er hatte die Arme vor der Brust verschränkt, sein Haar war zerzaust wie auch seine ganze Aufmachung.

Kate hatte keine Lust mehr, ihre Zeit zu verschwenden. »Matty, Matty, Matty, da haben Sie etwas Dummes gemacht.« Sie legte eine Kopie des Tagebucheintrages vor ihm ab, danach die markierte Karte, ein Foto seines Nummernschildes und zuletzt eines der *Jean Rayner*. Dabei beobachtete sie seine Reaktion.

Jedes Beweisstück löste etwas aus. Immer mehr Schweißperlen bildeten sich auf seiner Stirn, dann über der Oberlippe, dann lief ein Rinnsal über seinen Nacken. Sein Atem ging immer schneller und flacher, er keuchte schon fast. Sie konnte sehen, wie sich der Pulsschlag an seiner Schläfe beschleunigte. Beim Hereinkommen hatte er bei vielleicht sechzig gelegen, jetzt, so vermutete sie, näherte er sich der Hundert.

Aber sie war noch nicht fertig. Inzwischen hatte sie das grobkörnige Foto, das sie vom Hausboot mitgenommen hatte, auf A3 vergrößern lassen. Auf zweiundvierzig mal dreißig Zentimetern sah man den blassblauen Rumpf, Stahl, Taue, die Zahl *53* in weißer Farbe und in der unteren rechten Ecke einen grauen Kasten. Einen grauen Block, der im Wasser schimmerte.

Matt Greens Gesicht hatte gerade genau diese Farbe angenommen. Ein weiteres Schweißrinnsal lief ihm am Hals hinab und hinterließ einen feuchten Fleck auf dem Kragen seines Shirts. Kate schätzte, dass sein Puls jetzt die Hundert überstieg.

»Wir können es schnell hinter uns bringen, indem Sie zugeben, was sie in Brandale Staithe getrieben haben. Und vielleicht, aber nur vielleicht, kommen Sie dann aus dem Gefängnis, wenn Ihre Enkelkinder im heiratsfähigen Alter sind.«

Er antwortete nicht.

»Oder Sie bestehen auf die harte Tour und Sie werden Sammy nie wiedersehen.«

Nichts.

Sie wies auf die Karte. »Erkennen Sie das?«

Keine Reaktion.

»Wir haben es aus Ihrem Haus. Es stammt aus Ihrem Arbeitszimmer und ich vermute, irgendjemand wird sehr ungehalten darüber sein, dass Sie alle Übergabepunkte eingetragen haben.«

Er sagte kein Wort.

»Okay, wir werden darauf zurückkommen. Dies ist eine Seite aus Connie Wells' Tagebuch.« Sie zeigte auf den ersten Eintrag. »Hier steht Ihr Autokennzeichen und diese GPS-Koordinaten passen zu einer Nebenstraße außerhalb von Sutton Bridge. Die Sie übrigens markiert haben«, und nun tippte Kate auf die Karte, »genau hier. Und dann diese Zahl, zwanzig. Bezieht die sich darauf, wie viele Pakete Sie abgegeben haben, oder darauf, wie viel man Ihnen bezahlt hat? Ich vermute mal, es geht um die Päckchen. Connie konnte bestimmt nicht nah genug herankommen, um Geldscheine zu zählen. Was denken Sie, DC Brothers?«

»Ich sehe das ähnlich«, erwiderte Brothers.

»Mein Freund bei der Spurensicherung versucht, anhand dieser Aufnahme zu bestimmen, wie viele Drogen wohl in jene kleine Kiste passen. Er hat mir auch schon erklärt, wie das geht. Man benutzt dafür den Maßstab des Hummerkorbes und rechnet dann die Daten hoch, irgendwie. Ich muss zugeben, dass die Methode zu kompliziert für mich klang. Aber ich habe zumindest so viel verstanden, dass er mit Gewissheit herausfinden kann, wie groß diese Pakete eigentlich sind, und damit auch, wie viel Ware Sie tatsächlich umschlagen.«

»Ich bin kein Drogendealer«, presste Green durch die zusammengebissenen Zähne.

»Nein?«

»Nein.«

»Was ist dann in den Päckchen?«

Stille.

»Ach kommen Sie, Matty. Sie können nicht behaupten, Sie wären kein Dealer und dann einen Rückzieher machen. So geht das nicht.« Nun beugte Kate sich vor. »Ich weiß, dass es hier um Drogen geht. Ich weiß es ganz sicher. Und wollen Sie wissen, wieso?«

Green antwortete nicht.

»Ich weiß es, weil Connie Leah geliebt hat.«

Er schnaubte verächtlich. »Schwachsinn.«

»Doch, hat sie. Connie konnte zwar nicht mehr mit ihr zusammenleben oder ihr trauen. Trotzdem hat sie sie geliebt. All das«, dabei machte sie eine ausladende Geste über die Dinge auf dem Tisch«, war ihr letzter Versuch, ihr zu helfen. Das Abschiedsgeschenk für ihre Liebste.« Kate zeigte auf ein anderes Autokennzeichen. »Die gehört zu Leahs Auto. Musste sie ihre Schulden begleichen, indem sie einem von euch ihren Wagen geliehen hat?«

»So war das nicht«, stieß Matt hervor.

Sein Anwalt berührte ihn an der Schulter, um sich bemerkbar zu machen.

»Ach wirklich? Wie war es denn dann?«

Er starrte sie an.

»Wollen Sie mir schon wieder erzählen, dass Sie kein Drogendealer sind? Ich denke nicht, dass irgendjemand im Raum Ihnen das abkauft.«

»Ich möchte mich mit meinem Mandanten besprechen«, sagte Greens Anwalt. »Unter vier Augen, DS Brannon.«

Kate nickte. »Was für eine kluge Maßnahme. Vergessen Sie nicht, dass er sich jetzt noch selbst helfen kann.«

Er nickte ebenfalls und Kate verließ mit Tom den Raum.

»Denken Sie, dass er ein Geständnis ablegt?«, fragte Tom, sobald sich die Tür hinter ihnen geschlossen hatte.

Sie zuckte mit den Schultern. »Für mich hat er schon genug gesagt, um festhalten zu können, dass es hier um Drogen geht. Allerdings führt das zu vielen weiteren Fragen.«

»Zum Beispiel, welche Art von Drogen?«

»Nicht nur das. Woher kommen die? Meine meeresbiologischen Kenntnisse sind nicht die besten, aber ich bin ziemlich sicher, dass der Meeresboden keine grauen Pakete mit fragwürdigem Inhalt ausbrütet. Wie kommen sie also dorthin? An wen werden sie verkauft? Arbeiten die Leute für irgendwen oder sind sie als Kuriere in eigener Sache unterwegs? Die Vielfalt der GPS-Daten spricht in meinen Augen für diese Theorie. Aber wenn das so ist, woher bekommen sie ihre Ware?«

»Sie konnten jetzt nicht mit den simplen Sachen anfangen, oder?«

Sie lachte. »Ich schätze, die simplen Sachen haben wir schon hinter uns. Wie ernst zu nehmen sind Drogendelikte hier in der Gegend?«

Tom seufzte. »Nicht weniger ernst als in der Stadt, fürchte ich. Langeweile, nichts zu tun und keine Abwechslung über den Winter, und in der Hauptsaison dann Überstunden ohne Ende. Viele der Jugendlichen probieren ›halt so rum‹, wie meine Nichte wohl sagen würde. Offensichtlich findet es niemand gefährlich, es macht einfach Spaß.«

»Für Leah sieht das anders aus. Und für Connie auch.«

»Richtig.«

»Und was wird vorzugsweise konsumiert?«

»Das gleiche Zeug wie überall. An jedem Wochenende kommen Touristen aus London und anderen Großstädten. Es ist nicht schwierig, an Stoff heranzukommen.«

»Na gut. Aber unsere Ware nimmt nicht diesen Weg, die kommt aus dem Ausland. Warum sonst sollte man sie aus dem Wasser holen?«

»Vielleicht wird das Zeug dort unten nur gelagert? Es ist ja nicht so, dass wir mitbekommen, was am Meeresgrund los ist, während wir uns an Land bewegen.«

»Das ist ein gutes Argument.«

Die Tür zum Verhörzimmer ging wieder auf. »Mein Mandant möchte jetzt mit Ihnen reden.«

»Das sind hervorragende Neuigkeiten.«

Sie gingen wieder hinein, Kate schaltete erneut den Rekorder ein, stellte nochmals jeden vor und sah dann Matt Green an. »Sie möchten mir etwas mitteilen?«

»Ich habe wichtige Informationen für Sie, ja. Aber ich werde nichts sagen, solange ich nicht weiß, ob meine Tochter in Sicherheit ist.«

»Verzeihung?«

»Die haben schon einmal jemanden umgebracht.«

»Hat man Sie oder Ihre Tochter bedroht? Sind Sie so in die Sache hineingeraten?«

Matt sank in seinem Stuhl zusammen. »Nicht ursprünglich, nein. Aber irgendwann wurde es zu viel. Als Connie anfing herumzuschnüffeln, und als die beiden Polizisten im Hafen aufgekreuzt sind, da habe ich gesagt, dass ich genug habe. Ich wollte aussteigen. Man sagte mir, dass es kein Zurück gibt. Und dass ich besser die Schnauze halten und mich zusammenreißen soll. Ansonsten würden sie schon dafür sorgen, dass Sammy so endet wie Leah, oder noch schlimmer.«

Kate schluckte schwer. Sie wollte sich nicht vorstellen, wie die lebensfrohe, verschmitzte, entschlossene Sammy zu einem Wrack wie Leah wurde. »Ich werde dafür sorgen, dass ihr nichts geschehen kann. Das verspreche ich Ihnen.«

»Ich brauche aber Gewissheit. Ich muss sicher sein könne, dass ihr niemand wehtut.«

Kate zog ihr Telefon aus der Tasche und wählte eine Nummer. »Ms Temple, hier spricht DS Brannon. Ich möchte, dass Sie und Sammy zur Wache in Hunstanton kommen.«

»Warum?«, fragte Gina.

»Ich muss etwas mit Ihnen beiden besprechen.«

»In Ordnung. Wann?«

»Jetzt.«

»Was ist denn so wichtig? Geht es ums Jugendamt?«

»Ich kann darüber nicht am Telefon sprechen. Sobald Sie hier sind, werde ich alles erklären.«

Gina seufzte schwer. »Gut.«

»Danke.« Kate legte auf. »Sobald sie eintreffen, halte ich die beiden hier fest, bis ich einen sicheren Platz für sie gefunden haben.«

»Wo denn?«

»Das weiß ich noch nicht. Sie haben mich gerade erst damit konfrontiert. Geben Sie mir ein paar Stunden und dann werde ich eine Lösung haben.« Sie schenkte ihm ein hoffentlich beruhigendes Lächeln. »Ich tue, was ich kann, um Ihre Tochter zu beschützen. Jetzt sind Sie dran. Je mehr Sie mir sagen können, umso besser. Namen, Daten, Orte, Mengen, alles.«

»Ich brauche einen Laptop.«

»Ihrer wurde beschlagnahmt.«

»Den brauche ich nicht. Sie werden übrigens nichts darauf finden. Einmal pro Woche lösche ich den Verlauf und formatiere die Festplatte neu. Meine Daten liegen in einer Cloud. Ich brauche nur einen Laptop, um da ranzukommen.«

»Nach allem, was Sie mir bis jetzt gesagt haben, können Sie doch nicht ernsthaft erwarten, dass wir Ihnen einen unserer Dienstrechner zur Verfügung stellen. Um an Ihre Daten zu kommen, müssen Sie ins Internet. Soweit ich Sie richtig verstanden habe, stellt die Verwendung eines Laptops hier ein entschieden zu großes Sicherheitsrisiko dar.«

»Na gut. Dann geben Sie mir irgendetwas, womit ich ins Internet gehen und eine Mail verschicken kann. Dann haben Sie alles, was Sie brauchen. Sie können mir die ganze Zeit auf die Finger schauen.«

»Ich besorge etwas«, sagte Tom. »Bin gleich zurück.«

»Während wir warten, können Sie mir alles erzählen.«

»Wussten Sie, dass die Robbins in der Armee waren?«

»Nein«, gab Kate zu.

»Hmm. Haben zehn Jahre am Stück gedient und dann kamen sie heim und haben mit dem guten alten Vater den Fischereibetrieb aufgenommen.«

»Wie fürsorglich.«

Er lachte trocken. »Jep. Die beiden sind Heilige. Ally hat in der Logistik gearbeitet. Und Adam, tja. Der redet nicht darüber, wo er eingesetzt war. Er lächelt immer nur so fies, wenn man ihn danach fragt. Als wäre es besser für einen, wenn man sein Geheimnis nicht kennt. Verstehen Sie, was ich meine?«

Kate nickte und ließ die Stille für sich sprechen.

»Jemand meinte mal, er wäre in einer Sondereinheit gewesen. Wenn sich jemand um hässliche Angelegenheiten kümmern musste, war er der richtige Mann.« Er zupfte an der Haut um seinen Daumennagel, an einem der kleinen Fetzen, die schmerzhaft die empfindliche Haut einreißen. Er schien es gar nicht zu bemerken. »Ich glaube das.«

Kate wartete und sah dabei zu, wie er die Haut abriss und es um den Fingernagel herum zu bluten anfing.

»Als sie zurückkamen, war der Hafen am Ende. Ich würde sagen, wirklich im Arsch. Alles fiel auseinander, die Boote waren lebensgefährlich. Das Becken musste ausgebaggert werden, damit man überhaupt rausfahren konnte. Cedric war kurz davor, alles zu verlieren. Sein Boot, sein Haus, alles. Jedem ging es so.«

»Wann war das?«

»Vor fünf Jahren.«

Kate stieß einen Pfiff aus. »Fünf Jahre?«

Er nickte.

»Sie wurden zeitgleich aus dem Dienst entlassen?«

»Raus, rein, alles. Zwillinge eben. Wenn auch nicht eineiig, wissen Sie?«

»Klar.«

»Könnte ich etwas Wasser bekommen?«

Sie nickte und wartete darauf, dass er fortfuhr. Tom würde etwas zu trinken mitbringen, das wusste Kate.

»Jedenfalls war es wie ein Wunder, als sie zurückkehrten. Robbins Boote fuhren wieder Fang ein. Sie bürgten für die Finanzierung, um den Hafen wieder in Schuss zu bringen, verhalfen den anderen zu Einkommen, damit die ihre Boote abbezahlen konnten. Es war, als ob sie ganz allein die Flotte wieder zum Laufen brachten. Sie wissen ja, was man über solche glücklichen Fügungen sagt.«

»Zu schön, um wahr zu sein?«

»Genau. Noch bevor wir es bemerken konnten, steckten wir alle bis über die Ohren mit drin.«

»Wie sind Sie ins Spiel geraten? Sie arbeiten nicht als Fischer.«

»Nein. Aber mein Vater war einer. Wir brauchten Geld für Sammy und meistens hat er uns etwas vorgeschossen. Dann sagte er irgendwann, ich könnte viel mehr verdienen, wenn ich ein paar Stunden herumfahren würde. Leicht verdientes Geld.«

»Er hat nicht gesagt, was Sie ausliefern sollten?«

»Ich habe nicht gefragt. War mir egal, um ehrlich zu sein. Wie gesagt, leicht verdientes Geld.«

»Was hat sich geändert?«

»Leah.«

»Verstehe ich nicht.«

»Niemand hier im Ort hatte Probleme mit Drogen. Klar, wir haben uns ab und zu auch mal was gegönnt. Ein paar Tüten auf einer Party geraucht vielleicht, aber nichts von dem harten Zeug. Dem Zeug, das aus den Hummerkörben kommt.«

»Und das wäre?«

»Heroin. Ein Kilo pro Päckchen.«

»Und Leah hat das genommen?«

Er nickte.

»Fürs Protokoll, Mr Green hat mit einem Nicken bestätigt.«

Die Tür ging auf und Tom kam herein. Er stellte eine Plastiktasse mit Wasser vor Green ab. »Es wird ein bisschen dauern, aber bis zum Nachmittag werden wir etwas hierhaben.«

»Danke.« Mit zitternden Händen nahm er die Tasse und leerte sie auf einen Schlag.

»Und Leahs Sucht hat bei Ihnen was ausgelöst? Einen Verdacht?«

Er hob die Achseln. »Etwas in der Art, schätze ich. Ich wusste erst nicht, was sie nimmt, aber ich dachte, es könne nicht schlimmer sein als ein bisschen Gras. Und dann habe ich angefangen, Fragen zu stellen.«

»Und wann war das?«

»Vor ungefähr zwei Jahren.« Wieder zuckte er mit den Schultern. »Ich kann mich nicht mehr ganz genau erinnern, aber ungefähr. Wobei ich glaube, dass sie auch schon vorher Drogen genommen hat.«

»Also haben Sie nachgefragt?«

»Ja.«

»Und was haben Sie herausgefunden?«

»Nicht viel, um ehrlich zu sein. Sie reden nicht viel und möchten auf keinen Fall, dass Leute ihre Nasen in Dinge stecken, die sie nichts angehen. Connie musste das leidvoll erfahren. Ich habe zwar nachgefragt, aber eigentlich keine Antwort bekommen. Stattdessen habe ich also angefangen, genau hinzuhören. Und dabei habe ich eine Menge mitbekommen.«

»Gott, lassen Sie sich doch nicht alles aus der Nase ziehen, spucken Sie es schon aus.«

»Die Robbins verkaufen eigentlich nicht und sie schmuggeln auch nicht. Nicht wirklich. Sie bieten eher so eine Art Dienstleistung. Eine Möglichkeit zur Einlagerung.«

»Ich komme nicht mehr mit.« Allerdings dämmerte es Kate schon.

»Diese großen Containerschiffe, die durch die Nordsee kommen, verlieren ab und zu etwas von ihrer Ladung. Ganz aus Versehen natürlich, nicht wahr? Adam taucht dann hinunter und bricht die Container auf. Sie bringen den Inhalt in die Hummerkörbe und lassen sie auf Grund liegen, bis sie weitere Anweisungen bekommen. Dann holen sie die Körbe ein, entfernen den Fang, löschen die Ladung und schicken einen Fahrer zu einem von vielleicht zwölf abgesprochenen Lieferpunkten. Wir bleiben einfach im Auto sitzen und lassen den Kofferraum unverschlossen, und der andere Typ nimmt das Zeug raus und macht sich damit aus dem Staub. Ich habe niemals einen von den Empfängern gesehen oder gar mit einem gesprochen. Und ich weiß auch nicht, was danach geschieht.«

»Es tut mir ja leid, Ihr Luftschloss zum Einstürzen zu bringen. Aber genau das ist es, was Schmuggeln bedeutet. Illegale Substanzen aus dem Ausland werden auf britischen Boden gebracht. Eindeutig Schmuggel«, sagte Tom.

»Nur noch einen Moment. Sie sagten, die Frachter lassen die Container über Bord fallen, und Adam bricht sie auf, richtig?«

»Ja.«

»Wie funktioniert das genau? Das Meer ist groß, Matt. Wie finden sie die Container? Und wo kommen die her?«

Matt schluckte. »Alle Details, die ich herausfinden konnte, liegen in meiner Cloud. Aber der Knackpunkt ist, dass es zwei Häfen gibt, die von den Kunden genutzt werden, um ihre Ware vom europäischen Festland zu bekommen. Tallinn in Estland und Isdemir in der Türkei. Die Schiffe sind auf dem Weg nach Hull. Ich weiß nicht, wie die das organisieren, davon habe ich nie etwas gesehen oder gehört. Wahrscheinlich wird ein Zollbeamter geschmiert und ein zusätzlicher Container mit den Paketen aufs Schiff geladen. Aber nageln Sie mich nicht darauf fest.«

»Gut. Aber Sie wissen noch mehr über die Vorgehensweise hier vor Ort?«

»Ja. Die Pakete sind in einem Container, der sich per GPS orten lässt. Sie haben die Transponderdaten, also können sie ihn ohne Probleme finden. Sie fahren einen Umweg Richtung Hull und kümmern sich nebenbei um den Container.«

»Wie viele Päckchen sind in einem drin?«

»Weiß nicht. Aber wenn ich überschlage, wie viele ich pro Woche umschlage und wie oft sie danach tauchen, komme ich auf ein paar hundert.«

»Wie bitte?«

»Ich bin nicht der Einzige, der für sie fährt. Aber ich kann es nicht genau sagen, Zahlen habe ich nie gesehen.«

Kates Gedanken überschlugen sich. Das hier war eine Riesensache. Wie konnte das nur unbemerkt bleiben? »Reden Sie weiter.«

»Na, viel gibt es nicht mehr zu sagen. Adam taucht mit Unterwasserwerkzeug runter, sie räumen den Container aus und lagern den Stoff in den Hummerkörben am Meeresgrund. Auf Anweisung holen sie das Zeug hoch und liefern es aus.«

»Ist er etwa Tiefseetaucher?«

»Was? Nein. Muss man nicht sein, die Nordsee ist hier vor der Küste gar nicht so tief. Die Container werden dort abgeworfen, wo man rund zwanzig Meter unterm Kiel hat.«

»Brauchen diese großen Frachter nicht tieferes Fahrwasser?«

Er schüttelte den Kopf. »Selbst die ganz großen, die fünfzig Meter lang sind, liegen nicht tiefer als sechs bis acht Meter. Bei zwanzig Meter haben die jede Menge Platz.«

»Aber ist es nicht schwierig, so tief zu tauchen?«

»Nein, eigentlich nicht.« Er zuckte mit den Schultern. »Zumindest nicht, wenn man weiß, was man tut.«

»Und Adam weiß das?«

»Garantiert.«

»Wie ist Leah darin verwickelt?«, wollte Kate wissen.

»Sie hat Ally ein Päckchen geklaut. Ally hat es ihr gelassen, weil es schon geöffnet war, aber sie muss es abarbeiten.«

»Was sind das für Informationen in Ihrer Cloud?«

»Daten von den Containern, die versenkt wurden. Die Namen der Schiffe, die es betrifft, all so was.«

»Woher haben Sie die Informationen?«

»Ich höre nicht nur zu, ich schaue auch hin. Rechnungen und Notizen in Allys Büro habe ich fotografiert. Mails, die ich löschen sollte, habe ich mir kopiert.«

»E-Mails von Ally?«

»Und Adam.«

»Wie viel hat Connie gewusst? Und wie sind sie dahintergekommen, dass sie Bescheid weiß?«

»Connie hat es ihnen gesagt. Sie hat gesagt, dass sie genug Beweise hätte, um bei der Polizei Anzeige zu erstatten und uns alle hinter Gitter zu bringen. Und dass es ihr eigentlich egal wäre, was sie da treiben. Sie wollte nur, dass sie Leah in Ruhe lassen, damit sie in eine Entzugsklinik gehen kann. Connie versprach, dass sie keinen Ärger machen würde, wenn sie sich darauf einließen.«

»Naiv?«

»Oh, ja. Sie haben sie ausgelacht und gemeint, die Polizei wäre schon im Hafen gewesen und niemand würde sie ernst nehmen. Da sagte sie, dass sie Fotos hätte. Ally meinte daraufhin, dass es besser wäre, wenn diese Bilder sie von ihrer allerbesten Seite zeigten. Anderenfalls sollte sie sich auf etwas gefasst machen.«

»Wo fand dieses Gespräch statt?«

»Im Hafen.«

»Und wann?«

»Am Tag, bevor Connie starb.«

»Besitzen Ally oder Adam ein Scharfschützengewehr?«

»Ja, beide.«

»Das dürfte ja wohl genügen, um sie hochzunehmen, oder?«, meinte Tom.

Sie standen alle im Ermittlungsbüro und starrten mit verschränkten Armen auf das Telefon.

»Wenn wir das jetzt tun, kriegen wir einen für Mord dran.« Timmons' Stimme klang im Lautsprecher etwas mechanisch. »Vielleicht noch die beiden anderen für Beihilfe. Wenn auch nur die Hälfte von Greens Aussage stimmt, müssen wir die ganze Organisation zerschlagen. Bevor wir das angehen, brauche ich mehr.«

»Sir, wir bringen Zivilisten in Gefahr«, sagte Kate.

»Sie sagten doch, Sie hätten sie sicher untergebracht.«

»Für den Moment, ja. Sie sind hier in der Wache. Wo soll ich sie denn lassen, während wir mehr für Sie herausfinden?« Kate wusste, dass ihr sarkastischer Unterton unüberhörbar war. Sie musste ihm zugestehen, dass er ihn höchst professionell ignorierte. Aber es wäre ihr auch egal, wenn er sie deshalb zur Rede stellen würde. Sie machte sich Sorgen um Sammy und Gina. Bei dem Gedanken, die beiden könnten in Gefahr sein, wurde ihr flau. Sie in Gefahr zu bringen, weil ihr Vorgesetzter auf einen größeren Orden aus war, widerstrebte ihr mit jeder Faser ihres Körpers.

»Es interessiert mich nicht, wo Sie sie lassen. Stecken Sie sie in eine Zelle oder sperren Sie sie in Ihr eigenes Schlafzimmer, völlig egal. Sorgen Sie nur dafür, dass sie außer Gefahr sind.«

Stella räusperte sich. »Haben wir die Mittel, um sie in einem Hotel unterzubringen, Sir?«

»Nein. Ein Hotel ist zu riskant«, sagte Kate. »Hier kennt jeder jeden, und sie außerhalb unterzubringen, stellt ein Risiko dar. Zumal wir notfalls nicht schnell genug dort sind, um einzugreifen.«

»Wo sonst?«, fragte Stella.

»Wie der Mann schon sagte«, erwiderte Kate und wies auf den Lautsprecher. »Ich schätze, sie kommen bei mir unter.«

»Machen Sie das«, war Timmons zu hören. »Und halten Sie mich auf dem Laufenden.« Der Lautsprecher verstummte.

»Wunderbar. Ganz wunderbar«, maulte Tom. »Und wie sollen die beiden unbemerkt bei Ihnen einziehen?«

»Ihr Auto bleibt hier, wird im Hinterhof geparkt und dann hoffen wir, dass niemand etwas sieht.« Kate hob die Schultern. »Die angrenzenden Häuser stehen zur Zeit leer, und ich habe Vorhänge. Oder hat jemand eine bessere Idee?«

Sie erntete lediglich Kopfschütteln und gemurmelte Segenswünsche.

»Danke schön.« Kate ließ die Arme sinken und zupfte an ihrem Shirt. »Nachdem ich also mein Haus mit ihnen teilen muss, möchte vielleicht ein anderer ihnen sagen, wie es weitergeht?«

Plötzlich waren alle sehr beschäftigt.

»Das habe ich mir gedacht.«

Kapitel 26

»Hören Sie. DS Brannon hat mich angerufen und darum gebeten, dass ich so schnell wie möglich herkommen soll. Da bin ich. Also was bitte schön ist los?« Gina lehnte sich gegen den Empfangsschalter und hoffte, ein wenig bedrohlich zu wirken, nachdem die nette Tour sie nicht weitergebracht hatte.

»Ich bin sicher, dass sie sobald wie möglich hier sein wird, um mit Ihnen zu sprechen, Miss. Warum nehmen Sie nicht Platz, bis es so weit ist?« Der Beamte zeigte auf eine Reihe unbequemer Plastikstühle an der Wand.

»Ich kann auch einfach wieder gehen, wissen Sie?«

»Aber natürlich können Sie das, Miss.«

»Dann werden Sie Ärger bekommen.«

»Garantiert, Miss.«

»Genau. Sie sagen es.« Gina drehte ihm den Rücken zu und sah, wie Sammy grinste. »Und du, junge Dame, kannst aufhören zu lachen. Vielleicht hat sie es sich anders überlegt und will dich nun doch ins Gefängnis stecken.« Sammys Miene verfinsterte sich, und sofort bedauerte Gina ihre Worte. »Wahrscheinlich bringt sie eher mich hinter Gitter«, fügte sie sanfter hinzu.

»Wofür denn?«, fragte Sammy.

»Dafür, dich in die Welt gesetzt zu haben. Das sollte verboten werden, oder?« Sie zerzauste Sammys Schopf und ließ sich neben ihr auf einen Stuhl fallen.

»Was glaubst du, was sie wirklich will, Mama?«

»Ich habe keine Ahnung. Ich weiß nur, dass es am Telefon sehr wichtig und dringend klang.« Den letzten Satz sagte sie laut genug, dass der Mann am Empfang ihn hören konnte. Sie sah hinüber, um zu prüfen, ob es etwas nutzte. Nada.

Sammy lag längs über den Stühlen und hatte die Beine angewinkelt. Gina streichelte ihr sanft den Kopf und lächelte, als ihr Kind zu schnarchen begann. Sie sah aus dem Fenster. Nicht, dass sie durch das stark verzerrte Glas sehr viel mehr als etwas Lichtschein und farbige Flecken sehen konnte. Aber die Alternativen waren der Beamte am Empfang und ein Poster, das Frauen dazu aufrief, sich gegen häusliche Gewalt zu wehren. Was sicher ein guter Rat war. Trotzdem wollte sie ihn nicht permanent sehen, solange Kate – Pardon, DS Brannon – sie warten ließ. Sie lehnte den Kopf gegen die Wand, spielte mit Sammys Haaren, schloss die Augen und versuchte, ein Nickerchen zu halten. In der letzten Zeit hatte sie nicht sonderlich gut geschlafen.

»Es tut mir leid, dass Sie warten mussten.« Kate stand vor ihr, mit freundlichen grünen Augen und einem weichen Lächeln im Gesicht.

Gina streckte die Hand aus und wartete, sehnte sich nach einer Berührung. Sie blieb aus.

»Hey, Kleine«, sagte Kate und rüttelte an Sammys Schulter. »Zeit, aufzustehen, du Schlafmütze.« Sie lächelte Sammy an. Mit diesem vollen, wunderschönen Lächeln, das Gina hatte sehen wollen. Aber es war nicht für sie bestimmt.

Kate drehte den Kopf und sprach den Kollegen am Schreibtisch an. »Können Sie Ms Temple bitte eine Tasse Tee bringen und eine heiße Schokolade für Sammy? Ich brauche hier ein paar Minuten.« Sie nickte in Sammys Richtung und bedeutete dem Polizisten, dass er auf sie aufpassen sollte.

»Würden Sie bitte mit mir kommen?« Kate führte Gina in das Zimmer, in dem sie schon einmal gewesen waren.

War es wirklich erst gestern gewesen? Es fühlte sich eher wie Jahre an. Alles, was Gina gerade wollte, war ein bisschen Schlaf. »Was ist denn so wichtig, dass ich hierherkommen muss wie von allen Teufeln gehetzt, nur um dann eine Stunde auf diesen schrecklichen Stühlen warten zu müssen?«

»Es tut mir sehr leid, Ihnen das mitteilen zu müssen. Aber wir haben Anlass zu der Befürchtung, dass Sammy in Gefahr ist. Durch die gleichen Leute, die schon Connie umgebracht haben. Ich wollte dafür sorgen, dass sie an einem sicheren Ort ist. Sie beide.«

»Oh Gott.« Gina fühlte sich, als gäben ihre Knie nach und sie fiele ins Bodenlose.

Kate streckte die Arme aus, um sie aufzufangen. Aber Gina zog sie stattdessen mit sich, als sie krachend auf ihren Knien landete. »Oh Gott.« Sie wollte sich übergeben, fühlte die aufsteigende Galle in ihrer Kehle wie Höllenfeuer, das sie vernichten wollte.

»Alles ist gut. Wir wissen inzwischen, was los ist. Bald werden wir alles aufgeklärt haben und die Täter ins Gefängnis bringen. Sie werden ihr nichts tun können.«

»Wer?« Ginas Herz hämmerte in ihrer Brust, als wolle es herausspringen, um zu Sammy zu kommen. Um sie zu beschützen, komme was wolle.

»Die Robbins.«

Gina versuchte, sich von Kate loszumachen. Sie stemmte sich gegen sie im Versuch, wieder auf die Füße und fortzukommen, aber ihre Beine wollten sie nicht tragen. Sie brachte es lediglich fertig, Kate weit genug auf Abstand zu bringen, um ihr in die Augen sehen zu können. Sie schimmerten feucht, wie vom Morgennebel. Mitgefühl, Verständnis und Angst lagen darin, während Gina sich um Atem bemühte. Ihre Lungen verweigerten den Dienst. Sie sogen zwar Luft ein, stießen sie jedoch nicht wieder aus. Hinein, aber nicht hinaus, wieder und wieder und wieder. Gina fühlte Kates Arme um sich, konnte aber nicht sehen, was vor sich ging. Ihre Sicht verschwamm zu dunklen Flecken, das Blut rauschte in ihren Ohren. Ihren Herzschlag merkte sie nicht mehr, der war zu Sammy geflogen. Nur das Rauschen ihres Blutes, das Kates Stimme übertönte, die ihr sagte, dass alles gut werden und Sammy in Sicherheit sein würde. Dann hörte alles auf und die Welt wurde still.

⋙———◆———⋘

»Wann wacht sie wieder auf?«

»Das kann ich nicht sagen, Sammy. Hatte sie früher schon Panikattacken?«

»Keine Ahnung.« Sammys Stimme klang klein und ängstlich.

»Mir gehts gut, Schatz«, hörte Gina sich sagen, klang dabei aber alles andere als gut. Ihre Stimme klang rau und belegt, aber mitten im Satz brach sie und wurde quietschig. »Himmel, ich klinge wie ein Junge im Stimmbruch.«

Sammy legte sich neben sie und legte einen dünnen Arm um ihre Taille, küsste sie sacht auf die Nasenspitze und kicherte.

»Was denn?«

»Du hast Mundgeruch.«

Das Kinder auch nie die Klappe hielten.

Kate schmunzelte. »Da bist du ja wieder. Ich würde ja Tee anbieten, aber ich fürchte, der ist inzwischen kalt.«

Sie lag in stabiler Seitenlage auf dem Fußboden. Unter dem Kopf hatte sie ein dünnes Kissen, wahrscheinlich aus einer der Zellen. Eine Wärmedecke war über sie gebreitet. Sie lag noch auf dem Boden und die Kälte kroch ihr in die Knochen. Gina unterdrückte ein Zittern und fragte: »Wie lange war ich weg?«

»Ungefähr eine halbe Stunde.«

»Verdammt.«

»Hast du häufiger Panikattacken?«, fragte Kate.

Gina schüttelte den Kopf, nahm aber wahr, dass Kate sie wieder dutzte. »Während der Pubertät hatte ich welche, aber danach nicht mehr. Abgesehen von dem Tag, an dem du mir gesagt hast, was mit Connie passiert ist. Aber das war ja kein richtiger Anfall.«

»Stimmt.«

»Soll ich dir einen Arzt rufen? Er könnte etwas verschreiben.«

»Nein.«

»Aber das würde helfen. Du scheinst im Moment sehr unter Stress zu stehen.«

»Ich habe Nein gesagt. Es geht mir gut, es war nur der Schreck.«

»Mama, warum ist es zum Erschrecken, bei Kate zu bleiben, während die Polizei etwas bei uns zu Hause erledigt?«

»Bitte was?« Gina warf Kate einen Blick zu.

»Sammy, ich hatte noch keine Gelegenheit, deiner Mama alles genau zu erklären. Deshalb hat sie sich erschreckt. Sie weiß noch gar nicht, dass ihr bei mir wohnen werdet, bis die ganze Sache erledigt ist.«

»Und wo wirst du sein?«, fragte Gina.

»Bei der Arbeit. Den Fall aufklären.«

»Und was sollen wir bei dir zu Hause tun?«

»Dort bleiben. Euch um Merlin kümmern. Unsichtbar sein.«

»Eingeschlossen?«

»Nein, eigentlich nicht. Aber du kennst doch den Dorftratsch. Es ist besser, wenn niemand davon weiß.«

»Also doch eingeschlossen.«

»Gib mir ein wenig Zeit, Gina. Das alles ist erst vor einer Stunde über uns hereingebrochen. Ich tue, was ich kann.«

Sie hat mich wieder Gina genannt. »Und welche Alternativen gab es, bevor dieser Plan aufkam?«

»Hierzubleiben.«

»Im Gefängnis? Auf keinen Fall«, schrie Sammy auf.

»Nicht im Gefängnis, nur hier im Gebäude. Aber wie du siehst, haben wir nicht so viele Möglichkeiten. Mein Haus liegt abseits der Hauptstraße. Solange ihr drinnen bleibt, wird euch niemand entdecken. Die angrenzenden Häuser sind leer stehende Ferienwohnungen und ich lebe allein. Es ist die einzig sinnvolle Lösung.«

»Für dich«, sagte Gina.

»Ja, für mich. Hast du einen besseren Vorschlag?«

Gina schüttelte den Kopf. »Ich hatte aber auch noch keine Zeit, darüber nachzudenken.«

»Tja. Wenn dir etwas Besseres einfällt, sag einfach Bescheid.«

»Du hast mich beim Vornamen genannt. Und dutzt mich wieder.«

»Tut mir leid.«

»Mir nicht.«

Kate öffnete den Mund, um etwas zu erwidern, bremste sich aber. Sie schüttelte den Kopf und richtete sich auf. »Na los. Dann wollen wir euch mal unterbringen. Zuerst müssen wir einkaufen, ich habe kaum etwas da. Und ich glaube, Kinder brauchen eine regelmäßig eine Portion von Fast Food, sonst werden die schrumpelig wie Rosinen.«

Sammy lachte, als Kate sie auf die Füße zog. »Ich schrumpele schon, Mama, ich brauche dringend Pizza.«

»Es gab schon gestern Abend Pizza.«

»Dann brauche ich Hotdogs, oder so. Ich werde sonst rosinig.«

»Das Wort existiert gar nicht.«

»Sollte es aber«, warf Kate ein. »Mir gefällt es.«

»Siehst du?« Sammy nahm ihre Mutter bei der Hand und half Kate, Gina behutsam auf die Füße zu ziehen.

»Ich denke, ich werde es eines Tages benutzen, um einen richtig miesen Typen zu beschimpfen.«

Sammy kicherte und flüsterte Gina ins Ohr. »Ich mag Kate.«

Ich auch, mein Schatz. Sie strubbelte durch Sammys Haar und folge Kate nach draußen zu ihrem Ersatzwagen.

»Wenn wir deinen hierlassen, wird er nicht vor meiner Haustür gesehen und niemand kommt auf die Idee, nachzuforschen.«

Gina nickte und stieg ein. *Na dann, Kate Brannon. Mal sehen, wie es weitergeht.*

Kapitel 27

Gina knetete ihre Hände im Schoß, während Kate von der Polizeiwache nach Docking fuhr. Sie hatte so viele Fragen, aber sie hatte keine Ahnung, womit und wie sie anfangen sollte.

Kates Haus war das zweite in einer Viererreihe und als einziges dauerhaft bewohnt. Die drei anderen dienten als Zweitwohnsitz oder als Ferienunterkunft. Demnach standen sie in der Zeit von September bis Ostern leer, staubten ein und verschlangen Geld.

Es war schon dunkel, als Kate an der Rückseite des Hauses parkte. Von der kleinen kiesbedeckten Fläche hatte man freie Sicht über Äcker, auf denen während der Saison Weizen, Gerste und Raps angebaut wurde. Gina wusste, dass sie in der Ferne auch die hohen, weißen Windkraftanlagen würde sehen können, über die in den letzten Jahren so heftig diskutiert worden war. Morgen früh würde sie sie sehen, ohne Zweifel. Jetzt allerdings war da nur endloses Tintenschwarz.

Es sah nach einem kleinen Häuschen aus. Die Wände waren mit den ortstypischen Steinen verputzt, und der schmale Garten mit Rasen führte zu einer Terassentür.

»Und du hast wirklich genug Platz für uns?«

»Ja. Ich habe zwar nur ein Bett im Gästezimmer, aber es sollte groß genug sein, wenn es euch nichts ausmacht, zu zweit darin zu schlafen?«

»Nein, kein Problem.« Gina wappnete sich für eine Nacht voller Wühlen und Wälzen, wenn sie sich ein Bett mit Sammy teilen sollte. Bisher war das nie eine sonderlich spaßige Erfahrung gewesen. Ihre Tochter neigte dazu, auch im Schlaf zu zappeln. Oft genug fand Gina beim Wecken ihre Füße statt des Kopfes auf dem Kissen.

Kate fummelte mit dem Schlüssel herum und versuchte, ihn im spärlichen Licht und mit vollen Händen ins Schloss zu bekommen. »Entschuldigung.«

Gina lächelte und nahm ihr den Schlüssel ab, schob ihn ins Schloss und öffnete die Tür. Von innen wirkte das Haus viel größer als erwartet. Das ganze Erdgeschoss bestand aus einem lang gestreckten, offenen Wohn- und Essbereich, an den sich zur Front des Hauses hin die Küche anschloss. Links waren Stufen zu sehen und an der Wand zum Garten stand ein hoher Kamin mit großen Glaseinsätzen. Sie konnte sich gut vorstellen, auf dem bequem aussehenden Ledersofa zu sitzen und in die Flammen zu schauen, dabei ein Buch zu lesen und ab und zu an einem Kakao zu nippen.

»Geradeaus neben der Eingangstür gibt es eine Toilette« erklärte Kate und stellte die Einkäufe auf dem Küchentisch ab. »Ich zeige euch gleich das Obergeschoss. Mein Zimmer liegt hinten, aber das andere sollte für euch passen.« Oben drückte Kate die Tür zu einem Zimmer mit Doppelbett auf, das bereits bezogen war.

Sammy ließ sich hineinfallen und wippte rücklings auf der Matratze auf und ab.

»Sammy, benimm dich.«

»Ich probiere es doch nur aus«, sagte sie. Artig setzte sie sich auf und ließ die Füße über den Rand baumeln.

»Das Badezimmer ist am Ende des Flurs. Ich habe ein eigenes neben meinem Zimmer, also steht euch das hier zur freien Verfügung.«

»Du musst das nicht tun«, sagte Gina.

»Ich benutze es sowieso nie.« Damit zeigte sie aufs Waschbecken. »Ich hab nicht einmal eine Zahnbürste hier.« Kate lächelte. »Ich werde jetzt die Einkäufe auspacken, und ihr kommt in Ruhe an.«

Gina wollte gerade wiederholen, dass all das nicht nötig wäre, aber da war Kate schon aus der Tür und hüpfte leicht hinkend die Treppe hinunter. Kurz darauf hörte Gina sie mit den Plastiktüten rascheln und Schranktüren auf- und zugehen. Mit sachtem Kopfschütteln wandte sie sich Sammy zu.

»Und nun zu dir, junge Dame. Es ist wirklich sehr, sehr freundlich von Kate, dass sie uns hier wohnen lässt. Du musst mir versprechen, dass du dich von deiner besten Seite zeigst.«

»Klar, Mama.«

»Ich meine es ernst. Keine Füße auf dem Sofa, keine frechen Antworten. Benimm dich und erzähl ihr um Himmels Willen nicht irgendwelche Peinlichkeiten. Ich habe mich heute schon mehr als genug blamiert. Verstanden?«

»Was meinst du denn?« Sammy grinste schlitzohrig.

»Das weißt du ganz genau, mein Fräulein, tu nicht so.« Sie tippte ihr gegen die Nasenspitze und gab ihr dann einen Klaps auf den Hintern. »Geh dir die Hände waschen, ich werde inzwischen ein paar Hotdogs vorbereiten.«

»Okay.« Sammy hüpfte vom Bett und rannte den Flur entlang.

»Gehen. Im Haus wird nicht gerannt.« Sie hörte ein heiteres Schnauben aus dem Erdgeschoss und ging dem Geräusch nach. »Ich schwöre, eines Tages mache ich den Mund auf und klinge genau wie meine Mutter.« Lächelnd kam sie auf der untersten Stufe an.

Kate hatte sich gebückt, um Obst in den Kühlschrank zu legen.

Ich habs doch gleich gesagt. Das ist ein Prachthintern.

»Die Hotdogs und die Brötchen liegen dort drüben. Ich würde ja kochen, aber ich kann nicht versprechen, dass ich nichts anbrennen lasse.« Kate lächelte sie über die Schulter hinweg an.

»Man kann Hotdogs gar nicht anbrennen lassen.«

»*Au contraire, mon amie.* Wenn Hitze im Spiel ist, kann ich es auch anbrennen lassen, glaub mir.«

Gina winkte nur ab und riss die Tüte mit den Brötchen auf. »Messer?«

»In der Schublade direkt vor dir. Pfannen sind im Schrank darunter und der Dosenöffner müsste bei den Messern liegen.«

Gina fand schnell, was sie brauchte und lächelte dankbar, als Kate ihr die Teller reichte.

»Trinkt sie nur Milch?«

»So spät am Abend bekommt sie Milch oder Wasser, nichts, was sie wachhält. Es macht einen Heidenspaß, eine überzuckerte Sammy zu erleben.«

»Und du?«

»Ich kann auch andere Sachen trinken und bestens schlafen, danke der Nachfrage.«

»Haha.« Kate hielt eine Flasche mit Rotwein in die Höhe und setzte eine fragende Miene auf.

»Oh ja, bitte. Davon bekomme ich definitiv keine Schlafstörungen.«

»Das dachte ich mir schon. Außerdem passt er bestens zu Hotdogs, Senf und Ketchup.«

»Wie vielseitig.«

»Ich mag multifunktionale Dinge in meinem Leben.«

Gina schmunzelte und stellte die Teller auf den Tisch. »Irgendwie überrascht mich das nicht. Sammy, Kate wird deine Hotdogs aufessen, wenn du dich nicht beeilst.«

»Wehe«, rief Sammy und kam die Treppe heruntergerannt. »Ich verhungere schon.«

»Ich würde im Traum nicht deine Hotdogs essen. Die deiner Mutter allerdings schon, ich finde, die sehen sehr verlockend aus, oder?« Kate zwinkerte ihr zu.

Flirtet sie mit mir? Ich glaube, sie flirtet mit mir. Aber sie hat auch gesagt, dass sie mir nicht mehr traut. Aber das eben war doch eindeutig ein Flirt, oder? Hilfe, ich weiß nicht einmal mehr, wie man flirtet. Gina schüttelte die Ketchupflasche, um ihren Hotdog angemessen zu verfeinern, aber ihre Unaufmerksamkeit führte zu einer kulinarischen Katastrophe. Und zu einem Fleck auf ihrer Brust. Zwei, eventuell.

Sammy prustete los, während Kate den Anstand besaß, ihr Grinsen mit einem weiteren Happen zu kaschieren.

Ende des Flirts. Falls es überhaupt einer war.

»Wie kommt es, dass du in diesem großen Haus ganz allein leben?«, fragte Sammy. Gina hätte sie am liebsten für das Ablenkungsmanöver und die wirklich interessante Frage geküsst.

»Tja, ich habe keine Sammy, mit der ich es teilen könnte.«

»Dafür braucht man doch kein Kind. Das geht auch mit einem Ehemann oder einer Freundin oder den Eltern.«

»Hmm.« Kate kaute und schluckte. »Sind das meine einzigen Möglichkeiten?«

Sammy zuckte mit den Schultern. »Glaub schon.«

»Dann ist da leider nichts für mich dabei. Ich will keinen Ehemann. Als ich in deinem Alter war, habe ich entschieden, dass Jungs komisch riechen, und ich habe noch keinen getroffen, der mich vom Gegenteil überzeugen konnte. Und ich habe auch keine Freundin, weil die letzte mit meiner besten Freundin durchgebrannt ist. Weshalb auch die nicht infrage kommt. Meine Eltern leben nicht mehr, sie sind beide gestorben, als ich noch jünger war als du.«

»Ich kann deine neue beste Freundin sein«, bot Sammy an und hielt ihr die Hand hin.

»Prima.« Kate wollte gerade einschlagen, da schnippte Sammy ihre Hand beiseite, hielt sich den Daumen an die Nase und wackelte mit den Fingern.

»Zu lahm.«

»Ach, ich seh schon. Das wird doch bestimmt so eine Best-Friends-Forever-Freundschaft, oder?«

Sammy nickte und machte sich über ihren zweiten Hotdog her.

»Es gibt niemanden?«, fragte Gina.

Kate schüttelte den Kopf.

»Das tut mir leid.«

Kate winkte ab und griff nach ihrem Glas. »Ist alles schon sehr lange her.«

Aber ihr Blick ließ Gina ahnen, dass die Zeit in diesem Fall keine Rolle spielte. Sie konnte den Schmerz darin sehen und hätte zu gern gewusst, welcher Teil der Geschichte dafür verantwortlich war. Die dämliche Exfreundin, die noch blödere beste Freundin oder das kleine Waisenmädchen. Vielleicht würde sie später danach fragen, wenn Sammy im Bett war. Gina konnte nicht abschätzen, wie viel Kate vor Sammy von sich preisgeben würde. Ganz offensichtlich wollte sie sie beschützen und ihr keinen weiteren Kummer bereiten. Gina seufzte. *Gut im Umgang mit Kindern, bildschön, intelligent und witzig. Perfekt. Aber sie hasst mich. Und flirtet.*

Sie beobachtete Kate, die Sammy aufmerksam zuhörte, ihr das Glas auffüllte und auf der Suche nach Trickfilmen für Sammy durchs Fernsehprogramm zappte. Man, wer auch immer man war, sagte ja, dass der Weg zum Herzen eines Mannes durch den Magen führte. Nun, der Weg zum Herzen dieser Frau führte definitiv über ihr Kind. Gina hatte den beiden zutiefst glücklich den ganzen Abend zusehen können. Als es Schlafenszeit wurde, bat Sammy Kate, ihr etwas vorzulesen.

»Tut mir leid, aber ich besitze keine Kinderbücher.«

»Es muss ja auch kein Kinderbuch sein.«

Kate runzelte die Stirn.

»Ist schon in Ordnung, Kate. Sammy schafft es heute auch ohne eine Einschlafgeschichte.«

»Ach bitte, Mama.«

»Vielleicht habe ich doch etwas.« Sie klopfte Sammy sacht auf den Po. »Du machst dich jetzt fertig fürs Bett und ich schaue inzwischen nach, wo ich es versteckt habe.«

Darum musste man Sammy kein zweites Mal bitten. Noch bevor Kate ihren Satz beendet hatte, war sie schon die Treppe hochgestürmt.

»Du musst das wirklich nicht machen.«

»Ich weiß.« Kate erhob sich. »Aber ich mag ihre Gesellschaft und ich würde gern.«

»Welches Buch möchtest du ihr denn vorlesen?«

»*Die Anatomie des Mordes*. Als ich in ihrem Alter war, habe ich auch damit angefangen. Ich könnte mir vorstellen, sie geht später mal zur Polizei oder zur Kripo. In jedem Fall wird es ihr von Nutzen sein.«

»Sehr witzig.«

»Ich dachte an den Klassiker ›Ein Freund wie Stig‹. Meine Großmutter hat es mir immer vorgelesen.«

Gina lächelte. »Das ist schön.«

Kate erwiderte das Lächeln und verließ das Zimmer. Das schüchterne Lächeln schien so gar nicht zu der starken, selbstbewussten Frau zu passen, die Gina in ihr sah. Dennoch wirkte es so natürlich und bezaubernd, dass Ginas Lächeln noch strahlender wurde. In ihrem Magen stellte sich ein lang vermisstes Flattern ein.

Gina konnte die beiden im Obergeschoss hören. Zwischen Gekicher und Erklärungen las Sammy mindestens so oft wie Kate. Mit sanftem Kopfschütteln dachte Gina daran, dass Sammy es liebte, wenn man ihr vorlas. Sie selbst zum Lesen zu bewegen war hingegen schwierig, um es vorsichtig zu formulieren. Kate war das scheinbar mit Leichtigkeit gelungen. Sammy zeigte sich wirklich von ihrer allerbesten Seite.

Gina beschäftigte sich mit dem Abwasch, dann schlenderte sie nach oben. Sie fand Kate, noch immer laut lesend, neben Sammy, die eingeschlafen war.

»Dein Kind schnarcht.«

»Ich weiß.« Gina grinste. »Wie eine alte Lok.«

Kate schloss das Buch und erhob sich behutsam, zog die Decke über Sammy und ging leise aus dem Zimmer. »Du möchtest jetzt sicher allein sein.«

»Eigentlich bin ich hochgekommen, weil ich gern noch eine Tasse Kaffee mit dir trinken würde.«

»Oh, gerne. Ich kümmere mich um den Wasserkocher.«

»Das kann ich auch machen.«

»Was für ein Unsinn. Du bist hier zu Gast und hast trotzdem schon das Essen zubereitet, damit ich uns dabei nicht umbringe. Den Kaffee mache ich.«

»Aber dabei kommen heiße Sachen zum Einsatz. Nicht, dass du ihn anbrennen lässt.« Gina machte ein übertrieben besorgtes Gesicht.

Kate zog die Stirn kraus. »Aus dem Weg, Frau. Hier geht es um meine Ehre.« Sie machte mit beiden Händen eine flatternde Bewegung in Ginas Richtung. »Husch.«

Gina lachte und ging hinter Kate die Treppe hinunter. Die brachte tatsächlich unverbrannten Kaffee zustande und hielt gerade eine Flasche *Baileys* in die Höhe.

»Hätten Madam gern ein Schlückchen davon im Kaffee?«

»Wein am Nachmittag, *Baileys* im Kaffee, willst du mich betrunken machen?«

»Ich offeriere lediglich Schlafhelfer für jene, die die Nacht neben einem schnarchenden Zug verbringen müssen.«

»Was für ein gutes Argument zur rechten Zeit. Ich nehm einen Doppelten, Barfräulein.«

»Jawohl, meine Dame.« Kate klang genau wie der Butler aus *Downton Abbey* und Gina bekam Gänsehaut.

»Oh, daran könnte ich mich gewöhnen.«

»Woran? Likör im Kaffee?«

»Nein, an die Anrede.« Sie versuchte ebenfalls, den richtigen Ton zu treffen und prustete angesichts ihres kläglichen Scheiterns los.

Kates Mund verzog sich zu einem leicht schiefen Grinsen. »Und wie kommt das?« Sie reichte Gina ihre Tasse und führte sie zum Sofa. Dann stellte sie den Ton leiser, bis aus dem Fernseher kaum noch etwas von *SpongeBob* zu hören war.

»Ich glaube, das weißt du ganz genau, Kate.« Sie nahm Platz und nippte an ihrem Getränk. »Ich habe den Eindruck, du flirtest mit mir.«

»Ich?« Kate mühte sich um eine unschuldige Miene, aber ihre Augen verrieten sie. Lächelnd setzte sie sich neben Gina.

»Ja, du.«

»Möchtest du, dass ich damit aufhöre?«

»Kommt darauf an.«

»Worauf?«

»Entweder du hörst auf zu flirten, um dich zurückzuziehen, oder du lässt es bleiben, um mich zu küssen.«

»Und wenn ich damit weitermachen möchte?«

»Dann flirte halt weiter. Wenigstens weiß ich so, dass du keinen Rückzieher machst.«

Im gedämpften Licht wirkte das Grün in Kates Augen dunkler, so wie Eichenlaub am Morgen. Ihre Pupillen waren riesig. Gina wusste, dass Kate sie küssen wollte; mindestens genauso sehr wie sie selbst. Sie wollte mit den Fingern durch die kupferfarbenen Haarsträhnen fahren und sich darin verfangen, während ihr Mund den von Kate eroberte. Sie wollte Kates Körper näher an ihrem, wollte ihre Wärme durch die Kleidung spüren und dann ihre Haut unter den Fingerspitzen. Sie wollte am Kopf beginnen und sich dann abwärts arbeiten. Ganz langsam.

Kate räusperte sich und sah zur Seite. »Entschuldigung«, flüsterte sie tonlos.

»Nicht.« Ginas Stimme brach, als sie sprach. »Nicht weggehen.«

Kate schüttelte den Kopf. »Will ich ja gar nicht.«

»Aber?«

»Ich bin nicht besonders gut in solchen Dingen.«

»Kommt mir ganz anders vor.«

Kate verzog das Gesicht, und Gina entschied sich für eine andere Taktik. »Worin bist du nicht gut?«

»Beziehungen.«

»Warum sagst du das?«

Kate nahm einen Schluck, beugte sich dann vor und stützte sich mit den Ellenbogen auf die Knie. »Als ich vorhin sagte, ich hätte niemanden, war das kein Scherz. Es gibt wirklich niemanden in meinem Leben.« Sie stellte ihre Tasse auf den Tisch. »Meine Mutter starb kurz nach meiner Geburt. Großmutter meinte, sie hätte mich noch im Arm gehalten und wäre dann gestorben. Mein Vater hat mir das nie verziehen, aber er hat gut für mich und Großmutter gesorgt. Er arbeitete auf Ölplattformen. Hat uns immer mitgenommen, sodass wir möglichst nahe bei seinen Arbeitsorten wohnten. Wir sind also ziemlich oft umgezogen. In viele kleine Küstenstädte und -dörfer. Wir waren außerhalb von Boston, nahe Skegness, als man ihm eine Stelle in Schottland anbot. Kam ziemlich kurzfristig, also nahm er die Arbeit schon auf, bevor wir eine neue Unterkunft in seiner Nähe hatten. Drei Wochen vor unserem Umzug nach Aberdeen ist es dann passiert. Im Juli 1988.«

»Ölplattformen? Redest du von der Katastrophe auf der *Piper Alpha*?«

Kate nickte. »Einhundertsiebenundsechzig Männer sind in dieser Nacht gestorben. Mein Vater war einer von ihnen.« Sie klemmte die Hände zwischen ihre Knie. »Es mag schrecklich klingen, aber eigentlich erinnere ich mich gar nicht richtig an ihn. Ich kenne Fotos von ihm in Omas Alben und diese Bilder sind die einzigen von ihm, die ich im Kopf habe. Ich erinnere mich an Bilder, aber nicht an ihn. Verstehst du, was ich meine?«

»Wie alt warst du, als er gestorben ist?«

»Ist das eine getarnte Frage nach meinem Alter?«

Gina nickte. »Vielleicht. Aber du musst noch sehr klein gewesen sein.«

»Ich war acht. Jetzt bin ich fünfunddreißig.« Sie schmunzelte. »Falls du es genau wissen wolltest.«

»Und selbst, wenn du jetzt fünfundfünfzig wärst, wärs mir egal. Aber damals warst du noch ein Kind. Er war nicht oft bei euch, oder?«

»Stimmt. Trotzdem sollte ein Kind Erinnerungen an seine Eltern haben. Ich erinnere mich nur an meine Großmutter.«

»Sie war eben beides für dich.«

Kate lehnte sich zurück. »Das war sie.«

»Wann ist sie gestorben?«

»Als ich siebzehn war. Es war Krebs. Sie war eine sture alte Frau, und als sie eingesehen hat, dass etwas mit ihr nicht stimmt, war es schon zu spät. Sie hat den Krebs ausgetrickst. Man gab ihr noch sechs Wochen und sie hat achtzehn Monate geschafft.«

»Wow.«

»Wie gesagt, sie war dickköpfig.«

»Scheint erblich zu sein.«

»Hey, ich war die ganze Zeit nett zu dir.«

»Sicher.« Gina streckte eine Hand aus, sie konnte nicht mehr anders. Sanft legte sie Kate die Hand auf den Arm und strich weich mit dem Daumen darüber.

Kate starrte wie hypnotisiert darauf.

Gina hatte richtig vermutet, die Haut war samtweich und zart. So, so weich. »Ist sie dir wirklich mit deiner besten Freundin durchgebrannt? Deine Ex?«

»Oh ja.«

»Was für eine blöde Kuh.«

Kate schüttelte den Kopf und drehte ihren Arm um, damit Gina besser an die empfindsame Haut an ihrem Unterarm und Handgelenk kam. »Ach was. Wir waren nicht gut für einander. Versteh mich nicht falsch, damals dachte ich, alles wäre perfekt. Wir haben zusammen gearbeitet, hatten die gleichen Interessen. Alles war toll. Nur in einer Sache waren wir grundverschieden.«

»Und welche war das?«

»Treue. Ihrer Meinung nach war Sex außerhalb der Beziehung in Ordnung. Solange es nur um Sex ging. Keine Gefühle, kein Stress.«

»Und das ist ihr gelungen.«

»Offensichtlich.«

»Aber du konntest das nicht?«

»Nein. Nicht, dass ich davon gewusst hätte, während wir zusammen waren. Sie hat es einfach getan. Was Melissa wollte, hat Melissa sich genommen. Oder sich davon nehmen lassen.« Sie hob die Achseln. »Wie auch immer.«

»Oh.« Gina strich nur noch mit den Fingerspitzen über Kates Haut. Langsam umfuhr sie jede kleine Erhebung, jedes feine Härchen. Eine kleine, verblasste Narbe erregte ihre Aufmerksamkeit. Sie fragte sich, woher die wohl stammte. Am Handgelenk traten die Adern hervor, blassblau unter milchweißer Haut. Die Sehnen der Hand, jede Linie am Handgelenk faszinierte sie. Sie konnte sich nicht entsinnen, je so hingerissen von einer simplen Berührung gewesen zu sein. Je mehr sie entdeckte, desto mehr wollte sie erforschen.

»Tja.«

»Und wie ist das mit deiner besten Freundin passiert?«

»Nach allem, was ich zum damaligen Zeitpunkt wusste – und ich darf anmerken, dass ein Streit wirklich keine gute Gelegenheit ist, sich auf den neuesten Stand zu bringen –, hatten sie die gleiche Vorstellung von Dating. Für mich kam das sehr überraschend. Besonders, nachdem sie mir mitteilten, dass sie sich verliebt hätten und es miteinander versuchen wollten.«

»Klingt, als wärst du danach fertig mit beiden gewesen.«

»Ja, genauso war es.« Sie schmunzelte. »Jetzt bin ich es auf jeden Fall.«

»Sind sie noch zusammen?«

Kate schüttelte den Kopf. »Zuverlässigen Quellen zufolge haben sie es keine drei Wochen ausgehalten. Fragwürdige Informanten behaupten, es waren nur zwei. Die Gerüchteküche brodelt nirgends so hoch wie unter Polizisten.«

»Wie lange ist das her?«

»Drei Jahre.«

»Und seitdem war da niemand mehr?«

Kate verzog den Mund. »Nicht wirklich, nein.«

»Kann ich mir nicht vorstellen.«

»Stimmt aber. Wie auch immer, das war genug von meinem traurigen, einsamen Leben. Erzähl mir von dir.«

»Da gibt es nicht viel zu sagen. Wie du schon weißt, bin ich mit siebzehn von einem Vollidioten schwanger geworden. Weiterhin bin ich eine nicht geoutete Dorflesbe. Und das wars auch schon.« Beiläufig strich sie über die Pulsstelle und beobachtete hingerissen, wie Gänsehaut auf Kates Arm entstand und sich alle Härchen aufrichteten.

»Da gibt es doch bestimmt noch mehr. Jeder hat ein schmutziges Geheimnis.«

Gina lachte. »Okay, ich bin ein paar Mal mit Frauen ausgegangen, aber daraus hat sich nichts entwickelt.«

»Warum nicht?«

»Du hast doch schon Bekanntschaft mit Sammy gemacht, oder?«

»Und?«

»Sobald Sammy irgendetwas weiß, weiß es auch der Rest der Welt. Wenn ich je eine Freundin mit nach Hause gebracht hätte, damit sie sich kennenlernen können, wäre es in kürzester Zeit im ganzen Ort bekannt gewesen.«

»Ich glaube, jetzt tust du Sammy Unrecht und dir selbst auch. Sammy hat für Connie Geheimnisse bewahrt und sie hat verschwiegen, was am Donnerstag passiert ist. Ich bin sicher, dass sie für euch beide auch weiterhin geschwiegen hätte, wenn du ihr gesagt hättest, dass das wichtig ist. Wobei ich nicht verstehe, warum es ein Geheimnis hätte bleiben sollen. Connie und Leah waren ein Paar, und obwohl ich schon einige Hässlichkeiten darüber gehört habe, warum die Leute Connie hassten, schien nur einer ein Problem mit ihrer lesbischen Beziehung zu haben. Warum sollte das bei dir anders sein?«

»Ja, ich weiß. Ich weiß das alles. Trotzdem habe ich bis jetzt noch niemanden getroffen, für den ich bereit gewesen wäre, die Pferde scheu zu machen.«

»Das sind doch alles Klischees. Das ist dir klar, oder?«

»Ja. Wahr ist es trotzdem.«

»Also noch mal: Du sagtest, du bist mit Frauen ausgegangen, aber es hat nicht für eine richtige Beziehungen gereicht. Also war es was?«

»So neugierig, DS Brannon?«

»Berufskrankheit, fürchte ich.«

Gina lachte. »Ich schätze, ich bin jemand, der die Katze nicht gern im Sack kauft.«

Kates Augen wurden groß. »Reden wir gerade über One-Night-Stands? Affären?«

»Ganz bestimmt nicht. Ich bin keine Frau für eine Nacht. Eher so für ein verlängertes Wochenende.«

»Verstehe.«

»Tatsächlich?« Gina fuhr mit den Fingern über die Innenseite von Kates Arm und löste damit ein weiteres Schaudern aus.

»Das denke ich schon.«

»Wirst du mich küssen?«

Kate schluckte, dann schüttelte sie den Kopf.

Gina hielt inne. »Wirklich nicht?«

»Wirklich nicht.«

»Aber ...«

»Ich hab dich gern.«

»Ich dich auch.«

»Ich mag dich zu sehr als nur für ein paar Tage.« Sie legte ihre Finger um Ginas Hand und drückte sie leicht. »Aber ich suche jemanden, der nicht erst einen Probelauf braucht, um zu wissen, ob ich die Richtige bin.« Kate stand auf, griff nach den Tassen und strich mit einem Finger über Ginas Wange. »Gute Nacht, Gina. Schlaf schön.«

Gina blieb sitzen, bis sie nichts mehr außer Sammys Geschnarche hören konnte. Ihre Haut kribbelte überall dort, wo Kate sie berührt hatte. Inzwischen hatten sich Atmung und Puls wieder normalisiert, aber sie konnte noch immer das Brennen dieses letzten Blickes auf sich fühlen. Der, der sie versengt und zum Schmelzen gebracht hatte. Der, in dem jene unbekannte Leidenschaft lag, von der sie immer nur gelesen hatte. Diese Leidenschaft, nach der sie sich sehnte.

Warum eigentlich sage ich bei jeder Gelegenheit genau das Falsche zu ihr?

Kapitel 28

»Ich habe einen Plan«, rief Stella. »Ich habe jetzt einen.«

»Dann erleuchten Sie uns, Gebieterin«, gab Tom zurück.

»Sehr witzig. Dafür verdonnere ich dich zum Außendienst.«

»Fuck.«

Stella grinste ihn überlegen an. »Damit du es dir merkst.«

»Und der Plan?«, warf Kate ein.

»Richtig.« Stella breitete Druckerpapier aus. Es war altmodisches Endlospapier mit weißen und hellgrünen Streifen und Randlochung, die es durch die Walzen zog. »Ich habe die Daten überprüft, die Matt Green uns gegeben hat und die die Angaben in Connie Wells' Tagebuch bestätigen. Abgesehen von einem Tag wechseln die Übergabepunkte immer wieder. An jedem Donnerstag wird bei Sutton Bridge geliefert. Matt Green erledigt das, und wenn es eine Abendtour ist, nimmt er das Kind mit. Wahrscheinlich isst er unterwegs mit ihr irgendwo an der A17 einen Burger.«

»Bastard«, sagte Kate.

»Ich weiß. Ich hätte jetzt auch gern einen Burger«, meinte Tom.

»Ich meinte eigentlich, weil er sie auf eine Drogenkurierfahrt mitnimmt.«

»Oh, ja. Das auch noch. Bastard.«

»Der Plan also«, fuhr Stella fort, »besteht darin, diese Lieferung am nächsten Donnerstag zu überwachen. Und zwar über den ganzen Tag, da Green die Lieferzeit immer erst kurz vorher erfährt. Deshalb hatte er es am Neunundzwanzigsten so eilig. Er wusste erst Bescheid, als sein Telefon ihn geweckt hat.«

»Aber warum hat er die Kleine nicht für ein Frühstück an der Raststätte mitgenommen? Warum hat er sie in die Marsch geschickt?«

»Nachdem Connie diese Auseinandersetzung mit den Robbins hatte, wollte er wohl nicht das Risiko eingehen, das Mädchen bei sich zu haben.«

»Und er fand es klug, sie stattdessen ... Ach, egal. Wir überwachen also seinen Lieferpunkt. Green ist noch in Haft. Er wird die Tour ganz sicher nicht übernehmen.«

»Wenn er es nicht macht, werden die Robbins jemand anderen einsetzen. Möglicherweise Leah, meinte Matt. Also wird ein Team Leah beschatten und nur für den Fall, dass sie es doch nicht ist, wird sich eine Truppe auf den gewohnten Ort der Übergabe konzentrieren. Falls Leah dort auftaucht, verhaften wir sie und bringen sie zum Verhör hierher. Das Team in Sutton Bridge muss unbedingt Bilder vom Empfangsfahrer machen und ihm bestenfalls folgen. Das sollte uns weiterbringen.«

»Okay.«

»Wenn wir einen der Robbins dabei erwischen, wie er Leah mit den Drogen zur Hand geht, reicht das, um ihr Boot, das Büro, ihr Lager im Hafen und ihre Häuser zu durchsuchen. Wir brauchen die Logbücher, um herauszufinden, wo die fraglichen Hummerkörbe liegen. Dann kann Timmons seine Taucher losschicken, damit die nachsehen.«

»So kriegen wir die Robbins für die Drogengeschichte und auch für den Mord dran«, sagte Kate.

»Und zwar niet- und nagelfest«, bestätigte Stella.

»Wer von den beiden hat wohl abgedrückt?«

Stella zuckte mit den Achseln. »Spielt doch keine Rolle, oder? Sie haben es gemeinsam getan. Oder sollte ich sagen, zu dritt.«

»Zu dritt?«, fragte Jimmy.

»Der Vater hat das Boot gesteuert. Er musste es ruhig halten, damit eines seiner Kinder feuern konnte. Damit sind sie alle drei des Mordes schuldig oder zumindest der Beihilfe, wenn ich mich nicht irre.«

»Schon. Aber wer war wohl der Schütze?«

»Adam«, sagte Collier.

»Ja, ich tippe auch auf ihn«, stimmte Tom zu.

Stella nickte. »Green hat ja erwähnt, wo er bei der Armee eingesetzt war. Ich wette, er war Scharfschütze und hat eine Menge Leute auf dem Gewissen. Was glauben Sie, Kate?«

»Ich setze einen Zehner auf Ally.«

»Warum?«

»Ich schwimme nicht gern mit dem Strom.«

»Und?«, hakte Jimmy nach.

»Ich weiß nicht genau. Sie hat so etwas an sich. Zu ehrgeizig, würde ich sagen, um ihrem Bruder die Lösung eines Problems zu überlassen, wenn sie sich selbst darum kümmern kann.«

»Aus diesem Grund? Rivalität unter Geschwistern?«

»Bauchgefühl.«

»Na dann, meine Herrschaften, Zeit für die Einsätze.« Jimmy reichte eine Kaffeetasse herum. Kate wollte gar nicht wissen, ob sie sauber war oder nicht, aber wenigstens schien sie trocken zu sein. Der Sieger würde in ein paar Tagen also zumindest keine schmierigen Münzen putzen müssen.

»Der Plan richtet sich also auf einen Donnerstag. Heute ist Dienstag. Was machen wir in der Zwischenzeit, Stella?«, fragte Kate, kippelte mit dem Stuhl nach hinten und legte die Füße zur Stabilisierung der Lage auf den Tisch.

»Wir erledigen diesen ganzen verfluchten Papierkram. Nach wie vor warten wir auf die Waffenregistrierungsdaten der Robbins. Und wir müssen sehen, ob diese Genies in der Technikabteilung etwas von der Speicherkarte retten konnten oder nicht, und ich könnte etwas Hilfe brauchen, was die Daten der vermissten Container betrifft.«

»Alles klar. Dann mache ich mich auf den Weg zu den Genies«, entschied Kate eilig, stellte ihren Stuhl ordentlich hin und schnappte sich ihre Jacke.

»Ich kenne jemanden in der Waffenregistratur«, sagte Tom.

»Netter Versuch, Tom«, rief Stella ihnen nach, als sie aus der Tür flüchteten. »Und ihr beide denkt nicht einmal daran, euch drücken zu wollen. Hinsetzen und anfangen.« Zwei junge Polizisten stöhnten auf angesichts eines Tages in der Hölle. Papierkram.

Tom hatte Kate an diesem Morgen von zu Hause abgeholt. So sehr sie Gina und Sammy auch sicher aufgehoben wissen wollte, so wenig wollte sie sie hilflos zurücklassen, falls sie doch fliehen mussten. Daher hatte sie ihren Leihwagen hinter dem Haus stehen lassen.

»Ich muss mich wirklich um ein neues Auto kümmern«, sagte sie und lehnte sich zurück, um die Landschaft auf dem Weg nach King's Lynn zu betrachten. Graue Wolken, Bäume und Fahrzeuge, die tagsüber mit voller Beleuchtung fuhren. Was sollte das eigentlich?

»Ms Temple und Pippi Langstrumpf haben also bei Ihnen übernachtet.«

»Hä?«

»Gina und das Gör.«

»Was ist mit ihnen?«

»Sie haben bei Ihnen übernachtet, oder?«

»Ja. Und weiter?«

»Na, Sie wissen schon.«

»Ich weiß was?«

»Sie und Gina, verstehen Sie?«

»Tom, ist Ihnen unlängst irgendwie die Fähigkeit, klare Fragen zu formulieren, abhandengekommen?«

»Nein.«

»Dann fragen Sie gefälligst, was Sie fragen wollen. Ich bin kein verdammter Hellseher.«

»Na, sie ist doch … Sie wissen schon. Und ein Freund von mir arbeitet in Ihrer alten Dienststelle und der meinte, Sie wären auch … Also … Ach, vergessen Sie es.«

»Meine Güte! Wie alt sind Sie eigentlich? Zwölf?«

»Elfeinhalb, um ganz genau zu sein.«

Sie warf einen Blick auf seine trendigen Nikes. Ja, die passten zu der Aussage. »Also gut. Ja, ich bin, Sie wissen schon was. Woher wissen Sie, dass das auch für Gina gilt?«

»Wir sind zusammen zur Schule gegangen. Ich war ein paar Klassen über ihr, aber sie war schon immer cool. Bis dieser Mistkerl mit ihr rumgemacht hat.«

»Woher wissen Sie über Gina Bescheid?«

»Als wir Kinder waren, wusste ich das natürlich nicht. Sie selbst wahrscheinlich auch nicht, schätze ich. Bis dieser Trottel und Sammy ins Spiel kamen. Aber ich glaube, alle anderen wussten schon früh davon. Sie hat sich nie mit Jungs abgegeben. Zumindest nicht so, als fände sie sie interessant. Sie wissen, wie ich das meine?«

Kate nickte. Und ob sie das wusste. Damals lag etwas in der Luft, eine Mischung aus Koketterie und Experimentierfreude, die ihr lange gänzlich abgegangen war. Bis zu ihrer Zeit am College, in der sie eine Lesbenkneipe entdeckt hatte und sich für sie auf einen Schlag eine neue Welt eröffnete.

»Ich betrachte mich als weltgewandten Mann. Sie ist früher mal mit einer Rothaarigen aus Lynn ausgegangen. Hat wohl nicht lange gehalten, aber diese Frau bezeichnete sie als echte Herzensbrecherin.«

»Gina?«

»Ja. Sie scheint da das Motto meines Vaters zum Fliesen verlegen zu teilen.«

»Ich habe den Faden verloren, Tom.«

»Leg sie einmal flach, mach es richtig gut, und dann kehre nie wieder an den Ort des Geschehens zurück.«

Sie starrte ihn entgeistert an. »Für einen halbwegs intelligenten Typen, Tom, haben Sie da gerade ziemlichen Scheiß von sich gegeben.«

»Ich wiederhole nur, was Carly mir erzählt hat.«

Und schon haben wir die Gerüchteküche am Brodeln. Ein cleveres oder eher ein halb kluges Netzwerk wie kein zweites. »Und was hat das mit mir zu tun?«

»Nun, hat sie ein weiteres Trümmerfeld hinter sich gelassen?« Er lachte über seinen eigenen Witz.

»Wie schön, dass Sie es lustig finden. Ich nämlich nicht.«

»Ach, kommen Sie. Sie müssen doch zugeben, dass das witzig war.«

»Nein, war es nicht.«

»So wie Sie sich vor Antworten drücken, muss ich ja denken, dass Sie und Klein Shirley unartig waren.«

»Klein Shirley?«

»Ja, Sie wissen schon. Shirley Temple.«

»Tom, Sie machen es immer schlimmer.«

Er zuckte mit den Schultern.

»Und nein. In meinem Haus ist letzte Nacht nichts Anstößiges vorgefallen. Abgesehen von Sammys Schnarchen. Dieses Kind schnauft wie eine Dampflok. Hat mich bis drei Uhr morgens wachgehalten.« Sie hätte nie zugegeben, dass in Wirklichkeit der Gedanke an Ginas Finger auf ihrem Arm und ihre entflammte Sehnsucht sie wachgehalten hatten.

»Ach wirklich?«

»Ja, wirklich.«

»Aber sie war da und Sie waren da, und sie beide sind … Sie wissen schon. Also warum eigentlich nicht?«

»Nur weil zwei Lesben zusammen in einem Zimmer sind, heißt das nicht, dass sie automatisch übereinander herfallen.«

»Nicht?«

»Oh, ich bitte Sie.«

»Sie machen mir gerade all meine Fantasien kaputt.«

»Sollte sich je der Verdacht ergeben, dass ich ein Teil dieser Fanatsien bin, Tom, werde ich mir Sammys Luftgewehr leihen und es bei Ihnen genauso wie Connie damals bei Matt Green benutzen. Ist das klar?«

»Glasklar, Sergeant. Glasklar.«

Sie nahm an, dass er zu gern die Beine übereinandergeschlagen hätte, um sich zu schützen. Sie schmunzelte. Wie schade, dass man so nicht fahren konnte.

»Wissen denn alle über Gina Bescheid?«

Er legte den Kopf schief. »Die meisten schon, glaube ich. Warum?«

»Weil sie glaubt, dass es niemand weiß.«

»In einem Kaff wie Brandale Staithe? Wohl kaum. Ihre Nachbarn kennen ihre BH-Größe und wissen, wann sie die Batterien im Vibrator wechselt. Das sind die neugierigsten Schnüffler in der ganzen Welt.«

»Denken Sie eigentlich an nichts anderes als an Sex?«

»Meistens nicht.«

»Ist das so eine Männersache, eine Polizistensache, oder liegt es einfach an Ihnen?«

»Jep.«

Sie lachte. »Die kleinen Dörfchen, also wirklich. Brennende Betten voller Verschwörung und Skandale.«

»Gewöhnen Sie sich dran«, sagte er und parkte vor der Wache von King's Lynn ein. »Dann wollen wir mal sehen, was es Neues gibt.«

Tatsächlich war es nicht viel. Die Speicherkarte war zu stark zerstört, als dass man trotz brandneuer Zaubersoftware etwas davon hätte retten können. Und die Liste mit Waffen, die auf die Familie Robbins zugelassen waren, hätte ob ihrer Länge jedem Bataillon zur Ehre gereicht. Mit diesen Leuten wollte man definitiv keinen Ärger haben. Len Wild bestätigte, was Matt zuvor über die ungefähre Größe des Päckchens auf dem Foto gesagt hatte, hatte aber ansonsten kaum etwas herausgefunden. Weder der ursprüngliche Tatort noch das ausgebrannte Hausboot noch Connies Haus, ihr Büro oder Matts Computer hatten viel hergegeben. Das galt auch für die restliche Elektronik. Sie hatten die Daten aus seinem Navigationssystem im Auto heruntergeladen und daraus seine Beteiligung an mindestens vier anderen Übergaben während der letzten vier Wochen abgeleitet. Weiter reichten die Daten nicht zurück.

»Sieht so aus, als müssten wir untätig herumsitzen, bis wir Stellas Plan umsetzen können«, sagte Tom.

»Haben Sie ein Problem mit dem Plan?«

»Ja.«

»Welches?«

»Dass wir deswegen heute und morgen Papierkram erledigen müssen.«

»Tolles Argument, Tom, gut gemacht. Müssen wir vielleicht noch irgendjemanden wegen irgendetwas befragen?«

»Ich wünschte, es wäre so, aber mir fällt niemand ein.«

»Scheiße.«

»Jawohl.«

Sie seufzten zeitgleich auf und gingen langsam zurück zu Toms Wagen. Sehr langsam.

Kapitel 29

Sammy saß am Tisch und malte, als Kate hereinkam. Merlin lag friedlich zu ihren Füßen.

»Hi, Kate. Ich habe etwas für dich gemalt.« Sie setzte einen letzten Strich aufs Papier und hielt es dann Kate entgegen. Das Bild sollte unverkennbar sie mit Merlin darstellen sowie Gina und Sammy im Hintergrund. Die Augen waren nicht symmetrisch und Sammys Version ihrer Person war etwas pummeliger, als ihr lieb war. Aber insgesamt sah es wirklich nicht schlecht aus. Merlin war am besten getroffen.

»Das gefällt mir. Soll ich es mit einem Magneten an die Kühlschranktür heften?«

»Klar.« Sammy benutzte die Magneten, die Kate von Urlaubsreisen mitgebracht hatte. Die barbusige Badenixe stammte von Lesbos, wenn sie sich nicht irrte. Hoffentlich bekam sie wegen dieses Souvenirs keinen Ärger mit Gina.

»Wo ist deine Mama?«

»Hält oben ein Nickerchen. Sie meinte, die Nacht mit mir wäre schrecklich gewesen.«

»Schrecklich? Aber du warst doch kein einziges Mal wach.«

»Ich weiß. Sie sagte, ich hätte so laut geschnarcht und wild gezappelt, dass sie beinahe auf dem Sofa geschlafen hätte.«

Kate lachte. »Ach herrje.«

»Sie wird bestimmt nach einer Decke fragen, damit sie wirklich auf dem Sofa schlafen kann.«

»Und wenn ich keine habe?«

»Dann muss ich draußen auf der Wäscheleine schlafen.«

»Wieso denn auf der Wäscheleine?«

»Damit sie mich festklammern kann und ich nicht auf der Straße schlafwandele.«

»Unter den Umständen ist das ein guter Plan. Dann stell dich mal darauf ein, Mrs Wu.«

Sammy zog die Stirn kraus. »Wer ist denn Mrs Wu?«

»Also eigentlich ist es Mr Wu, ein Mann aus einem Lied über eine chinesische Wäscherei. George Formby hat es gesungen.«

»Und wer ist George Formby?«

»Ein alter Sänger.«

»Oh, Mr Wu, what shall I do? I'm feelin' kinda Limehouse Chinese laundry blues.« Gina kam trällernd die Treppe herunter.

»Und wir haben einen Gewinner!«, stellte Kate fest.

»Das ist doof«, sagte Sammy.

»Das wirst du sicher nicht mehr sagen, wenn du auf der Wäscheleine hängst.«

Sammy wischte sich die Haare aus dem Gesicht. »Das würdest du gar nicht zulassen, du bist schließlich von der Polizei.«

»Hey, ich bin viel zu klug, um mich zwischen Mutter und Tochter zu stellen, wenn es um Schlaf geht. Da musst du wohl alleine durch, Kleine.«

Gina sah zur Uhr. Es war dreißig Minuten nach vier. »Du bist früher zurück, als ich dachte«, sagte sie.

»Ich habe heute ziemlich früh angefangen, da dachte ich mir, ich könnte auch früh Feierabend machen.«

»Wollen wir mit Merlin spazieren gehen?«, fragte Sammy.

»Ich denke schon. Wo möchtest du denn hin?«

»An den Strand.«

»Okay, aber wir müssen an den Strandabschnitt in der Nähe von Wells. Da sind wir nicht so leicht zu entdecken.«

»Wegen des ganzen Schlamassels?«, fragte Sammy unter ernsthaftem Kopfnicken.

Kate unterdrückte mit Mühe ein Schmunzeln, faltete ihre Hände genauso wie Sammy und nickte ebenfalls. »Wegen des ganzen Schlamassels.«

Gina war nicht ganz so erfolgreich beim Verbergen ihres Lachens.

»Na dann los. Wie wärs mit Fish and Chips am Strand?«, fragte Kate.

»Oh ja. Geht das, Mama?«

»Ich wüsste nicht, was dagegen spricht.«

»Juhu.«

»Zieh deine Gummistiefel an«, wies sie Sammy an. Dann wandte sie sich an Kate. »Hast du Taschenlampen oder Stirnleuchten? Bis wir dort sind, wird es dunkel sein.«

»Habe ich. Und ich besitze auch einen Ball für Merlin, der im Dunkeln leuchtet.«

»Abgefahren«, ertönte es von oben.

Fünf Minuten später saßen sie im Auto. Merlin und Sammy spielten auf dem Rücksitz miteinander, während Kate ausparkte und auf die Straße abbog. Sie hielt am Imbissstand, dann suchte sie nach einem möglichst strandnahen Parkplatz. Inzwischen dämmerte es und bald würde es richtig dunkel sein.

Das Aroma von Essig auf den Chips und die salzige Luft wirkten belebend. Merlin und Sammy tobten bellend und lachend herum. Kate sah ihnen dabei zu, wie sie auf die Dünen kletterten, um von oben zurück auf den Strand zu purzeln. Eine lange Reihe von Strandkörben war zu ihrer Linken zu sehen, nach rechts hin waren die roten und grünen Lichter der Signaltonnen zu erkennen, zwischen denen die Schiffe zum Hafen von Wells einliefen.

Das letzte bisschen Licht verschwand vom Himmel und Kate reichte Gina und Sammy jeweils eine Stirnleuchte. Sie half Sammy dabei, ihre richtig zu befestigen, während Gina ihr Essen auspackte. Sobald Sammys Leuchte angegangen war, gab Gina ihr eine Tüte mit frittiertem Fisch und knusprigen Pommes.

Kate setzte sich auf die Fußablage eines Strandkorbs und schaute beim Essen hinaus aufs Wasser. Sie konnte die Wellen hören und langsam gewöhnten ihre Augen sich an die Lichtverhältnisse.

Sammy hatte kaum aufgegessen, da warf sie schon wieder den Ball für Merlin. Darin wechselte das Licht bei jedem Aufprall die Farbe, von Rot zu Grün zu Blau. Sammy kicherte, wenn Merlin ihm nachjagte, ihn zwischen den Zähnen zurückbrachte und im Gesicht leuchtete wie ein kleiner Weihnachtsbaum.

»Hübsch«, meinte Gina.

»Jep«, erwiderte Kate.

»Gestern Abend ...«

»Nicht«, fiel Kate ihr ins Wort. »Du musst nichts dazu sagen, Gina. Es ist dein gutes Recht, dein Leben so zu leben, wie du es für richtig hältst. Es tut mir leid, wenn ich den Eindruck erweckt habe, ich würde darüber urteilen. Das steht mir nicht zu.«

»Hast du nicht.«

»Oh. Na dann ist es ja gut.«

Gina knüllte ihre Papiertüte zusammen und stopfte sie in die Tasche. »Ich möchte mich bedanken.«

»Wofür?«

»Es ist schon ziemlich lange her, dass jemand mehr von mir wollte.« Sie lachte.

In Kates Ohren klang es bitter.

»Falls überhaupt.«

»Ich glaube, ziemlich viele Leute wollten, oder wollen. Warum auch nicht?«

»Weil ich als Gesamtpaket daherkomme. Das ist keine besonders attraktiver Deal, Kate.«

»Du glaubst wirklich, dass Sammys Existenz Frauen davon abhält, sich mit dir zu verabreden?«

»Du kennst sie doch.«

»Ja, das tue ich. Und wenn ich darauf hoffen dürfte, dass du zusagst, würde ich dich genau jetzt um eine Verabredung bitten.«

»Im Ernst?«

»Habe ich das gestern nicht deutlich gemacht?«

Gina antwortete nicht.

»Ich verstehe nicht, wie du darauf kommst, dass sich niemand für dich interessieren könnte. Ob nun mit oder ohne Kind.«

»Manchmal ist sie wirklich eine Nervensäge.«

»Sind wir das nicht alle, manchmal?«

»Und sie flucht.«

»Der Apfel fällt nicht weit vom Stamm.«

»Und außerdem hat es noch nie jemand mit uns ausgehalten.«

»Wie meinst du denn das?«

»Als ich herausfand, dass ich schwanger bin, riet mir mein Vater zur Abtreibung. Das wollte ich nicht. Ich konnte es nicht. Er sagte, wenn ich sie behalte, habe ich in seinem Haus nichts mehr zu suchen. Sie leben gerade mal sechs Kilometer von uns entfernt, aber Sammy hat ihre Großeltern nie kennengelernt. Matt hat uns verlassen, natürlich. Als Sammy noch klein war, gab es da jemanden. Claire. Ich dachte, sie wäre die Richtige, weißt du. Ich war achtzehn, hatte ein Baby und niemanden, der sich mit mir um sie kümmerte. Claire blieb nicht länger als einen Monat. Im Nachhinein bin ich erstaunt, dass sie es überhaupt so lange durchgehalten hat. Und das wars dann.«

»Du hast also aufgegeben.«

»Habe ich nicht.«

»Doch, hast du. Du hast aufgegeben, nach der Richtigen zu suchen, weil du verletzt wurdest. Einmal. Als du achtzehn warst.«

»Außerdem war da Matt.«

»Oh, bitte. Als ob du und Matt je hättet miteinander glücklich werden können.«

»So, wie du das sagst, klingt es erbärmlich.«

Kate lachte. »Ist es auch.«

»Na herzlichen Dank auch.«

»Stimmt aber.«

»Sie würde dich also nicht davon abhalten?«

»Auf die Gefahr hin, mich zu wiederholen, nein. Nein, Sammy würde mich nicht davon abhalten, mich mit dir zu verabreden.« Kate erhob sich. »Sie würde mich nicht davon abhalten, dir näherkommen zu wollen.« Damit streckte sie eine Hand aus. »Sie würde mich nicht davon abhalten, mit dir eine Beziehung einzugehen.« Gina griff nach der angebotenen Hand. »Also werde ich jetzt fragen.« Sie zog Gina auf die Füße. »Würdest du mit mir ausgehen?« Kate wünschte sich, in der Dunkelheit mehr erkennen zu können. Aber auch so war sie sicher, dass Gina lächelte. Sie hätte es nur gern gesehen.

»Ja.«

Kate konnte auch im Dunkeln das Lächeln in Ginas Stimme hören. »Wunderbar. Dann also zum Abendessen, an diesem Wochenende.«

»Ich muss einen Babysitter finden.«

»Überlass das mir. Ich denke, ich habe da jemanden.«

»Sie kann zum Albtraum für Babysitter werden.«

»Noch mal: Der Apfel fällt nicht weit vom Stamm.«

»Hey.«

Kate schmunzelte. »Mach dir keine Sorgen. Ich kann dir versprechen, dass diese Person sehr gut mit Sammy zurechtkommen wird.«

Gina hakte sich bei Kate ein und lief so mit ihr den Strand hinunter.

Kate hoffte nur, sie würde auch mit Gina zurechtkommen.

Kapitel 30

Kate blätterte durch die Autoseiten des Anzeigenblattes und suchte oberflächlich nach neuen Fahrzeugen. Alle paar Sekunden sah sie auf, um zu prüfen, ob sich schon etwas tat. Sie hatten eine Ferienwohnung gemietet, von der aus man Robbins' Haus gut sehen konnte. Inzwischen war November, im Ort waren keine Touristen mehr unterwegs. Stella hatte sie zum Schleuderpreis bekommen. Jetzt saßen Kate und Jimmy im Auto, das im Carport stand. Es war die einzige Möglichkeit, während der Observation mobil zu bleiben. Allys Haus lag an der Hauptstraße, es gab keine Stelle, an der man unentdeckt blieb, wenn man hier in einem parkenden Wagen saß. Um den Carport herum standen große Büsche und ein paar Bäume, die dafür sorgten, dass man nicht gleich gesehen wurde.

Matt hatte ihnen berichtet, dass eine Übergabe jederzeit ab sieben Uhr morgens verabredet werden konnte und dass die Robbins bestimmt stinksauer wurden, wenn sie ihn nicht erreichen konnten. Stinksauer und beunruhigt. Er hatte sich bei ihnen nicht abgemeldet und wurde bereits vermisst, wie die Nachrichten auf seinem Handy bestätigten. Sowohl Adam als auch Ally hatten zunehmend bedrohliche Nachfragen nach seinem Verbleib hinterlassen. Keiner schien zu wissen, wo er war.

Das konnte hilfreich sein. Vielleicht wurden sie aus Nervosität nachlässig, vielleicht entging ihnen, was sich gerade um sie herum tat. Möglicherweise brachte es sie dazu, Fehler zu machen.

Genauso gut konnte es schaden und aus Beunruhigung wurden sie übervorsichtig, bis hin zur Paranoia. Dann konnte es passieren, dass die Übergabe verschoben, schlimmstenfalls sogar abgesagt wurde.

Matt war nicht sicher gewesen, was das betraf. Er meinte, es hinge davon ab, wer die Details des Deals vereinbarte. Falls Ally befürchtete, dass die Polizei Wind von der Angelegenheit bekommen hätte, würde sie den Treffpunkt ändern. Cedric würde hingegen alles abblasen. Adams Vorgehensweise konnte er nicht einschätzen. Matt sagte, genau das wäre so gruselig an ihm. Man konnte niemals sagen, ob Adam mit einem lachte oder einen aufs Kreuz legte.

Kate kreiste eine Anzeige über einen schwarzen Astra für weniger als dreitausend ein. Käme infrage.

»Werden wir den ganzen Tag über hierbleiben?«, fragte Jimmy, während er Kaffee aus einer Thermoskanne in eine kleine Tasse goss und sie ihr reichte.

»Kann passieren. Danke.« Sie nahm einen Schluck.

»Mein Cousin verkauft sein Auto. Für elfhundert.«

»Was ist das für eins?«

»BMW. Fünfer.«

»Für elfhundert? Was ist denn alles kaputt?«

»Nichts. Ist ein Diesel.«

»Wie viel hat er runter?«

»Ungefähr hunderttausend.«

Sie lachte. »Nein danke. Ich versuche es lieber auf die altmodische Art.«

»Die Hälfte von denen sind doch geklaut.«

»Ich prüfe die Fahrzeugnummern, bevor ich irgendwo unterschreibe, keine Sorge.«

Aus dem Augenwinkel bemerkte Kate eine Bewegung. Sie sah genauer hin.

Leah warf eine schwarze Tasche in den Kofferraum ihres Autos und schlug dann die Klappe zu. Mit gerunzelter Stirn schaute sie die Straße hinauf und hinunter, als suche sie etwas.

»Achtung, Jimmy«, sagte Kate. »Kann sein, dass es losgeht.«

In der offenen Haustür erschien Ally und sagte irgendetwas.

»Können Sie von den Lippen lesen?«, flüsterte Jimmy.

»Die können uns nicht hören, Dummerchen. Und nein, aus dieser Entfernung nicht. Geben Sie mir mal das Fernglas.« Sobald sie es in den Händen hielt, verstellte sie die Schärfe, bis sie erkennen konnte, dass Ally zu Leah sagte, es wäre »eine Begrenzung, keine Zielvorgabe« und: »Ich werde nicht noch einmal einen Strafzettel für dich bezahlen.« Geschwindigkeitsbegrenzung. Davon musste die Rede sein.

»Was sagt sie denn?«

»Dass Leah sich an die Geschwindigkeitsbegrenzung halten soll.«

»Ob Ally weiß, dass wir etwas wissen?«

»Jimmy, ich kann wirklich so manches, aber Gedankenlesen gehört nicht dazu.«

»Ja, aber Sie wissen, wie Frauen denken.«

»Warum sollte das so sein?«

»Nun, weil Sie eine sind.«

»Und deshalb weiß ich, was diese Frau denkt. Wissen Sie denn, was alle Männer denken?«

Jimmy kratzte sich am Kopf. »Was die meisten denken, doch ja. Frauen, Essen, Frauen, Bier, Frauen, Arbeit und dann noch Frauen.«

»Sie sind so ein Neandertaler.«

»Nein, ich bin ein Kanarienvogel. Direkt aus Norwich City.«

Sie schmunzelte über den Spitznamen, der von dem Wappentier der Weberzunft in Norwich stammte, und gab ihm das Fernglas zurück. »Das erklärt natürlich alles.«

»Hey, das war eine Beleidigung.«

Leah fuhr mit dem Wagen aus Allys Einfahrt.

Kate warf ihre Zeitschrift auf den Rücksitz und ließ den Motor an. Leah bog nach rechts Richtung King's Lynn ab. Trotzdem legte Kate noch nicht den ersten Gang ein. Sie wartete, ließ Leah ihren Vorsprung vergrößern und wartete weiter.

»Die entwischt uns noch«, sagte Jimmy.

»Aber sie schaut ihr noch nach.« Kate zeigte auf die Haustür, in der nach wie vor Ally stand und die Straße beobachtete.

»Wozu?«

»Um zu sehen, ob jemand Leah folgt.«

»Macht sie das sonst auch?«

»Was weiß ich. Heute jedenfalls tut sie es.«

Dreißig Sekunden waren vergangen.

»Was machen wir denn jetzt?«, fragte Jimmy.

»Wir warten.«

Eine Minute.

»Wir verlieren sie.«

»Wir wissen doch, wohin sie fährt. Außerdem warten die anderen am Zielort.«

»Aber vielleicht fährt sie woanders hin.«

»Schon möglich, aber alle in dieser Richtung liegenden GPS-Daten erreicht man über Lynn. Wenn wir durch Docking und vorbei an der Hochschule für Bauwesen fahren, holen wir sie am Kreisverkehr von Knights Hill ein.«

»Sicher?«

»Absolut.«

Drei Autos und ein Bus fuhren an ihnen vorbei und zwei weitere lange Minuten verstrichen, bevor Ally Robbins zurück ins Haus ging. Kate fuhr aus dem Carport und bog nach rechts auf die Hauptstraße ab, in die entgegengesetzte Richtung zu King's Lynn.

»Falsche Richtung.«

»Abkürzung.«

Neben dem *Jolly Rogers* fuhr sie scharf rechts, flog förmlich um die engen Kurven und verringerte die Distanz nach Docking um rund sechs Kilometer. Jimmy klammerte sich an den Griff über dem Beifahrerfenster, während sie einen schmalen Linksbogen nahm und am Rand des Dorfes endlich langsamer wurde.

Leahs Auto war weit und breit nicht zu sehen. Kate fuhr weiter, bog an der Grundschule rechts ab, lenkte neunzig Meter weiter nach links und ordnete sich schließlich Richtung Bircham ein. In einer tückischen Rechtskurve musste sie eine Notbremsung machen, weil ihnen ein Traktor entgegenkam und zum Teil auf ihrer Spur fuhr.

Jimmy bekreuzigte sich und wisperte ein tonloses Vaterunser.

»Ich wusste gar nicht, dass Sie katholisch sind, Jimmy.«

»Ich bisher auch nicht.«

Sie raste über einen Hügel, hinter dem eine Senke verborgen lag. Sekundenlang waren die Reifen in der Luft.

»Du lieber Gott!«

Sie gluckste. »Dafür werden Sie zur Beichte gehen müssen.«

»Muss ich auch zur Beichte, wenn ich mir in die Hosen mache?«

»Nein. Dafür müssen Sie zum Geldautomaten, um die Autoreinigung zu bezahlen.«

»Da«, rief er und zeigte durch die Windschutzscheibe. »Da ist sie.«

Kate bremste und drosselte die Geschwindigkeit auf 80 Stundenkilometer. Gerade schnell genug, um an Leah dranzubleiben, ohne sie zu verlieren.

»Rufen Sie Stella an. Melden Sie, wo wir gerade sind.«

Jimmy tat wie geheißen, während Kate weiterhin ihren Abstand zu Leah beibehielt. Der Verkehr auf der A148 wurde dichter und zwang Leah zum Anhalten. Kate hatte keine Wahl, als sich hinter ihr einzureihen und zu hoffen, dass sie nicht erkannt wurden. Leah fuhr nach rechts und Kate folgte ihr. Sie überholte einen Laster, damit nichts die Sicht zwischen ihr und Leah versperrte. Nichts würde zwischen sie und die Aufklärung dieses Falles kommen. Vor ihr lag ein Wochenende, das sie genießen wollte.

Während sie durch die Stadt fuhren, überholte sie noch drei Fahrzeuge. Einen Kia Picanto, der beim besten Willen kaum schneller als hundert fahren konnte, einen BMW X3, der genauso genervt vom Kia zu sein schien, und einen VW, der ebenfalls eher schlich als fuhr. Auf dem zweispurigen Abschnitt der Überführung ließen sie und der BMW die beiden kriechenden Fahrzeuge hinter sich, und ab der A17 war Leah wieder gut zu sehen. In zehn Minuten wären sie bei dem Rastplatz, wo Tom und Collier nur darauf warteten, dem Kurierfahrzeug zu folgen, wohin auch immer es fuhr.

Vor ihnen begann sich der Verkehr zu stauen. Mehrere Fahrer scherten an den rechten Rand aus, um zu sehen, was weiter vorn los war. Nachdem das Tempo von neunzig auf vierzig gesunken war, lag die Vermutung nahe, dass ein Traktor sie alle aufhielt. So viel dann zum Vorwärtskommen.

Nach fünf Minuten begannen die Fahrzeuge vor ihnen, wieder schneller zu fahren. Kate sah, wie ein Traktor auf einen Parkplatz in knapp vierzig Metern Entfernung abbog. »Sagen Sie Tom Bescheid, dass sie beinahe da ist. In fünf, höchstens sechs Minuten.«

Der fragliche Rastplatz lag brillanterweise zwischen zwei Kreisverkehren. Einer befand sich am Ende der Hängebrücke über den Fluss Nene, der andere war rund fünfzig Meter entfernt und bot einen Abzweig zum Kraftwerk in Tydd Gote. Oder, wie in ihrem Fall, die Möglichkeit zur Umkehr.

Leah war zwei Autos vor ihnen. Kate konnten sehen, wie sie auf den Rastplatz fuhr, während sie selbst noch auf der Brücke stand. Nach zwanzig Metern hielt sie auf einer Asphaltstraße neben dem Fluss. Die Straße führte nirgendwo hin, nicht einmal zurück zur Hauptstraße. Es war eine Sackgasse. Und dort saß Leah in ihrem Wagen und wartete.

Tom und Collier hatten auf der gegenüberliegenden Seite der Zufahrt zum Rastplatz geparkt. Dort standen ein paar Schuppen und vom Parkplatz aus gab es eine Zufahrt Richtung Kraftwerk. Kate fuhr einmal komplett um den Kreisverkehr herum und dann zurück über die Brücke. Sie hielt auf einem Parkplatz auf der anderen Seite des Flusses. Von hier hatte sie eine bessere Sicht auf Leahs Auto als Tom, aber er konnte dafür dem zweiten Fahrzeug folgen, auf das sie warteten. Kate hatte sich optimal positioniert, um Leah nach erfolgter Übergabe abzufangen.

Sie zog ihr neues Telefon aus der Tasche und rief Tom an. »Sie ist hier.«

»Ist der zweite Wagen schon zu sehen?«

»Nein. Stella hat Ihnen erzählt, dass Ally an der Tür aufgepasst hat?«

»Jep. Denken Sie, die tricksen uns aus?«

»Keine Ahnung. Möglich wäre es.«

»Wir werden sehen. Rufen Sie an, wenn Ihnen etwas auffällt.«

»Mache ich.« Sie warf das Handy in den Getränkehalter in der Mittelkonsole. »Die Ersatzaugen bitte, Jimmy.«

Er reichte ihr das Fernglas. »Ich habe übrigens zwei mitgebracht.«

»Gut.«

»Halten Sie es für eine Falle?«

Sie zuckte mit den Schultern. »Wie schon gesagt, wir können es nicht ausschließen. Es wird sich zeigen.«

»Das war schon merkwürdig. Dass Ally so lange in der Tür stehen geblieben ist. Oder?«

»Vielleicht. Kann aber auch sein, dass sie das immer so macht. Sie ist schon eine ganze Weile in diesem Geschäft, Jimmy. Das schafft man nicht, wenn man dumm oder unvorsichtig ist.«

»Das mag stimmen.«

»Also warten wir es ab.«

Kapitel 31

»Hallo?«

»Gina, hier William. Eines der Rohre im oberen Waschraum ist gebrochen. Im Schlafraum kommt Wasser durch die Decke, alles ist überflutet.«

»Verdammt. Hast du das Wasser abgestellt?«

»Ich habe die Absperrventile geschlossen, aber das nutzt nichts.«

»Nein, nicht die Ventile, du musst den Absperrhahn zudrehen.«

»Wo denn?«

»Im Heizungskeller.«

»Okay. Da gibt es eine Menge Leitungen. Welche …«

Statisches Rauschen drang in ihr Ohr. »Ach, Mist. Verdammtes Funkloch.« Sie hatte schon früher die Erfahrung gemacht, dass es im Heizungskeller keinen Empfang gab. Connie hatte gesagt, das käme von den ganzen Kupferrohren. Gina wusste nicht, ob das stimmte, aber die Verbindung war definitiv unterbrochen. »Scheiße.«

Sie stieg eilig in ihre Schuhe und warf Sammy einen Blick zu. »Ich muss zur Arbeit. Zieh deine Stiefel an.«

»Aber wir dürfen doch das Haus nicht verlassen«, sagte Sammy mit ernster, dunkler Stimme.

Gina band ihre Schnürsenkel zu. »Es ist mein Ernst, Sammy. Wir müssen los. Wird ja nicht lange dauern.«

Sammy maulte, zog sich aber ebenfalls ihre Schuhe an. »Na schön.«

Gina suchte nach ihrem Autoschlüssel, dann fiel ihr ein, dass der Wagen ja noch hinter der Polizeiwache stand. »Scheißdreck.«

»Mama!«

»Entschuldigende Umstände.« Sie schnappte sich den Schlüssel zu Kates Leihwagen, hakte Merlins Leine an deren Halsband und trieb Sammy durch die Hintertür. Prüfend sah sie sich um, ob irgendjemand in der Nähe war, dann schloss sie das Auto auf und scheuchte Sammy und Merlin auf den Rücksitz. »Schnall dich an.«

»Ja doch.«

»Wenn wir da sind, gehst du in mein Büro und bleibst dort, klar?«

»Klar.«

»Ich meine das wirklich so, Sammy. Du gehst rein, machst dir den Fernseher an und rührst dich nicht vom Fleck. Hast du mich verstanden?«

»Kann ich mir einen Film anschauen?«

»Einen Kinderfilm von mir aus.«

»Okay.«

Kurz darauf parkte Gina beim Campingplatz, schloss ihre Bürotür auf, drückte Sammy die Fernbedienung in die Hand und schob sie aufs Sofa. »Auf keinen Fall …«

»Verlasse ich diesen Raum. Weiß ich doch, Mama. Aber was, wenn ich mal muss?«

»Musst du denn jetzt?«

»Nein.«

»Dann kümmern wir uns später darum.« Sie küsste Sammy auf den Scheitel und machte sich schnurstracks auf den Weg zum Heizungskeller. Dort stand William, sein Telefon am Ohr und ein rotes Rad von rund zehn Zentimetern Durchmesser in der Hand.

Sobald er sie auf sich zukommen sah, steckte er das Telefon in die Tasche und kam zu ihr gerannt. »An dem Ding war ein Schild, auf dem stand *Absperrhahn Hostel*, also habe ich daran gedreht.« Bei diesen Worten hielt er das Rad hoch. »Und dann ist es abgebrochen.«

»Na super. Weil es ja noch nicht schlimm genug ist. Dann müssen wir den Haupthahn zudrehen. Der ist unter dem Kanaldeckel in der Zufahrt.« Gina ging zu den Werkzeugen, die an der Rückseite der Scheune hingen, und nahm einen Hammer und ein Stemmeisen von der Wand. »Es ist der rechteckige, auf dem *Wasser* steht.« Sie gab William die Werkzeuge. »Stell ein Warndreieck auf und heb den Deckel hoch. Ich bin in einer Minute zurück.«

William rannte los, die Gerätschaften in den Händen. Offensichtlich war er froh, etwas tun zu können.

Gina begann, nach einem bestimmten Werkzeug zu suchen. Von früher wusste sie, dass der Haupthahn zu weit unten lag, als dass man vom Rand aus an ihn herankam, um genug Kraft auf den Hebel ausüben zu können. Schon einmal hatten sie improvisieren müssen. Nachdem ihr selbst konstruiertes Hilfsmittel dabei zu Bruch gegangen war, hatte Connie ein Spezialwerkzeug für genau diesen

Fall gefunden. Sie hatten es nie mehr gebraucht, bis heute. Es war ein Stahlstab von knapp einem Meter Länge mit einem Kreuzstück oben und einer V-förmigen Kerbe an der Unterseite. Man setzte ihn einfach auf den Ventilkopf und konnte ihn dann mithilfe des Kreuzstücks drehen. Total einfach. Würde totsicher funktionieren. Wenn sie das elende Ding nur finden würde.

Es dauerte fünf Minuten, um das Werkzeug zu entdecken. Die blau gefärbte Kerbe ragte hinter einem Metallschrank mit Gasflaschen hervor, hinter den die Stange gefallen war. Ein kleiner Schubs, ein Ruck und nur wenige Flüche später hielt sie es in den Händen. Binnen Sekunden war das Wasser abgestellt.

»Na dann. Zeig mir mal, wie schlimm es ist.«

Schlimm war noch freundlich formuliert. Die Decke in zwei Räumen war großflächig beschädigt. In einem davon hatte sie sich schon gelöst und dem Wasser nachgegeben. Auch die Gipskartonplatten im anderen waren nicht mehr zu retten. Die gesamte Decke würde abgenommen und ersetzt werden müssen. Das Gleiche galt für mindestens die Hälfte des Bodenbelages im Raum darüber. Die Isolierung, die Balken, alles war so kaputt, dass es ausgetauscht oder repariert werden musste, damit die Zimmer wieder genutzt werden konnten. Jetzt allerdings musste zunächst die gesamte Wasserzufuhr gekappt werden, bevor sie später für Teile des Gebäudes wieder geöffnet werden konnte.

Gina nahm ihr Telefon und rief einen Klempner. Dann bat und bettelte sie, dass er so schnell wie möglich zu ihnen kommen und helfen würde. Er meinte, er wäre noch vor Feierabend da. Sie sah zur Uhr. Es war noch nicht einmal Mittag. Wie hilfreich. Gina zog eine Grimasse.

»Haben wir gerade Gäste?«

»Ja, drei Pärchen.«

»Sie sollen in ein anderes Haus umziehen. Es sollte zu schaffen sein, dass sie dort heute noch wieder mit Wasser versorgt sind. In dem hier wird für eine ganze Weile nichts mehr gehen. Hast du eine Ahnung, wie das passieren konnte?«

William schüttelte den Kopf. »Die Frau, die hier untergebracht war, kam zur Rezeption und sagte, dass Wasser durch die Decke kommt.« Er zuckte mit den Schultern. »Mehr weiß ich auch nicht.«

Sie seufzte. »Na gut. Danke. Kannst du dich um die Gäste kümmern und ihnen beim Umziehen helfen? Ich rufe inzwischen die Versicherung an.«

»Kein Problem.«

»Danke schön. Oh, und kannst du bitte Fotos machen? Die werde ich für den Schadenersatz brauchen.«

»Habe ich schon gemacht, als das Wasser noch lief.«

»Vielen Dank, William.«

Es dauerte drei Stunden, bis der Klempner eintraf. Er pfiff durch die Zähne und kreuzte die Arme vor der Brust, bevor er an die Arbeit ging.

Gina entschied, dass das wohl Sanitärfachsprache für »Das wird verdammt teuer« war. Großartig.

Zwei Stunden später war es endlich geschafft. Sie wollte nur noch Sammy holen und dann zurück zu Kates Haus fahren. Gina öffnete die Tür, trat aus der Touristeninformation und machte sich auf den Weg zum Büro.

»Hey, Gina, warst du das vorhin, beim Abwasserschacht?«

Scheiße. »Hi, Ally. Ja, stimmt. Wir hatten einen Rohrbruch im Gästehaus und mussten das Wasser abstellen.«

»Ach herrje. Großer Schaden?«

»Na, mir reichts auf jeden Fall.«

»Was für eine Schande, dass Connie nicht mehr hier ist, um sich darum zu kümmern.« Ally kam näher.

Gina wünschte, sie hätte gar nicht erst geantwortet und lief eilig weiter. »William und ich haben es hingekriegt.«

»Daran hatte ich keinen Zweifel. Hab dich schon eine Weile nicht gesehen. Wie geht es dir denn überhaupt? Eine hässliche Angelegenheit ist das alles. Mord in unserem kleinen Dorf, hm?«

»Ja, schrecklich.«

»Aber du kommst zurecht, oder? Und die kleine Sammy auch?«

»Ja, danke. Es geht uns gut. Ich muss jetzt aber los. Abendessen vorbereiten, und all das.«

»Ja, schon klar. Wir haben uns nur kaum gesehen in letzter Zeit.«

»Ich hatte einfach viel zu tun. Zwischen Arbeit und Sammy habe ich eigentlich nie auch nur eine Minute Zeit für mich.«

»Da wette ich drauf. Matt habe ich auch schon ziemlich lange nicht mehr gesehen. Nicht im Pub und auch sonst nirgends.«

»Tatsächlich? Sieht ihm gar nicht ähnlich.«

»Stimmt, das passt gar nicht zu ihm. Du hast ihn nicht vielleicht gesehen?«

Gina schüttelte den Kopf.

»Na, das ist aber auch komisch. Wenns um sein Kind geht, ist der doch sonst pünktlich wie ein Uhrwerk, oder?«

»Meistens schon.«

»In letzter Zeit aber wohl nicht.«

»Nein. Vielleicht ist er ja krank, oder so. Ich hatte andere Sachen im Kopf als Matts Privatleben.« Sie lief um Ally herum. »Beispielsweise mein unglückliches Kind, nachdem Connie gestorben ist.«

Ally beugte sich vor und starrte sie an. »Ich glaube, du erzählst mir gerade nur Bullshit, Gina.«

Gina fühlte den Schweiß über ihren Brauen. Ihr Herz pumpte wie wild in ihrer Brust, also atmete sie tief durch und versuchte, die Nerven zu behalten. »Nein, das tue ich nicht.«

»Ich denke aber schon.«

»Warum sollte ich?«

»Hm. Spannende Frage. Warum solltest du wohl?«

»Gar nicht spannend. Ich habe einfach keinen Grund dazu. Ich bin nicht sein Kindermädchen, und mir ist egal, was er treibt, solange es nichts mit Sammy zu tun hat.« Ginas Handflächen waren nass, ihre Finger bebten. Die Schlüssel glitten ihr aus der Hand, sie bückte sich danach. »Wenn du mich jetzt bitte entschuldigen würdest? Ich habe noch eine Menge zu tun.«

»Aber ganz bestimmt hast du das. Trotzdem werden wir uns jetzt ein bisschen unterhalten, Gina.« Ally kam noch näher an sie heran und legte die Hand um Ginas Oberarm. »Ich mag es gar nicht, wenn man mich anlügt.«

»Das tue ich nicht.«

Ally lächelte sie hinterhältig an.

Im schwindenden Tageslicht wirkten ihre dunklen Augen fast schwarz, Gina konnte nichts darin erkennen. Sie schienen kalt und leblos, ohne einen Funken Menschlichkeit darin. Entseelt. Gina bekam Gänsehaut.

»Ich denke, das werden wir noch herausfinden.«

Ally schob und schubste, bis sich Gina vom Büro und der Touristeninformation entfernte. Sie fing an zu schreien, aber da legte sich eine große Hand über ihren Mund und drückte fest zu.

»Jetzt reicht es mir aber. Wir werden jetzt einfach Hallo zu deinem kleinen Wildfang sagen. Mal sehen, ob sie weiß, wo der gute alte Papa sich versteckt.«

Gina wehrte sich nur ein bisschen. Ally zog sie fort vom Büro und hin zu ihrem Haus. Sie wusste also nicht, wo Sammy war, und darüber war Gina mehr als froh. Und da sie Ally Glauben machen wollte, dass sie keinesfalls nach Hause wollte, leistete sie weiterhin Widerstand. Alles war besser, als Sammy in Gefahr zu bringen. Was auch immer Ally vorhatte, Gina würde nicht zulassen, dass Sammy noch mehr Stoff für Albträume bekam.

Kapitel 32

Kate prüfte die Uhrzeit. Es war fünf. Langsam wurde es dunkel, Scheinwerfer wurden eingeschaltet. Die Lichter waren grell und aufdringlich. Sie kamen in so großer Zahl auf sie zu, dass es schwierig wurde, die Geschehnisse auf dem Rastplatz zu erkennen. Sie verstand jetzt, warum in der letzten Woche ein früherer Zeitpunkt gewählt worden war. Im morgendlichen Berufsverkehr und bei Dämmerlicht hätte kaum jemand etwas erkennen können, selbst wenn er hingeschaut hätte. Zudem war es kaum machbar, ein Fahrzeug zu verfolgen. Kate war froh, Stella nicht verärgert zu haben und mit Leahs Observation beauftragt worden zu sein.

»Da«, sagte Jimmy. »Sehen Sie? Ein zweites Auto parkt hinter ihr.«

Kate schaute angestrengt durchs Fernglas über den Fluss. »Kennzeichen Charlie Bravo fünf fünf Bravo Romeo Tango. Ein weißer Ford Kastenwagen. Kein Reisebus.«

»Hab ich.«

»Geben Sie mir die Kamera, damit habe ich einen besseren Winkel auf das Kennzeichen.«

Er reichte ihr eine digitale Spiegelreflexkamera mit einem großen Objektiv. Sie stützte es auf das Lenkrad, um nicht zu wackeln, und zoomte an die Rückseite des Kastenwagens heran. Dann schoss sie ein paar Aufnahmen und schwenkte danach auf den Fahrer, während er ausstieg und zu Leahs Kofferraum ging. Alles lief genauso, wie Matt Green es beschrieben hatte. Er sprach nicht mit Leah, machte sich nicht einmal bemerkbar. Er sah nach rechts und links, bemerkte aber offensichtlich nichts Beunruhigendes. Also öffnete er die Klappe, nahm die schwarze Tasche heraus und schloss den Kofferraum wieder.

»Personenbeschreibung?«, fragte Jimmy.

»Weiß, männlich, Ende zwanzig, ungefähr ein Meter achtzig groß, wenn ich mich an der Höhe des Fahrzeugs orientiere. Jeans, dunkle Jacke, Wollmütze.«

»Also ziemlich jeder weiße Kastenwagenfahrer in England, um es anders zu formulieren.«

»So ungefähr. Ist Tom bereit zur Abfahrt?«

»Ich bin auf Freisprechanlage geschaltet, Majestät«, antwortete Tom.

»Oh, das gefällt mir, Tommy. Das können wir beibehalten. Er steigt gerade wieder ins Auto, die Tasche mit dem Stoff ist auf dem Rücksitz.«

»Alles klar.«

»Viel Glück.«

»Wäre schön, wenn der Typ identifiziert wäre, bevor ich ihn anhalten muss.«

»Ich schicke das Foto gerade an Wild. Sobald die Gesichtserkennung oder das Nummernschild etwas ergibt, sagen wir Bescheid. Er fährt los. Wartet auf eine Lücke, um auf die A17 zu fahren, blinkt links«, berichtete Kate.

»Das ist eine Einbahnstraße, er kann gar nicht nach rechts.«

Kate überhörte das. »Er hat sich rechts eingeordnet, Sie sollten ihn jetzt sehen können.«

»Tue ich«, gab Tom zurück.

»Er gehört ganz Ihnen. Leah ist noch immer hier. Sieht aus, als wäre sie eingeschlafen.«

»Seien Sie vorsichtig, Kate.«

»Machen Sie sich etwa Sorgen um mich?«, fragte Kate.

»Sie haben Leah zwar als Mörderin ausgeschlossen, weil ihr das Zeug dazu fehlt, so eine Tat zu planen und eine entsprechende Waffe ruhig zu halten. Das heißt nicht, dass sie nicht trotzdem jemanden töten kann. Sie ist ein Junkie und sie steht mit dem Rücken zur Wand. Sie haben so etwas öfter erlebt als ich. Seien Sie vorsichtig«, sagte Tom.

»Ja, Paps. Uns wird nichts passieren.«

Jimmy lachte.

»Lassen Sie ihn nicht entwischen.« Sie legte auf und gab Jimmy die Kamera zurück. »Wollen wir Dornröschen aufwecken oder noch warten und schauen, was sie als Nächstes tut?«

»Warten. Wenn sie aufwacht, den Kofferraum überprüft und ihn leer vorfindet, können wir sie dafür hochnehmen, dass sie auf die Übergabe gewartet hat. Falls nicht, könnte sie behaupten, dass sie ausgeraubt wurde, während sie schlief.«

»Das wird sie vermutlich trotzdem versuchen.«

»Was aber nichts nutzt, solange sie deswegen nicht die Polizei ruft. Sie hat schließlich ein Handy dabei«, erwiderte er.

»Gutes Argument. Wir machen Sie schon noch zu einem echten Ermittler.« Dabei zwinkerte sie ihm zu.

Leah schlief noch eine weitere Stunde. Bis sechs Uhr vierzig, um genau zu sein. Der Verkehr ließ nach und inzwischen war es dunkel geworden. Die roten Lichter am Kraftwerk waren meilenweit zu sehen. Kate betrachtete die Spiegelung davon im Wasser. Zwei kleine, rote Punkte schimmerten und hüpften auf dem Fluss, dessen Wasserpegel gerade mit der Ebbe sank. Sie fand es erstaunlich, wie sehr eine kleine Veränderung der Perspektive die Dinge verändern konnte. Man musste den Kopf nur ein klein wenig bewegen und sah etwas ganz anderes. Als ob sich die Achse der Welt anders neigt und damit die Sicht der Dinge komplett verändert. Nur, dass sich weder das Bild noch der Betrachter ändern. Aber alles, was dazwischen liegt.

Es war das Telefon, das Leah aufweckte. Kate konnte sehen, wie sie es ans Ohr hielt. Sie beobachtete, wie sie ausstieg und im Kofferraum nachsah, genau wie Jimmy es vorausgesagt hatte. Leah schlug die Klappe zu, stieg wieder ein und ließ den Motor an.

Kates Handy klingelte. »Verdammt.« Sie nahm mit einem Tastendruck an, startete ihren Wagen und fuhr näher an die Hauptstraße, um sich hinter Leah einzufädeln. »Wehe, Sie haben ihn verloren, Tom. Ich schwöre, ich werde …«

»Kate?«

»Oh, hey, Sammy. Was gibt es?«

Leah bog auf die Hauptstraße ein und fuhr in den weiter von ihnen entfernten Kreisverkehr. Aufmerksam hielt Kate danach Ausschau, ob Leah wendete und Richtung Brücke fuhr.

»Mama musste zur Arbeit und sie ist schon seit Ewigkeiten fort und sie geht nicht an ihr Handy.«

»Warte kurz, Sammy, bleib dran.«

Leah überquerte die Brücke und raste an ihnen vorbei. Sie fuhren also zurück nach King's Lynn. Kate ließ zwei Fahrzeuge passieren und folgte Leahs Wagen.

»Entschuldige, Kleines. Jetzt kann ich dir zuhören. Was meinst du denn damit, dass sie zur Arbeit musste? Sie sollte doch heute mit dir im Haus bleiben.«

»Da war ein Notfall auf der Arbeit. William hat angerufen und sie hat Ihr Auto genommen. Sie hat mir gesagt, ich soll im Büro bleiben und könnte sie anrufen. Wenn etwas sein sollte. Aber sie geht nicht ran.«

Kate sah, wie Leah einen Lkw überholte und fluchte. Sie würde es nicht schaffen, ohne tödlich im Gegenverkehr zu verunglücken. Sie musste erst einen Wagen nach dem anderen passieren lassen, um dann bei der nächsten Gelegenheit am Lkw vorbeizuziehen. Kate fuhr weit an den Rand der Spur, um wenigstens sicherzugehen, dass Leah nicht komplett außer Sicht geriet. »Okay. Wir rufen auf dem Campingplatz an und fragen nach, was da los ist. Soll ich ihr etwas von dir ausrichten?«

»Ich bin im Büro geblieben, aber jetzt muss ich mal ganz dringend. Ich habe Hunger, mir ist langweilig, ich bin allein und will wissen, wann sie endlich zurückkommt.«

Kate lächelte. »Kein Problem, das sage ich ihr.«

»Danke, Kate.«

Kate überholte den Lkw, ordnete sich wieder in ihre Spur ein und trat aufs Gaspedal. Ihr Abstand zu Leah verringerte sich. »Wann seid ihr denn zur Arbeit gefahren?«

»Vor dem Mittagessen.«

Kate warf einen Blick auf die Zeitanzeige im Armaturenbrett. »Das war vor mehr als sechs Stunden. Lässt sie dich sonst auch so lange allein?«

»Nein. Sie sagt immer, man kann mich keine fünf Minuten allein lassen, ohne dass ich in Schwierigkeiten gerate. Aber ich war ganz artig, Kate. Ich habe nichts angestellt.«

»Natürlich. Das weiß ich doch.«

»Aber Merlin hat etwas angestellt.«

»Hat sie das?« Kate lächelte erneut. Ihr war klar, dass Merlin die Schuld für das bekommen würde, was auch immer sie gemacht hatte.

»Ja. Sie hat die ganzen Cornflakes aufgefressen und die Milch über Mamas Schreibtisch und die Tastatur gekleckert.«

»Ich wusste gar nicht, dass sie Milch trinkt.«

»Es war ja meine. Aber sie hat damit gekleckert.«

»Na, ich denke, das kriegen wir wieder hin.«

»Puh. Sie hat sich schon Sorgen gemacht.«

Kate schmunzelte. »Das glaube ich gern. Na gut. Ich muss jetzt deine Mama anrufen. Wahrscheinlich ist sie sehr beschäftigt und hat das Telefon nicht gehört.« Sammy legte auf und Kate warf Jimmy einen Blick zu.

»Schon dabei«, sagte er. »Passen Sie nur auf die Straße auf.«

»Danke, Jimmy.« Kate holte weiter auf und beschloss, erst auf einer ruhigeren Strecke zum letzten Überholmanöver anzusetzen. Vielleicht hinter dem Abzweig nach Hillington.

Jimmy legte auf. »Scheiße.«

»Was denn?«

»Gina hat William gegen fünf Uhr in der Touristeninformation zurückgelassen, nachdem sie das Problem gelöst hatten.«

»Das ist anderthalb Stunden her. So lange dauert es nicht einmal, um zu meinem Haus zu laufen, geschweige denn die paar Meter zu ihrem Büro.«

»Das Auto steht noch beim Campingplatz. William hat es gesehen.«

»Und wo ist Gina?«

»Das weiß er auch nicht. Zuletzt hat er sie gesehen, als sie auf dem Parkplatz mit Ally sprach.«

»Scheiße.«

Kapitel 33

Gina rieb an ihrem Arm, um die Durchblutung wieder anzuregen. Sie versuchte, den Umstand zu ignorieren, dass Ally mitten in ihrem Wohnzimmer stand, nachdem sie sie auf ihr eigenes Sofa geschubst hatte. »Ally, hör mal. Ich habe es dir doch schon erklärt. Ich weiß nicht, wo Matt ist. Warum sollte ich auch? Ich bin weder seine Frau noch seine Freundin. Wir haben nur miteinander zu tun, wenn es um Sammy geht.«

»Warum schwitzt du denn dann so?«

Gina konnte es nicht abstreiten, sie roch es selbst. Das Gemisch aus Angst, salziger Seeluft, Diesel und dem Geruch toter Fische, der sich vor langer Zeit auf ewig in Allys Kleidung festgesetzt hatte. Gina war froh, in ihrem Haus zu sein statt auf Allys Boot. Ein Fischkutter ist kein schöner Aufenthaltsort, schon gar nicht, wenn man Angst hat. »Weil du mich von der Straße fortgezerrt hast und mir Angst einjagst, indem du dich wie ein verdammter Gangsterboss benimmst. Wir sind hier in Brandale Staithe, nicht in irgendeinem Kinostreifen.«

Ally lachte. »Matt hatte ja so recht, was dich betrifft.«

»Wovon redest du?«

»Er sagte immer, du hättest ja so absolut keine Ahnung.«

»Keine Ahnung wovon?«

»Von allem.«

Ginas Stolz schrie in ihr auf, aber ihr Selbsterhaltungstrieb war stärker. Ally versuchte, sie zu provozieren, damit ihr etwas herausrutschte. *Oh, du wirst kein Sterbenswörtchen aus mir herausbekommen.* »Recht schwammig, Ally. Du musst dich schon genauer ausdrücken, damit ich dich verstehe. Ich habe nämlich keine Ahnung, wie du eben schon festgestellt hast.« *So, das sollte meinen Stolz besänftigen und mir Sicherheit geben. Irgendwie.*

»Tja. Hast du dich nie gefragt, warum er dir weggerannt ist, nachdem du mit ihm gebumst hast?«

Gina legte den Kopf schief. »Nur ganz kurz. Aber dann fiel mir wieder ein, dass ich lesbisch bin, daher hat es mich nicht weiter beschäftigt.« Das war gelogen. Zumindest an der Stelle, dass es sie nicht weiter beschäftigt hatte.

Ally grinste. »Schau an, schau an. Vielleicht bist du ja doch nicht so ahnungslos.« Sie musterte Gina von oben bis unten. »Sondern einfach nur feige.«

»Wie kommst du darauf?«

»Du hast nie irgendetwas aus deinem Leben gemacht, hm? Hast einfach nur in deiner Hütte gesessen und bist vertrocknet.«

»Und wer hat jetzt keine Ahnung?« *Schnauze!*

»Ach, wirklich? Das wollen wir doch einmal sehen.« Sie klopfte sich sacht mit den Fingern gegen die Lippen. »Ach ja. Du und Connie, ihr standet euch ziemlich nahe. Wie kam das eigentlich? Hat sie sich nach der Trennung um dich gekümmert?« Ally setzte sich neben sie und beugte sich zu ihr. Sie legte einen Arm um Ginas Schulter. »Hat sie dich betrunken gemacht und sich dann so an dich gelehnt?« Jetzt rieb Ally ihren Kopf an Ginas Haar. »Hat sie dich glauben lassen, sie würde Leah für dich verlassen?«

»Du hast keinen Schimmer. Connie und ich waren nur Freunde. Sie hat Leah geliebt. Sogar nachdem sie sie rausgeworfen hat, hat sie sie immer noch geliebt.«

»Menschen, die man liebt, verstößt man aber nicht, Gina. Man tut, was immer man kann, um ihnen zu helfen. Egal, was es einen kostet.«

In Ginas Kopf legte sich ein Schalter um. Sie dachte daran, wie bereitwillig sie für ihre Tochter gelogen hätte. Sie hätte Kate eher gesagt, dass sie selbst Connie erschossen hätte, nur um Sammy zu schützen. Ally hatte recht. Man tat, was immer man konnte. Die falschen Dinge aus den richtigen Gründen. »Du hast es getan.«

»Was denn?«

»Du hast Connie umgebracht.«

Ally lachte, aber da flackerte etwas in ihren Augen. Ein Schatten, ein Beben in den dunklen Tiefen, das ihr nicht entging. Furcht. »Du solltest Leute nicht einfach so verleumden, Gina. Das könnte dich in allerlei Schwierigkeiten bringen.«

»Wieso, Ally? Leah bedeutet dir nichts, du behandelst sie wie Dreck.«

»Ich würde auf dieses nutzlose Stück Scheiße nicht einmal spucken, wenn sie in Flammen stünde.«

»Warum dann? Du hast doch gesagt, man verstößt nicht die, die man liebt.«

»Und das habe ich auch nie.«

»Das verstehe ich nicht.«

»Umso besser für dich. Und jetzt sag mir, wo Matt ist, damit wir diesen Mist hier hinter uns bringen können.« Ally zog ein Fischmesser aus ihrem Gürtel. Gina wurde stocksteif. »Na, komm schon, Gina. Wo steckt er?«

Gina schüttelte stumm den Kopf.

»Sieh es einmal so. Du kannst es mir jetzt sagen und dann bin ich fort, bevor dein Kind nach Hause kommt und dich hier mit einem feuchten Fleck in der Hose findet.« Ally stand hoch aufgerichtet vor ihr und sah auf sie herab. »Oder aber du weigerst dich und dann übe ich ein bisschen mit meinem Messer an dir. Es wird Tränen geben, und Blut, und du wirst reden. Und dann muss dich dein Kind vielleicht für immer mit ein paar Narben sehen.«

Ally berührte mit der Spitze der Klinge Ginas Mundwinkel und fuhr mit dem kalten Stahl über ihre Wange. Fest genug, um gut spürbar zu sein, aber ohne die Haut zu verletzen. »Du kannst natürlich auch richtig tapfer sein und dich weiterhin ausschweigen. Weißt du, was dann passiert, Gina? Weißt du es? Kannst du es dir vorstellen?«

Gina schüttelte wieder den Kopf.

Ally griff in Ginas Haare und zog daran, bis Gina ihr direkt in die Augen sehen musste. »Wir warten auf die Flut. Und dann nehme ich dich mit aufs Boot.« Sie lächelte böse.

Gina konnte sehen, wie sich Spucke in Allys Mundwinkel sammelte.

»Frag mich, was dann kommt, Gina«, sagte sie leise.

Gina brachte keinen Ton heraus.

»Frag mich!«, brüllte Ally.

»Was kommt dann?«, flüsterte Gina mit bebender, kaum hörbarer Stimme.

»Die Ködermaschine.« Ally raunte das Wort direkt in ihr Ohr. Ganz langsam und dunkel.

Gina schauderte. Sie atmete schnell und heftig, aber nicht auf die richtige Art und Weise. Ein und ein und ein, aber nicht aus. Die Muskeln ihrer Hand verkrampften sich, ihre Finger wurden steif, ihre Sicht schwand. Alles aus dem Hier und Jetzt verschwand, sie sah nur noch die Ködermaschine, von der sie wusste, dass es auf jedem Boot eine gab. Ganz klar konnte sie den Stahltisch sehen, bedeckt mit Fisch, Innereien und getrocknetem Blut. Sie konnte sehen, wie der grausige Fleischwolf einrastete. Es war ein massiver, höchst effizienter Häcksler, gemacht, um gefrorene Fischreste zu Köderware klein zu hacken. Der Lärm war entsetzlich und die Klingen absolut unnachgiebig. Knochen, Sehnen, Muskeln, alles gab darunter nach. Und genau das sah sie vor ihrem inneren Auge. Das und die toten Augen eines Fisches, der mit offenem Maul und schleimbedeckt in einer Ecke lag.

»Ich kann dir nicht sagen, was ich nicht weiß.«

»Nein? Im Ernst, Gina, mehr hast du mir nicht anzubieten?«

Sie versuchte, ihre Atmung zu beruhigen, auf ihren Herzschlag zu hören. Es klang mehr nach flattern als nach schlagen. Wie die Flügel eines Kolibris, die zu schnell waren, als dass man sie sehen konnte, und die lediglich ein zartes Summen hören ließen. Ein Summen in ihren Ohren, das dennoch nicht Allys Stimme übertönen konnte, während sie vornüberfiel.

»Ach bitte, wie armselig ist das denn?«

Kapitel 34

»Stella, Sie müssen jemanden ...«

»Ich habe schon einen Kollegen zum Campingplatz geschickt, der sich um Sammy kümmert. Um sie müssen wir uns keine Sorgen machen. Timmons ist schon auf dem Weg zu uns. Er will, dass Sie Leah wie geplant festnehmen. Wir brauchen ihre Aussage.«

»Aber ...«

»Kein Aber, das ist ein Befehl. Ich werde gleich mit William sprechen, um herauszufinden, was sich wann abgespielt hat. Bringen Sie Leah her und stecken Sie sie in eine Zelle. Garen Sie sie auf kleiner Flamme, bis sie mürbe ist. Ganz bestimmt braucht sie bald ihren nächsten Schuss. Je heftiger sie auf Entzug ist, desto leichter wird das Verhör für uns.«

Kate wusste, dass Stella recht hatte und dass das ein sehr guter Plan war. Aber Leah festzunehmen, einzubuchten und dann erst zurück nach Brandale Staithe zu fahren, dauerte ihr zu lange.

»Wenn sie sie umbringen wollen, warum sollten sie Gina dann noch fortschaffen?«, fragte Stella.

»Ich weiß, ich weiß ja.«

»Wir werden sie finden.«

»Sicherlich werden wir das. Die Frage ist, ob uns das rechtzeitig gelingt.«

»Wir tun alle, was wir können, Kate.«

»Ich möchte Sammy nicht erklären müssen, dass ihre Mutter nicht wiederkommt, Stella. Sorgen Sie dafür, dass ich das nicht tun muss.«

»Fahren Sie vorsichtig, Kate. Aber beeilen Sie sich.«

Kate hatte nicht die Absicht, anders vorzugehen. Sie verfolgte Leah, die von der A148 ab und durch Flitcham fuhr. Dann überholte sie den Wagen, der sich zwischen ihnen befand und betätigte die Lichthupe. Dreimal in schneller Folge, danach einmal. Leah fuhr langsamer. Kate blendete noch zweimal auf. Leah bremste weiter herunter und blinkte links.

Sobald sie standen, sprang Jimmy aus dem Auto und rannte zu Leahs Tür. Sie ließ das Fenster herunter, er griff nach innen und zog den Schlüssel ab. Leah schnappte vergeblich danach, Kate hörte sie etwas schreien, verstand jedoch nichts. Sie sah Jimmy teilnahmslos dabei zu, wie er Leah aus dem Auto zerrte, ihr die Handgelenke auf den Rücken zog und die Handschellen darum schloss. Dann führte er sie zu Kates Wagen und bugsierte sie auf den Rücksitz.

»Ich bringe ihren Wagen zur Wache. Die Spurensicherung wird sich gleich darüber hermachen. Überall auf dem Beifahrersitz ist Dope. Deshalb würde ich das Fahrzeug nur ungern hier stehen lassen, bis es abgeschleppt werden kann«, sagte Jimmy. »Haben Sie Schutzanzüge und das ganze Zeug im Kofferraum?«

Kate nickte und drückte auf den Knopf, der die Heckklappe entriegelte. »Bedienen Sie sich.«

»Fahren Sie schon vor. Bis sie in einer Zelle steckt, bin ich bei Ihnen.«

Sie nickte nochmals, wartete auf das Zufallen des Kofferraums und startete den Wagen.

»Ich habe nichts getan. Sie dürfen das nicht«, kam es von Leah.

»Leah, ich habe Fotos von Ihnen, die Sie bei einer Drogenübergabe zeigen«, erwiderte Kate. »Wollen Sie jetzt ernsthaft das unschuldige Opfer spielen?«

»Wovon reden Sie denn da?«

»Wussten Sie es eigentlich?«

»Was?«

»Wussten Sie, was sie Connie antun würden?«

»Hä?«

»Die Robbins. Wussten Sie, dass sie Connie umbringen wollten?«

»Die haben sie nicht umgebracht.«

Kate betrachtete sie im Rückspiegel. Die bockig zusammengebissenen Kiefer, den geneigten Kopf. Leah hatte es nicht gewusst. Sie wusste es auch jetzt nicht. Für einen Moment fragte Kate sich, ob Connie im Tod erreichen konnte, was ihr zu Lebzeiten nicht geglückt war. Würde Leah Hilfe annehmen, wenn sie schlussendlich erkannte, dass Connie sie hatte retten wollen und dafür gestorben war? Wenn sie erkannte, was ihre angeblichen Freunde verbrochen hatten? Sie sah, wie Leah zuckend auf der Rückbank saß und versuchte, ihren Arm an der Lehne zu reiben. Nein, wahrscheinlich nicht.

Der Rückweg zur Wache und Leahs Unterbringung dauerten über dreißig Minuten. Jimmy hatte Leahs Auto gerade als Beweisstück registrieren lassen, als Kate auf ihn traf.

»Alles klar?«, fragte sie.

Er nickte stumm und folgte ihr nach draußen zum Auto. Während der Fahrt wechselten sie kein Wort. Es war auch gar nicht nötig. Stella hatte entweder Antworten für sie oder eben nicht. Es würde einen Plan geben oder auch nicht. Vor ihrer Ankunft war also jegliche Spekulation sinnlos und danach würden sie tun, was getan werden musste.

Stella und Timmons waren vor Ally Robbins Haus. Polizeifahrzeuge blockierten die Straße vom *Jolly Roger* bis zur Wendeschleife nahe des Strandes. Niemand kam ungesehen am Haus vorbei. Blaue Lichter blinkten und Stella nickte zur Begrüßung, als sie ausstiegen.

»Das Haus ist leer. Cedric und Adam haben wir bereits verhaftet. Sie waren im Hafen und haben gerade das Boot für eine nächtliche Fahrt vorbereitet.«

»Gina und Ally?«, fragte Kate.

»Haben wir hier nicht gefunden.«

»Im Hafenbüro vielleicht?«, schlug Jimmy vor.

»Auch leer«, erwiderte Timmons. »Alles ist leer. Wir haben keine Ahnung, wo Ally sein könnte. Und diese Bastarde sagen kein Wort.«

»Es ist Ebbe, das Boot ist im Hafen«, sagte Kate und sah die Hafenstraße entlang.

Timmons nickte. »Wir werden sie finden.«

Kate sah auf ihre Uhr. Es war fast neun. Sie musste nachdenken. Ganz dringend musste sie damit aufhören, unbedingt etwas tun zu wollen, und stattdessen nachdenken. Sie rieb sich mit der Hand übers Gesicht. »Okay. Was wissen die? Was weiß Ally auf jeden Fall?«

Jimmy sah sie stirnrunzelnd an, dann lächelte er schwach. »Sie weiß, dass Green verschwunden ist, aber nicht, wohin. Sie weiß, dass Connie tot ist und jedwede Beweismittel auf dem Hausboot verbrannt sind.«

»Wie konnten sie von dem Hausboot wissen?«, fragte Stella.

»Ally war dabei, als ich Leah nach dem Schlüssel gefragt habe. Sie muss ihn erkannt haben. Steht sie in irgendeiner Verbindung mit dem Hausboot?«, wollte Kate wissen.

»Zumindest konnten wir keine herstellen«, antwortete Stella. »Es gehörte einer Mrs Webb. Die lebt auf einem der Grundstücke, die an die Marsch grenzen.«

»Sie ist Cedrics Schwester. War drei- oder viermal verheiratet. Sie haben nicht viel miteinander zu schaffen«, sagte Jimmy. »Gab einen großen Streit vor fünf oder sechs Jahren, keine Ahnung, weswegen.«

»Warum haben Sie das nicht schon früher gesagt?«, erkundigte sich Kate.

»Ich wusste nicht, dass das Hausboot Mrs Webb gehörte, ansonsten hätte ich«, sagte Jimmy.

»Na gut. Was wissen sie noch? Was könnten sie von Gina wollen?«

»Sie haben mitgekriegt, dass Matt schon seit ein paar Tagen nirgends auftaucht«, sagte Stella.

»Und?«

»Sie wissen nicht, wo er ist.«

»Und?«

»Wenn sie vermuten würden, dass er verhört wurde … Na, Sie haben ja gehört, was er gesagt hat. Dann hätten sie den Übergabeplatz geändert oder alles abgeblasen, richtig?«

»Das hat er behauptet, ja. Es muss nicht stimmen.«

»Er hat ziemlich lange mit ihnen gemeinsame Sache gemacht. Unterstellen wir einmal, er weiß, wovon er redet. Weder wurde ein anderer Ort genutzt noch wurde die Aktion abgeblasen. Sie haben also keinen Schimmer, dass wir Bescheid wissen.«

»Sie suchen nach Matt«, stellte Kate fest. »Sie wollen wissen, ob er geplaudert hat.«

»Scheint die einzig logische Erklärung zu sein.«

»Wohin würde Ally sie bringen?«, fragte Jimmy.

»Es kann eine schmutzige Angelegenheit sein, Informationen aus jemandem herauszubekommen«, merkte Timmons an. »Sie braucht einen ungestörten Ort, aber vom Campingplatz sind sie zu Fuß weg.«

»Ist das so?«, fragte Kate. »Woher wissen Sie das?«

»Allys Auto steht hier. Adams und Cedrics werden gerade überprüft. Ginas Wagen steht noch am Campingplatz.«

»In Ginas Haus wurde schon nachgesehen, ja? Es liegt kaum zwei Minuten zu Fuß von der Ferienanlage entfernt«, sagte Kate.

Alle sahen sich an.

»Ach du Scheiße.« Kate drehte ihren Kollegen den Rücken zu und schrie in Richtung eines in der Nähe stehenden Beamten. »Sie da! Sorgen Sie dafür, dass alle relevanten Orte unter Beobachtung stehen, und schicken Sie jeden verfügbaren Kollegen ans andere Ende des Dorfes. Fahren Sie die verdammten Autos beiseite und jagen Sie diese elendig neugierigen Nachbarn zurück in ihre Häuser.«

»Jawohl, Ma'am.«

Jimmy hatte den Wagen schon wieder angelassen, während sie noch Anweisungen brüllte. Timmons telefonierte. Alle sprangen in ihre Fahrzeuge und rasten nach Osten, von einem Ende des Ortes zum anderen.

»Was wird Ally mit ihr machen?«, fragte Jimmy, als Kate bei ihm im Auto saß. Beide ignorierten das nervtötende Geräusch, das darauf hinwies, dass sie ihren Sicherheitsgurt nicht angelegt hatte.

»Kommt darauf an, was Gina ihr sagt. Wenn sie erzählt, dass Matt Green in Haft ist, lässt sie sie vielleicht laufen. Falls nicht, sieht das anders aus. Ally Robbins hat eine Menge zu verlieren. Hier ist ihr Zuhause. Ihr ganzes Umfeld, ihr Broterwerb. Sie hat lange und hart dafür gearbeitet. Das wird sie keinesfalls einfach so aufgeben.«

»Wenn Gina ihr also nicht sagt, was sie hören will, was wird sie ihr antun?«

Kate antwortete nicht. Sie wollte sich nicht vorstellen, was Gina passieren könnte.

»Was wird aus ihr?«

Kate setzte aus Gewohnheit den Blinker.

»Wird sie sie töten?«

»Ich weiß es nicht, Jimmy«, antwortete Kate schließlich. »Wir sollten jetzt besser nicht daran denken.«

Doch Kate selbst scheiterte unmittelbar an diesem Vorsatz. Sie sah Gina vor sich, zusammengeschlagen, verletzt, blutend. Sie dachte an all die Folterwerkzeuge, die sich in jedem ganz normalen Zuhause finden ließen. Es kam ganz darauf an, wie kreativ Ally vorgehen wollte und wie sehr sie an Matts Verbleib interessiert war. Wenn es danach ging, was Matt alles wusste und verraten konnte, war dieses Interesse wahrscheinlich äußerst ausgeprägt.

Kapitel 35

»Weißt du, Gina, mit Schnittwunden verhält es sich folgendermaßen. Sie ... Oh nein. Nein, nein, nein, hiergeblieben. Nicht wieder ohnmächtig werden.« Sanft tätschelte Ally Ginas Wange, woraufhin sie langsam ihre Augen öffnete.

Im gleichen Moment wünschte sie, es nicht getan zu haben. Sie befand sich in ihrer Diele, ein Foto von Sammy an der Wand direkt vor sich. Ihre Handgelenke waren über dem Kopf zusammengebunden, das Seil lief von dort straff über das Treppengeländer. Ihre Jacke war offen und Ally schnitt gerade die Knöpfe von ihrer Bluse.

»Oh, da bist du ja wieder. Wie ich schon sagte, ist das Besondere an Schnittwunden, dass sie am schlimmsten wehtun, wenn man sie flach ausführt.« Sie zog ihr Messer über Ginas Bauch und hinterließ eine schmale Linie darauf. Blutstropfen traten hervor, sammelten sich und liefen über die Haut. Gina wartete auf den Schmerz und war irritiert, als er ausblieb. Stattdessen fühlte sie den kalten Stahl, die kribbelnden Rinnsale und die davon ausgehende Wärme bis in ihre Nervenbahnen. Dann wurde aus der Wärme beißende Hitze, die sich in eben jene Nerven brannte.

»Siehst du?«, fuhr Ally fort. »Der Trick liegt darin, die Nervenenden zu verletzen, um einen größtmöglichen Schmerz auszulösen, ohne dass das, ähm, Subjekt zu viel Blut verliert und wegtritt.« Sie grinste. »Wobei du das ja bestens auch ganz ohne Hilfe hinbekommst, nicht wahr, mein Herzblatt?« Sie zwickte Ginas Wange leicht zwischen Daumen und Zeigefinger in einer spöttischen Kosegeste. Dann versetzte sie ihr eine schnelle Ohrfeige, bei der Ginas Lippe aufplatzte.

Sie schmeckte Blut. Gina hielt den Atem an, um nicht aufzuschreien.

»Also, wo ist Matt?«

Gina schüttelte den Kopf. »Schon in deinem Bett nachgesehen?«

Ally ohrfeigte sie noch einmal und grinste, weil es Gina dieses Mal nicht gelang, den Schmerzenslaut zu unterdrücken. »Das ist nicht lustig. Wo ist er?«

»Keine Ahnung.« Sie spuckte das Blut aus. »Worum geht es überhaupt? Ich weiß ja, dass ihr befreundet seid, Ally. Aber mal im Ernst, das hier geht zu weit.«

»Hier gehts nicht um Freundschaft, hier geht es ums Geschäft, Schätzchen. Und bei meinen Geschäften kommt mir niemand in die Quere.« Sie tippte mit der Klinge gegen Ginas Nase. »Los jetzt. Wo ist Matt?«

»Ich habe dir schon gesagt, dass ich es nicht weiß.«

»Und ich weiß, dass du lügst. Dann werde ich das Geschäftliche eben mit ein bisschen Vergnügen verbinden.« Sie fetzte mit der Klinge über Ginas Brust, sodass oberhalb des BHs ein roter Striemen entstand.

Ginas linke Brust fühlte sich an, als stünde sie in Flammen. Gina biss die Zähne zusammen. Sie konnte ihre Tränen nicht aufhalten, aber sie würde ganz bestimmt nicht schreien. Ihr war klar, dass sie damit nicht würde aufhören können, wenn sie erst anfing. Und sie konnte Ally nicht gewinnen lassen. Sie schloss die Augen und hoffte, dass inzwischen irgendjemand ihr Verschwinden bemerkt hatte. Sie hoffte, Kate würde bereits nach ihr suchen. Und sie betete. Gina betete, dass sie stark genug war, ihren Mund zu halten und ihre Tochter zu beschützen.

»Ich weiß noch immer nicht, wo er ist«, sagte Gina leise.

Der dritte Schnitt führte den Bauch hinab. Er kreuzte den ersten, als wolle Ally eine Ofenkartoffel öffnen. »Noch macht mir das hier Spaß, aber bald wird es langweilig werden.«

Gina biss sich auf die Zunge, um sich vom Schreien abzuhalten, und versuchte, gegen den quälenden Schmerz anzuatmen. Sie zählte sich Welle um Welle durch Hitze, Kälte und wildes Reißen, während ein Nerv nach dem anderen auflöderte. Von eins bis zehn und dann von vorn. Und wieder von vorn. Sie musste sich daran erinnern, auszuatmen. Keinesfalls wollte sie noch einmal hyperventilieren und wieder ohnmächtig werden. »Ich kann dir nicht sagen, was ich nicht weiß, Ally. Egal, wie sehr du mich folterst.«

»Da sagst du etwas sehr Kluges.« Ein vierter Schnitt zog sich über ihre rechte Brust. »Aber ich bin ganz sicher, dass du etwas weißt. Also komm schon, sags mir. Wo ist er?«

Gina kniff die Lider fest zusammen. Sie kämpfte verzweifelt darum, nicht aufzugeben. Der Drang, den Schmerzen ein Ende zu setzen, war unbeschreiblich stark. Das Bewusstsein, dass es in ihrer Macht lag, die Tortur zu beenden, wog schwer. Wenn sie nicht absolut sicher gewesen wäre, dass ihre Kooperation unweigerlich ihren Tod nach sich ziehen würde, hätte sie geredet. Aber sie wusste,

dass sie noch viel mehr aushalten konnte. »Vielleicht ist er in Urlaub gefahren.«
Bitte, Kate, bitte hilf mir.

Ally seufzte und setzte in schneller Folge vier neue Schnitte auf Ginas Körper. »Vielleicht spiele ich eine Runde ›Tic-Tac-Toe‹? Den Spielplan könnte ich auf deinen Rücken setzen. Das wäre gut gegen die Langeweile.«

Gina ließ ihren Tränen freien Lauf. Sie konnte sie nicht zurückhalten und gleichzeitig gegen den Schmerz ankämpfen. Ihr Schweigen war viel wichtiger als ihre Würde. »Ally, hör auf damit. Bitte. Ich schwöre, ich weiß nicht, wo Matt ist.«

»Hmm. Vielleicht auch das ›Lustige Leiterspiel‹.«

Das boshafte Funkeln in Allys Augen war grauenhaft.

Gina schluckte schwer. Überleben. Darauf richtete sie ihre ganze Hoffnung. Schlicht zu überleben. Für Sammy. »Bitte, Ally«, schluchzte sie. »Bitte tu das nicht. Ich weiß doch nicht, wo er ist.«

»Lügnerin. Vielleicht doch eher ein Schachbrett.« Sie schwang das Messer vor und zurück, als müsse sie üben.

Ich werde sterben, während sie mich in ein gottverdammtes Spielbrett verwandelt. »Bitte, Ally. Ich bitte dich. Du musst das nicht tun.« Gina sah ihr in die Augen. *Gott. Als wäre sie schon tot.*

»Nein, doch nicht. Ich brauche etwas, das auch allein Spaß macht.« Ally griff in Ginas Haare und drehte sie herum. Während Ally die Kleidung von ihrem Rücken herunterschnitt, wurden ihre Schultern schmerzhaft verdreht. »Solitaire. Ich muss nur erst das Spielfeld markieren.« Sie maß ab, wo sie zuerst ansetzen würde. Gina konnte es auf der Haut fühlen.

Die Tränen liefen ihr übers Gesicht, sie schluchzte. Mit dem ersten Schnitt kam die inzwischen vertraute Folge von Kälte, Hitze und dem Brennen der Nerven zurück. Gina zitterte. Zum Teil wegen der Kälte, aber auch wegen der Schmerzen. Vor allem aber vor Angst. Sie hatte ihre Grenzen erreicht. Aus dieser Situation würde sie sich weder herausreden noch sonst wie retten können. Diese Erkenntnis machte ihre Knie weich wie Pudding, sie sackte zusammen und wurde nur noch vom Seil aufrecht gehalten. Wieder biss die Klinge in ihren unteren Rücken. Gina warf den Kopf in den Nacken und schrie.

Kapitel 36

»Verstärkung ist unterwegs. Erwartete Ankunftszeit ungefähr dreißig Minuten«, sagte Timmons.

»Lassen Sie mich raten«, erwiderte Kate. »Die kommen aus King's Lynn.«

»Ja.«

»Na wunderbar.« Sie schloss die Augen und bemühte sich um innere Ruhe. »Können wir sicher sein, dass sie da drin sind?«

»Die Lampen sind an und Stella hörte jemanden schreien, als sie hier ankam. Seitdem konnten wir zwar Gemurmel in der Nähe der Tür hören, es aber nicht klar verstehen.«

Kate nickte. »Wie wollen wir vorgehen?«

»Wie schon gesagt, die Kollegen werden in weniger als dreißig Minuten hier sein.«

»Und bis dahin?«

Timmons schüttelte den Kopf. »Warten wir.«

»Das meinen Sie doch nicht ernst?«

»Doch.«

»Wir machen uns nicht bemerkbar?« Kate starrte ihn entgeistert an.

»Nein, wir warten.«

»Sir, ich halte das für einen Fehler. Wir sollten zumindest versuchen, mit ihr in Verhandlungen zu treten.«

»Ich sagte, wir warten.«

Kates Blick bohrte sich in seinen, aber ihr war klar, dass Argumente sie hier nicht weiterbringen würden. Sie drehte sich von ihm weg und richtete den Blick aufs Haus. Es war hell darin, die Vorhänge im Wohnzimmer waren offen. Sie konnte direkt hineinsehen und erkennen, dass auch im Fenster im Obergeschoss Licht zu sehen war. Allerdings schien es schwach und diffus, als müsste es einen weiten Weg zurücklegen. *Die Beleuchtung kommt aus dem Erdgeschoss. Möglicherweise sind sie in der Küche.*

Kate setzte sich in Bewegung und ignorierte die geflüsterte Anweisung, stehen zu bleiben und zu den Kollegen zurückzukehren. Später würde sie deshalb ziemlich in der Scheiße stecken.

Es war ihr egal.

Sie lief an der Seite des Hauses entlang, sorgfältig darauf bedacht, auf Grasbüschel und Wegplatten, anstatt auf den losen Schotter zu treten. Sie wollte nicht gehört werden. Langsam umrundete sie so die Rückseite des Hauses. Anbau und Schuppen boten ihr ausreichend Deckung, um unbemerkt durchs Küchenfenster zu sehen. Vorsichtig sah sie sich um. Ein hastiger Blick, dann noch einer. Gerade genug, um zu sehen, dass niemand am Küchentisch war. Jetzt konnte sie mehr riskieren.

Sie bewegte sich ein kleines Stück nach vorn und linste durch die Efeublätter. Der Raum war leer. Zwar brannte die Lampe, aber niemand war zu sehen. Wo zur Hölle …

Ein lauter Schrei lenkte Kates Aufmerksamkeit nach links, in Richtung der Diele. Das Schreien klang nicht menschlich. Es war kaum zu unterscheiden von dem eines gequälten Tieres. Kate wollte sich am liebsten durchs Glas werfen und Gina zu Hilfe eilen. Sie wollte ihr Leiden beenden und Ally Robbins dafür in Grund und Boden prügeln, dass sie es gewagt hatte, Hand an sie zu legen.

Plötzlich hörte sie ein Klopfen an der Haustür und eine Frauenstimme. Stella.

»Ally Robbins, hier ist die Polizei. Wir wissen, dass Sie dort drin sind, und wir wissen, dass Gina bei Ihnen ist. Kommen Sie raus und niemandem wird etwas passieren.« Stellas Stimme klang dumpf und kam von weit weg. Zu viele geschlossene Türen lagen zwischen ihnen.

»Fick dich«, schnauzte Ally durch die Tür.

»Ally, die Spezialeinheit ist auf dem Weg hierher. In zwanzig Minuten werden sie hier sein. Noch sind wir allein. Wir können das klären.«

»Ich sagte, fick dich.«

»Nein, so läuft das nicht. Ich gehe hier nicht weg, solange Sie eine Geisel haben.«

Kate nutzte das lautstarke Gespräch, um näher ans Fenster heranzukommen.

»Ich werde den Briefschlitz öffnen, damit wir uns besser verstehen.«

»Nicht. Lass das bleiben.«

»Ally, legen Sie das Messer weg«, sagte Stella.

Ihre Stimme drang nun deutlicher an Kates Ohr. *Sie muss tatsächlich durch den Briefschlitz sprechen.*

»Sie müssen es ihr nicht an die Kehle halten. Ich werde nicht hereinkommen. Sehen Sie mich an.«

Ich danke dir, Stella. Kate lächelte und stellte sich vor, was Stella gerade sah. Und wie sie mit Worten das ausglich, was Kate von der Rückseite aus nicht erkennen konnte.

»Ich sagte, lass es.«

»Ich mache überhaupt nichts, Ally. Wir reden nur, in Ordnung? Einfach nur reden.«

»Aber ich habe nichts zu sagen.«

»Das ist okay, dafür möchte ich einiges sagen. Ich rede ein bisschen und Sie nehmen das Messer von Ginas Kehle, ja?«

»Ich will nicht reden.«

Kate drückte die Klinke des Anbaus herunter und atmete aus, als sie unter ihrer Hand nachgab und das Schloss sich öffnete.

»Schon okay, Ally. Wie gesagt, ich habe eine Menge zu sagen. Zum Beispiel über Matt und Adam und Ihren Vater, und natürlich über Connie. Damit hat der ganze Mist schließlich angefangen. Und Sie waren diejenige, nicht wahr? Mit dem Gewehr?«

Ally gab keine Antwort.

»Ich wette, dass Sie es waren. All meine Kollegen sind der Meinung, dass Ihr Bruder der Einzige ist, der so etwas tun könnte. Aber DS Brannon, an die erinnern Sie sich bestimmt noch, oder?«

Kate zog die Tür ein paar Zentimeter auf. Hoffentlich knarrte sie nicht.

»Tja. Die hat Geld darauf gesetzt, dass Sie die Schützin waren. Und sie hat recht damit, stimmts?«

Die Tür ging noch ein Stück weiter auf. Lautlos. Kate atmete tief durch. Sie konnte ein schmerzerfülltes Wimmern hören. *Weiß der Himmel, was dieses Miststück ihr angetan hat.*

Stella redete weiter. »Die Männer waren alle der Überzeugung, dass nur ein Kerl so einen Schuss hinbekäme. Aber Brannon hielt dagegen und meinte, Sie wären diejenige gewesen.«

Kate zwängte sich in den Türrahmen, drückte die Tür noch ein wenig weiter auf und schlüpfte hindurch. Es war dunkel, ihre Augen brauchten lange, um sich daran zu gewöhnen. Kate wartete, während Stella unbeirrt weitersprach.

»Wir haben Ihren Bruder verhaftet.«

Langsam zeichneten sich Konturen vor Kates Augen ab. Farbdosen auf einem Regal. Eine Werkzeugkiste unter einem Garderobenständer voller Regensachen und Kinderspielzeug.

»Und Ihren Vater. Er ist ein gerissener, alter Scheißkerl, nicht?«

In der rechten Ecke standen ein Spaten und eine Harke.

»Keine Sorge, wir haben ihm nichts getan. Ihr Bruder allerdings hat sich gewehrt. Kann also sein, dass Ihnen bei der nächsten Begegnung ein paar blaue Flecken an ihm auffallen. Wobei die wahrscheinlich schon wieder verschwunden sind, wenn es so weit ist.«

»Dreckige Schlampe.«

»Das muss doch nicht sein, Ally«, sagte Stella mit einem kleinen Lachen. »Ich war es ja gar nicht selber.«

»Ich bring sie um.«

Kate nahm den Spaten und prüfte sein Gewicht. Zu groß und schwer, um effektiv zu sein. Falls sie Ally verfehlte, könnte sie Gina damit treffen.

»Nein, das werden Sie nicht. Sogar Ihnen dürfte klar sein, dass das eine blöde Idee ist, während ich dabei zusehe.«

Sie stellte den Spaten so leise wie möglich zurück.

»Du kannst nicht ewig vor dem Briefschlitz bleiben.«

»Richtig, das kann ich nicht.«

Kate betrachtete die Spielzeuge. Der Griff eines Schlagball-Schlägers ragte aus einem Beutel voller Soft- und Tennisbälle. Perfekt.

»Aber das muss ich ja auch gar nicht. Demnächst ist die Spezialeinheit hier. Und wenn es so weit ist, tja, sagen wir mal so. Dann möchte ich nicht an Ihrer Stelle sein.«

Kate griff nach dem Schläger und zog ihn aus dem Beutel, Stück für Stück.

»Sie werden das Haus wahrscheinlich einkreisen, Kameras und Technikkram benutzen. Die haben auch diese coolen Nachtsichtgeräte und Körperwärmesensoren. Hightech eben, Sie wissen schon.«

Kate umfasste den Schläger fester, gewöhnte sich an das Gewicht und das Gefühl in ihrer Hand. Sechzig Zentimeter solides, rundes Holz. Ein halbes Kilo Schlagkraft. Absolut perfekt.

»Wir haben auch Matt verhaftet, wissen Sie. Da hat er die ganze Woche über gesteckt. Bei uns.«

Kate zog ihre Schuhe aus und huschte auf Socken in die Küche. Es hatte keinen Sinn, sich bemerkbar zu machen, solange sie nicht agieren konnte.

»Er hat uns sehr geholfen, das kann ich Ihnen sagen. Ihm haben wir es zu verdanken, dass wir die Beweise entschlüsseln konnten, die Connie hinterlassen hat.«

»Was denn für Beweise?«

Kate schlich über das Linoleum, bis sie im Durchgang zwischen Küche und Diele stand. Allys breiter Rücken verdeckte alles.

»Von Connie? Oh, sie hat ein paar Fotos hinterlassen, ihren Leichnam natürlich, und in ihrem Tagebuch standen auch ein paar sehr interessante Dinge.«

»Du redest einen Haufen Scheiße.«

Kate verringerte den Abstand. Knapp zwei Meter. Anderthalb.

»Nein, nein, das tue ich nicht.«

»Was stand denn drin, im Tagebuch?«

Ein guter Meter.

»Es hat uns verraten, dass Sie ein beschissenes, drogendealendes Dreckstück sind. Und dass es an der Zeit ist, aufzugeben.«

Weniger als ein Meter.

Ally lachte. »Ach was? Ich wusste doch, dass du Scheiße redest.«

Kate hob den Schläger und machte sich bereit, ihn gegen Allys Kopf zu schwingen. »Legen Sie das Messer weg und gehen Sie beiseite, Ally.«

Ally drehte sich zu Kate um und dann geschah alles in Zeitlupe. In der nächsten halben Sekunde hob Ally ihr Messer und stürzte sich damit auf Kate. Kate holte mit dem Schläger Schwung und schlug zu. Sie berührten sich gleichzeitig. Der Schwung von Kates Schlag schleuderte sie von Allys Klinge fort, während der Schläger mit einem lauten Krachen oberhalb der linken Augenbraue auf Allys Schädel traf. Ally fiel gegen die Wand und rutschte daran abwärts. Kate sah an sich hinab und stellte entsetzt fest, dass ihr Shirt zerfetzt war. Die Haut darunter war allerdings unversehrt.

Sie sah wieder auf. Gina hatte nicht so viel Glück gehabt. Sie war an den Handgelenken aufgehängt.

»Du bist jetzt in Sicherheit, Gina«, sagte Kate. »Alles gut.« Sie streichelte Ginas Schulter, als sie an ihr vorbei zur Tür ging und die Kollegen hereinließ.

Stella kam mit einer Wärmefolie auf sie zu. Tom rannte die Treppe hinauf, um den Strick durchzuschneiden, an dem Gina hing. Rettungssanitäter stürzten herein und prüften den Pulsschlag an Allys Hals, dann riefen sie nach der Ausrüstung. Sie atmete.

Timmons schnappte Kate am Arm, zog sie nach draußen und schob sie gegen das Auto. »Gehorchen Sie wenigstens dieses Mal.«

Die Sanitäter brachten Gina auf einer Trage heraus. Sie umklammerte die Foliendecke, die wie ein Leichentuch über ihr lag, als wäre sie ein Schutzschild.

»Gina!«, rief Kate und lief auf sie zu.

Gina sah ihr in die Augen. Sie fragte nur ein Wort. »Sammy?«

»Ihr gehts gut. Ich bringe sie nachher zu dir.«

»Danke schön«, flüsterte sie. Die Trage wurde in den Rettungswagen verfrachtet und dann war sie fort. Wieder einmal.

Der Rettungswagen verließ die Sackgasse, bog links ab und fuhr direkt nach King's Lynn. Langsam kehrte Ruhe ein, alle gingen ihren Aufgaben nach. Kate stand reglos da und starrte die leere Straße hinunter, wo eben noch der Krankenwagen gestanden hatte.

Stella klopfte ihr auf die Schulter. »Sollten Sie nicht lieber los?«

»Hm? Wie bitte?«

»Sie haben ihr doch versprochen, die Kleine zu holen und zu ihr ins Krankenhaus zu bringen.«

»Ach ja. Richtig.«

»Wir werden sie ebenfalls verhören müssen.«

Kate wirbelte herum und sah sie an.

»Wenn sie dafür bereit ist. Aber je früher, desto besser, okay?«, sagte Stella.

Kate nickte.

»Sehen Sie mich nicht so böse an. Ich mache nur meine Arbeit.«

»Tut mir leid. Entschuldigung, ich weiß das. Ich mache auch nur meinen Job. Ist Ally in Ordnung?«

»Gehirnerschütterung. Sie wird geröntgt, damit sie sich nicht auf Polizeigewalt berufen kann. Ansonsten ist sie okay. Und Ihnen geht es auch bald besser. Na los, verschwinden Sie. Und seien Sie eine fürsorgliche Angehörige.«

»Bin ich nicht.«

Stella lachte. »Mag sein, aber Sie benehmen sich definitiv so.«

»Ach, Scheiße.«

»Nur, wenn sie nicht interessiert ist.«

Kate stöhnte.

»Und mir ist nicht entgangen, wie sie Sie angesehen hat.« Stella klopfte ihr nochmals auf die Schulter. »Machen Sie sich auf den Weg und holen Sie das Kind.«

»Danke schön.«

»Ich mache nur meine Arbeit.«

»Woher wussten Sie eigentlich, was ich tun würde? Mir war es ja selbst nicht mal klar.«

Stella zuckte mit den Schultern. »Ich wusste es nicht. Aber nachdem Sie einfach losgegangen sind, konnte ich nicht einfach auf meinem Hintern sitzen bleiben. Abgesehen davon, fällt es den meisten schwerer kriminell zu sein, wenn man Zeugen hat. Na los jetzt, machen Sie sich aus dem Staub. Morgen früh sehen wir uns in alter Frische und dann kümmern wir uns um den Papierkram.«

Kate stöhnte erneut und stakste zu ihrem Auto. Papierkram. Traumhaft.

Kapitel 37

Gina zitterte unter der Decke. Ihre Zähne klapperten, am ganzen Leib stach und zwickte es. Jede einzelne Nervenzelle schien sich flammend in ihrem tauben Körper zurückzumelden. Ganz besonders in den feinen Linien, die Ally ihr in die Haut gezogen hatte. Ally hatte recht gehabt, nicht ein einziger Schnitt war tief genug gewesen, um genäht werden zu müssen. Dafür wurden die Wunden von unzähligen schmalen weißen Pflasterstreifen zusammengehalten. *Dieses Miststück.* Sie war gleichermaßen froh und unglücklich darüber, dass sie ihren Rücken nicht sehen konnte. Ally hatte ihr Solitairebrett zwar nicht vollenden können, aber einen soliden Anfang gemacht.

Sie schloss die Augen und weinte. Die Krankenschwester hatte versprochen, gleich mit Schmerztabletten und einem Sedativum zurückzukommen, damit sie schlafen konnte. Es musste schon zwanzig Minuten her sein. Gina wusste ohne Zweifel, dass sie in dieser Nacht ohne Medikamente kein Auge zumachen würde.

Der einzige Grund, warum sie über die Verzögerung nicht böse war, lag darin, dass sie Sammy noch sehen wollte. Und Kate. Kate würde sie zu ihr bringen. Sie bewegte sich auf ihrer flachen Matratze. Eine der Wunden klaffte auf, vielleicht auch mehrere. *Es werden Narben zurückbleiben. Wie ein Stück Patchwork. Nein, wohl eher wie Frankensteins verdammtes Monster. Jetzt wird sie sich garantiert nicht mehr mit mir verabreden wollen. Wer würde das schon?*

Gina wischte die Tränen weg. Sie war wütend, weil etwas so Vielversprechendes nun vorbei sein würde, bevor es überhaupt angefangen hatte. »Beschissene Schlampe.«

»Mama! Man soll nicht fluchen«, sagte Sammy, während sie ins Zimmer trat.

»Tut mir leid, Liebes«, gab sie zurück und streckte die Hand nach ihr aus. »Ich habe mich nur gerade gedreht und dabei eine der kleinen Verletzungen erwischt.«

»Tut es sehr weh?«

»Ein bisschen. Deshalb habe ich geflucht.« Sie winkte Sammy mit dem Finger zu sich und versuchte, Kate dabei nicht anzuschauen. »Jetzt komm endlich her und umarme mich.«

»Vorsichtig, Sammy. Du willst deiner Mama ja bestimmt nicht wehtun«, sagte Kate und half Sammy, auf das hohe Bett zu klettern. »Geht es einigermaßen?«, fragte sie Gina.

Gina schloss die Augen und legte die Arme um ihre Tochter. »Inzwischen schon. Vielen Dank.« Es war ihr egal, dass durch Sammys Umarmung nun wahrscheinlich sämtliche Pflasterstreifen wieder aufgingen. Es war genau das, was sie zum Gesundwerden brauchte. Ganz fest umarmte sie sie.

»Ich hatte solche Angst um dich«, flüsterte Sammy.

»Ich auch, mein Schatz.« Dabei drückte sie sie, dann lehnte sie sich zurück, um Sammy in die Augen zu sehen. »Keine Bange. Das mache ich nicht noch einmal.«

»Versprochen?«

»Ich schwöre mit dem kleinen Finger«, antwortete sie und hielt ihr den Finger hin. Sammy warf sich zurück in Ginas Arme und heulte gegen ihren Hals.

»Ich werde euch mal alleine lassen«, sagte Kate leise.

Gina nickte schwach. So also wollte sie es zu Ende bringen. Einfach still und leise aus dem Zimmer gehen. Kein großer, tränenreicher Abschied. Kein »Wir hören voneinander, und nein, alles okay, bla, bla.« Einfach nur »Ich werde euch mal alleine lassen.« Sie musste sich schon wieder die Tränen abwischen.

»Soll ich irgendetwas mitbringen? Kaffee? Tee? Wenn ich mich recht erinnere, ist der Kaffee hier beschissen.«

»Was?«

»Oh, das sollte ich so vielleicht nicht sagen. Verzeihung. Der Kaffee ist ziemlich miserabel, ich würde lieber in die Cafeteria gehen. Da steht ein Getränkeautomat, der auch heiße Schokolade für die kleine Prinzessin hat. Ich dachte nur, Kaffee wäre … Warum guckst du mich denn an, als wäre mir gerade ein zweiter Kopf gewachsen?« Kate sah über ihre Schulter und fasste sich prüfend an den Kopf. »Habe ich etwas in den Haaren?«

»Nein. Es ist nur …«, sagte Gina. »Ich dachte, du, ähm, also. Dass du zu tun hättest. Oder so.« *Genial. Das wird ja so dermaßen helfen.*

Kate schüttelte den Kopf. »Stella meinte, dass ich heute Abend Angehörige sein soll.«

Gina runzelte die Stirn. »Wie meint sie denn das?«

»Na ja. Als für uns klar war, dass Ally dich in ihrer Gewalt hat, da war ich ein bisschen, hm …« Kate seufzte. »Ich habe die Nerven verloren. Habe meinen Vorgesetzten vor der ganzen Truppe angeblafft und den Befehl missachtet, mich bis zum Eintreffen der Spezialeinheit ruhig zu verhalten. Stattdessen habe ich auf eigene Faust gehandelt und getan, was ich getan habe. Ich hatte Angst um dich.« Sie schmunzelte. »Möglicherweise habe ich den Eindruck erweckt, dass du mir ziemlich viel bedeutest.« Sie griff nach Ginas Hand und lächelte Sammy an, die sich zu ihr umgedreht hatte. »Das gilt für euch beide, um ehrlich zu sein.« Sie fuhr sich mit der freien Hand durchs Haar. »Also hat sie mir für heute Abend freigegeben, damit ich für dich da sein kann. Hier bei dir sein kann.« Sie hob schwach die Schultern. »Wenn es dir lieber ist, kann ich auch gehen.«

»Nein«, entschied Sammy. »Hierbleiben. Sie kann doch hierbleiben, Mama?«

»Kate hat wahrscheinlich noch eine ganze Menge zu erledigen, Sammy. Wir können sie nicht zwingen.«

»Aber sie hat doch frei. Hat diese Stella gesagt.«

»Ja. Aber Kate hat sich in letzter Zeit viel um uns gekümmert. Ich glaube schon, dass sie noch ...«

»Es tut mir leid. Ich wollte wirklich nicht stören.« Kate wandte sich zum Gehen, hielt an der Tür jedoch inne. Sammy saß auf dem Bett, die Stirn in Falten, die kleinen Fäuste gegen die Hüften gestemmt. Sie sah aus wie eine kleinere Version von Gina.

»Ich will, dass Kate bleibt«, sagte Sammy schmollend. »Und Kate hat auch gesagt, dass sie hier sein möchte.«

»Genau genommen hat sie das gar nicht gesagt, Sammy«, entgegnete Gina.

»Ich würde aber gern«, sagte Kate. »Entschuldige, ich will dir nicht reinreden. Aber wenn du mich wegschickst, weil du glaubst, dass ich eigentlich gar nicht hier sein möchte, dann liegst du falsch. Ich wäre jetzt sehr gern hier. Ich kann mir keinen Ort vorstellen, an dem ich gerade lieber wäre.«

»Siehst du?« Sammy zeigte auf den Stuhl. «Hinsetzen. Mama ist gerade grummelig.«

Kate lachte. »Ist mir auch schon aufgefallen. Obwohl ich nicht ganz verstehe, warum. Ich dachte, ich hätte mich ganz klar ausgedrückt. Mehr als nur für ein langes Wochenende, erinnerst du dich?«

Gina nickte. »Aber das war vorher.«

»Wovor?«

Gina rieb sich die Augen, verärgert und frustriert über sich selbst. »Vor Ally.«

Kate runzelte die Brauen. »Wovon sprichst du?« Kate fischte ein paar Münzen aus ihrer Tasche. »Sammy, weißt du, wo auf dem Flur der Snackautomat steht?«

»Klar.«

»Super. Hol dir da ein paar Süßigkeiten, ja? Ich muss nur kurz mit deiner Mama reden. Mal sehen, ob sie danach etwas weniger grummelig ist.«

Sammy nahm das Geld und sprang vom Bett. »Viel Glück«, sagte sie und verschwand durch die Tür.

Kate setzte sich auf die Bettkante, wo eben noch Sammy gesessen hatte. »Gina, was hat sie mit dir gemacht?« Kates Stimme war kaum mehr als ein Flüstern, während sie Ginas Hand an ihre Lippen brachte. »Sag es mir bitte. Was immer es ist, es kann nicht schlimmer sein als das, was ich mir vorgestellt habe.« Sie küsste die Fingerknöchel. »Was hat sie dir angetan?« Mit feuchten Augen sah Kate Gina an. »Bitte.«

»Sie hat …« Gina brachte es nicht über sich, es auszusprechen. Sie konnte nicht einmal an das denken, was Ally mit ihr angestellt hat, geschweige denn es in Worte zu fassen. Stattdessen zog sie die Decke beiseite und zeigte es Kate. Sie hob den Saum hoch genug, damit Kate die Verletzungen auf ihrem Bauch sehen konnte. Dann drehte sie sich ein wenig, um ihr den Rücken zu zeigen. »Sie wollte wissen, wo Matt ist. Als ich ihr erklärt habe, dass ich es nicht weiß, beschloss sie, ein Solitairespiel in meinen Rücken zu schneiden. Zum Spaß.«

Weiche Fingerspitzen fuhren ihr über den Nacken, strichen das Haar nach vorn über die Schulter. Dann fühlte sie eine federleichte Berührung, die sie nicht einordnen konnte, bis sie wieder fort und an ihrer Stelle ein kleiner, feuchter Fleck war. Ein Kuss. Ein winziger Kuss in ihrem Nacken.

»Und du dachtest, ich würde deshalb nicht bleiben wollen.«

»Niemand wollte je bleiben.«

»Ich bin nicht die anderen, Gina.« Kate berührte ihre Wange und drehte sanft Ginas Kopf zu sich, bis sie sich ansehen konnten. »Du bist wunderschön. Atemberaubend. Ich kann es kaum erwarten, jeden einzelnen Zentimeter von dir zu erkunden. Mit jeder kleinen Besonderheit. Ich habe über die Jahre selbst ein paar Narben kassiert.« Damit schob sie einen Ärmel hoch und fuhr mit dem Finger über eine halbmondförmige Anordnung von Punkten. »Hundebiss. Findest du mich jetzt deshalb unattraktiv?«

Gina schüttelte den Kopf.

Kate zog den Kragen von ihrem Hals weg und zeigte auf eine schmale, weiße Linie, die über die linke Schulter zum Rücken verlief. »Eine Flasche, aus einer Kneipenschlägerei, in meinen ersten Jahren als Polizistin. Ändert das etwas für dich?«

Wieder verneinte Gina stumm.

»Warum sollte sich also etwas für mich verändern?« Kate strich mit der Hand über Ginas Schulter.

Gina sagte kein Wort. Sie wusste genau, dass sie wieder in haltlose Tränen ausbrechen würde, wenn sie auch nur eine Silbe aussprach.

»Wenn du möchtest, dass ich gehe, dann tue ich das«, wiederholte Kate. »Aber du irrst dich ganz gewaltig, wenn du glaubst, ich würde gegen meinen Willen hier sein, und mich deshalb wegschickst, Gina.« Sie drückte einen zarten Kuss auf Ginas Schulter. »Ich wüsste nicht, wo ich genau jetzt sein wollte, wenn nicht hier.«

»Halt mich fest«, wisperte Gina.

Kate beugte sich vor und zog Gina behutsam in ihre Arme. »Nur zu gern.«

Epilog

Kate strich mit der Hand über die schwarze Bluse und steckte sie in den Bund ihrer Jeans. Im Autofenster überprüfte sie ihre Frisur, dann blitzschnell die Zähne. Alles in Ordnung. Der Schotter in Ginas Einfahrt knirschte unter ihren Schritten und die hölzerne Eingangstür klang so laut unter ihrem Klopfen, dass sie am liebsten ihre Hand angestarrt hätte. *Entspann dich, es ist nur eine Verabredung. Nur ein kleines Essen.*

Gina öffnete. Sie trug ein knielanges, schulterfreies schwarzes Kleid. Jedweder Vorsatz, gelassen zu bleiben, verflog. Ihr Haar war hochgesteckt und ließ die cremeweißen, makellosen Schultern frei.

»Du siehst großartig aus«, sagte Kate.

»Nicht zu übertrieben?«

Kate schüttelte den Kopf.

»Ich kann mich noch umziehen. Du hast Jeans an.« Sie drehte ihre Handtasche zwischen den Händen. »Dauert nur eine Minute. Warte kurz.«

Kate griff nach ihrer Hand. »Nicht. Bitte. Du bist wunderschön.« Sie hob Ginas Hand an ihren Mund und hörte sie nach Luft schnappen. Der Duft von Kokos, Orangen und Jasmin lag auf Ginas Haut. »Können wir los? Stella und Sammy haben es sich gemütlich gemacht?«

Gina nickte und zog die Tür hinter sich zu. »Sie haben sich Pizza bestellt und wollen den ganzen Abend über Filme anschauen. Danke, dass du sie zum Aufpassen überreden konntest.«

»Da war keine Überredung nötig.« Na, vielleicht ein klein wenig. Aber das war es definitiv wert gewesen.

»Du hast mir nicht gesagt, wohin wir fahren.«

»Nicht?«

»Nein, hast du nicht.«

»Es ist ja auch eine Überraschung.«

Kate hatte einen Tisch im *The Neptune* bestellt, direkt an der Küstenstraße in Old Hunstanton. Das Restaurant trug einen Michelinstern und war berühmt für seine regionale Küche. Es gab nur ein paar Tische in einer wunderbar romantischen, intimen Atmosphäre. Das Essen war fantastisch, die Gesellschaft noch besser, und Kate wäre nur zu gern noch ein bisschen länger geblieben.

Während sie Gina zur Tür brachte, hielt sie ihre Hand. Gina steckte den Schlüssel ins Schloss und lächelte. »Möchtest du noch einen Kaffee?«

Kate verneinte. »Heute nicht.«

»Ist irgendetwas nicht in Ordnung?«

»Ganz im Gegenteil.« Kate trat näher zu ihr. »Es war ein perfekter Abend.« Sie beugte sich vor, bis ihre Lippen nur noch Millimeter von Ginas Mund entfernt waren. »Seit ich dich zum ersten Mal getroffen habe, warte ich darauf, dich küssen zu können.«

Gina hielt für einen Moment die Luft an. »Dann hör auf, zu warten.« Ihre Stimme klang dunkel. Eine Hand schlüpfte um Kates Taille, Gina schmiegte sich an sie.

Kate wollte nichts überstürzen. Es gab nur einen einzigen ersten Kuss, egal wie viele später folgten. Und sie plante viele, viele Tausend Küsse, wenn nicht noch mehr. Aber davor gab es für sie eben nur diesen einen ersten Kuss. Kate wünschte sich, dass es der letzte seiner Art sein würde. Sie hoffte, dass Gina fühlen konnte, wie wichtig ihr das war. Dass sie es so sehr wie nur irgend möglich genießen und würdigen konnte. So langsam sie konnte, überwand sie diese letzte Distanz zwischen ihnen. Millimeter für Millimeter, bis sie Ginas Lippen unter ihren fühlen konnte.

Kate schob ihre Finger in Ginas Haar und hielt sie so, umfasste zärtlich ihren Hinterkopf, während sie in Ginas Mund verging. Ihre Zunge glitt über feuchte, verlockende Lippen, tauchte ein, eroberte sich alles. Sie drückte sie gegen die Wand neben der Tür, gab ihnen beiden so Halt. Gina schlang ein Bein um Kate, hakte ihre Wade hinter deren Knie. Kate strich mit dem Finger von Ginas Ohrläppchen über den Kiefer bis zur Spitze des Kinns, dann weiter abwärts an der Kehle und über die Schulter, die sie schon vor Stunden so bewundert hatte.

Ginas Hände legten sich an Kates Seiten, strichen ihr über den Rücken und zogen ihre Körper so dicht aneinander, dass kein Blatt Papier mehr zwischen sie passte. Kate konnte gar nicht genug kriegen. Sie wollte alles, jetzt. Gleichzeitig wollte sie die Vorfreude auskosten. Sie wollte Gina schmecken, sie einatmen und alles im gleichen Moment fühlen. Aber auch dafür würde der richtige Moment kommen. Sanft ließ sie ihren Kuss ruhiger werden. Für ein paar Atemzüge ließen sie voneinander ab. Gina gab ein enttäuschtes Geräusch von sich und Kate lächelte gegen ihren Mund.

»Bleib hier«, raunte Gina und zog sie für einen weiteren Kuss wieder an sich. Dieser war leidenschaftlicher, hungriger, fordernder. Ihre körperlichen Sehnsüchte waren unmissverständlich. Ginas Hände glitten abwärts, umfassten Kates Hintern und drückten ihn. »Hm, fühlt sich gut an«, murmelte Gina. Dann schloss sie die Lippen um Kates Zunge und sog daran.

Kate umfasste Ginas Hüfte und zog so deren Schenkel höher auf ihr Bein.

»Ähm.« Stella stand in der Tür und sah sie an. Sie grinste.

Kate und Gina wandten ihr gleichzeitig den Kopf zu.

»Ihr Handy ist aus.« Stella zeigte auf das Handy an Kates Gürtel.

»Und?«, fragte Kate, eine Hand nach wie vor an Ginas Bein, die andere an ihrem Hals. Ihre Wangen ruhten aneinander, Ginas Hände hielten ihren Hintern umschlossen und beide keuchten.

»Timmons hat angerufen. Wir haben einen neuen Fall.«

Über Andrea Bramhall

Andrea Bramhall schrieb ihre erste Geschichte im zarten Alter von sechsdreiviertel Jahren. Sie war sieben Seiten lang und wurde von einem rosa Band zusammengehalten. Ihre Großmutter bewahrt sie immer noch auf dem Dachboden auf. Seitdem hat Andrea sich ein wenig weiterentwickelt und inzwischen etliche Werke herausgebracht, die nicht mehr von Bändern, sondern mit Leimbindung zusammengehalten werden. Zudem zieren einige Literaturpreise ihr Bücherregal: ein *Alice B Lavender Certificate*, ein *Lambda Literary Award* und ein *Golden Crown Award*.

Sie hat Musik und bildende Künste an der Universität von Manchester studiert und im Jahr 2002 ihren Abschluss in Gegenwartskunst gemacht. Und ganz bestimmt wird es ihr eines Tages von Nutzen sein. Möglicherweise. Irgendwie.

Wenn sie nicht gerade alle Hände voll zu tun hat mit ihrer Ferienanlage im Lake District, ist sie an ihrem Laptop zu finden, wo sie all die Geschichten aufschreibt, die sie ansonsten nicht schlafen lassen. Oder sie liest, wandert mit ihren Hunden durch die Berge und macht ein paar Tausend Fotos dabei, geht tauchen, um dabei ein paar Tausend Fotos zu machen, schwimmt, fährt Kajak, spielt Saxofon oder fährt Fahrrad.

Ebenfalls im Ylva Verlag erschienen

www.ylva-verlag.de

Auf schmalem Grat

(Portland-Serie - Buch 1)

Jae

ISBN: 978-3-95533-302-7
Umfang: 349 Seiten (136.000 Wörter)

Detective Aiden Carlisle hat keine Zeit für Beziehungen. Psychologin Dawn Kinsley wollte sich nie wieder mit einer Polizistin einlassen, aber als die beiden sich auf einer Fortbildung kennenlernen, fühlen sie sich sofort zueinander hingezogen.

Als Dawn einem Verbrechen zum Opfer fällt, wird Aiden mit der Ermittlung betraut – und balanciert auf dem schmalen Grat zwischen Verpflichtung und Liebe.

Eine Diebin zum Verlieben

Ina Steg

ISBN: 978-3-95533-809-1
Umfang: 246 Seiten (65.000 Wörter)

Robin ist eine Diebin, doch wie ihr Namensvetter verteilt sie ihre Beute an Bedürftige.

Obwohl Kriminaltechnikerin Hanna sie verdächtigt, ein wertvolles Buch gestohlen zu haben, ist das Knistern zwischen den beiden Frauen nicht zu leugnen. Während Hanna damit hadert, Robins Schuld beweisen zu müssen, verstrickt diese sich zunehmend in Lügen.

Kann es in diesem Katz-und-Maus-Spiel überhaupt Gewinnerinnen geben?

Bibliografische Information der Deutschen Bibliothek
Die Deutsche Bibliothek verzeichnet diese Publikation in der Deutschen Nationalbibliografie;
detaillierte bibliografische Daten sind im Internet über www.dnb.de abrufbar.

1. Auflage
Taschenbuchausgabe Juni 2017 bei Ylva Verlag, e.Kfr.

ISBN: 978-3-95533-740-7

Dieser Titel ist auch als E-Book erschienen.

Copyright © der Originalausgabe 2016 bei Ylva Publishing

Copyright © der deutschsprachigen Ausgabe 2017 bei Ylva Verlag
Übersetzung: Ulrich Hawighorst
Lektorat: Kerstin Thürnau und Andrea Fries
Cover Foto: Andrea Bramhall

Kontakt:
Ylva Verlag, e.Kfr.
Inhaberin: Astrid Ohletz
Am Kirschgarten 2
65830 Kriftel
Tel: 06192/9615540
Fax: 06192/8076010
www.ylva-verlag.de
info@ylva-verlag.de
Amtsgericht Frankfurt am Main HRA 46713

Printed in Great
Britain
by Amazon